Ellen Berg

Der ist für die Tonne

atb aufbau taschenbuch

Ellen Berg, geboren 1969, studierte Germanistik und arbeitete als Reiseleiterin und in der Gastronomie. Heute schreibt und lebt sie mit ihrer Tochter auf einem kleinen Bauernhof im Allgäu. Aufräumen und Ausmisten sind nicht gerade ihre Hobbys, doch nach diesem Roman hat sich ihr heimisches Chaos deutlich gelichtet.

Mehr Informationen zur Autorin unter www.ellen-berg.de

Keine Chance für Messies: Hannah, 34, sorgt bei ihren Kunden für ein entmülltes Zuhause. Alles muss raus, was ungeliebt, ungetragen oder überflüssig ist, findet Hannah. Als sie ausgerechnet beim Weinhändler Pascal, dem neuen Flirt ihrer besten Freundin, für mehr Struktur sorgen soll, steht sie vor einer echten Herausforderung: Unordnung, wohin das Auge blickt. Erbittert verteidigt Pascal auch noch den ärgsten Krempel. Aber je mehr Schrankleichen Hannah entsorgt, desto unübersichtlicher wird es für sie – denn sie entdeckt nicht nur eine echte Leiche auf dem Dachboden,-sie merkt auch, dass Pascal sie zusehends durcheinanderbringt …

Ellen Berg

Der ist für die Tonne

(K)ein Männer-Roman

atb aufbau taschenbuch

MIX
Papier aus verantwortungsvollen Quellen
FSC® C083411
www.fsc.org

ISBN 978-3-7466-3586-6

Aufbau Taschenbuch ist eine Marke
der Aufbau Verlag GmbH & Co. KG

1. Auflage 2019

Umschlaggestaltung U1berlin, Patricia Di Stefano
unter Verwendung einer Illustration von © Gerhard Glück
Gesetzt aus der Garamond Pro
durch die LVD GmbH, Berlin
Druck und Binden CPI books GmbH, Leck, Germany
Printed in Germany

www.aufbau-verlag.de

Kapitel 1

Alle elf Minuten verliebt sich ein Konsument in eine Klamotte. Und alle elf Sekunden stirbt eine vormals heiß geliebte Klamotte den stillen Tod einer Schrankleiche. Warum, um Himmels willen, kaufen die Leute so unfassbar viele Sachen, obwohl sie doch letztlich immer dasselbe anziehen? Und warum bin ausgerechnet ich diejenige, die auf dem ganzen Krempel hängenbleibt? Ich muss verrückt sein. Nein, komplett verrückt.

Das waren die Gedanken, die Hannah durch den Kopf schwirrten, als sie einen großen Pappkarton auf den Ladentisch wuchtete, die braunen Klebestreifen entfernte und den Deckel aufklappte. Ein Hauch teuren Parfums wehte ihr entgegen. Sie schnupperte verzückt. Der betörende Duft von Patchouli und Orangenblüten wehte ihr entgegen, und wie von Zauberhand verflüchtigte sich ihre kleine Sinnkrise.

Nein, sie war nicht verrückt. Sondern Hannah Bodmer, die Inhaberin eines recht vielversprechenden Secondhandladens. In dem Karton befand sich auch kein Krempel, sondern die ungetragene Garderobe einer Society-Lady, die es sich leisten konnte, ihre Kreditkarte in den teuersten Boutiquen der Stadt zu grillen. Falls ihr etwas gefiel. Und da ihr das meiste schon wenig später nicht mehr gefiel, hatte sie Hannah engagiert.

Sie wollen Ihre Schrankleichen loswerden? Dann buchen Sie einen stilvollen Beerdigungstermin!, verkündete Hannahs Website. *Sie wollen ausmisten? Dann komme ich mit der ganz großen Mistgabel vorbei!*

Schon irgendwie paradox. In einer Ära, die Shoppen als Freizeitbeschäftigung deklarierte, gab es ein echtes Luxusproblem: das ganze Zeug wieder loszuwerden. Da war professionelle Unterstützung gefragt, wie die Reaktionen auf Hannahs Website zeigten. Manchmal nannte sie sich Trennungsbegleiterin. Frauen trennten sich nämlich eher von einem Lover als von einer viel zu engen Jeans. Oder von völlig nutzlosen Highheels, auf denen man ohne Knöchelbruch nicht mal den Weg vom Schuhschrank bis zur Haustür schaffte.

Manchmal wunderte sich Hannah selber, was für einen seltsamen Beruf sie hatte. Das hätte sie sich nicht träumen lassen, vor sechs Monaten, als man ihr den Job in einem Architekturbüro kündigte.

Freistellung hatte es ihr Chef genannt. Ein hübscher Begriff für eine hässliche Tatsache: Die Segnungen der modernen Technik machten Mitarbeiter wie Hannah überflüssig. Als Modellbauerin war sie bei den Architekten heiß begehrt gewesen, jetzt hatten ihre Künste ausgedient. Dabei hatte sie in pusseliger Kleinarbeit so wunderschöne Modelle erschaffen. Einfamilienhäuser mit winzigen kleinen Bäumchen aus grün gefärbter Holzwolle. Wolkenkratzer mit Außenflächen aus Spiegelfolie. Ihr größter Stolz war ein gläsernes Zoogebäude gewesen, in das sie handbemalte Miniaturtiere gesetzt hatte. Vorbei. All das kam jetzt aus dem 3-D-Drucker. Verflixtes Mistding.

Schau nach vorn, Hannah. Oder in den Karton, besser gesagt. Die Sortieraktion bei deiner neuen Kundin hat sich schließlich mehr als gelohnt. Schönere Schrankleichen hast du noch nie gesehen. Nicht jeder ist so stark, den Verführungen des Konsums zu widerstehen. Hannah hatte es drauf. Seit einem halben Jahr betrieb sie Kleiderfasten: Seitdem kam ihr nichts Neues mehr in den Schrank.

Sie wollte gerade mit dem Auspacken des Kartons beginnen, als die Ladenglocke ertönte und ihre Freundin Josie hereinspaziert kam, die eine große runde Kuchenform wie eine kostbare Reliquie vor sich hertrug.

»Hallo Hannah, sieh mal, selbst gebacken, mein Spezial-Stachelbeerkuchen mit Vanillecreme. War früher der Hit im Kindergarten. Inzwischen darfst du dich mit so was nicht mehr blicken lassen. Die Laktoseintoleranz greift um sich wie ein Grippevirus, und Zucker ist sowieso des Teufels.«

»Danke für den Kuchen, wie komme ich zu der Ehre?« Forschend blickte Hannah in Josies Gesicht. »Gibt es einen besonderen Anlass?«

»Wart's ab. Wir weihen dich ein, sobald Tess da ist. Nur so viel: Es hat mit Liebe zu tun.«

Das verhieß nichts Gutes. Hannah ahnte, worum es ging: Ihre Freundinnen hatten sich in den Kopf gesetzt, sie endlich an den Mann zu bringen. Ganz so, als sei ein männliches Wesen das Erstrebenswerteste auf der Welt. Was das betraf, war sich Hannah nicht so sicher. Dennis, ihr Exmann, war eher zum Abgewöhnen gewesen: ein amüsanter, lebenslustiger, leider total unzuverlässiger Kerl. Seither sehnte sich Hannah nach Stabilität. Doch es war verzwickt. Sobald sie einen seriösen, verlässlichen Mann kennenlernte, wurde es ihr schnell zu langweilig. Deshalb hatte sie das Thema vorerst auf Eis gelegt.

»Josie, das ist furchtbar lieb, aber als Tochter einer alleinerziehenden Hippiemutter sieht man das wohl etwas entspannter. Mehr so – karmisch.«

»Wie – karmisch?«

»Weißt du«, holte Hannah weiter aus, »als meine Mutter so alt war wie ich jetzt, hat sie in Indien hundertarmigen Göttinnen gehuldigt, T-Shirts gebatikt und Räucherstäbchen entzündet. Ihre astralenergetische Bilanz war ihr wichtiger als der Mann fürs Leben. So was prägt.«

»Du meinst, meine Existenz als Ehefrau und Mutter ist energetisch sinnlos?«, fragte Josie entgeistert.

»Nein, nein, der Begriff des Sinns erlaubt nur einen gewissen Interpretationsspielraum«, antwortete Hannah diplomatisch. »Wenn mir das Universum einen Mann schickt, verneige ich mich in tiefer Dankbarkeit. Wenn er schneller wieder weg ist, als ich Ommmm sagen kann, atme ich ihn aus.«

»Dann habe ich wohl die letzten acht Jahre nur eingeatmet.«

Verunsichert schaute Josie an sich herab. Sie trug einen dunkelblauen Flatterrock, dazu ein hellblaues Benjamin-Blümchen-T-Shirt und eine eigenartige Kette. Hannah stutzte. Waren das etwa Schmetterlingsnudeln? Jepp. Frisch aus der Tüte und bunt bemalt. Josie war geradezu die Verkörperung des Mami-Looks. Welche Frau ohne Kinder hätte schon ein Benjamin-Blümchen-T-Shirt und eine Nudelkette getragen?

»Setz dich doch, Josie.« Hannah nahm ihr den Kuchen ab. »Du siehst ein bisschen fertig aus.«

»Bin ich auch …«

Mit einem kleinen Ächzen ließ sich ihre Freundin auf einen Sessel mit himbeerrotem Samtbezug fallen. Ihrem schmalen, blassen Gesicht sah man an, dass das jüngste ihrer drei Kinder erst elf Monate alt war – turbulente Nachtschichten inklusive. Die Kette aus Schmetterlingsnudeln war sicher ein Werk ihrer siebenjährigen Tochter, während die blauen Flecken auf ihren Armen von Finn, dem Dreijährigen, stammen mussten, der soeben mit viel Trara die Trotzphase einläutete. Ja, Mütter waren wandelnde Websites. Man musste sie nur aufmerksam studieren, und schon erfuhr man alles Wichtige.

»Was denkst du«, erkundigte sich Josie, ihre Augen neugierig auf den Karton geheftet, »ist auch was für mich dabei?«

»Klar, freu dich auf das beste textile Überraschungsei aller Zeiten.«

Es war eine Premiere. Hannah hatte ihre engsten Freundinnen in den gemütlichen Secondhandladen mit den türkisfarbenen Wänden und den hellen Holzdielen eingeladen. Damit sie sich vorab die besten Stücke sichern konnten, zu Freundschaftspreisen, das verstand sich von selbst. Und was da nicht alles zum Vorschein kommen würde! Funkelnagelneue Abendroben, die schon beim Kauf zu eng gewesen waren. Kostbare Kaschmirpullover, deren Farbe dann irgendwie doch nicht passte. Todschicke Kleider, die urplötzlich zu kurz, zu lang, zu brav oder zu sexy wirkten. Das alles fiel den Kundinnen allerdings erst auf, wenn Hannah die Sachen unter die Lupe nahm und gnadenlos aussortierte, was ein unbeachtetes Schattendasein im Schrank fristete.

Vorsichtig entfernte sie zwei Bogen knisterndes zartrosa Seidenpapier, die ganz oben in dem Karton lagen, und zupfte an einem Seidenkimono – tiefviolett, mit gelben Pünktchen und einem unversehrten Preisschildchen an der Innenseite des Kragens. Ein Wahnsinnsteil.

In diesem Moment stürmte Tess in den Laden, die Dritte im Kleeblatt. Freudestrahlend holte sie eine bauchige Flasche aus ihrem strassbesetzten Lederbeutel und stellte sie neben den Karton auf den Ladentisch.

»Prossetscho für alle!«

»Sag doch gleich Hausfrauenchampagner«, gluckste Josie. »Hach, ich habe mich so auf unser Treffen gefreut. Dafür lasse ich sogar meine gruselige Schwiegermutter ins Haus, damit sie so lange auf die Kleinen aufpasst. Und das will was heißen.«

»Ja, ist ein bisschen wie Weihnachten, dass Hannah ihre Kleiderkartons für uns öffnet«, schwärmte Tess.

Ihr Äußeres erzählte ebenfalls eine ganze Menge. Sie trug einen goldbestickten Seidenoverall, der perfekt mit ihren olivgrünen Augen und den mahagonibraunen Locken harmonierte. Für Kinder, Küche, Kuchenbacken eignete sich das edle Outfit absolut nicht. Auch ihre rosa lackierten Krallen zeugten davon, dass sie weder Babybrei kochen noch trotzige Dreijährige auf den Arm nehmen musste. Und ganz bestimmt hätte sie sich lieber die braune Lockenpracht abrasiert, als Ketten aus bemalten Nudeln zu tragen. Zwischen ihren Schlüsselbeinen baumelten funkelnde Strassherzen, an ihrem Handgelenk glitzerten ungefähr zehn silberne Armreife. Vielleicht auch zwanzig. Tess war ein wandelndes Statement: Zu viel ist nie genug.

»Dann wären wir ja vollzählig. Lasset uns beginnen.« Hannah holte drei Sektgläser aus der antiken Glasvitrine hinter dem Ladentisch, ließ den Korken der Proseccoflasche knallen und schenkte ein. »Willkommen zu einem Ausflug in die Welt des nachhaltigen Konsums.«

Das stimmte sogar. Die Wegwerfmentalität des Ex-und-hopp-Shoppens bedeutete letztlich einen verantwortungslosen Umgang mit der Natur. Immer mehr Kleidung wurde produziert, gekauft und lag dann nutzlos herum. Dieser Verschwendung von Ressourcen musste Einhalt geboten werden. Deshalb hatte sich Hannah einer Zero-waste-Aktion im Internet angeschlossen: null Müll, null Verschwendung. Alles konnte schließlich wiederverwertet werden, und Plastikverpackungen kamen ihr schon gar nicht ins Haus.

»Auf Hannah, unsere Recycling-Heldin«, brachte Josie einen Toast aus.

»Und auf die neuen Taten, die auf sie warten«, reimte Tess.

Schon wieder so eine Andeutung. Was führten die beiden bloß im Schilde? Hannah wurde nicht recht schlau aus ihren Freundinnen. Zogen sie heute etwa einen weiteren Liebeskandidaten aus dem Hut? Das hatten sie schon mehrfach probiert, ohne jeden Erfolg. Es musste irgendetwas anderes sein. Aber was?

Nachdenklich schnitt Hannah den Stachelbeerkuchen an und reichte jeder einen Teller. Tess fing gleich an zu essen, woraufhin Josie irritiert eine Augenbraue hochzog.

»Stimmt was nicht? Du hast gar nicht deinen Teller fotografiert.«

»Der Kuchen schmeckt wunderbar«, beteuerte Tess kauend, »aber er ist, na ja, nicht instagramabel.«

»Das heißt also, optisch blamabel«, schmollte Josie.

»Tess, Josie, wir sind hier ganz unter uns.« Wie immer vermittelte Hannah als Friedenstaube zwischen den ungleichen Freundinnen. »Facebook und Instagram sind heute abgemeldet. Widmen wir uns lieber dem eigentlichen Anlass unseres Treffens.«

Sie deutete auf den lila Kimono, der zuoberst in dem Karton lag. Synchron hörten Josie und Tess auf zu kauen.

»Was – ist – das?«, fragte Tess fasziniert.

»Meine neue Kundin hat einen wahrhaft erlesenen Geschmack«, erklärte Hannah.

»Du meinst wohl, einen unfassbar kostspieligen Geschmack.« Tess stellte ihren Teller ab und schaute begehrlich in den Karton. »Das Teil ist von Chanel! Hört ihr? Schanellll! Paris! Eiffelturm!«

»Und so was Teures haut deine Kundin einfach in die Tonne?«, wunderte sich Josie.

»Wer sein eigenes Geld verdienen muss, würde so was wohl kaum tun. Aber mit dem Konzept des Geldverdienens ist die

Dame wahrscheinlich nicht vertraut«, mutmaßte Tess. »Da muss dann sogar Chanel dran glauben.«

»Ja, alles muss raus, was ungeliebt und ungetragen ist«, erläuterte Hannah ihre Philosophie. »Die War-aber-echt-teuer-Teile, die ewigen Eigentlich-doch-noch-ganz-schön-Sachen, die kopflosen Spontankäufe, die Hosen, in die man sich immer reinhungern wollte. Macht man sowieso nicht. Und dann komme ich ins Spiel.«

»Ist schon komisch.« Tess drehte eine Locke um ihren Finger. »In meinem Kleiderschrank hängen Klamotten für drei Frauen und fünf Größen, und wenn ich dann davorstehe, habe ich nichts anzuziehen.«

»Zu viel ist eben zu verwirrend«, sagte Hannah. »Weniger ist mehr.«

»Aber der Kimono ist ein Traum«, stöhnte Josie, während sie sich das kurze rötliche Haar hinter die Ohren strich. »Doch im Ernst, wann soll ich so was anziehen? Beim Aufräumen der Kinderzimmer? Oder wenn ich den Kindern Brote schmiere?«

»Kannst ja deinen Gatten damit überraschen«, schlug Tess vor. »Darunter nur eine sündige Spitzenkorsage, und dann ...«

»Deine Vorstellungen vom Sexleben einer dreifachen Mutter sind bei Weitem zu optimistisch.« Josie zog einen Flunsch. »Ich meine, Tom und ich haben die Kinder nicht gerade im Lotto gewonnen, aber mittlerweile fallen wir nur noch wie die Steine ins Bett – statt übereinander her.«

»Dann solltet ihr vielleicht mal miteinander reden«, sagte Hannah mitfühlend.

»Mein Tommy ist doch so ein klassischer Nicht-reden-Typ«, winkte Josie ab. »Der zieht sich sofort zurück, wenn er sich auf die Gefühlsebene begeben soll.«

»Das Violett würde dich sowieso nur noch blasser machen«, befand Tess. Sie nahm den Kimono aus dem Karton und stellte sich damit vor einen bodentiefen goldgerahmten Spiegel. »Zu meinem Teint passt die Farbe eindeutig besser.«

»Zu deinem Rouge, wolltest du wohl sagen«, kicherte Josie.

Eingeschnappt verzog Tess ihr farbenfroh geschminktes Gesicht. Es stimmte, sie trug ein bisschen dick auf. Aber Tess war eben Tess. Und Hannah hütete sich, irgendwelche Kommentare abzugeben. Sie fand, man sollte sich lieber an der Einzigartigkeit der Menschen erfreuen, statt ihre Unterschiede zu kritisieren.

»Meine Attraktivität ist – eher so lichtbedingt«, verteidigte sich Tess. »Gedimmt geht es gerade noch, ansonsten muss man aufdrehen, wenn man über dreißig ist. Deshalb ist auch dieser Kimono genau richtig für mich. Dazu eine schwarze Lederleggins, und der Look ist perfekt.«

»Damit du aussiehst wie ein verwöhntes Luxusweibchen, das sich kein normaler Mann leisten kann?«, unkte Josie. »Wenn das noch was werden soll mit deinem Plan von Mann und Kind, würde ich an deiner Stelle besser tiefstapeln.«

»Sagt die Frau ohne Sexleben«, konterte Tess.

»Apropos«, Josie warf Hannah einen fragenden Seitenblick zu, »läuft denn bei dir was?«

Ja, die Uhr, hätte Hannah antworten können. Sie war vierunddreißig. In einem Alter also, in dem man idealerweise zufrieden verheiratet, reich geschieden oder glücklich liiert war. Nichts davon traf auf sie zu. Tess hatte wenigstens ab und zu eine heiße Affäre. Hannah konnte nur ihren Exmann Dennis vorweisen, der nichts zahlte, sie aber ab und zu per Telefon über seine tollen neuen Beziehungen informierte. Das war's dann auch schon, und für Hannah war es völlig okay.

Das Problem war ja nicht nur, dass sie keine Ahnung hatte, was für einen Mann sie eigentlich wollte. Seit einigen Jahren pflegte sie ihre Mutter, mit der sie die kleine Wohnung über dem Laden teilte. Marie-Luise Bodmer, der man weder fehlende Abenteuerlust noch mangelnde Unerschrockenheit vorwerfen konnte, hatte vor drei Jahren einen schweren Unfall gehabt: im Himalaja, als sie mit ihrem Gleitdrachen in ein Gewitter geraten war. Nun saß sie im Rollstuhl, weit weg von indischen Aschrams und psychedelischen Himalajaklöstern. Für eine Frau, die im Herzen immer noch ein Hippie war, kein leichtes Schicksal. Für Hannah wiederum nicht gerade die beste Voraussetzung für ein rasantes Liebesleben.

»Ich warte noch auf den Richtigen, nachdem der Falsche auf und davon ist«, spulte sie ihren Standardtext ab.

»Wie lange wart ihr noch mal zusammen, Dennis und du?«, fragte Josie.

»Zwei wunderschöne Jahre, ein mieses halbes Jahr und acht qualvolle Monate.« Hannah schluckte. »In moralischer Hinsicht war er leider eine Weichwurst. Das hat mir erst mal gereicht. Beziehungen sind wohl nicht so meins. Blödes Karma halt.«

»Glaube ich überhaupt nicht.« Mit den Fingerkuppen strich Tess über den Seidenstoff des Kimonos, den sie sich um die Schultern drapiert hatte. »Vielleicht hast du's nur ein bisschen übertrieben mit dem Aussortieren. Bei deinem Ex versteh ich's ja irgendwie, obwohl er rasend sexy war. Aber Benjamin war doch ganz süß. Und Ulf fand ich sogar richtig heiß.«

»Die waren schon okay – nur kamen sie leider nicht damit klar, dass ich Verantwortung für meine Mutter übernommen habe«, erwiderte Hannah achselzuckend. »Alleinerziehend mit Kind, das geht ja noch so gerade auf dem Beziehungsmarkt. Aber eine Frau, die ihre kranke Mutter pflegt? Welcher Mann tut sich das an?«

»Deine Mutter ist klasse.« Tess lachte leise in sich hinein. »Am coolsten finde ich, dass sie ab und zu kifft. Ihre Hasch-Brownies haben die letzte Weihnachtsfeier in unserer Zahnarztpraxis gerettet!«

»Sie – kifft?«, echote Josie erschrocken.

»Na ja«, auch Hannah musste lachen, »das kommt noch aus der Indienphase. Außerdem schwört sie auf Marihuana gegen die Schmerzen. Ihre vielen Brüche durch den Unfall sind schlecht verheilt, da braucht sie so einiges, um die Schmerzen zu ertragen. Sie betreibt eine ökologisch korrekte, wenn auch illegale Kleinstplantage auf unserem Küchenbalkon – Selbstversorger, CO_2-neutral, klimabewusst.«

»Sag ich doch, dass deine Mutter cool ist«, schmunzelte Tess.

»Dann ist sie wohl zu unkonventionell für ein …«, wollte Josie ansetzen, doch Hannah fiel ihr sogleich ins Wort.

»Kein Heim, Josie. Niemals. Ich liebe meine teilverrückte Mutter über alles. Ohne ihre Joints und ihre Sitarmusik wäre sie verloren, deshalb könnte ich sie auch nie irgendwohin abschieben. Zweimal am Tag kommt eine Pflegekraft, alles andere mache ich selbst.«

»Schon klar.« Josie rieb sich über die Nasenflügel. »Ist die Pflegekraft immer noch dieser Feldwebel in Frauengestalt?«

Nachdenklich knabberte Hannah auf der Unterlippe herum. Schon kurz nach dem Unfall ihrer Mutter hatte sie einsehen müssen, dass ihre körperlichen Kräfte nicht ausreichten, seitdem kam zweimal täglich jemand vom Pflegedienst vorbei. Aber wenn man einen Menschen liebte, war kein Pfleger der Welt gut genug. Die resolute Mittfünfzigerin, die ihrer Mutter als Erste beim Duschen und Anziehen geholfen hatte, war ausgebildete Krankenschwester gewesen. Ihr Nachfolger kam eher hippiemäßig rüber und passte viel besser zu ihrer Mutter. Dennoch fiel es Hannah schwer, ihn zu akzeptieren. Es war ein Kompromiss.

»Momentan kümmert sich ein gewisser Jan-Philipp um Marie-Luise«, antwortete sie. »Ist auch besser so. Die Pflegerin davor hatte so eine komische Navi-Stimme.«

Tess runzelte die Stirn.

»Eine – was?«

»Navi. *In-drei-hun-dert-Me-tern-bit-te-rechts-fah-ren.* Sie klang wie ein Roboter.«

»Kenn ich, das sind diese Warteschleifenstimmen«, sagte Josie. Gedankenverloren sah sie den aufsteigenden Bläschen in ihrem Sektglas zu. »Vielleicht braucht man eine gewisse innere Distanz als Pflegekraft. Sonst nimmt man sich alles zu sehr zu Herzen.«

»Apropos Herz, ich mache mir mehr Sorgen um Hannah«, kam Tess auf ihr Thema zurück. »Sie sollte das mit den Männern anders angehen. Irgendwie weiblicher.« Mit einer Hand lockerte sie ihre braunen Locken, während sie Hannah eingehend musterte. »Du könntest was mit deinen Haaren machen.«

»Was für ein großer Tag für die Frauen in aller Welt«, seufzte Josie. »Neue Frisur, und dann klappt's auch mit den Männern? In welchem Jahrhundert lebst du, Tess?«

»Im Zeitalter des Postfeminismus.« Tess dachte kurz nach. »So ganz genau weiß ich auch nicht, was das ist, aber soweit ich informiert bin, darf man jetzt wieder auf die Pauke hauen. Tolle Haare, großes Make-up, alles erlaubt. Ich steh jedenfalls voll hinter mir.«

Verstohlen sah Hannah in den goldgerahmten Spiegel. Es stimmte ja, sie machte nicht sonderlich viel aus sich. Nett gesagt, war sie der natürliche Typ. Ihr dunkelblondes Haar fiel schnittlauchglatt bis hinunter zu den Schulterblättern, und außer ein bisschen Wimperntusche benutzte sie keinerlei kosmetische Hilfsmittel. Weniger nett gesagt, war sie eine graue Maus. Dabei saß sie sozusagen an der Quelle. Der Laden quoll über vor lauter extravaganten Kleidungsstücken, doch letztlich zog sie immer nur Jeans und irgendeinen Pullover an. Heute war es ein dunkelblauer Wollpullover mit eingestrickten roten Rauten. So was trugen Schulmädchen. Na und? Als ob sie keine anderen Sorgen hätte. Zum Beispiel die Post vom Finanzamt oder der dringend notwendige Elektrorollstuhl für ihre Mutter, den die Kasse nicht übernehmen wollte.

»Du brauchst mal was zum Übergang, so wie es, na ja, Übergangsmäntel gibt«, verkündete Tess. »Nichts Festes, nur einen Mann für zwischendurch. Irgendeinen. Sonst kommst du aus der Übung. Ihr wisst schon, was ich meine …«

»Unsinn, das verlernt man nie, ist wie Fahrrad fahren«, versicherte Josie.

Eine Weile wurde es still. Alle dachten dasselbe, keiner sprach es aus: Wenn man Josies Äußerungen über ihr Liebesleben berücksichtigte, hatte sie schon sehr, sehr lange nicht mehr in die Pedale getreten. Sozusagen. Hannah pulte an den Klebestreifen des Kartons herum.

»Wofür soll ich *irgendeinen* Mann daten?«

»Betrachte ihn als, hm …« Tess schmiegte ihr Kinn in das seidige Material des Kimonos. »Betrachte ihn als eine Art Therapiehund.«

Also wirklich! Allmählich riss Hannah der Geduldsfaden.

»Geht's noch, Tess?«

»Nein, nein, Menschen brauchen Gesellschaft.«

»Ich habe meine Mutter.«

Josie, die geistesabwesend mit ihrer Nudelkette spielte, hob den Kopf.

»Das meinst du jetzt nicht wirklich, Hannah.«

»Du kannst ihn auch wie ein Zwischengericht betrachten, wie ein Sorbet in einem Sieben-Gänge-Menü«, sagte Tess mit Nachdruck.

»Sieben Gänge?« Es war Hannah mehr als peinlich, im Mittelpunkt dieser Diskussion zu stehen. »Ich habe gelesen, dass der Durchschnittsdeutsche nur drei Komma vier feste Partnerschaften im ganzen Leben hat!«

Und ich nur eine, dachte sie. Das Thema Männer war nun mal der blinde Fleck in ihrem Leben. Sie hatte ja schon alle Hände voll zu tun, ihren Ex auf Abstand zu halten, der sie unbedingt »auf einen Kaffee« treffen wollte. Seit zwei Wochen bombardierte er sie mit Anrufen und Nachrichten. Tja, keine Chance. Nicht für Dennis, den Hallodri.

»Vielleicht arbeitet unsere Freundin zu viel«, versuchte es Josie mit einer anderen Erklärung für Hannahs Singledasein.

Das hatte Hannah schon öfter gehört. Geschenkt. Irgendwer musste ja die Miete verdienen. Sie holte einen pinkfarbenen Trenchcoat mit gelbem Kunstfellkragen aus dem Karton und ließ sich viel Zeit, die Vollzähligkeit der Knöpfe zu überprüfen.

»Wisst ihr was? Am Fließband stehen, das ist Arbeit. Was ich mache, ist Freizeitgestaltung mit beruflichem Hintergrund – hat schon Karl Lagerfeld gesagt.«

»Seine einzige große Liebe war eine Katze, so willst du nicht enden«, unkte Tess, die sich immer noch in dem lila Kimono vor dem Spiegel hin und her drehte.

Josie stand vom Sessel auf und legte einen Arm um Hannah.

»Du bist eine Klassefrau. Nicht aufgeben, okay? Da kommt noch was, versprochen.«

»Sag ich doch!«, rief Tess. »Hannah, wir unterstützen dich. Wenn wir irgendetwas tun können, lass es uns wissen.« In diesem

Augenblick entdeckte sie den auffälligen pinkfarbenen Trenchcoat, den Hannah behutsam glatt strich. »Hey, das ist kein Kleidungsstück, das ist ein bewohnbares Kunstwerk!«

»Wie für dich gemacht«, bestätigte Hannah lächelnd.

Sie mochte Tess, auch wenn sie manchmal etwas oberflächlich wirkte. In Wahrheit war sie eine Seele von Freundin. Bereitwillig sprang sie ein, wenn Hannah abends Hausbesuche absolvieren musste und jemanden brauchte, der ihrer Mutter Gesellschaft leistete. Josie hätte dasselbe getan, wenn sie nicht vollauf mit ihrer eigenen Familie beschäftigt gewesen wäre. Dafür brachte sie Hannahs Mutter jeden Samstag einen selbst gebackenen Kuchen. Sie waren eine verschworene kleine Truppe. Beste Freundinnen durch dick und dünn.

»Schau mal, Josie.« Hannah hielt eine bunt gemusterte Bluse in pastelligen Eiscremefarben hoch. »Die könnte dir gut stehen. Passt zu deinem Porzellanteint und verzeiht bei dem unruhigen Muster sogar die Spuckeflecken deines Jüngsten.«

»Ja, babytauglich wäre sie«, überlegte Josie laut. »Aber bestimmt unerschwinglich. Du liebe Güte, Hannah, die ist von Gucci!«

»Kein Problem, meine Kundin ist froh, wenn sie die Sachen los ist, und für dich gibt es sowieso Freundschaftsrabatt. Probier die Bluse doch mal an. Ich kann sie dir für einen schlappen Zwanziger geben.«

Josies Augen leuchteten ungläubig auf.

»Wirklich?«

Sie streifte die Bluse über ihr T-Shirt und schaute in den Spiegel. Unwillkürlich stellte sich Hannah ihre Freundin in dem verkramten kleinen Reihenhaus vor, wo sie samt Familie wohnte. Vor lauter Kinderschuhen, Teddybären und Legosteinen bekam man dort keinen Fuß auf die Erde. Und solche chaotischen Zustände waren gar nicht mal selten. Im Laufe der wenigen Wochen hatte Hannah festgestellt, dass die Klamotteninvasion bei Weitem nicht das einzige Problem der Leute war. Fast alle versanken in Ballaststoffen. Zu viele Möbel, zu viele Lampen, Papiere, Aktenordner, Nippes, Schnickschnack. So war sie auf die Idee verfallen, neben dem Klamottenaussortieren einen Rundum-Ausmist-Service anzubieten. Clearing hieß das Zauberwort, was einfach viel, viel schicker klang als das etwas lahme »Aussortieren«.

»Bevor ich mir eine neue Bluse leiste, sollte ich vielleicht auch mal ausmisten«, bekannte Josie, als hätte sie Hannahs Gedanken erraten. »Ich komme einfach nicht mehr nach mit dem Aufräumen. Wie gehst du das an, Hannah?«

»Na ja, zuerst schaffe ich Ordnung in Schränken und Rumpelecken. Danach decke ich unnützen Mehrfachbesitz auf.« An den Fingern ihrer rechten Hand begann sie aufzuzählen. »Drei Korkenzieher, vier Teekannen, fünf Fonduetöpfe. Ist heutzutage normal. Dreißig Kugelschreiber, vierzig Cremepröbchen, fünfzig Stoffservietten, die alle nicht zusammenpassen. Auch normal. Neulich habe ich eine Sammlung von nicht weniger als hundertdreizehn Plastiktüten aus einer Wohnung getragen. So was fliegt dann alles raus und wird gespendet oder recycelt.«

Josie und Tess tauschten einen wissenden Blick. Und wieder fragte sich Hannah, was da im Busche war.

»Verschweigt ihr mir irgendetwas?«

»Nein, wieso?« Tess formte ein argloses Kussmündchen. »Erzähl weiter, Süße.«

»Na ja, seit Kurzem fahnde ich auch nach energetisch verstrahlten Gegenständen. Souvenirs vom Exlover zum Beispiel, oder Geschenke mieser Kollegen. Bei Bedarf gebe ich Tipps, wie man mit dem digitalen Müll umgeht. E-Mail-Accounts, die ein einziges

Grab ungelesener Nachrichten sind. Zu viele Facebook-Freunde, die den Feed verstopfen. Handyfotos, die in die Zehntausende gehen, obwohl sie kein Mensch mehr anschaut. Weniger ist mehr.«

»Du machst das toll, Hannah«, sagte Tess anerkennend. »Nur dein Liebesleben kommt zu kurz.«

In diesem Moment schepperte die Ladenglocke, und Raffaela betrat den Laden, Tess' Zwillingsschwester. Sie glichen einander wie das sprichwörtliche eine Ei dem anderen, nur, dass Raffaela noch um einiges exzentrischer als ihre Schwester auftrat. Ihr hautenges jadegrünes Strickkleid zierten klimpernde Ketten, ihre Finger waren dick beringt, in der linken Hand schwenkte sie eine strassfunkelnde Clutch. Die Vorliebe fürs Bling-Bling lag eindeutig in der Familie.

»Ihr habt schon angefangen?« Nacheinander umarmte sie Hannah und Josie, dann baute sie sich vor Tess auf. »Aber ihr habt es ihr noch nicht gesagt, oder?«

Verschmitzte Blicke flogen hin und her.

»Was – gesagt?«, fragte Hannah mit einem leicht mulmigen Gefühl.

Bei Raffaela musste man auf alles gefasst sein. Weil sie, nun ja, eine äußerst exotische berufliche Laufbahn verfolgte. Während Josie heldenhaft ihre Rolle als Hausfrau und Mutter ausfüllte und Tess brav und bürgerlich als Zahnarzthelferin arbeitete, versuchte sich Raffaela in den abenteuerlichsten Unternehmungen. Mal wollte sie einem die ultimativen, also wirklich weltbesten Gemüsemixer verkaufen. Dann wieder ewig haftende Lippenstifte, die verdächtig nach Klebstoff rochen. Ihr letzter Coup waren Diätdrinks gewesen, die noch dazu sämtliche Falten glatt zogen. Angeblich. Auch zu einem textilfreien Tantra-Kochkurs hatte sie Hannah schon überreden wollen.

Raffaela war eben ein Ausbund an Überraschungen. Oder ging es heute etwa darum, dass sie künftig zu den Klamottentreffen eingeladen werden wollte? Dagegen hatte Hannah prinzipiell nichts einzuwenden. Obwohl … hm.

»Raffaela ist hier, weil wir uns schon länger mal bei dir revanchieren wollten«, klärte Tess das Erscheinen ihrer Schwester auf. »Du bist immer so lieb und großzügig, Hannah, das verdient ein dickes Dankeschön.«

»Deshalb dachten wir, man könnte das Angenehme mit dem Nützlichen verbinden«, ergänzte Raffaela.

Oha. Hannah presste die Lippen aufeinander. Bisher waren Raffaelas Vorschläge weder angenehm noch nützlich gewesen.

»Ich habe einen ganz, ganz tollen Mann kennengelernt!«, platzte Tess heraus.

Den sie jetzt an mich weiterreichen will? Oder wo ist der Haken? Hannah stand komplett auf dem Schlauch.

»Er heißt Pascal, ist ein echter Kavalier und womöglich der Mann ihres Lebens«, berichtete Raffaela aufgeregt.

Hannah fiel ein Stein vom Herzen. Dann war der Kavalier schon mal nicht für sie bestimmt. Gott sei Dank.

»Dieser Mann hat Lebensart, er handelt mit den besten Bioweinen, stell dir das mal vor«, fügte Tess nicht minder aufgeregt hinzu.

»Nur soll er leider ein Messie sein«, rundete Josie das Bild ab.

Verständnislos sah Hannah von der einen zur anderen.

»Also, ich weiß nicht so recht, was ich dazu sagen soll. Glückwunsch? Beileid?«

»Hiermit erteilen wir dir den Auftrag, bei ihm auszumisten!«, rief Raffaela enthusiastisch. »Wir haben zusammengelegt! Ist ein super Auftrag für dich! Und wer weiß, vielleicht ist auch eine Gratiskiste Wein drin.« Sie warf sich in Positur, was den hautengen Sitz ihres Strickkleids zur Geltung brachte. »Er hat nur die allerallerbesten Tropfen, alles original französisch, aber bio, *oh, là, là.*«

Gemessen an Raffaelas bisherigen Unternehmungen konnte das eigentlich nur bedeuten: süß auf der Zunge, bockig im Abgang, Sodbrennen garantiert. Außerdem hatte es sich Hannah zum Prinzip gemacht, nie Freundschaft und Geschäft zu vermischen. Von Tess und Josie nahm sie so lachhaft wenig Geld, dass sich alle dabei wohlfühlten. Aber Anfragen aus ihrem Bekanntenkreis hatte Hannah immer kategorisch abgelehnt. Beim Geld hörte die Freundschaft bekanntlich auf. Und jetzt sollte sie ausgerechnet bei Tess' neuer Flamme ausmisten? Auf keinen Fall. Das würde sie ihren Freundinnen schonend beibringen müssen.

»Also, es ist, äh, im Grunde eine schöne Idee«, druckste sie herum. »Nein, wirklich, ich freue mich.«

»Sag das mal deinem Gesicht«, wurde sie von Raffaela gerügt.

Sogleich bemühte sich Hannah um ein Lächeln, das nicht so ganz gelang.

»Ich denke nur, na ja, ist gerade leider alles ein bisschen stressig. Die vielen neuen Kunden, meine Mutter, ihr wisst ja. Vielleicht ein andermal.«

»Hannah!« Tess trat einen Schritt auf sie zu und rang theatralisch die Hände. »Er könnte der Mann meines Lebens sein! Nur, dass er zur Unordnung neigt und schreckliche Klamotten trägt. Verbeulte Jogginghosen, ausgeleierte T-Shirts, uralte Schlabberpullover, vergammelte Sneakers. Vorhang auf, Blamage frei. Bitte, Hannah!«

»Wäre doch bestimmt ganz spannend, bisher hast du noch nie bei einem Mann ausgemistet.« Ein kleines Lächeln glitt über Josies schmales Gesicht. »Auf diese Weise könntest du dir ein neues Geschäftsfeld erobern. Bedarf gäbe es ohne Ende. Ich meine, Männer geben sich rational, nüchtern, strukturiert, dabei sind sie die allergrößten Schlunzen.«

»Das ist Sexismus«, warf Hannah lächelnd ein.

»Nee, ein universales Gesetz«, hielt Josie dagegen. »Alle meine verheirateten Freundinnen sagen dasselbe: Kommt der Mann abends heim, zieht er eine Spur der Verwüstung hinter sich her. Die Schuhe, die Aktentasche, die Jacke, alles lassen sie einfach auf den Boden fallen, und danach krümeln sie mit den Keksen auf der Couch herum wie Vierjährige.«

»Genau solche Probleme möchte ich unbedingt auch haben!« Tess holte ihr Handy heraus, tippte den Fotospeicher an und hielt Hannah das Display hin. »Das ist Pascal!«

Pflichtschuldigst beugte sich Hannah über das Handy. Es war ein Profilbild, das sah man gleich. Die Art Fotos, die Männer auf Flirtportalen einstellten. Es zeigte einen noch relativ jungen Mann, dessen einzige besondere Kennzeichen eine schwere Hornbrille sowie phänomenale Segelohren waren. Da konnte Benjamin Blümchen einpacken.

»Also, die Ohren, da wächst er vielleicht noch rein«, giggelte Josie.

»Nur kein Neid.« Raffaela zog ein weißes Kuvert aus ihrer glitzernden Clutch und überreichte es Hannah. »Da ist dein Honorar drin. Pascal wartet übrigens schon auf dich.«

»Wie? Wann?«, fragte sie ziemlich verdattert.

»Er rechnet noch heute mit dir. Also ungefähr in einer Stunde.«

»Unmöglich.« Abwehrend hob Hannah die Hände. »Meine Mutter braucht mich, so spontan habe ich keine Zeit.«

»Ich gehe hoch zu ihr und koche ihr was Schönes, alles schon organisiert«, versicherte Tess. »Es gibt Tofu-Sesam-Bällchen an

Mango-Chutney, danach schauen wir ihre Lieblingsvideos, entweder *Herr der Ringe* oder Mediation oder so.«

»Meditation«, murmelte Josie.

»Bitte, Hannah«, Tess seufzte tief, »tu es mir zuliebe. Wer weiß, wenn du Pascal ordentlich hinbiegst, läuten eventuell sogar die Hochzeitsglocken. Du bist dann natürlich der Ehrengast.«

Na, besten Dank auch. Hannah wusste nur zu gut, dass eine Hochzeit für eine Singlefrau ihres Alters in etwa so erfreulich war wie zwanzig Kilo zu viel auf der Waage. Nur ungern dachte sie an die Heirat ihrer Cousine vor einem halben Jahr. Alle Gäste hatten sie angestarrt. Und alle hatten gedacht: Aha, die ist also schon so verzweifelt, dass sie sogar die schwer vermittelbaren Singlemänner auf Hochzeiten sondiert. Scheidungsruinen. Ewige Junggesellen. Eigenbrötler. Nerds.

»Bitte«, flehte nun auch Josie. »Tu es für Tess, für uns, für unsere Freundschaft. Und mal ehrlich: Das Honorar kannst du doch gut gebrauchen, wenn ich es richtig sehe.«

Dummerweise entsprach das der Wahrheit. Hannah gab ihrem Herzen einen Stoß. Hatte sie denn eine Wahl? Es lag ihr so gar nicht, ihre Freundinnen zu enttäuschen. Das Ganze war ein Vertrauensbeweis, lieb gemeint, und momentan konnte sie tatsächlich jeden Cent gebrauchen. Bleib locker, sprach sie sich Mut zu. Wie sagt deine spirituell erleuchtete Mutter doch immer? Null Drama ist die Quelle eines glückerfüllten, friedvollen Lebens.

»Also schön«, lenkte sie ein. »Ich checke Pascals Kleiderschrank und schaue mal, ob ich ein bisschen ausmisten kann.«

»Du bist die Beste!«, juchzte Tess, dann wurde sie unvermittelt ernst. »Ach ja, es gibt da noch einen kleinen Schönheitsfehler: Er hängt dauernd mit seinen Kumpels ab. Das ist ein gewisses Problem. Ich kann mir keine Beziehung mit einem Mann vorstellen, dem seine Freunde wichtiger sind als ich. Neulich wollten wir einen gemütlichen DVD-Abend zu zweit veranstalten – aber plötzlich rauschten seine komischen Freunde mit einer Kiste Wein an, und vorbei war's mit der Zweisamkeit.«

»Das geht natürlich gar nicht«, sagte Raffaela entrüstet.

Auch Hannah konnte Tess' Bedenken bestens nachvollziehen. Gerade am Anfang einer Beziehung wollte man Intimität und nicht dauernd Remmidemmi.

»Wo hast du ihn denn eigentlich kennengelernt?«, erkundigte sie sich.

Tess seufzte tief.

»Ich war doch neulich mit Raffaela im Schlosshotel bei diesem Ärzteball. Mein Chef hat uns mitgenommen. Da waren tolle Männer, glaub mir, ganz anders als die windigen Typen, die in den Clubs rumlungern.«

»Wenn du ein Prachtexemplar von Mann angeln willst, darfst du eben nicht im Baggersee fischen«, gab Raffaela ihren Senf dazu. »Pascal stellt was dar. Und er bewohnt eine wunderwunderschöne Villa.«

»Die hat er geerbt, ist so was wie uralter Familienbesitz, und genauso sieht's da auch aus.« Tess rollte mit den Augen. »Voll das Chaos. Aber wenn das jemand hinkriegt, dann du.«

Drei Augenpaare richteten sich auf Hannah. Drei erwartungsvoll dreinblickende Augenpaare.

»Kleinigkeit.« Mit einem schiefen Lächeln ergab sie sich ihrem Schicksal. »Vermüllte Villa auf Vordermann bringen, Mann umstylen und auf Hochzeit umbiegen. Wenn's sonst nichts ist …«

Kapitel 2

Tess hatte nicht zu viel versprochen. Die Behausung ihres neuen Schwarms entpuppte sich als romantische alte Villa, aufwendig mit Stuck verziert und an den Seiten mit Efeu bewachsen. Das Anwesen lag am Stadtrand, in einem malerisch verwilderten Garten, den alte Eichen von den Nachbargrundstücken abschirmten. Hannah atmete tief durch. Sie hatte ganz vergessen, wie würzig die Luft im Grünen roch. Und wie beruhigend still es sein konnte, wenn man nicht inmitten von tosendem Verkehr wohnte. Nur die Vögel zwitscherten. Dieser Pascal hatte sich das friedlichste Fleckchen der Welt ausgesucht.

Seltsam. Irgendwie hatte Hannah Schwierigkeiten, sich vorzustellen, wie Tess in diese Idylle reinpassen sollte. Weit und breit kein Nagelstudio, keine Boutique, kein Friseur. Wenn das mal gut ging.

Etwas verwundert über das märchenhafte Ambiente stieg sie vom Fahrrad und lehnte es an den schmiedeeisernen Gartenzaun. Zur Feier des Besuchs trug sie ein knallrotes Jackett aus ihrem reichen Klamottenfundus. Ihre Freundinnen hatten darauf bestanden. Sonst sehe sie ja aus wie ihre eigene Praktikantin, so der allgemeine Tenor. Es werde Zeit, dass sie ihre Geschäftsphilosophie durch ein angemessenes Outfit unterstreiche.

Die ganze Fahrt über hatte Hannahs Handy gepiepst, jetzt checkte sie die eingegangenen Nachrichten. Dennis. Klar. Ihr Ex ließ einfach nicht locker. Warum wollte er sie unbedingt treffen? Um ehrlich zu sein, hatte Hannah ein bisschen Angst vor einem emotionalen Rückfall. Dennis war ihr absoluter Traummann gewesen. So was ließ sich nicht einfach wegwischen. Selbst dann nicht, wenn er ihr schon nach zwei Jahren Ehe den Alptraum notorischer Untreue beschert hatte. Abhaken, Hannah. Vergiss ihn.

Als Nächstes rief sie ihre Mutter an. Marie-Luise Bodmer meldete sich schon nach zwei Klingelzeichen, mit ihrem mütterlichen Singsang voller Wärme und Nachsicht, den Hannah so an ihr mochte.

»Licht und Liebe, bist du gut zu deinem Termin gekommen?«

»Ja, Mama, bestens. Und bei dir? Alles in Ordnung?«

»Tess hat ganz wundervolle Sesambällchen fabriziert, jetzt schauen wir ein Meditationsvideo.« Im Hintergrund hörte man ein heftiges *Fabriziert? Was soll das denn bitte heißen?*. »Also, Hannah«, fuhr ihre Mutter fort, »du musst dich nicht beeilen, Tess und ich wollen noch den dritten Teil von *Herr der Ringe* schauen. Der Pfleger war auch schon da. Ich bin versorgt, ich habe meditiert, alles easy, null Drama.«

War es wirklich so? Es gab Hannah immer einen kleinen Stich, wenn sie abends nicht bei ihrer Mutter sein konnte. Zwar hatten sie die *Herr-der-Ringe*-Trilogie mindestens schon zwanzigmal gemeinsam angesehen, doch es wurde Hannah nie zu viel, für ihre Mutter da zu sein. Andererseits fühlte sie sich mit Tess auf der sicheren Seite. Marie-Luise Bodmer mochte Hannahs Freundin, vielleicht auch deshalb, weil Tess ein Kontrastprogramm zu ihrer Tochter war. Mit Tess konnte sie stundenlang über Mädelssachen reden: Männer, Make-up, Modeschmuck, und dann kicherten sie wie die Teenager.

»Gute Nacht, Mama. Süße Träume.«

»Bis morgen früh. Du bist meine Lieblingsfarbe, Kleines. Sei der Grund, warum heute jemand lächelt. Ciao.«

Ja, Marie-Luise Bodmer war speziell. Während Hannah das

Handy in ihrer Jeans versenkte, spähte sie über den Gartenzaun. Es war ein ausgesprochen heißer Sommerabend. Seit vier Wochen hatte es nicht geregnet, und sie spürte die trockene Hitze, die der Boden abstrahlte. Obwohl die Sonne schon recht tief am Himmel stand, schien sie noch kräftig genug, um die Villa in ein magisches Licht zu tauchen. Keine Menschenseele war zu sehen. Nur eine einsame Saxophonmelodie schwebte über den Jasminbüschen, die den gepflasterten Weg zum Haus säumten. Ob dieser Pascal selber spielte? Oder hatte er seine Musikanlage voll aufgedreht?

Die Frage beantwortete sich von selbst: durch das Erscheinen eines Mannes, der mit energischen Schritten die ausgetretenen Marmorstufen der Eingangstreppe herabeilte. An seinem Hals baumelte ein messingfarbenes Saxophon, seine phänomenalen Ohren leuchteten rötlich. Nach einem Weinhändler sah er so gar nicht aus. Eher nach einem Studenten im hundertsten Semester, dessen Garderobe aus dem Altkleidercontainer stammte. An sich war das ja löblich, in diesem Falle aber eine Katastrophe. Auf seinem ausgeleierten weißen T-Shirt prangte ein fast bis zur Unkenntlichkeit verwaschener SpongeBob-Aufdruck. Darüber trug er eine abgeratzte grüne Anglerweste mit tausend aufgenähten Taschen. Den Aufzug komplettierte eine verbeulte Jogginghose, deren Farbe das menschliche Auge beleidigte – irgendwas zwischen Tümpelgrün und Mülleimergrau.

SpongeBob, du lieber Himmel. Der Typ war schätzungsweise Mitte, Ende dreißig, aber aus der Pubertät schien er noch nicht rausgekommen zu sein. Von der albernen schwarzen Streberbrille ganz zu schweigen. Hannah begriff auf der Stelle, warum Tess auf einem Umstyling bestand.

Wenigstens das Gesicht ist gut geschnitten, dachte sie. Markante Wangenknochen, kantiges Kinn, hohe Stirn, nicht übel. Aber der

Dreißig-Tage-Bart muss weg, und auch ein anständiger Haarschnitt wäre fällig. Oder war das ein Hipsterbart? Und eine Rod-Stewart-Gedächtnisfriese? Mit dem Profilbild hatte der Typ jedenfalls nur entfernte Ähnlichkeit. Und warum schaute der gute Mann so finster drein? Weil sie ihn beim Saxophonspielen gestört hatte?

Todesmutig schob sie das Gartentor auf und marschierte auf ihn zu, erhitzt vom Fahrradfahren, ziemlich neugierig und sich ein wenig unbehaglich fühlend. Die typische Mischung, wenn sie das erste Mal bei Kunden tätig wurde. War schließlich eine intime Sache, in den Privaträumen anderer Leute rumzukramen, oder?

»Hallo, Herr, äh, Pascal.«

»Was wollen Sie?«, rief er statt einer Begrüßung. »Sie können doch nicht einfach in meinen Garten reinlatschen!«

Du liebe Güte. Wie war der denn drauf? Hannah ging weiter auf ihn zu. Wäre ja noch schöner, wenn sie sich nach der langen Fahrt so schnell ins Bockshorn jagen ließe.

»Sie sind der Typ Cowboy, der erst schießt und dann die Fragen stellt, richtig? Wieso regen Sie sich denn so auf?«

»Aufregen?«, blaffte er. »Ist für Anfänger – ich bin stinksauer! Verschwinden Sie! Sonst …«

»… ziehen Sie mir eins mit dem Saxophon über? Keine Angst, dass das Karma zurückschlägt?«

Skeptisch musterte er sie von oben bis unten.

»Sind Sie von einer Sekte?«

»Ich bin eine Freundin von Tess. Hannah.« Sie streckte ihm die Rechte entgegen, die er mit einem Ausdruck betrachtete, als sei es eine Handgranate. »Ich komme wegen des, na ja, Ausmistens.«

»Ach das.« Seine Miene verfinsterte sich weiter, sofern das überhaupt noch möglich war. »Können Sie knicken. Sorry, aber je eher Sie gehen, desto besser für uns beide.«

Moment mal. Wenn sie sich jetzt abwimmeln ließ, würden ihre Freundinnen glauben, sie hätte gekniffen. Kam überhaupt nicht in die Tüte, dass sie unverrichteter Dinge wieder abzog. Deshalb straffte Hannah den Rücken und bog die Schultern zurück, um größer zu wirken.

»Entschuldigen Sie bitte«, flötete sie, »was haben Sie gerade gesagt?«

»Haben Sie mich etwa nicht verstanden?«

»Doch, doch, ich wollte Ihnen nur die Chance geben, Ihre Meinung zu ändern. Ich habe nämlich einen Auftrag, und ich werde ihn erledigen.«

»Sie?« Ein grimmiges Lächeln huschte durch den Hipsterbart. »Sie werden gar nichts tun, außer Ihr Fahrrad zu besteigen und abzuzischen. Und zwar dalli, bevor ich so richtig ausraste.«

»Tun Sie doch schon«, entgegnete Hannah.

Langsam platzte ihr die Pelle. Was nahm sich dieser Typ eigentlich raus? Stolzierte wie ein Columbo für Arme in seinem Garten herum und muffelte sie an? Obwohl er offensichtlich wusste, dass Tess sie eigens engagiert hatte, um hier Klarschiff zu machen?

»Raus«, knurrte er.

»Nee, rein.« Sie lächelte zuckersüß. »Ich verstehe, wenn Ihnen das Chaos drinnen unangenehm ist. Geben Sie mir ein, zwei Tage, und Sie werden Ihr Haus nicht wiedererkennen.«

»Sehen Sie, genau das will ich verhindern.« Ungehalten schnalzte er mit der Zunge. »Tess hat sich da in etwas reingesteigert. Aber so läuft das nicht. Ich mache hier mein Ding, ob ihr das gefällt oder nicht. *My home is my castle.*«

Das war eine unmissverständliche Ansage. Allerdings gab es handfeste Argumente, warum Hannah nicht aufgeben durfte. Freundschaft zum Beispiel. Tess und ihr Liebesglück. Der Brief vom Finanzamt. Und das dringend benötigte Geld für den neuen Rollstuhl.

»Okay.« Geblendet von der tief stehenden Sonne verengte sie ihre Augen zu Schlitzen. »Reden wir Klartext. Sie haben keine Lust auf die Aktion. Ich auch nicht. Doch ich habe es Tess versprochen. Könnten wir es nicht so machen, dass ich mir alles anschaue, Ihnen ein paar Tipps gebe, und dann sind Sie mich wieder los?«

Ihre Stimme hatte ein bisschen gezittert. War das der Grund, warum sich seine Züge allmählich glätteten?

»Also gut«, sagte er nach einer bangen kleinen Ewigkeit. »Sie haben eine Viertelstunde.«

Hannah atmete auf. Mann, Mann, Mann, dieser Pascal war die schlechte Laune in Person, aber wenigstens durfte sie seine heiligen Hallen betreten. Wenn sie erst mal drin war, würde aus der Viertelstunde schon noch mehr werden. War doch immer so. Anfangs dachten die Leute: Hey, was wird schon groß zu räumen sein? Und dann staunten sie, was Hannah alles zutage förderte. Dinge, die sie längst vergessen hatten. Oder die sie gar nicht mehr sahen, weil sie sich an den Anblick gewöhnt hatten. Kaputte Stehlampen zum Beispiel, die kein Mensch brauchte. Wellige Teppichbrücken, über die man zehnmal täglich stolperte. Oder uralte Koffer, die seit Jahren unbenutzt auf den Schränken verstaubten.

Was wohl dieser Pascal alles hortet?, überlegte Hannah. Wenn er tatsächlich ein Messie ist, sollte ich wohl besser den Entrümpelungsservice bestellen. Der könnte dann auch gleich den granteligen Hausherrn entsorgen.

Er musterte sie noch einmal von oben bis unten, wobei er dem Oben diesmal mehr Aufmerksamkeit schenkte als dem Unten. Dann machte er ohne weiteren Kommentar auf dem Absatz kehrt, und Hannah folgte ihm in den Eingangsbereich der Villa. Wie befürchtet, sah es dort nach Junggesellenhöhle aus. Zwei vollgehängte Garderobenständer. Eine wuchtige alte Kommode, auf der vier Computertastaturen übereinanderlagen. An der Decke hing ein schadhafter Kronleuchter, in dem nur drei Glühbirnen brannten. Ein windschiefes Regal neben der Haustür quoll über vor Schuhkartons, Zeitschriften und einer kunterbunten Sammlung von Playmobilfiguren. Dieser Mann war kein Messie. Er war der König der Messies.

»Hübsch«, lispelte sie.

Seine Augen hinter den Brillengläsern funkelten angriffslustig.

»Vorsicht, ich habe eine Ironie-Allergie.«

In diesem Moment stieß Hannahs Fuß gegen einen alten, fleckigen Basketball. Er rollte in eine Ansammlung leerer Weinflaschen, die umfielen wie auf der Kegelbahn.

»Nette Bude, wirklich.« Sie konnte sich das Lachen kaum verkneifen. »Hat Stil.«

»Schön, dass es Ihnen gefällt«, grummelte er, während er den Ball aufhob und in die Kommode stopfte. »Ich werde Sie in meinem Testament bedenken.«

»Was haben Sie angestellt? Ihr Personal vergrault?« Hannah deutete auf die Computertastaturen, den Kronleuchter, das Regal mit den bunten kleinen Figürchen. »So eine Playmobilsammlung ist schon süß. Hatte ich auch mal. Mit fünf.«

Wider Willen schien ihm diese kleine Provokation zu gefallen. Seine Mundwinkel zuckten, als er das Saxophon abnahm und auf eine geschnitzte Truhe legte.

»Wo wollen Sie anfangen?«, fragte er etwas freundlicher.

»Normalerweise beginne ich mit dem Kleiderschrank.« Hannah räusperte sich. »Keine Sorge, Sie werden es als Befreiung empfinden, wenn ich das Gröbste aussortiere.«

Er stand schon an der gewundenen Holztreppe, die zum ersten Stock führte, jetzt drehte er sich noch einmal halb zu ihr um.

»Theorie oder Garantie?«

Im Halbdämmer des Flurs konnte Hannah nicht ausmachen, ob er lächelte. Klang aber so. Merkwürdig.

»Garantie«, behauptete sie. »Tausend Prozent.«

Die Treppenstufen knarrten unter seinen Schritten, als er sich abwandte, um vorauszugehen. Und wenn er nun ein Psycho ist?, durchzuckte es Hannah. Wir sind hier ganz allein, und auf den Männergeschmack von Tess ist nicht unbedingt Verlass. Was sie an diesem Typen fand, war Hannah ohnehin schleierhaft. Charme? Fehlanzeige. Geist? Vielleicht. Aussehen? Bis auf die Benjamin-Blümchen-Ohren und den schlampigen Style ganz passabel. Aber sonst?

Beklommen stieg sie die Stufen hoch, während sie unauffällig checkte, ob ihr Handy Empfang hatte. Ja, hatte es, dem Himmel sei Dank. Vorsichtshalber tippte sie schon mal die Notrufnummer ein. Man konnte nie wissen.

Zwei Minuten später standen sie in einem dunkelblau gestrichenen Raum, der genauso vollgestellt war wie der Hausflur. Wer brauchte denn zwei Playstations, zwei riesige Flatscreens, ein Tischkickerspiel und ein dickbauchiges Weinfass im Schlafzimmer? Ganz zu schweigen von dem abgehalfterten Bügelbrett, der Kiste voller Baseballkappen und einer lebensgroßen Figur, die eine Art Krieger darstellen sollte, mit weißer Plastikrüstung und grau glänzendem Plastikgewehr. Uff.

»Das ist ein Stormtrooper, aus *Star Wars*«, erklärte Pascal, der ihrem Blick gefolgt war. »Solche Sturmtruppler gehören zur Elite des imperialen Militärs und stammen ursprünglich aus der Galaktischen Republik.«

Und du stammst aus der Galaxie der kindischen Singlemänner, dachte Hannah innerlich aufstöhnend. SpongeBob. Star Wars. In was für einem schrägen Universum lebte dieser Mann?

Ihre Augen streiften einen Futon, auf dessen schwarz-weiß gewürfelter Bettdecke diverse Chipstüten, Videospiele und ein Playstation Controller von den nächtlichen Beschäftigungen des Hausherrn zeugten. Auf diesem Futon konnte sie sich Tess genauso wenig vorstellen wie in dem idyllischen Garten. Dann richtete sie ihr Augenmerk auf einen riesigen Kleiderschrank aus dunkel gebeizter Eiche.

»Darf ich?«

Es war eine rhetorische Frage. Beherzt öffnete sie die schweren Holztüren, um den Klamottenbestand zu checken.

»Jetzt bin ich ja mal gespannt.« Pascal stemmte die Hände in die Hüften. »Na? Was sagen Sie?«

»Riecht wie altägyptische Grabkammer, und der Inhalt ist bestimmt genauso museumsreif«, antwortete Hannah schnippischer als gewollt. Die frostige Begrüßung steckte ihr noch in den Knochen, und irgendwie war ihr das Ganze sowieso nicht geheuer. Sie konnte diesen Pascal nicht einschätzen. Widerstrebend begann sie, die Bügel mit den Anzügen – ja, Pascal besaß *Anzüge*! – abzunehmen und auf den Futon zu legen. »Wir machen zwei Haufen. Alles, was Sie in den letzten zwei Jahren nicht getragen haben, kommt nach links, die anderen Sachen nach rechts. So wie ich es sehe, ist das meiste total aus der Mode.«

»Bin halt eher so old school«, murrte er.

»Alte Schule, aha. Schüler? Lehrer? Hausmeister?«

»Sie sind ganz schön frech.«

»Nein, ehrlich.« Routiniert wandte sich Hannah seinen Boxershorts zu. »Deshalb gehe ich Ihnen jetzt an die Wäsche.«

»Hey, was soll das?«, protestierte er. »Schon mal was von Intimsphäre gehört?«

Hannah achtete gar nicht auf ihn. Sie wollte diese Aktion nur noch so schnell wie möglich hinter sich bringen. In Windeseile sortierte sie ausgeleierte Boxershorts mit Bart-Simpson-Gesichtern und SpongeBob-Aufdrucken aus, die sie auf den Boden neben dem Schrank legte. Den kleinen brauchbaren Rest – brauchbar war übertrieben, aber sie konnte ja nicht alles entsorgen – faltete sie ordentlich zusammen.

Danach begutachtete sie die Oberhemden. Alle Exemplare mit zu großen Kragen und abgestoßenen Manschetten flogen raus. Nun kamen die T-Shirts und Sweatshirts dran. Pascal schien sie im Dutzend billiger zu kaufen. Alles mindere Qualität. Wegwerfqualität. Offensichtlich gehörte er zu diesen Konsumjunkies, die irgendwas shoppten, was schon nach kurzer Zeit auseinanderfiel und weggeschmissen werden musste. Furchtbar. Und dann diese kindischen T-Shirts! Hannah wollte gerade ein Star-Wars-Shirt aussortieren, als Pascal einen Schrei ausstieß.

»Nicht das!« Er rannte zu Hannah und riss ihr das T-Shirt aus der Hand. »Das ziehe ich immer an, wenn ich mit meinen Kumpels unterwegs bin! Wir sind alle die absoluten Star-Wars-Fans!«

Hannah schüttelte den Kopf. Wer hatte noch gesagt, Männer seien wie Kinder, nur mit tieferer Stimme? Ja, sie verstand Tess. Keine einigermaßen normale Frau wollte einen Kerl, der sich mit idiotischen T-Shirts zum Affen machte. Und es gab noch mehr geschmackliche Verirrungen. Batman-T-Shirts, Superman-T-Shirts, Call-of-Duty-T-Shirts. Verblasste Fußballtrikots. Fusselnde Sweatshirts. Ein neongrünes Netzshirt. Ging dieser Mann mit verbundenen Augen einkaufen?

Natürlich wurde um jedes einzelne Teil heftig gefeilscht. Ganz plötzlich hatte Pascal lauter Lieblingsklamotten. An jedem einzelnen Stück hing er wie ein Trinker an der Flasche, aber nach vielen Diskussionen und einigen Kompromissen hatte Hannah die Zahl der Scheußlichkeiten auf ein akzeptables Minimum reduziert. Die Frage, wann Pascal dieses oder jenes Teil denn tatsächlich zuletzt angehabt hatte, war ihr Joker. Am Ende fand sie ganz hinten im Schrank diverse zusammengeknüllte Feinrippunterhemden, die er vermutlich das letzte Mal getragen hatte, als es noch Handys im Brikettformat gab. Ein Wunder, dass die Dinger nicht längst zerbröselt waren.

Unterdessen erledigte Pascal erstaunlich folgsam seine Aufgabe. Gerade mal ein Anzug und ein Jackett waren auf dem rechten Haufen gelandet.

»Jetzt sind Sie schon mal eine Menge los«, erklärte Hannah. »Morgen früh können Sie das Zeug zum Altkleidercontainer bringen. Und die grüne Weste, mit der Sie sich verunstalten, wird auch dabei sein.«

Er sah an sich hinab, ehrlich betroffen, wie es schien.

»Meine schöne Anglerweste? Die ist doch absolut praktisch mit den vielen Taschen!«

Auch so ein Mythos. Praktisch, haha. Es war schon abenteuerlich, wie sich Männer die schlimmsten Kleidersünden schönredeten.

»Was haben Sie denn so Wichtiges in den vielen Taschen drin?«, erkundigte sie sich listig.

Wieder sah er an sich hinab, diesmal mit einem Ausdruck überraschter Ratlosigkeit.

»Öh. Na ja, eigentlich nichts weiter.«

»Dann weg damit«, befand Hannah knapp. »Überlegen Sie mal – Sie sind doch kein Oberförster auf Angeltour, und Tess …«

»Tess. Ja.« Ein weicher Zug trat in sein Gesicht. »Sie sind also eine gute Freundin von ihr?«

»Seit Ewigkeiten. Und ganz sicher werden Sie beide gut …« Hannah kam ins Stocken. Gut – zusammenpassen? Das wäre geschwindelt gewesen. Nun ja, Gegensätze zogen sich halt an. »Könnten wir das ein andermal besprechen? Sie müssen jetzt Ihr Sockendrama sichten. Lauter einsame Singles.«

»Jawoll, Frau Oberfeldwebel. Sind wir dann fertig?«

Hannah fuhr sich mit dem Handrücken über die Stirn.

»Wir haben gerade erst angefangen.« Sie zeigte auf den Kleiderschrank, der alt, aber nicht wirklich schön war, dann auf das Weinfass, das mit Krimskrams wie Wecker, Handyladestation, Büchern, Zetteln und Zeitschriften beladen war und überhaupt nicht hier reinpasste. Im Grunde passte gar nichts zusammen. »Sagen Sie mal, haben Sie sich die Möbel alle selber ausgesucht?«

Bedächtig nahm er die Hornbrille ab und blinzelte sie mit diesem Gesichtsausdruck an, der kurzsichtigen Menschen stets etwas Rührendes verlieh. Er hatte dunkelblaue Augen. Dunkel wie zwei tiefe, tiefe Bergseen.

»Das Weinfass hat mir ein alter Winzer in Frankreich geschenkt, den Schrank habe ich von meinen Eltern geerbt. Die Star-Wars-Figur war ein Geburtstagsgag von meinen Kumpels, so wie der Tischkicker.«

Interessant, dachte Hannah. Offenbar spielten Pascals Kumpels eine zentrale Rolle in seinem Leben, ganz so, wie es Tess vermutete.

»Wahnsinnig toll finde ich die Sachen auch nicht«, bekannte er, »aber irgendwie bringe ich es nicht über mich, sie wegzuschmeißen.«

Es war das alte Spiel. Man bekam etwas geschenkt, und dann

fühlte man sich verpflichtet, es zu behalten. Auch wenn es weder passte noch schön war. Hannah ließ ihren Blick über das Weinfass und den Kicker schweifen.

»Man könnte die Sachen spenden«, gab sie zu bedenken. »Oder verkaufen. Solange sich kein Interessent findet, könnte man sie auch bei einer Containerfirma einlagern. Oder wollen Sie wirklich im Museum Ihrer Erinnerungen schlafen?«

Grübelnd betrachtete er das Weinfass, die Star-Wars-Figur, den Kleiderschrank, dann setzte er seine Brille wieder auf.

»Einlagern ist eine Superidee. Wieso bin ich nicht selbst darauf gekommen?«

Weil du blind vor dich hin wurschtelst, wie so viele andere Leute, dachte Hannah. Erst stört man sich an dem Krempel, dann macht man seinen Frieden damit, irgendwann wird er unsichtbar. Sie klaubte die herumliegenden Videospielhüllen zusammen und legte sie in die frei gewordenen Fächer des Kleiderschranks. Dort verstaute sie auch die Baseballkappen und warf bei der Gelegenheit nicht weniger als elf vergammelte Exemplare auf den Entsorgungshaufen. Das Bügelbrett klappte sie zusammen und schob es hinter den Schrank. Zum Schluss mussten etwa zwanzig vergilbte Weinzeitschriften dran glauben.

»Bin halt viel unterwegs, deshalb komme ich nie dazu, hier mal richtig auszumisten«, sagte Pascal in die peinliche Pause hinein, die entstanden war. »Ich arbeite mit Ökowinzern in den besten französischen Anbaugebieten zusammen. Im Großhandel gibt es die Weine nicht, da muss man schon persönlich hin. Meine Winzer pflegen die traditionelle Kunst des Weinbaus: seltene alte Rebsorten, mit umweltverträglichen Methoden angebaut, ohne Pestizide, ohne Chemie. Und der Biowein, den die machen – eine Offenbarung.« Er fuhr sich mit der Zunge über die Lippen. »Pfeffernoten, mineralische Nuancen, feine Beerenaromen, herbe Tannine, sanfte Vanilleanklänge … mmmh, wenn die auf dem Gaumen tanzen, ist das wie ein Geschmacksorgasmus. Apropos – möchten Sie ein Glas Wein?«

»Nein, äh, danke«, wehrte Hannah ab, obwohl die verwirrend sinnliche Art, wie Pascal über Wein sprach, ihre Lust auf einen guten Schluck geweckt hatte. »Kein Alkohol. Für das, was ich hier tue, muss ich bei Bewusstsein bleiben. Kann ich jetzt den Rest sehen?«

»Selbstverständlich.« Ein kleines Grinsen erschien in seinen Mundwinkeln. »Sie sind gut. Wirklich.«

»Haben Sie mich etwa gerade gelobt?«, fragte Hannah verblüfft.

»Gewöhnen Sie sich nicht daran.« Sein Grinsen wurde breiter. »Gut, dann fahren wir mal fort mit der Besichtigungstour.«

Was sollte man davon halten? Erst pampte er sie an, jetzt gab es Komplimente? Zuckerbrot und Peitsche. Also wirklich. Hannah zeigte auf den Krimskrams, der auf dem Weinfass lag.

»Wissen Sie, dass Sie nicht aufräumen, hat vermutlich mit negativen Alt-Energien zu tun – sie haften an Gegenständen, die mit schlechten Erlebnissen aufgeladen sind. Dann fühlt man sich blockiert und findet auch nicht die Kraft auszumisten.«

Seine entgeisterte Miene verriet, was er davon hielt.

»Was ist das denn für ein esoterischer Hokuspokus?«

»Das sind Tatsachen. Wir sollten nach energetisch verstrahlten Gegenständen suchen und sie entfernen. Das ist Energiearbeit. Lassen Sie uns gleich damit anfangen. Was hier im Raum verbinden Sie mit etwas Negativem?«

»Ich? Nichts.« Er blickte sich um. »Vielleicht das kleine rote Notizbuch da. Das hat mir mal eine Frau geschenkt, die mir die Reifen zerstochen hat, nachdem es aus war.«

»Sofort raus damit!«, rief Hannah aufgeregt.

Er gab es ihr ohne weiteren Widerspruch, und sie legte es auf den Klamottenhaufen.

»Seien Sie achtsam mit solchen Dingen«, warnte sie ihn. »Auch wenn man es nicht bewusst wahrnimmt – Ihr Unterbewusstsein ist jedes Mal mit der unerfreulichen Sache beschäftigt, wenn Sie das Notizbuch in die Hand nehmen. Ihr Haus sollte ein kraftspendender Rückzugsort sein. Doch das funktioniert nur, wenn Sie einen energetischen Hausputz durchführen.«

»Ich fass es nicht«, stöhnte er. »Ein energetischer Hausputz?«

»Okay, dann mal in Mann-Sprech: Ihr Mülleimer braucht mehr Input.«

»Schon gut, hab's kapiert.« Er verdrehte die Augen. »Können wir dann weitermachen?«

Treppauf, treppab ging es nun durch die ganze Villa. Sie hätte phantastisch sein können – sofern man sie komplett ausgeräumt, frisch gestrichen und neu eingerichtet hätte. Überall standen nutzlose Möbel im Weg, da und dort hatte der Hausherr seine Erinnerungsstücke verteilt: Sportabzeichen aus der Schulzeit, gerahmte Diplome, ein Pokal, der ihn mit dem Titel *Weinhändler des Jahres 2017* beehrte. Dazwischen Bücherstapel, ein verrosteter Ventilator, eine Weinkorkensammlung und zwei alte Radios, die, wie Pascal beteuerte, garantiert noch funktionierten, sofern er sie denn eines Tages reparierte. Es war Hannah ein Rätsel, wie man in diesem Durcheinander wohnen konnte.

»Ist es wirklich so arg?«, fragte er, als sie die Hände über dem Kopf zusammenschlug, weil sie eine Sammlung von fünf defekten Fönen im Badezimmer entdeckt hatte.

»Also, wenn ich Ihre Nachbarin wäre, würde ich bei Ihnen einbrechen und die Vorhänge zuziehen, damit ich mir das Chaos nicht ansehen muss.«

Das Highlight bestand aus einem schwach beleuchteten Abstellraum, wo ein Laufband, eine Rudermaschine und ein Satz Hanteln neben Kartons mit undefinierbarem Inhalt verstaubten. Pascal nuschelte irgendwas von »Wollte immer, hätte gern, müsste man echt mal«, und Hannah wusste Bescheid: In dieser finsteren Rumpelkammer war nie trainiert worden. Dafür stand hinten in einer dunklen Ecke eine weitere lebensgroße Puppe, ein männliches Exemplar mit Schnauzbart, Anzug, Hut und Weste.

»Auch ein schräges Geschenk von Ihren Kumpels?«, fragte Hannah und nahm die Puppe näher in Augenschein.

»Ich nenne ihn Onkel Alfred«, antwortete Pascal schmunzelnd.

Herrjemine. Hannah nahm den Hut von der Puppe herunter, um ihn genauer zu untersuchen. Ein originelles Teil. Sicherlich würde es Fans in ihrem Secondhandladen finden: grauer Loden, rotes Ripsband, zwei Fasanenfedern. Wenn man den Staub entfernte, bestimmt ein apartes Accessoire.

»Sagen Sie mal, Pascal, der Hut …«, setzte Hannah an, aber plötzlich bewegte sich die Puppe. Sie schrie auf. Was war das für ein Höllenspuk?

»Onkel Alfred heißt eigentlich Hans-Werner und wohnt im Gartenhaus hinter der Villa«, erklärte Pascal seelenruhig. »Na, Onkel Alfred? Wie geht's dir heute?«

»Kann nicht klagen, bis auf die Arthritis«, ächzte der ältere Herr. »Könnte ich bitte meinen Hut wiederhaben?«

Hannah zitterte immer noch. Was machte bitte schön ein Onkel Alfred genannter alter Mann in diesem düsteren Abstellraum? In aller Gemütsruhe nahm Pascal ihr den Hut aus der Hand und setzte ihn seinem Onkel wieder auf.

»Du wolltest bestimmt deine Runde machen, mein Lieber. Und? Alles in Ordnung?«

»Da ist jemand eingestiegen, Junge. Hinten am Haus«, berichtete der ältere Herr mit mürber Stimme. »Die Scherben vom Kellerfenster habe ich schon zusammengefegt. Und die Liese …«

Er brach ab. Augenrollend schaute Pascal zu Hannah. Kein Kommentar, sollte das wohl heißen.

Was war hier eigentlich los?

»Sehr gut, vielen Dank, Onkel Alfred«, sagte er nur. »Fräulein Elisabeth habe ich heute noch nicht gesehen. Nachher komme ich bei dir vorbei und bringe dir etwas zu essen.«

Unverständliches vor sich hin grummelnd schlurfte der ältere Herr davon. Pascal wartete, bis er verschwunden war, dann hob er entschuldigend die Achseln.

»Tut mir leid, dass Sie sich so erschrocken haben. Onkel Alfred habe ich auch von meinen Eltern geerbt. Der wird aber nicht eingelagert, okay?« Um seine Mundwinkel zuckte es. »Er ist so eine Art Faktotum hier. Und der außergewöhnlichste Weinkenner, den ich jemals getroffen habe. Der kann bei einer Blindverkostung ein und desselben Weins sogar den Jahrgang nennen.«

Eins wurde Hannah langsam klar: Diese Villa war nicht nur eine einzige Wertstofftonne, sie steckte auch voller Geheimnisse. Der Schreck saß ihr immer noch in allen Gliedern. Was kam als Nächstes? Das Hausgespenst?

»Ist diese«, sie zog die Nase kraus, »diese Liese real? Oder eine Halluzination des lieben Onkel Alfred?«

Sichtlich amüsiert hob Pascal eine der Hanteln hoch, ließ sie jedoch gleich wieder sinken, weil sie ihm offensichtlich zu schwer war. Männer und ihre Sportgeräte, dachte Hannah. Erst geben sie ein Wahnsinnsgeld dafür aus, dann liegen die Sachen in der Ecke rum.

»Fräulein Elisabeth ist rüstige sechsundsiebzig, sie war schon die

Haushälterin meiner Eltern«, erklärte Pascal. »Ich habe sie sozusagen mit dem Haus und Onkel Alfred übernommen. Fräulein Elisabeth bestand darauf. Sie ist eine Seele von Mensch und gehört quasi zur Familie. Zu mir war sie immer wie eine Mutter, nachdem meine eigene Mutter so früh verstorben war. Fräulein Elisabeth hat mir die Schulbrote gemacht, sie hat mich verarztet, wenn ich mir beim Herumtoben blutige Knie geholt habe, sie hat mir sogar abends beim Zubettgehen vorgelesen. Nebenher hat sie gekocht und geputzt, heute ist ihre Lieblingsbeschäftigung, mich zu mehr Ordnung zu ermahnen.«

Was ja bestens gelungen war. Hannah seufzte.

»Und der Einbruch? Was hat es damit auf sich?«

»Ach, nichts weiter«, winkte Pascal ab. »Wenn ich verreist bin, spielen die Jungs aus der Nachbarschaft manchmal Fußball hinterm Haus. Da geht dann schon mal eine Scheibe zu Bruch. Halb so schlimm. Wollen Sie noch die Küche sehen?«

Was blieb ihr anderes übrig? Obwohl Hannah mittlerweile der Kopf schwirrte, nickte sie tapfer. Das war sie Tess schuldig. Herrje. Tess. Wie würde sie mit Onkel Alfred und Fräulein Elisabeth klarkommen? Wusste sie überhaupt, worauf sie sich hier einließ? Hannah hatte größte Schwierigkeiten, sich vorzustellen, dass Tess ein Junggesellenuniversum toll fand, in dem auch noch seltsame ältere Leute herumspukten.

In der Küche sah es nicht viel besser aus als im Rest des Hauses. Ein altmodischer Gasherd nahm jede Menge Platz weg, ein großer Esstisch aus hellem Kiefernholz versperrte den Weg zum Fenster, in den Regalen stand ein Sammelsurium verschiedenster Töpfe und Gewürzgläschen neben ganzen Batterien von Weinflaschen. Einigermaßen fassungslos schaute Hannah zum Hausherrn. Er wirkte ein wenig mitgenommen. Vermutlich dämmerte ihm inzwischen, dass sein häusliches Chaos alles andere als die übliche Unordnung darstellte.

»Was meinen Sie«, ein klein bisschen Scham schwang in seiner Stimme mit, »sollte ich hier mal aufräumen?«

»Was für ein ungewöhnlicher Lösungsansatz.«

Hannahs Sarkasmus war ihm nicht entgangen. Seine Augen wanderten zu einer Holzkiste voller Kochutensilien, und Hannah musste nicht lange hinschauen, um das übliche Mehrfachproblem zu erkennen.

»Auf das eine oder andere könnte ich vielleicht verzichten«, sagte er kleinlaut.

»Nicht vielleicht, ganz bestimmt.« Auch Hannah war mittlerweile ein wenig erschöpft, was sie sich natürlich nicht anmerken ließ. »Drei Pfannenwender, vier Schneebesen, sechs Suppenkellen. Und wussten Sie, dass Sie«, Hannah zählte schnell, »vierzehn Töpfe besitzen? Sie könnten einen Haushaltwarenladen eröffnen.«

»Ich koche«, erwiderte er stolz.

»Ach ja?« Ihre Stimme triefte vor Ironie. »Ich dachte, Cowboys jagen nur.«

Da war es wieder, dieses breite Grinsen.

»Sie haben noch nicht mein Rotweinhühnchen probiert, mit Morcheln und in Butter angedünsteten Schalotten.«

Hannah lief das Wasser im Mund zusammen. Allerdings war sie hier kein Gast, sondern ein professioneller Clearing-Coach. Deshalb holte sie geschäftig einen Block mit gelben Haftzetteln aus ihrer Hosentasche.

»Wir gehen noch mal durchs ganze Haus, und alles, was rausmuss, bekommt so einen gelben Zettel.«

»Aber mein Weinkeller ist tabu«, warf er ein. »Das ist mein Heiligtum.«

»Akzeptiert. Nur den Dachboden würde ich gern noch anschauen. Morgen früh schicke ich Ihnen eine Mail mit weiteren Tipps zum Ausmisten, außerdem Adressen von Recyclinghöfen, karitativen Organisationen, Einlagerungsunternehmen et cetera.« Aus der hinteren Tasche ihrer Jeans zog sie ihre Visitenkarte. »Hier sind meine Kontaktdaten, falls Sie noch Fragen haben.«

Er nahm die Karte, ein schnörkellos gestaltetes Stück Pappe in Hellgrau, und gab ihr im Austausch seine eigene, die sie achtlos in die Innentasche ihres roten Jacketts stopfte. Danach blieb er mit zerknirschter Miene vor ihr stehen.

»Ich glaube, ich muss mich bei Ihnen entschuldigen. Bin bei unserem Kennenlernen kräftig ins Fettnäpfchen getreten, oder?«

Kopfsprung in die Fritteuse hätte es besser getroffen, fand Hannah.

»Es ist – tja, so«, erklärte er stockend, »ich hatte in letzter Zeit öfter ungebetenen Besuch. Die Großhändler sind hinter mir her. Die wittern ein Riesengeschäft, weil kleine, feine Weingüter und exquisite Ökoweine total angesagt sind. Dauernd stehen hier Leute auf der Matte, die meine kleine Firma übernehmen wollen. Inklusive meiner in jahrelanger vertrauensvoller Arbeit aufgebauten Kontakte in Frankreich. Aber das würde alles kaputt machen.«

»Wieso kaputt?«, fragte Hannah, die sich mit einer Pobacke auf dem Küchentisch niederließ, weil sie mittlerweile ganz schön durchhing.

»Diese Großhändler sind Haie, nein, Piranhas.« Er versenkte seine Hände in den Taschen der Jogginghose. »Die setzen die Winzer unter Druck, machen sie von sich abhängig und reißen sich irgendwann die Weingüter unter den Nagel. Dann ist Schluss mit öko und Tradition. Dann dient der gute Name nur noch als Etikett für billig produzierten Wein. Und die meisten Käufer merken das nicht mal.«

»Ach, und Sie sind der David, der gegen den Goliath der bösen Weinindustrie kämpft?«

»Genau.« Er zeigte auf eine der Flaschen im Regal, und ein fast zärtlicher Ausdruck trat in sein Gesicht, als er sie herausholte. Keine Frage, dieser Mann liebte seinen Wein. »Könnte ich Sie denn wenigstens jetzt mit einem Château Montignac aufheitern? Als Wiedergutmachung?«

»Nein, danke, lieber ein Wasser.«

»Knäckebrot dazu?«, zog er sie auf. »Ich meine, Sie wissen wirklich, wie man lebt.«

»Und ich denke mal, für Ihre Verhältnisse war das jetzt ziemlich charmant«, revanchierte sie sich.

»Tut mir wirklich leid wegen der unfreundlichen Begrüßung, ich musste ein bisschen Dampf ablassen.« Seine freie Hand beschrieb eine fahrige Geste. »Hatte viel Stress in letzter Zeit.«

»Ach, und was machen Sie, wenn Sie richtig Dampf ablassen? Das Haus abfackeln?«

Er lachte lausbübisch wie ein Schuljunge, während er die Weinflasche entkorkte, eingehend daran schnupperte und ein Glas füllte. Für den Bruchteil einer Sekunde verstand Hannah, warum sich Tess von ihm angezogen fühlte. Wenn Pascal lachte, war er umwerfend. Vergnügt holte er Mineralwasser aus dem Kühlschrank, das er Hannah in einem kunstvoll geschliffenen Bleikristallglas kredenzte. Dann hob er sein eigenes Glas hoch.

»Wohl bekomm's. Sie ahnen gar nicht, was Sie verpassen. Der Château Montignac ist eine echte Rarität. Schon die Farbe – sehen Sie den leichten Honigton? Und die fast ölige Textur? Dieser Wein ist weich wie Seide und sinnlich wie die Sünde …«

Da sprach ein Genießer, keine Frage. Hannah nippte an ihrem Wasser. Pascals Entschuldigung hatte ihr gutgetan, aber so leicht wollte sie ihm den unhöflichen Empfang nun auch wieder nicht durchgehen lassen.

»Ich würde sagen, Sie trinken zu viel Château Tourette – das ist der Wein, bei dem man pampig wird.«

»Besser als ein Château Migräne«, konterte er schlagfertig. »Da sind Kopfschmerzen garantiert. Auch einen Château Garage mit dezentem Dieselaroma würde ich keinesfalls empfehlen.«

Hannah unterdrückte ein Kichern.

»Einen haben Sie noch vergessen: Château Charmeur. Da braucht man ein Sieb für die Süßholzraspel, die im Wein schwimmen. Aber so was trinken Sie ja offensichtlich nicht.«

Gedankenversonnen schwenkte er sein Glas und ließ den Rotwein darin kreisen, als sei er bei einer Verkostung.

»Auf Ihr Wohl. Ich trinke jetzt so lange, bis ich Sie so lustig finde wie Sie mich.«

Hannah verschluckte sich fast an ihrem Wasser.

»Ich soll Sie lustig finden? Wie kommen Sie denn darauf?«

»Reine Beobachtungsgabe«, lächelte er.

Rosig schimmerndes Abendlicht fiel durch das Küchenfenster und beleuchtete Pascals Segelohren auf sehr effektvolle Weise. Doch Hannah sah nur seine Augen hinter den Brillengläsern, die gefährlich blitzten. Sehr, sehr gefährlich für eine Frau, die nur einer Freundin einen Gefallen tat und keinesfalls flirten wollte. Sie schwiegen, während sie ein paar Schlucke tranken; Pascal genießerisch, Hannah befangen. Wieso stieg ihr jetzt auch noch eine heiße Röte ins Gesicht?

»Also, auf zum Dachboden«, sagte sie munter, um ihre Verlegenheit zu verbergen. »Bald wird es dunkel, und vor mir liegt ein langer Heimweg per Fahrrad.«

»Wie Sie wollen.«

Eine winzige Prise Enttäuschung raute seine Stimme auf. Hannah hörte so was. Sie achtete immer auf Stimmen, manchmal sogar mehr als auf die Worte. Stimme kommt von Stimmung, hatte sie mal irgendwo gelesen, und auch jetzt bewahrheitete sich diese Weisheit. Es stand außer Frage, dass Pascal nichts dagegen gehabt hätte, den weiteren Abend mit ihr zu verbringen.

In diesem Moment hörte sie ein heftiges Pochen an der Haustür und laute »Pascal, hey, Pascal!«-Rufe.

»Das müssen meine Kumpels sein, die schneien hier manchmal so rein«, erklärte er. »Entschuldigen Sie mich eine Sekunde.«

Er lief hinaus, und eine Minute später war die Küche voll. Sprachlos sah Hannah zu, wie drei Männer in Pascals Alter lachend und schwatzend eine Weinkiste auf den Tisch stellten, Gläser aus dem Schrank holten, ein Handy in die Dockingstation neben dem Herd steckten und hämmernde Musik aufdrehten.

»Tja, das sind die Freuden des Singledaseins.« Pascal hob die Hände zu einer Da-kann-man-leider-nichts-machen-Geste. »Als Single darf man jederzeit mit seinen Freunden abhängen.«

Ein kerniger Typ mit Vollbart und rot-blau gewürfeltem Holzfällerhemd klopfte ihm lachend auf den Rücken.

»Genau. Wenn du Single bist, hast du alle Freiheiten der Welt. Wenn du deine Freunde sehen willst, triffst du deine Freunde. Wenn du Pizza willst, bestellst du Pizza. Wenn du Lust auf ein Glas Wein hast, trinkst du eben ein Glas Wein.«

Ein strohblonder Typ in Jeans und rot-weißem Bayern-München-Fußballtrikot nickte grinsend.

»Und wenn du Sex haben willst, bestellst du dir stattdessen einfach noch eine Pizza.«

»Es lebe die Freiheit!«, rief der Dritte im Bunde, dann brachen alle in Lachen aus.

Kapitel 3

Im ersten Moment war Hannah so überrumpelt, dass sie an sofortigen Rückzug dachte. Die lärmenden Stimmen, die dröhnende Musik, die aufgekratzte Stimmung, all das überforderte sie. Dann überlegte sie es sich anders. Hatte Tess nicht erwähnt, dass Pascals Kumpels ein leidiges Thema seien? Und musste sie sich nicht ein Bild von seinem Sozialleben machen, um herauszufinden, ob er überhaupt der Richtige für ihre Freundin war?

Der kernige Typ mit dem Holzfällerhemd streckte ihr die Hand hin.

»Robin. Und wer bist du?«

»Ich, äh, bin Hannah.«

»Sie soll bei mir«, Pascal malte mit den Fingern Gänsefüßchen in die Luft, »auf-räu-men, huhu, stellt euch das mal vor! War natürlich eine Idee von Tess, was sonst.«

Robin stemmte die Hände in die Hüften.

»Sag das noch mal. Tess schickt dir jemanden zum – *Aufräumen*?«

»Nicht *jemanden*«, entgegnete Hannah, die sich immer unwohler in dieser Männerrunde fühlte. »Ich bin professioneller Clearing Coach. Mein Job ist es, Leute beim Ausmisten zu unterstützen.«

»Das ist kein Job, das ist geil des Todes!«, prustete Robin los und schlug sich auf die Schenkel.

Auch die anderen lachten lauthals. Hannah fühlte sich wie der letzte Idiot.

»Ja, krass«, sagte Pascal, der eine Weinflasche geöffnet hatte und an dem Korken schnupperte. »Tess ist der Meinung, dass ich es nötig hätte.«

»Wieso, bei dir ist doch alles in bester Unordnung«, grinste sein Freund im Bayern-München-Trikot, der sich Hannah nun ebenfalls vorstellte. »Hi. Moritz. Nichts gegen dich persönlich, Hannah, aber wenn mir eine Frau so eine Aufräumaktion reindrücken würde, wäre ich schneller weg, als die Frau Single buchstabieren kann.«

»Tess, die Frau, bei der Barbie neidisch wird, will Pascal also zu ihrem Ken umfrisieren«, amüsierte sich der dritte Freund, der unter seiner Jeansjacke ein Star-Wars-T-Shirt trug. Er verbeugte sich scherzhaft. »Gestatten, Anton.«

»Hallo Anton«, erwiderte Hannah schmallippig.

Sie bekam langsam Magengrummeln vor lauter unterdrücktem Ärger. Für diese Typen war sie nichts weiter als eine Lachnummer.

»Tess will die bessere Version von Pascal, aber die kriegt sie nicht«, verkündete Moritz. »Weil er nämlich schon die weltbeste Version von sich selbst ist!«

Als sei er hier zu Hause, öffnete er den Kühlschrank und stellte die übrigen Flaschen aus dem Weinkarton hinein. Bei der Gelegenheit nahm er ein Stück Käse heraus, von dem er mit einem Brotmesser ein Stückchen absäbelte und sich in den Mund steckte.

Nein, korrigierte sich Hannah, während sie ihm zusah. Es ist nicht, *als ob* Moritz hier zu Hause sei. Er *ist* hier quasi zu Hause.

Pascal mochte Single sein, in Wahrheit gehörten seine Kumpels zu seinem Leben wie Onkel Alfred und dieses Fräulein Elisabeth. Falls Tess davon ausging, sie würde sich einen Junggesellen angeln, hatte sie sich geschnitten. Sie bekam eine ganz WG dazu, inklusive dieser Rasselbande.

Moritz, der an seinem Käse kaute, schaute sie stirnrunzelnd an.

»Was trinkst du denn so?«

»Ich?« Nervös strich sie ihr rotes Jackett glatt. »Wieso?«

»Na, wir haben da so eine Theorie«, grinste Robin und zwinkerte Pascal zu. »Dass man erkennt, wie Frauen drauf sind, je nachdem, was sie trinken. Ich meine, hey – Aperol Sprizz?«

Alle grölten entrüstet.

»Das ist doch süße Brause für Geschmackslegasthenikerinnen. Kannste vergessen, solche Frauen sind Mädels. Oder Prosecco-O. Also mit Orangensaft, manche nennen es jetzt Mimosa. Da muss man aufpassen, das sind die komplizierten Frauen.«

»Oder die Cocktail-Tussis«, machte Moritz weiter. »Wie ernst kann man eine Frau nehmen, die Sex on the Beach trinkt?«

Alle lachten wieder, nur Hannah machte ein langes Gesicht. Wie doof war das denn? Ein primitiver Persönlichkeitstest anhand von Getränken? Herr, lass Hirn regnen, bat sie stumm. Abgesehen davon zischte sie ab und zu einen Aperol Sprizz mit Tess. Schon deshalb war sie verstimmt.

»Am schlimmsten sind Biertrinkerinnen«, rundete Robin den Psychotest für schlichte Gemüter ab. Er warf die Arme in die Luft. »Was ist der Plural von Bier?«

»Kasten!«, schrien alle.

»Und was ist der Plural von Wein?«

»Genuss!«, schallte es durch die Küche.

Es schien eines ihrer Rituale zu sein. Allmählich fühlte sich Hannah nun doch fehl am Platz. Ob sie nicht besser verschwinden sollte?

»Nehmen Sie die Jungs nicht so ernst«, lächelte Pascal entschuldigend.

»Wir sind eigentlich ganz nett«, behauptete Robin, der Holzfällertyp. »Und wir haben einen Hammerwein mitgebracht. Einen reinsortigen Grenache-Rosé aus der Provence, wie man ihn ganz selten findet: cremige, stoffige Fülle, vollfruchtiges Bouquet mit Himbeer- und Erdbeeraromen, seidige Milde, histamingeprüft.«

»Beim Rosé aus der Provence bevorzuge ich eher die Cinsault-Traube«, warf Pascal ein.

Wie war das? Hannah hatte das Gefühl, plötzlich in einen Fachkongress der irren Weinspezialisten geraten zu sein. Ihr sagten weder die Traubensorten etwas noch die anderen Begriffe.

»Wieso denn histamingeprüft?«, erkundigte sie sich.

Es war das einzige Wort, mit dem sie etwas anfangen konnte, weil sie immer im Frühjahr ein Antihistaminspray gegen ihre Pollenallergie brauchte.

Pascal goss etwas von dem Rosé in ein Glas und hielt es gegen das Licht, um die Farbe zu begutachten.

»Ungefähr zwanzig Prozent aller Menschen reagieren allergisch auf Histamin, das natürlicherweise auch im Wein vorkommt.«

»Betroffen sind vor allem Frauen im mittleren Alter«, fügte Robin mit einem Blick auf Hannah hinzu. »Kein Witz. Das führt dann zu massiven Unverträglichkeiten beim Weingenuss.«

Jo. Das war ja mal ein Superkompliment. Hannah hätte sich nie im Leben als Frau mittleren Alters bezeichnet, weil es so – altbacken klang? Und auch ein klein bisschen kränkend? Das wurde ja immer besser hier.

»Durch spezielle Zuchtmethoden ist es gelungen, den Histamingehalt mancher Rebsorten stark abzusenken«, erläuterte Pascal, der das Glas in seiner Hand fasziniert hin und her drehte. »Außerdem muss man die Trauben sehr schnell und unter extrem hygienischen Bedingungen verarbeiten.«

»Aha«, sagte Hannah, obwohl sie nur die Hälfte begriff.

Leicht verdattert nahm sie sich einen Stuhl und setzte sich an den Küchentisch. Was war denn das bloß für ein abgefahrener Weinclub? Oder wohl besser der Club der alkoholischen Chemiker, die drauflosfachsimpelten, als gäbe es dafür einen Preis zu gewinnen.

Moritz, der Bayern-München-Fan, goss sich nun ebenfalls von dem Rosé ein, den er prüfend im Glas herumschwenkte.

»Exquisite Reintönigkeit. Dieser Rosé ist sogar vegan vinifiziert. Mega, oder?«

Hannah starrte auf das Glas. Vinifiziert. Das war doch verrückt. Gab es so ein Wort überhaupt? Offenbar ja. Aber vegan? Was sollte das denn in diesem Kontext nun wieder heißen?

»Verstehe ich nicht«, murmelte sie. »Wein ist doch von selbst vegan. Ich meine, Weintrauben? Hallo? Das sind doch keine Tiere?«

Im selben Moment ging ihr auf, dass sie etwas sehr Dämliches gesagt haben musste. Vier Augenpaare richteten sich auf sie mit einem Ausdruck, als hätte sie nur Singen und Klatschen in der Schule gehabt. Es war Pascal, der sich gnädigerweise von der Höhe seines Fachwissens dazu herabließ, sie aufzuklären.

»Bei Weißweinen wie auch bei Rosés sind Tannine und Gerbstoffe eher störend für den Geschmack. Deshalb werden sie beim Weinausbau mit Chemikalien auf tierischer Basis entfernt.«

»Bei Rotweinen ist das nicht nötig, die beziehen ihr Aroma gerade aus den Tanninen und Gerbstoffen«, übernahm Robin, der unternehmungslustig die Ärmel seines Holzfällerhemds hochkrempelte. »Aber bei Weiß und Rosé ist das ein Problem. Es gibt nur wenige Winzer, die den feinen Geschmack eines Spitzenrosés ohne tierische Hilfsstoffe hinkriegen.«

Inzwischen war ehrliche Neugier in Hannah erwacht. Sie hatte sich nie groß Gedanken um Wein gemacht. Er war irgendwie da, man öffnete eine Flasche, trank sie aus, brachte sie zum Altglascontainer, das war's. Die Geschichten dahinter hatte sie nicht einmal geahnt.

»Wie kriegt man denn nun diese – Tannine? Gerbstoffe? – wieder raus aus dem Wein?«, fragte sie, um ihre kleine Scharte wenigstens mit Interesse auszuwetzen.

Die Frage, wie man eigentlich Roséwein herstellte, verkniff sie sich wohlweislich. Hannah hatte immer den Verdacht gehegt, dafür würden Rotwein und Weißwein zusammengepanscht, bis die Farbe stimmte. Doch so ehrfurchtsvoll, wie diese vier Männer über den Rosé sprachen, musste mehr dahinterstecken.

Pascal setzte sich an den Tisch und schob ihr ein leeres Glas hin, das er unaufgefordert mit einem Schluck des Rosé füllte.

»Dafür braucht man Know-how und Leidenschaft. Das ganze Geheimnis würden die Winzer niemals preisgeben, aber ein paar Details haben sie mir verraten. Zum Beispiel ernten sie die Trauben im Morgengrauen, wenn es noch kühl ist. Kälte verlangsamt chemische Prozesse. Beim Traubenpressen verlangsamt sich dann auch der chemische Vorgang, durch den die Gerbstoffe aus den Traubenhäutchen in den Traubensaft übergehen.«

»Je kälter gepresst, desto weniger Gerbstoffe im Wein«, fasste Robin das Gesagte zusammen.

»Ähm, ja, also klar, total logisch«, stammelte Hannah, um nicht ganz so unwissend dazustehen.

Sie spürte Pascals amüsierten Blick auf sich ruhen, und sofort regte sich wieder das verklemmte, verlegene Gefühl in ihr. Himmel noch mal, dieser Mann konnte ihr gefährlich werden, wenn sie nicht höllisch aufpasste. Ihr gefiel die Art und Weise, wie er über Wein sprach. Die sinnliche Art von vorhin und auch seine Kenntnisse, die er jetzt in der Küche an den Tag legte. Doch sie wollte nicht, dass Pascal ihr gefiel. Sie wollte, dass er ein uninteressanter schusseliger Chaot war, in den sich Tess aus unerklärlichen Gründen verschossen hatte und der für sie, Hannah, nichts weiter als der Freund ihrer Freundin war. So weit der Plan.

»Was für einen Wein bevorzugst du denn?«, fragte er nun auch noch.

Peinlich berührt schaute sie in ihr Glas. Da hatte er sie ja auf dem völlig falschen Fuß erwischt. Es war eine dieser Fragen wie bei einem Test, für den man nicht gelernt hatte.

»Ich muss dich warnen – ich bin ein absoluter Weindepp«, bekannte sie. »Wenn ich überhaupt mal Wein trinke, entscheide ich mich zwischen Weiß und Rot. Und trocken soll er sein. Das war's dann auch schon mit meinem Fachwissen.«

Das betretene Schweigen, das folgte, wirkte nicht gerade ermutigend. Sie hatte sozusagen einen Offenbarungseid in Sachen Wein geleistet. Genauso gut hätte sie einen Fußballfan fragen können, warum es nicht zwei Bälle im Spiel gebe, damit sich die Mannschaften nicht dauernd um einen einzigen balgen mussten.

»Halb so tragisch, wir haben alle mal mit Lambrusco in der Literflasche angefangen«, kam ihr Moritz zu Hilfe. »Es ist nie zu spät, ein Weinkenner zu werden. Man muss sich nur drauf einlassen.«

»Möge die Macht mit dir sein«, griente Anton und zeigte auf sein Star-Wars-T-Shirt.

»Willkommen bei deiner ersten Weinverkostung«, fügte Pascal feierlich hinzu.

Zwanglos und ohne zu fragen, war er zum Du übergegangen. Das hatte zwar schon die ganze Zeit über in der Luft gelegen, dennoch zuckte Hannah ein bisschen zusammen. Sie hatte auf Distanz zu diesem viel zu anziehenden Mann gehen wollen. Und jetzt das. Viel zu intim. Entsprechend holprig ging ihr das erste Du über die Lippen.

»Das ist sehr nett von Ihnen – von, also, tja, von dir. Aber ich fürchte, dies ist weder die Zeit noch der Ort …«

»Jetzt quatsch mal keine großen Opern«, unterbrach sie Robin mit einer rustikalen Entschlossenheit, die perfekt zu seinem Holzfällerhemd passte. »Man muss das Leben leben, wie's kommt. Und hier kommt ein phantastisches Gewächs.«

Auch er hatte inzwischen ein gefülltes Glas in der Hand. Eine gespannte Erwartung lag in der Luft, was Hannah ziemlich übertrieben fand. Gut, ja, man probierte einen Wein, man informierte sich, man wusste, woher er kam. Aber wieso dieses ganze Bohei ums Trinken?

»Dann erzählt mir mal was über dieses außergewöhnliche Schätzchen«, forderte Pascal seine Kumpels auf.

»Knaller«, sagte Anton knapp.

»Seidig, frisch, im Abgang gehaltvoll, der absolute Traum«, ergänzte Robin. »Man schmeckt das Terroir der Provence, diesen mineralischen Boden.«

»Und dann die typische helle Farbe des Provence-Rosés«, schwärmte Moritz. »Nur schade, dass die Taillenflöten verschwunden sind.«

Hannah zog fragend die Augenbrauen hoch.

»Die – was?«

Pascal formte mit den Händen etwas, was an einen weiblichen Körper erinnerte. Bevor Hannah etwas Anzügliches daran vermuten konnte, lieferte er schon die Erklärung hinterher.

»Früher kam Rosé aus der Provence in schlanken, geschwungenen Flaschen, wie eine Colaflasche, nur größer. Deshalb Taillenflöte. Doch das ist heute nicht mehr üblich.«

»Ja, schade. Mir fehlt das ewig weibliche Element«, grinste Anton.

Er holte ein Baguette aus dem Schrank, das er in Scheiben schnitt und in einen Brotkorb legte. Auch Anton war hier selbstverständlich zu Hause. Hannah fing an, sich zu fragen, was sie eigentlich Tess erzählen sollte. Lass die Finger von dem Typen? Oder: Richte dich auf eine überfüllte Beziehung ein?

»Freunde, es geht los!« Pascal erhob sein Glas. »Prosit, möge der Wein munden!«

Na, endlich. Das dauerte ja ewig bei dem endlosen Palaver, bis man etwas trinken durfte. Hannah platzte mittlerweile vor Neugier. Sie griff nach ihrem Glas und führte es an die Lippen, als ein vierstimmiges »Neeeiiin!« ertönte.

»Erst prüft man die Farbe, dann das Bouquet«, sagte Pascal vorwurfsvoll.

»Ja, *man* vielleicht«, brummte Hannah trotzig. »Aber ich trinke Wein eben so, wie ich ihn trinken will. Man muss nicht jeden Unsinn mitmachen.«

Entgeisterte Blicke flogen hin und her. Offenbar hatte sie eine Todsünde im Paradies der Weinkenner begangen.

»Es geht nicht darum, was *man* tut, es geht um die Freude am Wein«, wurde sie von Pascal mit sanfter Stimme berichtigt. »Die Farbe anschauen und den Geruch testen, das steigert die Vorfreude. Also, genießen wir das Bouquet.«

Alle hielten die Nase über ihre Gläser. Hannah tat es ebenfalls. Widerstrebend und genervt, aber sie tat es. Nun ja, ganz so genervt nun auch wieder nicht, wenn sie ehrlich war. Obwohl sie es Pascal nicht eingestanden hätte, fand sie Gefallen an dieser Inszenierung. Es war pure Achtsamkeit. Der Wein wurde nicht einfach runtergekippt, er wurde diskutiert und gefeiert, mit jeder kleinen Nuance. Schon wieder etwas, was ihr an Pascal gefiel. Falsch, total falsch, schalt sie sich.

»Mmmh«, er schloss die Augen und schnupperte mit geblähten Nasenflügeln, »da weht mich etwas Kühles, fast Minziges an und etwas Fruchtiges, eine Anmutung von Rhabarber …«

»Ja, das Ganze wirkt komplex früchtebetont, dabei elegant mit schlankem Körper …«, sagte Robin, der wie Pascal mit geschlossenen Augen schnupperte.

»Brillante Nase«, stöhnte Moritz verzückt, »feine Kräuterwürze, dezent fruchtig, doch für mich ist es weniger Rhabarber, eher so was wie rote Beeren …«

»Viel Spiel und feine Würze.« Anton atmete mehrmals tief ein. »Ich rieche etwas Florales, weiße Blüten vielleicht, und bei der Frucht denke ich an Hagebutte und Anis …«

Alle schauten nun zu Pascal, der offenbar der Platzhirsch in diesem weinbegeisterten Rudel war.

»Ja, da sind sogar zitronige Nuancen, ein Hauch Bergamotte. Insgesamt ausgewogen rund und dennoch straff.« Er sah Hannah an. »Etwas schüchtern im Erstkontakt, aber sehr viel Charakter.«

Sie konnte nicht verhindern, dass sie rot wurde. Knallrot. Er meinte sie, kein Zweifel. Und so wie seine Freunde sie anstarrten, dachten sie genau dasselbe: Pascal sprach nur vorgeblich über Wein. Wollte er sie etwa aus der Fassung bringen? Oder funkelte da aufrichtige Sympathie hinter seinen Brillengläsern?

»Okay, jetzt trinken wir«, gab er das Kommando.

Natürlich wurde noch nicht getrunken. Denn jetzt holte Pascal ein kleines Thermometer aus seiner schrecklichen Anglerweste und hielt es in sein Glas. Hätte ich mir ja denken können, seufzte Hannah im Stillen.

»Acht Grad, Wahnsinn.« Er schaute auf. »Wie habt ihr das hinbekommen, Jungs?«

»Eine Flasche haben wir auf der Herfahrt mit Eiswürfeln kühl gehalten«, erklärte Moritz. »Die ideale Trinktemperatur liegt zwischen sechs und neun Grad, also? Challenge absolviert?«

Übermütig klatschten sie einander ab, wie kleine Jungs, die beim Fußball ein Tor geschossen hatten. Dann tranken alle, auch Hannah.

Hm. Wo waren sie, die weißen Blüten, die Kräuter, die Mineralien? Wo war der Rhabarber? Der Wein schmeckte ihr, aber was die anderen darin vorfanden, konnte sie nicht ganz nachvollziehen. Leicht geistesabwesend hörte sie zu, wie nun neue Fachsimpeleien über den Geschmack ausgetauscht wurden. Über ein einziges Glas Wein zu reden, schien Stoff für ein abendfüllendes Gespräch zu liefern.

Und ja, auch das gefiel ihr. Sie hatte eine ruppige Runde erwartet, mit schlicht gestrickten Kerlen. Doch sämtliche Männer am Tisch waren feinfühlig genug, um sich jeder kleinsten Facette dieses Weins zu widmen. Es hatte etwas fast Rührendes, dass sich vier erwachsene Männer darum bemühten, ihre Eindrücke und Empfindungen so genau wie möglich zu schildern. Sie liebten Wein. Und diese Liebe haute Hannah um. Ob sie wollte oder nicht, plötzlich gingen ihre Gedanken auf gefährlichen Abwegen spazieren. Wenn ein Mann wie Pascal so liebevoll und leidenschaftlich mit Wein umging, war er dann vielleicht genauso im Bett? Liebevoll und leidenschaftlich? O nein. Verbotener Gedanke. Streng verboten!

Sie konzentrierte sich wieder auf die Diskussion, die nichts an Lebhaftigkeit verloren hatte.

»Leicht im Alkohol, bei feinem Biss, das ist schon cool«, sagte Moritz, der Fußballfan. »Und auch ein anständiger Name auf dem Etikett – Château Napoléon. Die deutschen Winzer machen ja jetzt solche albernen Marketingnamen. ›Sommerflausen‹. ›Mahlzeit‹. ›Für dich soll's rote Rosen regnen‹. Das ist doch nicht seriös!« Er unterbrach sich. »Wie schmeckt es dir eigentlich, Hannah?«

Oje. Sie hatte inständig gehofft, einfach vergessen zu werden, und nahm einen weiteren Schluck, um Zeit zu gewinnen. Streng dich an, sonst bist du hier die Cocktail-Tussi. Und die willst du schon wegen Tess nicht sein.

»Ich finde den Wein …«, sie überlegte, »frisch, mit einer Spur – Aprikose?«

Damit löste sie ein vierstimmiges Schweigen aus. Dann brüllten alle gleichzeitig los, als hätte sie soeben einen Jackpot geknackt.

»Das ist es! Genau, Hannah! Keine Beeren, kein Rhabarber, sondern Aprikose! Wahnsinn! Du hast es drauf! Du bist ein echtes Naturtalent!«

Mit hochgezogenen Schultern und eingezogenem Kopf ließ Hannah das unerwartete Lob über sich ergehen. Was war denn jetzt passiert? Konnte es wirklich sein, dass sie diesen Weinprofis imponierte?

»Große Klasse, Hannah«, sagte Pascal. »Komm, klatsch ab. Hiermit ernenne ich dich offiziell zur Weinkennerin im Anfangsstadium.«

Etwas ungelenk hielt Hannah ihm ihre Handfläche hin, und er gab sich sichtlich Mühe, die männliche Geste so behutsam wie möglich zu vollführen.

»Sie ist echt cool«, sagte Moritz anerkennend.

»Wow. Aprikose, stimmt genau, und sie hat es als Einzige rausgeschmeckt«, pflichtete Robin ihm bei.

»Herrlich, so ein frischer junger Wein.« Pascal schmatzte demonstrativ genießerisch. Als sei ihm sein Lob für Hannah schon wieder unangenehm und als wollte er schnell davon ablenken. »Kein Vergleich mit den Versuchen, Rosé im Barriqueausbau anzubieten. Ich mag diese rauchigen, speckigen Noten von der langen Holzfasslagerung überhaupt nicht. So was kannst du dir nur reinorgeln, wenn du dazu ein Pfeffersteak auf den Grill haust.«

»Halt, stopp, Grillen, gutes Stichwort!«, rief Anton. »Du warst so lange in Frankreich, ab jetzt ist wieder unser Freitagsgrillabend fällig. Ich kann nächstes Mal Lammkoteletts mitbringen. Wenn ich die vorher in Olivenöl und Rotwein mariniere, werden die butterweich.«

Wöchentliche Grillabende mit den Kumpels, auweia, dachte Hannah. Darauf konnte sich Tess ja schon mal freuen. Fand sie bestimmt toll, die Freitagabende im beißenden Rauch von verbranntem Fleisch zu verbringen und sich die Fachsimpeleien von Pascals Kumpels anzuhören.

Sie horchte auf. Moritz schlürfte den Rosé sehr hörbar, was die anderen ihm durchgehen ließen. Gehörte das etwa dazu?

»Ah«, seufzte er, »der perfekte Wein für einen Sommerabend unter freiem Himmel, wenn man den ganzen Tag im Meer gebadet hat.«

»Ja, es gibt für jeden Anlass den passenden Wein«, bestätigte Pascal.

»Einen süffigen Chablis, wenn man sich eine Frau schöntrinken will«, grinste Anton.

Robin hob in gespielter Verzweiflung die Hände.

»Einen schweren körperreichen Merlot gegen Liebeskummer.«

Pascal lehnte sich behaglich auf seinem Stuhl zurück.

»Onkel Alfred sagt: Es gibt kein Problem, das sich nicht mit einem Glas Wein lösen ließe.«

»Apropos – wie steht es eigentlich um dein Duell mit den Weinkonzernen?«, fragte Robin.

Alle Farbe wich aus Pascals Gesicht, seine Züge verzerrten sich, von einem Moment auf den anderen verflog seine gute Laune.

»Die erpressen mich, besser könnte es die Mafia auch nicht tun.«

»Hm. Wie läuft so eine Erpressung denn ab?«, fragte Hannah verständnislos. »Können die dir überhaupt drohen?«

»Ob die mir drohen können? Kann sich ein Elefant auf eine Mücke setzen?« Pascal ließ sein Glas los und schlug mit den geballten Fäusten auf den Tisch. »Plattmachen nennt man das!« Auf seiner Stirn pulsierte eine Zornesader, seine Kiefer mahlten. »Stell dir einen gut gehenden Tante-Emma-Laden an der Ecke vor. Alle lieben den Laden, weil es da megaleckere selbst gebackene Kekse gibt. Dann kommt ein großer Lebensmittelkonzern und sagt: Tja, Tante Emma, entweder verrätst du uns das Geheimrezept von den leckeren Keksen, auf die alle so scharf sind – oder wir machen es auf die harte Tour. Erst unterbieten wir deine Preise, dann warten wir, bis du bankrott bist, und eröffnen eine eigene Filiale in deinem süßen kleinen Laden.«

Er hatte es gut erklärt. Hannah begriff auf der Stelle.

»Diese Konzerne unterbieten also deine Preise, deine Kunden sehen, dass sie den gleichen Wein woanders billiger bekommen, und springen ab. Wenn dir dann finanziell die Puste ausgeht, sagen die Konzerne zum Beispiel: Vermittele uns an deinen besten Biowinzer, wir kaufen die Klitsche und produzieren Millionen Flaschen mit den Etiketten dieses Biowinzers. So in etwa?«

Er starrte sie an.

»Du bist unglaublich. Ich habe es Tess dreimal erklärt, aber sie hat gar nicht richtig zugehört. Verstanden hat sie es natürlich auch nicht.«

»Nichts gegen Tess«, protestierte Hannah. »Sie ist eine wunderbare Frau, und wenn sie sich nicht so doll für deine Weingeschäfte interessiert, musst du eben damit leben.«

»Muss er das?«, fragte Anton wie aus der Hüfte geschossen.

Stumm rieb Hannah mit einem Finger auf der Holzplatte des Küchentischs herum. Nur zu gern hätte sie sich eingemischt, aber diesen Streitpunkt mussten Pascal und Tess unter sich klären. So was nannte ihre Mutter energetische Beziehungsarbeit. Sie schaute auf die Uhr. Es war schon spät, und sie waren immer noch nicht ganz fertig mit der Hausbesichtigung.

»Verzeihung, Pascal«, sie erhob ihr Weinglas. »Das ist mein letzter Schluck für heute. Wir müssten dann noch einmal abschließend durch alle Räume gehen und den Dachboden anschauen.«

»Ach ja, richtig, du bist ja sein Aufräum-Coach.« Moritz zog eine despektierliche Grimasse. »Hab ich ja noch nie gehört, so was. Tess ist echt schräg drauf. Gibt es auch Leute, die dich freiwillig in ihre Wohnung lassen?«

»Selbstverständlich«, nickte Hannah. »Profis sind doch unerlässlich. Wir schneiden uns ja auch nicht die Haare selber oder bohren uns eigenhändig die Karies aus dem Zahn.«

Wobei – wenn sie Pascal so anschaute, hielt sie für möglich, dass er sich die Haare mit der Nagelschere überm Waschbecken schnitt. Die Friese sah jedenfalls danach aus. Ein Friseur, der seine Kunden derart verunstaltete, konnte seinen Laden dichtmachen und auswandern.

»Sag mal, Pascal«, Robin spitzte die Lippen, »wird das denn nun was Ernstes mit Tess?«

Die Frage aller Fragen. Unwillkürlich hielt Hannah den Atem an. Pascal hatte sich wieder etwas beruhigt nach seinem Zornesausbruch, sonderlich erbaut schien er von der Frage allerdings nicht zu sein.

»Sieht wohl so aus«, hielt er sich bedeckt.

»Warte doch noch mit so ’ner festen Nummer, wozu die Eile?«, meldete sich Moritz zu Wort. »Heutzutage leben wir länger als früher und können deshalb später heiraten. Mehr Lebenserwartung, mehr Spaß, bevor der ganze Beziehungsstress losgeht.«

Hannah atmete aus. War ja klar, dass Pascals Kumpels gegen Tess waren. Wahrscheinlich wären sie gegen jede Frau gewesen, die diese kernige Junggesellenidylle störte.

»Unsere verheirateten Freunde sagen alle, dass sie glücklich sind«, erzählte Anton. »Dabei sind sie nur langweilig geworden. Da heißt es immer nur: Mimimi, heute kann ich nicht, meine Frau hat was dagegen. Und dann hängen sie nur noch vor der Glotze oder gehen mit den Kindern zur musikalischen Früherziehung.«

»Genau, erinnert ihr euch an Tom?«, fragte Moritz. »Früher haben wir uns an manchen Sonntagen alle Folgen von *Herr der Ringe* zusammen reingezogen. Jetzt muss er sich romantische Liebeskomödien mit seiner Frau angucken. Ätzend.«

Das sah nicht gut aus für Tess. Feste Beziehungen waren für diese Männer offenbar ein rotes Tuch. Doch Hannah hatte nicht vor, so rasch aufzugeben.

»Die Welt ist im Wandel«, zitierte sie Galadriel, die Elfe und Herrin des Waldes aus *Herr der Ringe*. »Ich spüre es im Wasser. Ich spüre es in der Erde. Ich rieche es in der Luft.«

Es wurde mucksmäuschenstill in der Küche. Nur eine Fliege summte irgendwo an der Fensterscheibe. Auf den Gesichtern malte sich die reine Andacht.

»Boah, eine Frau, die *Herr der Ringe* kennt«, brach Moritz das fassungslose Schweigen.

Robin hämmerte sich mit der flachen Hand an die Stirn.

»Ist Hannah überhaupt echt? Oder eine Ausgeburt unserer kühnsten Phantasie?«

»Traumfrau«, sagte Anton.

Ja, das sind die neuen Männer, von denen alle reden, dachte Hannah. Reif, abgeklärt und so was von gar nicht infantil. Mein lieber Herr Gesangsverein. Dennoch mochte sie diese schräge Truppe, und nicht nur wegen der unerwarteten Komplimente. Alle waren sie auf ihre Weise sympathisch, alle kultivierten sie mit ihrer Weinleidenschaft ein feinsinniges Hobby.

»Wir müssen jetzt wirklich weitermachen«, erklärte sie. »Pascal ist nämlich nicht der Herr der Ringe, sondern der Sklave der Dinge.«

Er schob sich die Brille auf die Stirn, was ihn auch nicht gerade erwachsener aussehen ließ. »Wie bitte?«

»Wir müssen weiter ausmisten, Pascal. Ballast abwerfen. Dürfte ich mir vorher ein Wasser aus deinem Kühlschrank nehmen?«

»Ähm, ja, natürlich.«

Als Hannah aufstand und zum Kühlschrank ging, spürte sie die bohrenden Blicke in ihrem Rücken wie Dartpfeile. Da braute sich was zusammen. Nicht gegen sie, sondern gegen Tess. Ihre Freundin würde gute Nerven und die Geduld einer Grundschullehrerin mit dreißig aufsässigen Erstklässlern benötigen, um das hier heil zu überstehen.

Während sie die Kühlschranktür öffnete, checkte Hannah unauffällig die Bestände. Es war kein typischer Männerkühlschrank. Keine Energydrinks, kein Bier, keine Grillwürstchen. Dafür jede Menge Käse, Wein, Champagner und französisches Mineralwasser. Sie warf die Kühlschranktür zu und drehte sich um. »Ich sag's nur ungern, aber …«

»Jaja, wir gehen dann mal.« Robin schüttelte ihr die Hand. »War schön, dich kennenzulernen, ehrlich.«

Auch Moritz und Anton verabschiedeten sich artig. So schnell, wie sie gekommen waren, waren sie auch schon wieder abgezogen.

Hannah trank ihr Wasser, Pascal schaute sie nachdenklich an.

»Du hast sie geflasht.«

»Ach, nein, glaub ich nicht. Aber ich fand sie nett.«

»Du bist nett.«

Hannah verzichtete auf jeglichen Kommentar. Besser, man ließ die feinen emotionalen Schwebungen zwischen ihnen unerwähnt. Weitgehend wortlos machten sie eine letzte Runde durch die Villa, damit Hannah ihre gelben Zettel verteilen konnte. Es wurden ziemlich viele Zettel. Erst ganz zum Schluss nahmen sie sich den Dachboden vor. Dorthin gelangte man vom ersten Stockwerk aus, über eine steile Holzleiter, die an einer Luke in der Holzdecke endete. Mit viel Getöse öffnete Pascal die dazugehörige Klappe. Anschließend half er Hannah, das letzte Stück hinaufzuklettern.

Seine Hand fühlte sich warm und kräftig an. Eine irritierende Erfahrung. Dieser Mann konnte zupacken. Schnell ließ Hannah Pascals Hand wieder los, als sie auf den staubigen Bohlen des Dachbodens stand. Inzwischen war es draußen fast dunkel geworden, hier oben herrschte tiefe Finsternis. Pascal drehte das Licht an, eine kläglich flackernde Glühbirne, und sofort war er von hektisch kreisendem Gebrumm umgeben.

»Uuuh! Fliegen!«, rief er mit wedelnden Armen.

»Eine Fliegenvollversammlung ist das hier!«, entrüstete sich Hannah. »Silberfischchen und Spinnen habe ich unten in den Zimmern auch schon gesehen. Warum eröffnest du nicht gleich einen Zoo?«

»Vielleicht sollten wir lieber einen Moment der Dankbarkeit einlegen, dass Spinnen nicht fliegen können.«

Im schummrigen Licht der Glühbirne erblickte Hannah – wenig verwunderlich – das gleiche Tohuwabohu, das im übrigen Haus herrschte. Überall unförmige Kisten und Truhen, dazu ein altmodischer Kinderwagen aus Korbgeflecht, ein großer zusammengeklappter Sonnenschirm sowie ein zerbrochener Liegestuhl, in dem sich vermutlich frühere Generationen gesonnt hatten.

»Ehrlich gesagt war ich seit Jahren nicht mehr hier oben«, bekannte Pascal.

»Hab ich mir schon gedacht.« Hannah schnippte ein paar Staubflocken von ihrem Jackett. »Fragt sich bloß, warum es hier so streng riecht.«

Es stank sogar ziemlich penetrant. Nicht nach dem üblichen Muff der Jahrhunderte, sondern so, als verwese irgendwo ein Tier. Vielleicht eine Fledermaus? Oder ein Frettchen? Das hätte auch die vielen Fliegen erklärt. Egal. Für solche Komplikationen fühlte sich Hannah nun wirklich nicht zuständig. Deshalb beschäftigte sie sich auch gar nicht weiter mit dem Gerümpel. Der gesamte Dachboden verdiente einen gelben Zettel. Sollte sich doch Pascal mit der Entsorgung rumärgern. Sie hatte ihren Job erledigt, Ende gut, alles gut. Nur das Honorar, das würde sie ihren Freundinnen zurückgeben. Schließlich hatte sie kaum etwas dafür getan.

Ihr Bedürfnis zu duschen wurde plötzlich übermächtig. Innerhalb der vergangenen Stunden hatte Hannah mehr Staub eingeatmet als im ganzen letzten Jahr. Außerdem verstärkte sich das beunruhigende Gefühl, dass Pascal ihr gar nicht mal so schlecht gefiel. Der Typ hatte was, wie er da so stand, mit seinem Rotweinglas und den allerliebsten Segelohren. Trotz des Schummerlichts entdeckte sie Grübchen in seinen bärtigen Wangen. Kein Zweifel, er lächelte. Auch sie ertappte sich dabei, dass sie lächelte. So konnte das nicht weitergehen. Er gehörte Tess. Basta.

Gerade wollte Hannah zurück zur Luke gehen, als sie plötzlich stolperte. Einige Sekunden lang ruderte sie heftig mit den Armen, um nicht hinzusegeln, dann schaffte sie es, sich aufzurichten. Was war das denn jetzt gewesen? Noch ein Sonnenschirm? Sie sah genauer hin. Puh. Hatte sie Halluzinationen? Es war ein Bein. Von einer echten Schaufensterpuppe vielleicht? Neugierig ging sie in die Hocke.

Nein, das war auch keine Schaufensterpuppe. Sie stieß einen gellenden Schrei aus. Es war ein dünnes, nacktes, staubiges menschliches Bein. Den übrigen Körper bedeckte eine schmutzige Plane, die mit Holzbalken beschwert war.

»Du brauchst nicht so zu schreien, der Dachboden ist zu klein für ein anständiges Echo«, flachste Pascal, der sich mit einer Hand am niedrigen Dachfirst festhielt und mit der anderen Hand sein Weinglas schwenkte.

»Da«, presste Hannah mit erstickter Stimme hervor. »Da. Liegt. Eine … eine …«

Sie konnte nicht weitersprechen. Der Anblick war zu schrecklich. Direkt vor ihr lag ein Toter, das heißt, das Bein eines zweifellos toten Menschen. Sehr viel mehr ließ sich nicht sagen in dem funzeligen Licht. Stöhnend versuchte Hannah, ihren Ekel und Josies Stachelbeerkuchen hinunterzuwürgen, was ihr nur mit größter Mühe gelang.

»Du bist ganz schön schreckhaft, was ist es denn? Eine Maus?«, erkundigte sich Pascal ganz locker. »Du Arme. Wollen wir gleich in die Notaufnahme fahren, oder tut's erst mal ein Schluck Wein?«

Hannahs Hände krampften sich ineinander. Reiß dich zusammen. Das hier ist eine verflixt heikle Situation.

»Mach keine Witze. Da liegt eine Leiche.«

»Was?« Pascal trat näher. »Könntest du vielleicht mal ein bisschen beiseiterücken?« Er schob sich an ihr vorbei und ging ebenfalls in die Hocke. Vorsichtig streckte er eine Hand nach dem Bein aus. »Ich will nur sichergehen, dass wir hier keinen falschen Alarm schlagen. Das heißt … Ach du Elend.«

»Er ist tot«, flüsterte Hannah. »Tot, tot, tot.«

»So weit bin ich auch schon, Miss Marple.« Bestürzt starrte er auf das leblose menschliche Bein. »Was machen wir denn jetzt?«

Hannah schnellte in die Senkrechte. Nichts wie weg, lautete die einzige vernünftige Antwort. Das hier war nicht mehr lustig. Wer war dieser Pascal? Womöglich ein abgefeimter Mörder? Sein Lächeln, der mehrfach angebotene Wein, die unvermutete Charmeoffensive – alles nur Taktik, um sie in Sicherheit zu wiegen und dann zuzuschlagen? Auch Pascal erhob sich nun, wobei er ihr den Weg zur Luke versperrte. Zufall oder Absicht?

»Was ist?« Irritiert schaute er sie an. »Hast du etwa Angst vor mir?«

Herr im Himmel. Hannah schluckte.

»Habe ich denn Grund dazu?«

Ihr wurde immer unheimlicher zumute. Was für ein Wahnsinn, bei einem Wildfremden durch die Ecken zu kriechen. Von wegen Erweiterung des Geschäftsfelds. Das hier war der Super-GAU. Ihr Mund wurde trocken, ein Frösteln überlief sie. Da liegt eine Leiche. Herzlichen Glückwunsch, Hannah Bodmer. Du hast dich soeben in eine lebensgefährliche Situation manövriert. Wie es aussieht, stehst du mutterseelenallein mit einem mutmaßlichen Schwerkriminellen auf dem Dachboden, und niemand wird deine Schreie hören.

Einen vibrierenden Moment lang schien alles möglich. Aberwitzige Verfolgungsjagden durch die Villa. Einkerkerung im Keller. Meuchelmord im Garten. Einfach alles.

Das war zu viel. Vor Hannahs Augen tanzten Sterne, ihre Knie sackten weg, dann fiel sie kraftlos in die Arme des Mannes, auf dessen Dachboden sie soeben einen Toten entdeckt hatte. Oder vielmehr ein totes Bein? Sie konnte nicht mehr denken. In ihren Ohren sirrte es, und eine Welle der Übelkeit überrollte sie. Das Letzte, was sie hörte, war das Klirren eines Weinglases, das in tausend Scherben zersprang. Dann legte sich gnädiges Dunkel über ihre aufgewühlte Seele, und alles wurde still.

Kapitel 4

Ein buttrig würziger Duft mit einem leichten Estragonaroma kitzelte Hannahs Nase. Sie nieste zweimal und schlug die Augen auf. Huch. Was war denn das für eine komische Tapete? Und wie war sie bloß auf diesem abgeratzten braunen Ledersofa gelandet? Verwundert betrachtete sie die Staubflocken auf ihrem roten Jackett. O Gott. Jetzt fiel es ihr schlagartig wieder ein. Pascal hatte sie aufgefangen nach ihrem kleinen Schwächeanfall, ihr dann geholfen, die Leiter runterzuklettern, und sie anschließend auf diesen Alptraum von Sofa bugsiert. Danach musste sie von Neuem ohnmächtig geworden sein.

»Soso, die Patientin ist also wach«, ertönte eine wohlbekannte Stimme.

Ruckartig setzte sie sich auf. Pascal, verflixt. Sie drehte sich ein wenig zur Seite, um über die Lehne des Sofas zu linsen. Mit einem Tablett in der Hand kam der Mann herein, dessen bloßer Anblick ihr einen Schauer über den Rücken trieb. Der Mann mit der Leiche. Sie musste hier weg. Schleunigst. Mit aller Kraft stemmte sie sich hoch, stellte ihre Füße auf den Boden und musste sich danach erst mal an der Sofalehne festhalten, so schwindelig war ihr immer noch.

»Ich bin genauso durch den Wind wie du«, sagte er düster. »Trotzdem musst du dringend was essen.«

Totenstille. Hannah brachte keinen Ton heraus.

»Echt jetzt«, insistierte er, »sonst kippst du mir gleich noch einmal um.«

Essen? Der hatte echt Nerven. Aber Hannah war sowieso alles gleichgültig. Sie wollte nur noch weg aus dieser Villa des Grauens.

Pascal stellte das Tablett auf einem billigen weißen Resopaltisch ab, den vier wackelige Bürodrehstühle mit eingerissenen schwarzen Lederbezügen umringten. Männer! Keine Augen im Kopf, Hauptsache praktisch, Rest egal. An Tisch und Stühlen klebten gelbe Zettelchen, wenigstens das, aber darum ging es jetzt nicht. Angstvoll sah Hannah zu Pascal, der mit dem Kopf auf einen dampfenden Teller deutete.

»Komm schon, iss doch bitte was«, befahl er mit sanftem Nachdruck. »Du bist ganz grün im Gesicht.«

»Glaubst du wirklich, ich könnte auch nur einen Bissen runterkriegen?«

»Du kennst noch nicht mein Rotweinhühnchen.« Er hielt den Teller hoch. »Dem Anlass entsprechend habe ich es mit einem guten Schuss Château Malheur verfeinert.«

Spaßvogel. War das nun Galgenhumor oder Kaltblütigkeit? Schwer zu sagen, wenn man jemanden erst seit knapp drei Stunden kannte. Hannah gab ein Geräusch von sich, das irgendwo zwischen Fassungslosigkeit und Ärger lag. Wie konnte Pascal bloß so cool bleiben? Oder lag es daran, dass er ein reines Gewissen hatte?

»Mach dir keine Sorgen«, sagte er beruhigend, »die Polizei ist unterwegs. Müsste jeden Moment hier sein.«

Ob das stimmte? Hannah war sich da nicht so sicher.

»Wer ist der Tote da oben?«, krächzte sie.

Statt einer Antwort setzte sich Pascal auf einen der hässlichen Lederstühle, der auch noch quietschte, klar, und stützte die Ellenbogen auf die Armlehnen. Da er nun im gnadenlosen Licht eines Halogenstrahlers saß – Männer und Lampen, ein ganz, ganz finsteres Kapitel –, konnte Hannah sehen, dass er gar nicht so cool geblieben war, wie er sich gab. Sein Gesicht war aschfahl, seine Augen zwinkerten nervös.

»Pascal! Bitte! Wer ist das?«

»Keine Ahnung, ehrlich«, beteuerte er. »Tot ist er jedenfalls. Hm. Könnte mit dem Einbruch zusammenhängen. Das eingeschlagene Kellerfenster, ein Dieb auf dem Dachboden …«

Na toll. Das konnte er auch seiner Großmutter erzählen. Ein Einbrecher, der auf den Dachboden stieg und dann ganz zufällig den Löffel abgab? Was sollte das werden – Pascals Märchenstunde?

»Falls hier einer einbricht, kriegt er zwar die Krise bei dem Durcheinander, aber er fällt doch nicht gleich tot um«, grummelte Hannah, während sie fieberhaft überlegte, wie sie unauffällig verschwinden könnte. »Die meisten Leichen kennen ihren Mörder, habe ich mal gelesen. Also, vorher.«

»Ach, daher weht der Wind.« Konsterniert schüttelte er den Kopf. »Du meinst ernsthaft, ich hätte was mit dem Toten da oben auf dem Dachboden zu tun? Ich?«

Wie eine Horrorvision schob sich das Bild des leblosen Beins vor Hannahs inneres Auge, und ein eiskalter Hauch ließ ihr das Blut in den Adern gefrieren.

»Alles klar, du hältst mich also für einen Mörder, der mit seinem Opfer eine morbide WG gründen wollte«, fasste er den Stand der Dinge zusammen. »Krass. Besuchst du mich wenigstens im Gefängnis?«

»Immer zu Weihnachten«, scherzte Hannah matt, während sie unauffällig den Weg zur Zimmertür abschätzte. Sofern es ihr gelang, Pascal auch nur für eine Minute loszuwerden, könnte sie es vielleicht schaffen, zu fliehen. »Dein Hühnchendings sieht gar nicht so schlecht aus«, behauptete sie. »Könnte ich vielleicht Salz haben? Nichts gegen deine Kochkünste, nur bin ich leider ein Salzjunkie.«

Er zögerte einen Moment. Dann schraubte er sich aus dem quietschenden Lederstuhl hoch.

»Salz, okay. Aber kein Ketchup, sonst weint der Koch. Und nicht weglaufen, ja?«

»Auf keinen Fall«, säuselte Hannah treuherzig.

Dabei klopfte ihr das Herz bis zum Hals. Geh schon, Pascal. Los doch! Ab in die Küche! Nach einem unsicheren Blick in ihre Richtung tat er ihr den Gefallen. Hannah spannte alle Muskeln an. Worauf wartest du noch? Nimm die Beine in die Hand!

Wie ein Kugelblitz stob sie aus dem Zimmer und sprintete den Flur entlang zur Haustür, die sie mit den Bärenkräften der Panik aufriss. Dann rannte sie wie von Sinnen durch den stockdunklen Garten auf die Straße – und direkt zwei uniformierten Polizisten in die Arme. Mist. Die hatte sie in der Dunkelheit gar nicht gesehen.

»Hehehe, nicht so schnell, junge Frau!«, rief einer der beiden und nahm Hannah ohne weitere Vorwarnung in den Schwitzkasten. »Wir wurden telefonisch über einen Leichenfund informiert. Dem Vernehmen nach ist dies ein Tatort. Da entfernt man sich nicht unerlaubt.«

»Ich habe nicht das Geringste damit zu tun!«, keuchte sie, völlig außer Atem. »Lassen Sie mich los! Sofort!«

In diesem Augenblick kam ein Krankenwagen angerast, mit kreisendem Blaulicht und heulender Sirene. Mehrere Türen wurden scheppernd geöffnet, und drei Sanitäter sprangen heraus, die eilig eine Trage aus dem Wagen zerrten.

»Sind wir hier richtig? Wo ist das Opfer? Sind die Täter bewaffnet?«, schrien sie durcheinander.

»Das kann uns sicherlich die junge Dame hier beantworten«, erwiderte der Polizist, der seinen Klammergriff verstärkte, bevor er Hannah unsanft schüttelte. »Reden Sie schon! Schnell! Hier geht es um Menschenleben!«

Vergeblich versuchte sie, sich zu befreien, deshalb sprudelte sie einfach drauflos in der Hoffnung, dass sie sich irgendwie aus dieser verfänglichen Lage raustexten könnte.

»Nein, nein, die Sanitäter können nichts mehr retten, die Leiche ist ermordet worden, die gehört mir auch gar nicht, ich hab sie nur zuerst gesehen ...«

Hannah verstummte beschämt. Was gab sie da bloß für wirres Zeug von sich? Jetzt erst merkte sie, dass sie völlig durcheinander war. Wahrscheinlich stand sie unter Schock. Ja, so musste es sein. Passierte ja auch nicht alle Tage, dass man über eine Leiche stolperte. Sehnsüchtig schaute sie zu ihrem Fahrrad, das immer noch am Gartenzaun lehnte, halb im Schatten verborgen. Es war überhaupt eine ziemlich düstere Szenerie. Die Gesichter der Männer wurden nur von einer etwas entfernten Straßenlaterne und dem flackernden Blaulicht des Rettungswagens erhellt, ansonsten lag die Straße im Dunkel. Alles fühlte sich wie ein Alptraum an, und sie hoffte nur noch, endlich aufzuwachen.

»Sie geben also zu, dass es sich um ein Tötungsdelikt handelt«, sagte der andere Polizist gewichtig. »Und Sie sind weggelaufen. Man könnte auch sagen: geflohen.«

Hannah nickte. Genauso war's ja auch. Im selben Augenblick begriff sie, dass sie mit diesem Eingeständnis einen schweren Fehler begangen hatte.

»Geflohen, soso«, übernahm der Polizist, der seine Finger in ihren Arm bohrte. »Erkennen Sie die Richtung, die wir mit unserer kleinen Unterhaltung einzuschlagen gedenken? Oder wie würden Sie jemanden nennen, der von einem Tatort flüchtet? Na?«

»Einen, äh – Tatortflüchtling?«, zirpte Hannah kaum hörbar.

Die Blicke, die sie auf sich spürte wie spitze Nadeln, verrieten ihr, dass ihr soeben der zweite schwere Fehler unterlaufen war. Ach du Elend. Stand sie jetzt etwa unter Mordverdacht? Das durfte doch nicht wahr sein!

»Polizisten sind wie Ehefrauen«, mischte sich einer der Sanitäter ein. »Die wissen auch immer schon alles, aber sie bestehen darauf, dass man es zugibt.«

»Es ist alles ein großes Missverständnis«, japste Hannah. »Ich kenne den Besitzer dieser Villa gar nicht weiter. Im Grunde kenne ich ihn überhaupt nicht! Ich bin ihm heute das erste Mal begegnet!«

»Gut, ich rede mit ihm, dann werden wir ja sehen, ob Ihre Aussage der Wahrheit entspricht«, erklärte der zweite Polizist und machte sich auf den Weg zum Haus.

»Ja, tun Sie das!«, rief Hannah ihm hinterher. Ein weiteres Mal versuchte sie, sich dem Klammergriff ihres Bewachers zu entwinden, doch der Typ hatte Hände wie ein Schraubstock. »Kann ich jetzt bitte gehen?«

»Sie träumen wohl«, schnaubte er. »Was wollten Sie denn bitte schön im Haus eines Mannes, den Sie gar nicht kennen?«

Irgendwie wurde Hannah das Gefühl nicht los, dass sie sich mit jedem Wort nur weiter reinreiten würde. Aber es half ja nichts. Sie musste hier Rede und Antwort stehen, wenn sie die Nacht nicht in einer Gefängniszelle verbringen wollte.

»Also?«, hakte der Polizist nach. »Frau …?«

»Bodmer. Hannah Bodmer.« Ihre Stimme klang eigentümlich blechern. »Ich hatte einen beruflichen Termin bei Herrn … Oh, da fällt mir ein, den Nachnamen weiß ich gar nicht. Er heißt Pascal, und es war ein, äh, Hausbesuch.«

»Ach nee«, grinste der vorwitzige Sanitäter. »Versicherungen? Massagen? Erotische Dienstleistungen?«

Seine Kollegen feixten, Hannah wäre am liebsten im Erdboden versunken.

»Ruhe!«, brüllte der Polizist. »Die Herren bequemen sich jetzt gefälligst an den Tatort! Wer weiß, was da noch so alles zum Vorschein kommt!« Strengen Blicks überwachte er, wie sich die drei in Richtung Villa trollten, dann wandte er sich wieder Hannah zu. »In welcher beruflichen Funktion haben Sie den Herrn denn nun aufgesucht?«

Mit der freien Hand rieb sich Hannah über das erhitzte Gesicht. Nach wie vor schossen ihre Gedanken wild durcheinander, und obwohl sie Profi in Sachen Chaos war, fiel es ihr schwer, das Wirrwarr in ihrem Kopf zu ordnen.

»Clearing«, stieß sie hervor. »Ich helfe den Leuten beim Ausmisten.«

»Sie wollen mich wohl veräppeln – seit wann ist das denn ein Beruf?«, grollte der Polizist.

Du große Güte. Da musste man ja ganz von vorn anfangen. Nur, dass Hannah gerade überhaupt nicht in der Verfassung war, in wohlgesetzten Worten über Probleme wie Kampfshoppen und Krempelberge zu referieren.

»Überflüssige Dinge aussortieren ist gar nicht so leicht, wie's aussieht«, entgegnete sie lahm.

»Sie räumen also die Wohnungen von Wildfremden aus?«, brauste der Polizist auf. »Für mich klingt das wie eine nette Umschreibung für Diebstahl!«

Es war, als hätte Hannah einen Fausthieb in den Magen bekommen. Aber was hatte sie denn erwartet? War doch irgendwie klar, dass dieses Verhör nach dem Fehlstart in Richtungen schlingerte, die sie immer dubioser wirken ließen.

»Es gibt viele interessante Berufe«, erklärte sie mit bebender Stimme. »Zum Beispiel Ameisenhaufenumsetzer. Die bringen unerwünschte Ameisenpopulationen in den Wald und …«

»Lenken Sie nicht ab«, grunzte der Polizist.

In groben Zügen erläuterte Hannah nun ihr Berufsbild, auch wenn der offene Mund des Polizisten nicht gerade dafür sprach, dass er den Sinn ihrer Tätigkeit erfasste.

»Dann, oben auf dem Dachboden«, kam sie zum Wesentlichen, und eine neue Welle der Übelkeit überrollte sie, »lag da auf einmal diese, diese …«

»Herrgott noch mal, die Leiche«, vervollständigte der Beamte den Satz mit wachsender Ungeduld. »Und wer hat die Leiche, ich meine, diese Person, umgebracht?«

Als ob sie das wüsste. Ja, sie hatte Pascal im Verdacht gehabt. Doch je länger sie darüber nachgrübelte, desto unwahrscheinlicher erschien es ihr, dass er jemanden ermordete und dann auf dem eigenen Dachboden verschimmeln ließ. Innerlich leistete Hannah Abbitte. Sie hatte überreagiert. Verständlicherweise. Jetzt galt die alte Regel: im Zweifel für den Angeklagten.

»Heutzutage sind die wenigsten Mörder so höflich, eine Visitenkarte am Tatort zu hinterlassen«, erwiderte sie trotzig. »Ist es nicht Ihr Job, den Täter zu finden?«

»Jetzt werden Sie mal nicht kess. Ihren Ausweis, bitte.«

Hannah tat so, als ob sie ihre Hosentaschen durchwühlte, obwohl sie wusste, dass sie ihren Ausweis gar nicht dabeihatte. Sie war ohne Handtasche losgeradelt. Einen Führerschein brauchte man ja sowieso nicht als Radfahrerin, und auch ein Hausschlüssel war unnötig. Tess wartete daheim auf sie, um brühwarm alles über die Aufräumaktion bei Pascal zu erfahren. Nur ihr Handy hatte Hannah mitgenommen. Dem Display konnte sie entnehmen, dass sowohl Tess als auch Raffaela schon mehrmals angerufen hatten. Dennis ebenfalls. Natürlich. Dazu kamen jede Menge SMS, die sie später lesen würde.

»Sorry, ich habe meinen Ausweis nicht dabei«, sagte sie schuldbewusst. »Liegt wohl zu Hause.«

»Dann werde ich Sie später dorthin begleiten. Nachdem ich mich mit meinem Kollegen beraten habe.« Der Polizist schaute zur Villa, in der mittlerweile alle Fenster hell erleuchtet waren. Offensichtlich musste Pascal die zweite Besichtigungstour dieses Tages absolvieren. »Ich nehme jetzt Ihre Personalien auf, danach gehen wir da rein. Ich warne Sie. Jeder weitere Fluchtversuch trägt Ihnen eine Anzeige und Untersuchungshaft ein. Verstanden?«

Hannah nickte. Am besten, sie sagte kein Sterbenswörtchen mehr. In ihrem aufgewühlten Zustand hatte sie schon viel zu viel Unsinn erzählt. Nun war sie in den Augen der Polizisten so etwas wie eine diebische Mörderin. Oder eine mörderische Diebin, je nachdem, wie man's nahm. Nicht auszudenken, wenn man sie tatsächlich verhaftete. Wer sollte sich dann um ihre Mutter kümmern? Und wer würde das Geld für die Miete verdienen? Die kleine Rente ihrer Mutter reichte doch hinten und vorne nicht.

Vor lauter Wut und Hilflosigkeit ballte sie unwillkürlich die Fäuste. Noch nie hatte ihre gesamte Existenz an einem so dünnen seidenen Faden gehangen. Und das alles nur, weil dieser Pascal ein vermaledeiter Messie war!

Nachdem der Polizist einen Laptop aus dem Streifenwagen geholt hatte, fragte er Hannah streng nach ihrer Adresse, ihrem Familienstand und dann nach Dingen, die ihr vor lauter Aufregung nicht einfielen. Das Geburtsdatum ihrer Mutter zum Beispiel. Weg. Ihr Kopf war wie leer gefegt. Mittlerweile kam sie sich selber verdächtig vor. Der Polizist hämmerte alles in den Laptop, den er auf den Kühler des Wagens gelegt hatte.

»Haben Sie getrunken?«

»Nur Wasser«, piepste sie.

Trotzdem musste sie in ein Teströhrchen pusten, und das Ergebnis schien dem Polizisten nicht zu gefallen. Er hatte wohl einige Promille erwartet. Missmutig packte er Laptop und Röhrchen zurück in den Wagen. Dann führte er Hannah schweigend durch den finsteren Garten zur Villa, vorbei an den Jasminbüschen, die einen nahezu betäubenden Duft verströmten. Hier hatte alles angefangen. In diesem Garten waren sie einander begegnet. Pascal im Vollbesitz seiner schlechtesten Laune, sie mit dem festen Vorsatz, ihren Auftrag zu erledigen. Nun wankte sie am Arm eines Polizisten über den gepflasterten Weg. Wenn das mal kein Fortschritt war.

Als sie den Hausflur betraten, prallten sie mit den Sanitätern zusammen, die einen länglichen dunklen Sack abtransportierten. Kein schöner Anblick. Während Hannah und der Polizist beiseitetraten, um die makabre Truppe passieren zu lassen, wurde sie von einer weiteren Welle der Übelkeit erfasst. Der Polizist musste sie stützen, sonst wäre sie zusammengeklappt.

»Brauchen Sie einen Arzt? Soll ich die Sanitäter zurückrufen?«, hatte er immerhin die Güte zu fragen.

»Nein, nein, geht schon«, hauchte Hannah.

Die Vorstellung, womöglich neben einer verpackten Leiche verarztet zu werden, vertrieb jeden Gedanken an medizinischen Beistand. Sie lauschte angestrengt. Man hörte Stimmen, die aus dem Esszimmer zu kommen schienen. Nach einem kurzen Blickwechsel mit dem Polizisten lotste sie ihn dorthin, und gemeinsam spähten sie um die Ecke. Tatsächlich. Als sei nichts gewesen, saßen Pascal und sein uniformierter Besucher auf den Bürostühlen mit den gelben Zetteln. In den Händen hielten sie Weingläser und prosteten einander zu. Währenddessen parlierten sie über die Vorzüge ungeschwefelter Rotweine, ein Thema, das nun wirklich weit, weit hergeholt war für eine polizeiliche Vernehmung.

Typisch, dachte Hannah. Der Herr des Hauses hält Hof wie Graf Koks vom Gaswerk, und ich, die Frau mit den Hausbesuchen, bekommt die harte Hand des Gesetzes zu spüren. Das ist einfach nicht fair.

Ihr Bewacher lockerte seinen Griff ein wenig, als sie den Raum betraten. Pascal spielte die Rolle des seriösen Hausherrn wirklich perfekt, das musste man ihm lassen. Mit ernster Miene begrüßte er den hinzukommenden Beamten, bot ihm einen Stuhl an und wirkte so vertrauenswürdig, dass man ihm glatt einen Gebrauchtwagen abgekauft hätte. Nur sein T-Shirt mit dem verwaschenen SpongeBob-Aufdruck passte nicht so ganz zu dieser Rolle.

»Kriminaloberkommissar Limburg«, stellte sich Hannahs Bewacher vor. Eine Ehre, die ihr nicht zuteilgeworden war, wie sie sehr wohl bemerkte. »Meinen Kollegen, Hauptkommissar Bernstein, haben Sie ja bereits kennengelernt. Und Sie sind …?«

Pascal streckte ihm die rechte Hand entgegen.

»Doktor Pascal Mengersen.«

»*Doktor – Pascal – Mengersen*?«, echote Hannah ungläubig. »Den Doktor hast du aber im Preisausschreiben gewonnen, oder?«

»Nein, er ist promovierter Önologe«, wurde sie von Hauptkommissar Bernstein belehrt. »Doktor Wein. Quasi. Sollten Sie eigentlich wissen als seine Freundin.«

Hannah fiel die Kinnlade runter. Bitte was?

»Freundin, aha«, knurrte Kriminaloberkommissar Limburg.

»Meine Hannah ist völlig traumatisiert«, erklärte Pascal. »Deshalb ist sie auch einfach weggerannt, statt hier auf die Polizei zu warten.«

»Traumatisiert ist ja wohl untertrieben«, befand Hauptkommissar Bernstein ungehalten. »Verwirrt, würde ich sagen.«

Mit einem verschwörerischen Gesichtsausdruck hob Pascal sein

Glas und prostete Hannah zu, der es die Sprache verschlagen hatte. Was nur alle Jubeljahre vorkam.

»Meine Freundin reißt öfter mal aus. Aber sie kommt immer wieder zu mir zurück, wenn auch selten in polizeilicher Begleitung.«

Die beiden Polizisten hüstelten amüsiert. Jaja, die drei Männer verstanden sich blendend. Nur Hannah verstand außer Bahnhof absolut gar nichts mehr. Was zum Teufel bezweckte Pascal mit dieser Komödie? Sie wollte protestieren, doch was hätte das genützt? Ihr glaubte man sowieso nichts mehr. Pascal hingegen hatte es drauf, die beiden Polizisten um den Finger zu wickeln, so höflich und zuvorkommend wurde er behandelt.

»Dürfte ich fragen, wie Sie den Leichenfund beurteilen, Herr Doktor?«, erkundigte sich Kriminaloberkommissar Limburg zartfühlend. »Sicherlich war Ihnen entgangen, dass sich hier ein Mord abgespielt hat?«

»Mord?« Stirnrunzelnd betrachtete Pascal sein Weinglas. »Das ist wohl eher ein, na, monolateraler Zugang zu dem Thema.«

»Einseitig«, raunte Hauptkommissar Bernstein seinem Kollegen zu.

»Erstens war ich gar nicht zu Hause, weil ich erst heute Mittag von einer Frankreichreise zurückgekommen bin.« Pascal nahm einen Schluck Wein. Seine Hand zitterte ein bisschen, ansonsten schien er sich unter Kontrolle zu haben. »Zweitens könnte jemand eingestiegen sein, ein Obdachloser vielleicht. Jemand hat das Kellerfenster eingeschlagen.«

»Die Spurensicherung nimmt sich morgen Keller und Dachboden vor«, nickte Hauptkommissar Bernstein.

»Vielleicht ist dieser Jemand durchs Haus gewandert und wollte es sich auf dem Dachboden gemütlich machen«, spann Pascal seine Theorie weiter. »Na ja. Da oben kann man sich leicht das Genick brechen.«

Pascals Märchenstunde, Teil zwei. Hannah konnte nur staunen. Erst ein Dieb, jetzt ein Obdachloser? Was flunkerte er sich da bloß zusammen? Nur eines wusste sie mit Bestimmtheit: Ein Mörder war Pascal nicht. Sonst hätte er es raffinierter angestellt. Die Leiche irgendwo vergraben. Oder in das Weinfass gesteckt und im nächsten Fluss versenkt. Sie wunderte sich selbst über ihre kriminelle Phantasie. Allerdings wurde es Zeit, zu klären, wieso er so tat, als sei sie seine Freundin.

»Okay, ich hätte da auch mal eine Frage«, meldete sie sich zu Wort. »Aber du musst offen und ehrlich antworten, Pascal.«

Langsam setzte er die Brille ab und blinzelte sie mit diesem rührenden Gesichtsausdruck an, der wahrscheinlich genauso gespielt war wie dieses ganze Sie-ist-meine-Freundin-Theater.

»Ja, Liebes? Was möchtest du wissen?«

»Wo ist die Toilette?«

Unter den pikierten Blicken der Polizisten lachte er gequält auf.

»Du bist wirklich völlig durcheinander, Schatz. Neben der Küche, das weißt du doch.«

Entweder war diese vorgetäuschte Vertraulichkeit irgendeine Taktik, oder Doktor Pascal Mengersen war komplett plemplem. Hannah hyperventilierte. Verlässlicher als jeder Espresso trieb dieser Mann ihren Blutdruck in die Höhe. Sie war inzwischen so geladen, dass sie nicht übel Lust hatte, die Weinflasche auf seiner Rod-Stewart-Gedächtnisfriese zu zertrümmern. Wollte er sich etwa auf ihre Kosten aus der Affäre ziehen? So nach dem Motto: Ich war gar nicht da, aber meine Freundin könnte es gewesen sein?

Kriminaloberkommissar Limburg eskortierte sie zur Gästetoilette, vergewisserte sich, dass das Fenster darin zu klein war, um

Reißaus zu nehmen, und ließ Hannah endlich allein. Knallend schlug sie die Tür hinter sich zu. Die Gästetoilette befand sich in einem erstaunlich gepflegten Zustand. Gut, die rosa Kacheln gingen wahrscheinlich auf das Konto von Pascals Eltern, doch alles war tadellos gewienert. Sofort holte sie seine Visitenkarte aus der Jacketttasche und schrieb ihm eine geharnischte SMS.

Spinnst du? Was soll das »Meine Hannah«?

Die Antwort ließ nicht lange auf sich warten.

Ich hatte es dir doch gesimst! Nur wenn wir als Paar auftreten, hast du eine Chance, heil aus der Sache rauszukommen.

Hannah starrte auf das Display. Mit einer Zornesfalte zwischen den Augenbrauen tippte sie weiter.

Hab ich nicht gelesen. Wie auch? Ich wurde nämlich verhört! Wegen DEINER Leiche! Also, noch mal: Was soll das Theater? Für dich hat das vielleicht Vorteile. Aber für mich?

Diesmal dauerte es etwas länger, bis er reagierte.

Vertrau mir. Ich hab den Polizisten gleich so weit. Bitte spiel mit! Bitte!

Ratlos hockte Hannah auf der rosa Toilette. Es lag ihr überhaupt nicht, zu schwindeln. Schon die kleine Notlüge, mit der sie aus der Villa geflohen war, hatte ihr nicht gefallen. Und jetzt sollte sie sogar die Polizei belügen? Es wollte ihr einfach nicht in den Kopf, dass die Vorspiegelung falscher Tatsachen in irgendeiner Weise vorteilhaft sein könnte.

Ein lautes Klopfen riss sie aus ihren Grübeleien. Es war Kriminaloberkommissar Limburg.

»Frau Bodmer? Hallo? Geht's Ihnen gut da drin?«

Statt einer Antwort betätigte sie die Spülung und wusch sich ausgiebig die Hände. Im Spiegel, einem von Porzellanrosen umrankten Tiefpunkt des Kunsthandwerks, entdeckte sie ein Gesicht, das aus lauter Fragezeichen bestand. Was führt Pascal im Schilde? Wie kommst du aus dem ganzen Schlamassel wieder raus? Und wie um alles in der Welt sollst du dich verhalten, wenn du jetzt zurück ins Esszimmer gehst?

Die Entscheidung wurde ihr abgenommen. Als sie auf den Flur trat, stand dort Pascal mit den beiden Polizisten unter dem schadhaften Kronleuchter und unterzeichnete ein Schriftstück. Danach hielt er es ihr hin.

»Einfach unterschreiben«, flötete er. »Nur Mut, danach entspannen wir uns auf dem Sofa mit einem schönen Château Chaiselongue.«

Hannah hatte nicht mehr die Energie, über Alternativen nachzudenken. Ihre Hand zitterte, als sie den Stift nahm, den Pascal ihr hinhielt, und eine krakelige Unterschrift auf das Blatt Papier setzte.

»Ich hole noch den Spurensicherungskoffer aus dem Wagen«, sagte Hauptkommissar Bernstein. »Wir bräuchten sofort Ihre Fingerabdrücke und zwei DNA-Abstriche. Das geht schnell.«

Während er nach draußen ging, setzte Kriminaloberkommissar Limburg eine strenge Miene auf.

»Wir müssen das alles natürlich noch überprüfen. Sie beide haben uns äußerst widersprüchliche Versionen Ihres Verhältnisses geliefert. Doch wir sind geneigt, Herrn Doktor Mengersen zu glauben. Wäre nicht das erste Mal, dass sich eine Zeugin unter dem Eindruck überfordernder Erfahrungen selbst belastet, Frau Bodmer.«

So viel Verständnis hatte Hannah gar nicht erwartet. Der Mann war ja wie ausgewechselt. Was hatte Pascal den Polizisten bloß erzählt? Was war der Trick?

»Halten Sie sich beide in den nächsten Tagen für die Identifizierung des Opfers zur Verfügung«, verkündete der Kommissar mit

Grabesstimme. »Die Leiche muss erst, na ja, gereinigt und zusammengeflickt werden. Der Anblick ist so nicht zumutbar. Wir sagen Ihnen Bescheid, wenn Sie beide in die Gerichtsmedizin kommen können.«

»Wieso wir *beide*? Was soll ich da?«, entfuhr es Hannah.

»Jetzt tun Sie mal nicht so unschuldig«, sagte Kriminaloberkommissar Limburg schneidend. »Wer ist denn vom Tatort weggelaufen, na?«

»Ich denke, wir reden morgen weiter.« Pascal rückte seine Brille gerade, ganz der korrekte Hausherr. »Ein trauriger Tag. Hoffentlich klärt sich bald alles auf.«

Hauptkommissar Bernstein erschien mit dem angekündigten Koffer. Schweigend drückten Hannah und Pascal ihre Fingerkuppen einzeln auf ein Stempelkissen und pressten sie auf die dafür vorgesehenen Kästchen eines Formulars. Anschließend öffneten sie gehorsam den Mund, damit man mit einem Wattestäbchen Speichelproben für die DNA-Bestimmung entnehmen konnte.

Zum Schluss setzte Hauptkommissar Bernstein seine Dienstmütze auf, die er während des weinseligen Gesprächs im Esszimmer abgenommen hatte. »Wir verhängen eine Nachrichtensperre über den Leichenfund. Aus ermittlungstaktischen Gründen. Bevor wir nichts Genaueres wissen, sollte der eventuelle Täter oder«, er funkelte Hannah an, »die Täterin im Glauben bleiben, die Sache sei unentdeckt geblieben. Kann ich auf Ihre Verschwiegenheit zählen?«

»Natürlich«, murmelten Hannah und Pascal unisono.

Danach schauten sie einander erstaunt an. Welch unvermuteter Gleichklang. Vor allem Hannah war ziemlich baff. Pascal hatte das harmonische Paar nur vorgespielt, doch einen Lidschlag lang hatte es sich jetzt genau so angefühlt.

»Dann einen schönen Abend, aber nicht wieder weglaufen, Frau Bodmer«, grinste Hauptkommissar Bernstein.

Hannah und Pascal quittierten es mit einem schiefen Lächeln, und die beiden Beamten zogen ab. Durch die offene Haustür sah Hannah ihnen hinterher, bis sie außer Sichtweite waren. Dann lehnte sie sich an das schiefe Regal, woraufhin ein paar Zeitschriften und eine Playmobilfigur zu Boden gingen.

»Was hast du dir bloß bei diesem Blödsinn gedacht?«, machte sie ihrem Ärger Luft.

»Du solltest dich lieber bei mir bedanken.« Pascal verzog keine Miene, während er die Zeitschriften und das Playmobilmännchen aufhob und zurück ins Regal legte. »Das hätte böse ins Auge gehen können für dich.«

»Vorsicht – ich hab momentan eine ganz, ganz kurze Zündschnur«, fauchte Hannah. »Wieso für mich? Das hier ist immerhin dein Haus. Und deine Leiche!«

»Ja, stimmt, aber die Polizisten fanden dich nun mal verdächtig.« Ein millimeterfeiner Anflug belustigter Genugtuung kräuselte seine Lippen. »Mich fanden sie vertrauenswürdig.«

»Ist mir nicht entgangen, du Obersympath.«

Obwohl das ziemlich patzig geklungen hatte, wechselte sein Gesichtsausdruck zu echter Besorgnis. Beschwörend hob er die Arme.

»Mensch, Hannah, die wollten dich in Untersuchungshaft nehmen! Keine Ahnung, warum du das Talent hast, dich in Teufels Küche zu bringen. Ist dir jedenfalls super gelungen!«

Und jetzt, endlich, begriff sie es. Mit einem Bein hatte sie schon in einer Gefängniszelle gestanden. Doch weil Pascal sie als seine Freundin ausgegeben hatte, waren die Beamten geneigt gewesen, an ihre Unschuld zu glauben. Stöhnend hievte sie sich auf die dickbauchige Kommode, auf der noch immer das Saxophon lag.

»Du hast eine Menge für mich riskiert«, flüsterte sie.

Pascal zuckte die Schultern, bevor er sich neben sie auf die Kommode setzte.

»Das war's mir wert.«

»Danke, Pascal, ich …«

Weiter kam Hannah nicht. Ohne dass sie etwas dagegen tun konnte, liefen ihr plötzlich Tränen über die Wangen. Die gesamte Anspannung der vergangenen halben Stunde entlud sich in einem Weinkrampf, der sie am ganzen Leibe schüttelte. Es ging ihr eben alles ziemlich nahe. Die Leiche. Das polizeiliche Verhör. Der Verdacht, der auf ihr gelastet hatte. Und jetzt noch Pascals Rettungsaktion.

»Was ist denn? Was hast du?«, fragte er erschrocken.

»Nichts, es ist nur …«

Ein neuerlicher Tränenschwall erstickte Hannahs Stimme, und sie fühlte sich so schwach, dass sie wie ein Häuflein Elend in sich zusammensank. Nicht einmal als Pascal einen Arm um sie legte, hatte sie den Mumm zu widersprechen.

»Sch-sch, du musst doch nicht weinen«, flüsterte er. »Alles wird gut. Du brauchst einfach Ruhe, um den Schock zu verarbeiten. Ich kann dich mit meinem Motorroller nach Hause bringen. In deinem Zustand darfst du auf keinen Fall Fahrrad fahren.«

»Aber dann muss ich morgen wiederkommen und das Rad holen«, wimmerte Hannah zwischen zwei Schluchzern.

»Du musst sowieso wiederkommen.« Begütigend streichelte er ihren bebenden Rücken. »Ich habe nämlich beschlossen, dich zu engagieren.«

Wie bitte? Schniefend rückte sie ein Stückchen von ihm ab.

»Du hast – was beschlossen?«

»Allein schaffe ich es nicht, Ordnung in mein Chaos zu bringen«, bekräftigte er. »Heute ist mir klar geworden, dass ich ein total verpeilter Oberschlunzheini bin.«

Falls er sie damit aufheitern wollte, ging sein Plan auf. Trotz ihrer Tränen musste Hannah lächeln.

»Späte Einsicht?«

Er schaute sie scheu von der Seite an, dann schlug er die Augen nieder.

»Du ruinierst mir meine miese Laune. Das gefällt mir. Aber denk bloß nicht, das wird ein Spaziergang.« Er nahm das Saxophon und spielte an den Klappen des Instruments herum. »Ich werde weiter um jedes einzelne Teil kämpfen. Mach dich auf einen harten Fight gefasst.«

Ob das gut gehen würde? Hannah bezweifelte es. Andererseits hatte sie es Tess versprochen. Herrje, Tess! Wie sollte sie ihr die Sache mit der Leiche erklären? Ihrer Freundin Tess, die sich in der Hoffnung sonnte, den Mann ihres Lebens kennengelernt zu haben? Musste sie Tess nicht warnen? Oder sollte sie ihre Lippen versiegeln? Herrje, was für eine Zwickmühle.

Im Schneegestöber, das durch Hannahs Kopf wirbelte, formte sich das Für und Wider des Angebots. Dagegen sprach vor allem, dass ein mörderischer Fluch über dem Haus lastete. Eine schwere energetische Verstrahlung sozusagen. Das zweite Kontra bezog sich darauf, dass Hannah diesen Pascal mochte, obwohl er Tess gehörte. Er war eine Versuchung, das schwante ihr jetzt schon. Okay, sie hatte sich im Griff. Weiter.

Wie sich rasch herausstellte, überwogen die Pros bei Weitem die Kontras. Denn falls Hannah auf Pascals Vorschlag einging, könnte sie ihm auf den Zahn fühlen und herausfinden, ob er ein falscher Fuffziger oder der Richtige für ihre Freundin war. Als Erstes musste sie in Erfahrung bringen, ob er doch etwas mit dem Toten zu tun hatte. Hannah hielt es zwar kaum noch für möglich, aber eine winzige Spur des Verdachts war an Pascal klebengeblieben. Danach würde sie seine Papiere checken. Beim Aktenausmisten erfuhr man eine Menge über die finanziellen Verhältnisse, was ja auch nicht ganz unwichtig war. Spätestens wenn sie dann seine digitalen Aktivitäten überprüfte, würde sie Gewissheit haben. Was sagte mehr über einen Mann aus als sein Handyfotospeicher? Und was machte seine Beziehungsmuster transparenter als sein Facebook-Account?

Bevor er diese Dinge preisgab, musste sie allerdings erst einmal sein Vertrauen gewinnen. Und Tess schonen. Ja, das war das Wichtigste: Tess durfte nichts von der Dachbodenkatastrophe mitbekommen. Sonst würde sie Pascal in den Wind schießen, obwohl der womöglich gar nichts mit dem Toten zu tun hatte.

»Gut, ich stimme zu, unter einer Bedingung«, Hannah räusperte sich geräuschvoll, »Tess erfährt nichts von der Leiche. Absolutes Stillschweigen, ja?«

»Schon allein wegen der Nachrichtensperre müssen wir dichthalten.« Pascal setzte sein Saxophon an und blies so etwas wie ein Tatütata, das grell durch die Villa hallte. »Ich bringe dich jetzt nach Hause, morgen sagst du mir Bescheid, ob du mein Chaos ordnest. Deal?«

»Einverstanden.« Hannah rieb sich mit dem Jackettärmel über die tränennassen Wangen. »Nur eins noch. Bist du immer so schnell dabei, wenn es um den kreativen Umgang mit der Wahrheit geht?«

»Du meinst die kleine Theatervorstellung für die Polizisten?« Seine Stirn umwölkte sich. »Das war Notwehr. Ich musste etwas erfinden, um dich aus der Schusslinie zu nehmen. Die Vergangenheit ist ein gefährliches Terrain. Die Polizisten hätten darin herumgestochert, Fakten überprüft, Unstimmigkeiten aufgespürt. Das Beste ist es, in so einer Situation über die Zukunft zu sprechen. Die kann man sich einfach zusammenphantasieren, und jeder zieht mit Hurra in die Luftschlösser ein. Verstehst du?«

»Kein Wort.«

»Ich habe«, er schaute hoch zu dem Kronleuchter, »ich habe den Polizisten erzählt, dass wir heiraten werden. Dieses Luftschloss fanden die klasse. Und damit hatte ich ihre Aufmerksamkeit auf die Zukunft gelenkt.«

Hannah blieb der Mund offen stehen. Entweder war das jetzt eine ziemlich ausgekochte Finte oder einfach genial.

»Komm mit nach draußen«, sagte Pascal, »dein Cowboy sattelt das Pferd. Du willst doch nach Hause, oder?«

Langsam knöpfte Hannah ihr Jackett zu und glitt von der Kommode, wobei sie feststellte, dass sie immer noch weiche Knie hatte. Nur die Aussicht, schon bald in ihrem warmen, weichen Bett zu liegen, gab ihr die Energie, Pascal nach draußen zu folgen. In einem Gebüsch neben der Villa verborgen, stand sein Motorroller, den er mit wenigen Handgriffen startklar machte. Eine Minute später saß Hannah auch schon hinter ihrem Retter, der das tuckernde Gefährt durch den dunklen Garten und auf die Straße steuerte.

Die ganze Fahrt über hing sie ihren Gedanken nach. Wie konnte es sein, dass innerhalb weniger Stunden ihr gesamtes Leben auf den Kopf gestellt wurde? Da wollte sie ihrer Freundin Tess einen Gefallen tun, und schon schlitterte sie in eine Mordsache rein. Falls das so was wie ein Zeichen vom Universum sein sollte, hatte Hannah keinen Schimmer, was es bedeutete.

Schneller als gedacht hielt Pascal vor dem schmalen Geschäftshaus in der Innenstadt, in dessen Erdgeschoss Hannahs Secondhandladen lag. Darüber, in der kleinen Dreizimmerwohnung, brannte noch Licht. Mit schweren Gliedern stieg Hannah vom Motorroller. Und nun? Die Verabschiedung fiel nüchtern aus. Pascal winkte ihr nur zu, dann brauste er auch schon auf und davon.

Sie schaute ihm hinterher, immer noch etwas entgeistert von seiner blühenden Phantasie. Unglaublich, dass er den Polizisten die Story aufgetischt hatte, sie würden heiraten. Zugegeben, er hatte sie beschützen wollen. Nun ging es allerdings darum, Tess zu beschützen. Hannah sendete ihr eine WhatsApp, statt zu klingeln, damit ihre Mutter nicht aus dem Schlaf gerissen wurde. Sogleich ertönte der Summer der Haustür. Leicht benommen schleppte sich Hannah die Treppe hoch in den ersten Stock, Stufe für Stufe und mit dem eigenartigen Gefühl, sie sei plötzlich doppelt so schwer.

Tess empfing sie an der Wohnungstür. Bevor Hannah auch nur ein Wort sagen konnte, legte ihre Freundin einen Finger an die frisch geschminkten Lippen.

»Pssst. Du hast Besuch.«

Verständnislos schüttelte Hannah den Kopf.

»Ich erwarte keinen Besuch. Wer ist es denn?«

Mit geheimnisvoller Miene nahm Tess ihre Hand und führte sie zum Zimmer ihrer Mutter. Es war der größte Raum der Wohnung. Hannah hatte ihn nach den Vorgaben Marie-Luise Bodmers liebevoll eingerichtet. Ein violetter, rollstuhltauglicher Nadelfilzteppich bedeckte den Boden, weil Violett die Resonanzfarbe des siebten und höchsten Chakras war – davon erhoffte sich Hannahs Mutter spirituelle Erleuchtung. Sie sei schon kurz davor, versicherte sie seit Jahren. Das Mobiliar bestand aus geschnitzten Möbeln aus Indien, die Hannah bei einem Trödler aufgetrieben hatte. An den zartvioletten Wänden hingen gerahmte Mandalas.

In diesem lila Universum gab es ein Energiezentrum: Marie-Luise Bodmer, klein, feingliedrig, fast zerbrechlich und doch eine imponierende Erscheinung. Eine Aromalampe, die passend zum siebten Chakra einen Duft nach Neroli und Rosenholz verströmte, beleuchtete ihr jugendlich glattes Gesicht, dem man die neunundfünfzig Jahre kaum ansah. Vor allem der wache Blick unterschied sie von vielen ihrer Altersgenossen: Da war so viel Neugier, so viel Lachen in den veilchenfarbenen Augen, dass man immer hinschauen musste. Das Haar hatte sie unter einem farbenfrohen Turban verborgen, ihre Schultern bedeckte ein golddurchwirkter weißer Baumwollschal. Neben ihr auf der Bettkante hockte ein Mann. Der allerallerletzte, den Hannah jetzt sehen wollte.

»Hallo Schatz«, lächelte er.

»Dennis.« Hannah errötete bis unter die Haarwurzeln, ziemlich entnervt und ein klitzekleines bisschen aufgeregt. »Was machst du denn hier?«

Ihre Mutter lachte verschmitzt.

»Null Drama. Dennis und ich, wir brennen zusammen durch, was sonst?«

Kapitel 5

So musste sich ein Marathonläufer fühlen, dem man nach dem Zieleinlauf eröffnete, er sollte die ganze Strecke gleich noch einmal rennen. Hannah wollte aber nicht weiterrennen. Wie ein Stein sank sie in einen lila Sessel, der gegenüber vom Bett stand. Was war hier eigentlich los? Ihr Ex hielt die Hand ihrer Mutter, Tess klimperte hektisch mit den Wimpern, aus dem Wohnzimmer wehten die Klänge eines indischen Sitarorchesters herüber.

»Hey, so sieht man sich wieder«, brach Dennis das Schweigen. »Gut siehst du aus.«

Ein fadenscheiniges Kompliment. Hannah konnte sich lebhaft ausmalen, wie fertig sie wirkte. Dennis dagegen war wirklich eine attraktive Erscheinung. Nach wie vor konnte er mit einem durchtrainierten Körper punkten, und sein offenes, jungenhaftes Gesicht unter der dunklen Haartolle hatte nichts von seinem verführerischen Schmelz verloren. So sahen Männer aus, die Frauen im Sturm eroberten. Nein, verbesserte sich Hannah innerlich, so sehen Männer aus, die keiner Frau treu bleiben können.

Sie musterte ihn genauer. Einige graue Haare an den Schläfen und ein paar feine Linien auf seiner Stirn verrieten, dass drei Jahre vergangen waren, seit sie ihn das letzte Mal gesehen hatte. Nach der Scheidung war er in eine andere Stadt gezogen. Zum Glück. So bestand keine Gefahr, dass sie einander zufällig über den Weg liefen. Was also hatte er hier verloren?

»Dennis, dürfte ich dich unter vier Augen sprechen?«, fragte sie frostig.

»Ja, Kinder, tauscht euch aus, vor allem auf der energetischen

Ebene.« Ihre Mutter lächelte milde. »Vielleicht könnt ihr gegenseitig eure Aura klären.«

Da ist wohl eher eine klare Ansage fällig, dachte Hannah verdrossen. Auf dem Nachtschrank stand ein riesiger Rosenstrauß in der Lieblingsfarbe ihrer Mutter – zartes Pfirsichgelb. Was nahm sich Dennis heraus, hier einfach reinzuplatzen? Und wieso öffnete Tess ihm überhaupt die Tür?

Hannah hatte ihrer Mutter nie den Grund für die Scheidung gestanden, weil sie die Wahrheit zu niederschmetternd fand. Welche Mutter kam schon damit klar, dass ihre Tochter betrogen wurde? Deshalb hatte Hannah nur irgendwas von unüberwindlichen Differenzen erzählt. Mit dem zwiespältigen Resultat, dass Dennis bei ihrer Mutter immer noch einen Stein im Brett hatte. Marie-Luise Bodmer mochte ihren Schwiegersohn. *Exschwiegersohn.* Und offensichtlich genoss sie seine Gesellschaft. Dennis hatte es eben drauf, Frauen jeden Alters mit witzigen Anekdoten zu unterhalten und ihnen dabei das Gefühl zu vermitteln, es gebe nur sie allein auf der Welt. Charme war sein zweiter Vorname. Doch Hannah ahnte, warum Dennis hier aufgekreuzt war: Er becircte die Mutter, um in Kontakt mit der Tochter zu kommen. Was ihm ja nun auch gelungen war. So ein Schuft.

»Gehen wir doch in die Küche«, schlug sie vor.

»Gern«, erwiderte Dennis mit seiner samtigsten Samtstimme. »Bestimmt möchtest du etwas trinken nach dem langen Tag.«

Ja, einen Château Verschwinde. War es wirklich erst eine Viertelstunde her, dass sie neben Pascal in seinem verkramten Flur gesessen hatte? Hannah sah zu Tess, die sie mit fragenden Augen anschaute: Wie war's? Wie findest du Pascal? Was hat er gesagt? War deine Aktion erfolgreich? Kriegst du ihn hin?

Offenbar hatte dieser Tag beschlossen, nie, nie, nie ein Ende zu nehmen. Mit wackeligen Schritten marschierte Hannah in die Küche, wo sie Wasser für einen grünen Tee aufsetzte. Kein Alkohol, schärfte sie sich ein. Besser, du behältst einen kühlen Kopf. Den wirst du brauchen. Aber wenigstens bist du jetzt zu Hause. *My home is my castle.*

Die Küche war das rot pochende Herz der Wohnung und hätte jeder Hippie-WG Ehre gemacht. Um einen runden knallrot gestrichenen Tisch gruppierten sich gemütliche Korbsessel, darüber hingen zwei bunte Traumfänger mit Perlen und Federn. Der Geschirrschrank prangte ebenfalls in Rot, so wie die glänzenden Schleiflackflächen der Küchenzeile. Musste hinzugefügt werden, dass auch die Wände rot leuchteten?

Hannahs Mutter hatte auf diesem Farbrausch bestanden. Rot sei die Resonanzfarbe des Wurzelchakras, das Stärke, Vitalität, Erdung schenke. In einem roten Raum zu sitzen sei sozusagen Energiearbeit. Jo. Hannah hielt es einfach wie mit dem Aberglauben: Ich glaub zwar nicht dran, aber vielleicht hilft es ja. Neben den Traumfängern duldete sie noch eine Aromalampe, die passend zum Wurzelchakra einen Duft nach Nelken, Ingwer und Rosmarin verströmte. Außerdem stand eine große messingfarbene Klangschale auf dem Tisch. Ansonsten war die Küche schnickschnackfrei und ein Paradebeispiel durchdachter Ordnung. Alles hatte seinen Platz. Nichts stand herum. Außer Dennis.

Dennis, verflixt. Aus dem Augenwinkel registrierte Hannah, dass er eine knallenge Jeans und ein passendes indigoblaues Hemd trug, das ihm ausgezeichnet stand. Dazu hatte er cognacfarbene Lederschuhe gewählt. Geschmack hatte Dennis immer schon gehabt. Und ganz offensichtlich investierte er sein Geld nur zu gern in Klamotten, rückte aber keinen Cent Unterhalt raus. Mit verschränkten Armen lehnte er sich an den knallroten Küchenschrank.

»Na, was sagst du?«

»Ein Traum geht in Erfüllung«, grummelte Hannah. Sie hielt ihren Blick auf den Wasserkocher gesenkt. Sieh gar nicht erst hin. Lass dich bloß nicht einwickeln von diesem Flirtprofi. »Was willst du hier, Dennis? Hatte ich das letzte Mal nicht klipp und klar zum Ausdruck gebracht, dass ich keinerlei Interesse an einem Wiedersehen habe?«

»Ja und nein.« Er lachte leise in sich hinein. »Wenn ich mich recht erinnere, hast du eher widersprüchliche Botschaften ausgesendet.«

Das entsprach dummerweise der Wahrheit. Nach dem Gerichtstermin vor drei Jahren hatten sie ein paar Drinks genommen, und irgendwie waren sie an diesem Abend noch einmal im Bett gelandet. So was nannte man wohl einen sentimentalen Ausrutscher. Oder Trennungssex.

»Es war ein Irrtum, Dennis, ein Scheidungsquickie, keine große Sache«, murmelte Hannah verlegen. »Glaub mir, mein Leben ist gerade kompliziert genug. Da brauche ich nicht auch noch …«

»Du machst jetzt diesen Aufräumjob, oder?«, fiel Dennis ihr ins Wort.

»Genau.« Hannah holte eine dünnwandige zartgelbe Porzellantasse aus dem Schrank, in die sie einen Teebeutel fallen ließ. »Das umfasst übrigens auch zwischenmenschliche Beziehungen. Man muss aussortieren können. Wer einem guttut, darf bleiben, wer einen runterzieht, den sollte man in aller Freundschaft verabschieden.«

»Und ich gehöre in die zweite Kategorie?«

»Die Antwort kennst du.«

»Störe ich?«, unterbrach Tess die Unterredung. Neugierig schaute sie zur Tür herein. »Deine Mutter ist gerade eingeschlafen, und ich würde nur zu gern wissen, wie es mit Pascal …«

»Komm rein, du störst überhaupt nicht.« Konzentriert goss Hannah das leicht abgekühlte Wasser über den Teebeutel. »Dennis wollte sowieso gerade gehen.«

»Wollte ich nicht«, widersprach er sanft. »Ich brauche deine Hilfe, Hannah.«

Tess, die eindeutig ein schlechtes Gewissen hatte, weil sie ihn in die Wohnung gelassen hatte, drehte nervös eine mahagonibraune Locke um ihren Zeigefinger.

»Süße, ich wollte nicht gleich mit der Tür ins Haus fallen – sein Vater ist gestorben.«

Wie bitte? Hannah umklammerte den Wasserkocher. Einen gruseligen kleinen Moment lang hielt sie für möglich, dass dies nur eine weitere raffinierte Taktik von Dennis war, um sich wieder ins Spiel zu bringen. Misstrauisch drehte sie sich zu ihm herum. Ein kurzer Blick genügte. Im hellen Schein der Deckenlampe entdeckte sie auf einmal echten Kummer in seinem jungenhaften Gesicht. Sein Teint wirkte grau unter der Bräune, unter seinen Augen – die verschiedene Farben hatten, Blau und Braun – lagen tiefe Schatten.

»Es ging alles ganz schnell«, berichtete er mit tonloser Stimme. »Die Beerdigung hat letzte Woche stattgefunden.«

»Mein Beileid.« Betroffen schaute Hannah wieder in die Teetasse. »Ich verstehe das nicht. Dein Vater war doch kerngesund.«

»Ja, war er«, bestätigte Dennis. »Im Grunde hatte er aber einen schönen Tod. Mitten aus dem prallen Leben gerissen werden, einfach nicht mehr aufwachen, ohne langes Leiden.«

Es waren genau die richtigen Stichworte, um Hannah zu Tränen zu rühren. Sie tat alles, um ihre Mutter so gut wie möglich zu umsorgen, das Leiden ersparen konnte sie ihr nicht. Mit schwimmenden Augen beobachtete sie das Teewasser, das sich langsam grünlich färbte. Wie sollte sie reagieren? Dennis trösten? Aber war das nicht gefährlich, emotional gesehen?

»Er braucht wirklich deine Hilfe«, raunte Tess. »Du weißt ja, sein Vater bewohnte ein großes Haus. Und da Dennis keine Geschwister hat, muss er alles ganz allein bewältigen: ausräumen, aussortieren …«

»Deshalb bist du also hier?« Hannah wirbelte herum. »Du willst mich für ein Clearing haben?«

Seine Züge hellten sich ein wenig auf, als sie ihn nun direkt ansah. Hätte sie es doch bloß gelassen. Ein leichtes Flimmern in der Herzgegend verriet ihr, dass sie immer noch etwas für diesen unmöglichen Hallodri empfand. Und im selben Moment wusste Hannah, dass sie ihm seine Bitte nicht abschlagen konnte. Es war dumm, es war leichtsinnig, doch sie konnte nicht anders. Und vielleicht, durchzuckte es sie, ist es besser, Dennis wieder in mein Leben zu lassen, als mich in Pascal zu vergucken. Ja, das ergab einen Sinn. Einen schrägen, komplett durchgeknallten Sinn, aber immerhin irgendeine Art von Sinn.

»Prinzipiell spricht nichts dagegen«, sagte sie, bemüht, ihrer Stimme einen neutralen Klang zu geben.

»Du machst es also?« Mit ausgebreiteten Armen segelte er auf sie zu. »Mein Engel auf Erden!«

Hannah konnte sich gerade noch zur Seite wegducken, um seiner Umarmung zu entgehen. Kein Körperkontakt. Bloß nicht. O Mann, das würde ein Eiertanz werden.

»Nicht so laut, meine Mutter schläft«, dämpfte sie seine Euphorie. »Lass uns alles Weitere morgen besprechen. Ich hatte einen harten Tag.«

»Das geht leider nicht«, warf Tess ein. »Er reist morgen früh ab.«

Mit seinen typischen geschmeidigen Bewegungen nahm Dennis am Küchentisch Platz und faltete die Hände auf der roten Tischplatte, bevor er Hannah vorwurfsvoll anschaute.

»Zwei geschlagene Tage habe ich im Hotel gesessen und versucht, dich zu erreichen. Aber du bist ja nicht ans Handy gegangen, und meine Nachrichten hast du wahrscheinlich auch nicht gelesen. Deshalb bin ich heute persönlich vorbeigekommen.« Er warf einen Hilfe suchenden Blick zu Tess, dann wandte er sich wieder Hannah zu. »Wir müssten die Angelegenheit gleich heute Abend besprechen. Bitte, Hannah. Ich muss zurück nach Hause, ich habe morgen wichtige berufliche Termine.«

»Dann reist du danach eben noch mal an«, entgegnete Hannah und nahm einen Schluck Tee. Sie wollte sich keinesfalls unter Druck setzen lassen. »Wir werden das schon noch hinbekommen.«

»Nein, nein, es eilt«, ein flehentliches Timbre mischte sich in seine Stimme, »es gibt bereits einen Käufer für das Haus. Wenn wir zu viel Zeit verlieren, springt er ab.«

Das ist nicht dein Problem, flüsterte eine Stimme in Hannahs Kopf. Grenz dich ab, mach dein Ding, lass dich nicht in die Ecke drängen.

»Deine Mutter ist auch dafür, dass du mir sofort hilfst«, spielte Dennis nun seinen besten, wirklich allerbesten Trumpf aus.

Ja, und du bist der Meister der Manipulation, dachte Hannah aufgebracht. Es war einfach ungerecht, dass es Menschen gab, die immer genau das bekamen, was sie wollten. Natürlich wusste Dennis genau, dass sie ihrer Mutter jede Aufregung ersparen wollte. Und für diese Aufregung würde er sorgen, hundertpro.

»Er ist halt total aufgeschmissen«, legte Tess ein gutes Wort für ihn ein. »Ich halte dir den Rücken frei, Hannah. Wenn du möchtest, übernachte ich hier auf der Couch, und ihr könnt alles in Ruhe besprechen. Stell dir vor, Dennis hat extra einen Tisch für euch reserviert. Nicht in irgend so einer Nudelbude, sondern in dem edlen Sushiladen, wo ihr früher nur zu besonderen Anlässen wart.«

Mit seinem gekonntesten Dackelblick sah er zu Hannah auf, doch in seinen Augenwinkeln lauerte der Schalk. So war es immer gewesen.

»Selbstverständlich revanchiere ich mich für deine Unannehmlichkeiten, und ich zahle dir auch jedes Honorar«, versprach er. »Mir liegt sehr daran, dass du es bist, die ausmistet. Ist ja schließlich die Privatsphäre meines Vaters. So was sollte in der Familie bleiben.«

Mit der Erwähnung der Familie hatte er Hannah endgültig auf seine Seite gezogen. Es war ihr schon etwas unheimlich, wie gut er sie kannte – und wie virtuos er auf der Klaviatur ihrer Gefühle spielte. Die Familie war Hannah heilig, da konnte kommen, was wollte. Was bedeutete, dass sie sich nun schon zum zweiten Mal an diesem Tag auf einen Auftrag einließ, der ihr so gar nicht in den Kram passte. Offenbar hatte ihr Karma einen ziemlich eigenartigen Humor.

Sie sah zur Küchenuhr. Ihr Magen knurrte, Dennis gab sich sowieso nie geschlagen, und je eher sie alles mit ihm besprach, desto besser.

»Ich dusche nur kurz, dann gehen wir«, lenkte sie ein.

»Perfekt.« Dennis atmete hörbar auf. »Du bist wirklich ein Engel.«

»Ist sie«, bestätigte Tess. Hastig hakte sie Hannah unter und geleitete sie aus der Küche auf den Flur, wo sie ihre Freundin im Flüsterton mit Fragen bestürmte. »Du musst mir alles erzählen! Wie lief es? Was hat Pascal gesagt? Ist er nicht wunderbar?«

»Mmmhhja, ich muss schon sagen, er …« – Hannah suchte fieberhaft nach einer diplomatischen Umschreibung – »… ist ein … echter Individualist.«

Was hätte sie auch sonst sagen sollen über einen Mann, der SpongeBob-T-Shirts trug, Playmobilfiguren sammelte und in einem Messieparadies lebte? Der ist für die Tonne?

»Individuell trifft es auf den Punkt.« Tess gab einen kleinen Seufzer von sich und legte beschwörend eine Hand auf die Brusttasche ihres bestickten Seidenoveralls. »So einen Mann darf man nicht gehen lassen. Er ist die Kirsche auf der Torte. Nur seine Unordnung, die ist schon krass, oder?«

Es gab weit krassere Dinge, die Hannah beschäftigten. Gemessen an der Leiche auf dem Dachboden war jede Sorge um Pascals Chaos nachgerade absurd. So absurd, als sorgte man sich bei einem Sprung vom Hochhaus, ob man eventuell einen Schnupfen von dem Luftzug kriegte.

»Wir haben heute einen guten Start hingelegt«, wich sie aus. »Jedenfalls scheint er durchaus motiviert zu sein, ein bisschen auszumisten.«

»Super«, freute sich Tess. »Wusste ich's doch, dass du die Richtige für ihn bist. Also, ähm, ich meine, die richtige …«

»… Frau fürs Grobe«, umschiffte Hannah die verfängliche Klippe. »In den nächsten Tagen werde ich mich um alles kümmern, danach übergebe ich ihn dir im maximal ordentlichen Zustand.«

Tess gluckste in sich hinein.

»Hoffentlich konntest du ihm schon mal die unterirdischen Klamotten ausreden.«

»Langsam, langsam«, flüsterte Hannah. »Die schlimmsten Sachen habe ich aussortiert. Vielleicht gehst du demnächst mit ihm einkaufen, damit er nicht gleich die nächste Klamottenpanne baut. Alles ist steigerbar. Obwohl ich mir schwer vorstellen kann, was die Steigerung von SpongeBob-Unterhosen sein sollte.«

Tess musste sich sehr beherrschen, um nicht laut loszulachen. Sie horchte zum Zimmer von Marie-Luise Bodmer, dann zog sie Hannah ins Badezimmer, einen winzigen Raum, der mit den hellgrauen Kacheln und den Ton in Ton abgestimmten Handtüchern sehr geschmackvoll wirkte.

»Und sonst so? War er nett zu dir? Habt ihr euch einen gepflegten Biowein reingezogen?«

Tess machte keinerlei Anstalten, Hannah ein wenig Intimsphäre zu gewähren. Nach betreutem Duschen stand Hannah allerdings so gar nicht der Sinn. Außerdem wurde ihr das Thema Pascal allmählich zu heiß. Tess neigte nicht gerade zu übertriebener Subtilität, doch die Intuition einer verliebten Frau durfte man nicht unterschätzen. Je weniger Hannah von Pascal erzählte, desto geringer war die Gefahr, dass sie sich verplapperte. Mit Bemerkungen über sein umwerfendes Lachen zum Beispiel. Oder über die Leiche auf dem Dachboden.

»Ich sollte jetzt wirklich duschen. Danke, dass du bei meiner Mutter bleibst, das ist sehr, sehr lieb von dir.«

»Ehrensache.« Aufgeregt spähte Tess in den Spiegel, um ihr Make-up zu überprüfen. »Und du hast Pascal wirklich rumgekriegt? Ehrlich gesagt dachte ich, dass das wesentlich schwieriger wird.«

Heieiei. Hannah tat so, als ob sie dringend die Duschkabine putzen müsste. Mit einem Lappen rieb sie ganze Rudel nicht existenter Wasserflecken von dem matten Kunststoffglas.

»Ein bisschen mehr Überzeugungsarbeit muss man bei einem Mann schon leisten«, nuschelte sie. »Männer sind Höhlenbewohner. Die denken immer noch, sie müssten sich mit ihrer Beute irgendwo verkriechen. Frauen interessieren sich mehr für ein harmonisches Ambiente.«

Damit gab sich Tess endlich zufrieden. Sie hauchte Hannah einen Kuss auf die Wange, dann ließ sie ihre Freundin allein.

Während Hannah unter der Dusche stand, kam es ihr vor, als ob tiefschwarze Sturzbäche an ihr hinunterflossen. Nicht nur Staub und Schmutz, auch etwas mörderisch Dunkles. Ja, der Ausflug auf den Dachboden schien so etwas wie eine Expedition ins Herz der Finsternis gewesen zu sein. Und wenn es nun kein Unfall war?, nagte die wohlbekannte Frage an ihr. War Pascal am Ende doch etwas Schlechtes zuzutrauen?

Dieser Gedanke beschäftigte sie noch, als sie ein schlichtes dunkelblaues Kleid anzog, in bequeme rote Sandaletten schlüpfte und danach mit Dennis die Wohnung verließ. Hannah dachte auch noch darüber nach, als sie längst in einem Restaurant der gehobenen Sorte saßen, wo ihnen der Kellner eine Vorspeisenplatte mit Sushi, glasierten Garnelen und frittiertem Oktopus servierte. Das Lokal erinnerte sie an frühere Zeiten mit Dennis. Es hatte sich nichts verändert. An den Wänden aus porösem Sichtbeton hingen neongrelle abstrakte Gemälde, das gelackte schwarze Mobiliar hatte einen asiatischen Touch, aus unsichtbaren Lautsprechern plätscherte entspannte Lounge-Musik.

Nur Hannah war so gar nicht entspannt. Deshalb konnte sie froh sein, dass Dennis das Reden übernahm, eine Kunst, die er nachweislich am besten beherrschte. Ausführlich setzte er ihr auseinander, wie er sich die Zusammenarbeit zwecks gründlicher Entmüllung vorstellte, flocht kleine Geschichten aus seinem Alltag als Handyverkäufer ein und merkte natürlich gar nicht, dass er die Rolle eines Alleinunterhalters übernahm. Tja. So war es immer gewesen. Dennis brauchte Publikum. Wobei Hannah zugeben musste, dass er ein sehr talentierter Alleinunterhalter war.

Nach und nach taute sie auf. Beim Hauptgang fing sie an, über seine Witze zu kichern. Dazu trug der spritzige Weißwein bei, zu dem sie sich entgegen ihren festen Vorsätzen überreden ließ und nicht mal die Bouquetprobe machte. Beim Dessert, einer Mangomousse mit Minzblättchen, kam Hannah aus dem Lachen gar nicht mehr heraus. So war Dennis eben. Man konnte ihm nicht über den Weg trauen, doch wenn er zu Hochform auflief, hatte man jede Menge Spaß mit ihm. Und war das jetzt nicht das beste Kontrastprogramm nach diesem anstrengenden Tag? Einfach die Seele in den Wellnessbereich schicken und wie ein Schulmädchen losprusten?

Nun ja. Es gab allerdings eine Nebenwirkung. Es hatte nämlich etwas verdammt Erotisches, gemeinsam mit einem Mann zu lachen. Vor allem mit einem Mann wie Dennis.

Wenn er den Kopf in den Nacken warf und seine Zähne blitzen ließ, prickelte es wie Brause auf der Haut. Wenn er sich vertraulich zu Hannah vorbeugte und irgendetwas Freches von sich gab, knisterte die Luft. Es war erregend, diesem attraktiven Mann gegenüberzusitzen, den alle Frauen im Lokal anhimmelten. Zuzusehen, wie er sich das dunkle Haar aus der Stirn strich. Wie seine Zunge zwischen den Lippen spielte.

Doch sie würde nicht schwach werden wie vor drei Jahren. Auf keinen Fall! Dies war nur ein Treffen mit ihrem Ex. Sie kannten einander in- und auswendig, und wenn er auch eindeutig mit ihr flirtete, wusste Hannah, dass jeder Nebengedanke komplett sinnlos war. Sie wusste es. Er wusste es. Also alles im grünen Bereich.

Hannah schöpfte auch keinerlei Verdacht, als Dennis vorschlug, sie könnte doch gleich den Grundriss des väterlichen Hauses mitnehmen, als Vorbereitung auf das Ausmisten. Man müsse nur schnell hoch in sein Hotelzimmer gehen, das praktischerweise im selben Gebäude liege wie das Restaurant. Mittlerweile hatte sie einen ziemlichen Schwips. Im Hotelflur zog sie ihre Sandaletten aus, dann rannten sie Hand in Hand zum Zimmer, obwohl Hannah keine Ahnung hatte, wieso sie das taten und warum sie dabei immer noch lachten. Als Dennis die Tür aufschloss und sie ihm ins Zimmer folgte, knisterte die Luft nicht nur, sie brannte. Lichterloh. Auch Hannahs Wangen brannten.

Auf einmal stand er ganz nah vor ihr. Tief atmete sie den vertrauten Geruch ein. Den Dennisduft. Der hatte sie immer schon umgehauen. Es war irrational, es war hirnrissig, aber sie wollte mehr davon. Das Vorletzte, was Hannah mitbekam, war der Fußtritt, mit dem Dennis die Tür ins Schloss fallen ließ.

Und dann küsste er sie.

Es gab Männer, die zu nass küssten. Es gab Männer, die zu mechanisch küssten. Es gab Männer, die allen Ehrgeiz dareinlegten, irgendwelche akrobatischen Dinge mit ihrer Zunge anzustellen. Und es gab Dennis. Es war ein sanftes Ineinandergleiten, völlig selbstverständlich, so wie man in warmes Badewasser eintauchte. Hannah schloss die Augen. Ein Strudel der Empfindungen riss sie mit sich, und wie eine Stichflamme loderte die Lust auf. Sie spürte Dennis' Hände auf ihrem Körper, genau an jenen Stellen, wo sie am empfindsamsten war – wie konnte es auch anders sein, nachdem er ihre Reaktionen jahrelang studiert hatte. Aufstöhnend genoss sie seine Berührungen, und als sie die Lider wieder öffnete, sah sie, dass sich seine Augen begehrlich verschleiert hatten.

»Dennis …«

»Nicht reden«, raunte er. »Lass dich fallen.«

Der Rest war absehbar. Nur leider erst im Nachhinein. Eine

Stunde später lag Hannah in dem völlig zerwühlten Hotelbett, starrte die Decke an und verwünschte den Moment, in dem sie schwach geworden war. Warum bloß? Wusste sie denn nicht, dass solche Momente zu nichts führten?

Dennis lag neben ihr, in der ganzen Pracht seiner Nacktheit, und streichelte sacht ihren Arm. Allein sein zufriedener Gesichtsausdruck brachte Hannah auf die Palme. Dabei war sie selbst schuld. Nach diesem Wahnsinnstag hätte sie auf keinen Fall Alkohol trinken dürfen, so verständlich ihr Bedürfnis nach Ablenkung auch gewesen war. Na gut, wenigstens war sie jetzt auf andere Gedanken gekommen. Auf ganz, ganz andere Gedanken. Sex mit dem Ex. So ziemlich das Abgefahrenste, was sie sich hätte antun können. Schwer atmend betrachtete sie die silberfarbene Tapete, die von weißen Schwänen geziert wurde.

»Dennis«, murmelte sie. »Das. War. Falsch.«

»Dafür hat es sich aber verflixt gut angefühlt.« Mit einem wohligen kleinen Grunzen robbte er näher zu ihr heran. »Sogar phantastisch.«

»Wir waren betrunken«, wandte Hannah ein.

»Das war der Rausch der Sinne.«

Unauffällig rückte sie ein Stückchen von ihm weg, um zu verhindern, dass er ein Bein über ihre Oberschenkel legte. Das machte er immer danach. Eine Angewohnheit, die er genauso wenig abgelegt hatte wie sein sicheres Gespür für die erotischen Sollbruchstellen einer Frau. Für Hannahs Sollbruchstellen. Doch der Rausch war verflogen. Sie fühlte sich furchtbar.

»Ehrlich gesagt haben mir die beiden gefehlt«, sinnierte er, während er ihre Brüste betrachtete.

»Ehrlich gesagt bin ich wieder stocknüchtern«, erwiderte sie matt.

»Das lässt sich schnell ändern, Schatz. In jeder Hinsicht.«

Ein dezentes Pochen an der Tür ließ Hannah aufschrecken. Wer mochte das sein? Alarmiert setzte sie sich auf und zog das zerknitterte Laken bis zum Kinn. Vielleicht war Dennis ja gar nicht allein angereist?

»Wer in aller Welt ist das?«, fragte sie.

»Zimmerservice«, antwortete er schläfrig. »Ich habe uns Champagner bestellt.«

Himmel, war das peinlich. Panisch zerknüllte Hannah das Laken in ihren Händen.

»Dennis! Du musst sofort …«

»Was? Mich im Schrank verstecken?«, lachte er. »Der einzige Mann, vor dem du in dieser Situation Angst haben müsstest, wäre dein Ehemann. Und der liegt neben dir im Bett.«

»Exmann«, korrigierte Hannah ihn, obwohl sie ahnte, dass das für Dennis wahrscheinlich keinen Unterschied machte. Nicht nach dem, was gerade geschehen war.

Mit trägen Bewegungen stand er auf, wickelte sich im Gehen das Bettlaken um die Hüften und nahm an der Zimmertür die Flasche Champagner in Empfang. Jede Lust auf weitere alkoholhaltige Getränke war Hannah allerdings vergangen. Ein Fehler wurde nicht dadurch besser, dass man ihn wiederholte.

»Dennis? Bist du so gut und bringst mir mein Kleid? Es hängt da drüben über der Stuhllehne.«

Irritiert sah er von der Champagnerflasche auf, an deren Verschluss er herumnestelte.

»Wozu?« Seine Mundwinkel rutschten amüsiert nach oben. »Ich habe dich Hunderte Male nackt gesehen. Damals.«

»Da war ich drei Jahre jünger und einige Kilo leichter.«

»Und jetzt bist du tausendmal schöner«, lächelte er, bevor er mit einem lauten Knall den Champagnerkorken herausflutschen ließ.

»Das glaubst du auch nur, weil du einen im Tee hast.«

»Siehst du«, er hielt die Flasche hoch, »und wenn wir dieses Schätzchen geleert haben, wirst du noch viel schöner sein.«

Komiker. Es half alles nichts, sie musste sich ihre Klamotten wohl selber holen, um schleunigst den Ort ihrer Niederlage zu verlassen. Also lief Hannah geduckt zum Stuhl, auf dem ihr Kleid hing wie eine traurig erschlaffte Fahne. Ihr Slip lag darunter, ihr BH war nirgendwo zu sehen. Doch Hannah wollte keine Zeit verschwenden, danach zu suchen. Jede weitere Sekunde, die sie in diesem Hotelzimmer verbrachte, würde ihr Selbstwertgefühl weiter in den Keller rauschen lassen.

Sei doch nicht so streng mit dir, wisperte ihre innere Stimme. Was ist schon dabei? Warum soll denn plötzlich so furchtbar falsch sein, was jahrelang richtig gewesen ist? Pascal, ja, das wäre ein gewaltiger Fehler gewesen. Eine Katastrophe! Aber doch nicht Dennis. Er ist vollkommen harmlos, solange du deine Gefühle unter Kontrolle hast. Hast du doch, oder? Dann sag es ihm am besten gleich.

»Nur, damit keine Missverständnisse aufkommen, ich will dich nicht etwa wiederhaben«, erklärte sie, während sie auf einem Bein hüpfend in ihren Slip stieg. »Das mit uns wird nie klappen. Liebesbeziehungen verlaufen nun mal harmonischer, wenn man sich auch privat gut versteht.«

»Da sind wir ja schon mal einer Meinung«, lächelte Dennis. »Ich will dich nämlich auch nicht zurück. Allerdings würde ich gern noch mal …«

Mit der geöffneten Flasche in der Hand presste er ihr einen sehr, sehr leidenschaftlichen Kuss auf den Hals. Dass Hannah im Begriff war, ihr Kleid zuzuknöpfen, ignorierte er. Unaufhörlich glitten seine Lippen tiefer, bis sie ihn sanft, aber bestimmt von sich wegschob.

»Dennis, du weißt, ich halte viel von Ordnung. Ist schließlich mein Beruf. Und dieses Prinzip gilt auch für mein Beziehungsleben.«

»Schon klar. Ordnung ist das halbe Leben.« Er verneigte sich feierlich. »Willkommen in der anderen Hälfte.«

Konnte dieser Mann mal eine Sekunde ernst bleiben?

»Wie gesagt, Dennis, wir haben nur zu viel getrunken, sonst wäre das hier nie passiert.«

»Ach was, es war genau die richtige Menge Alkohol, damit du loslassen konntest.« Wie ein Schiedsrichter hob er einen Daumen. »Und wie du losgelassen hast! Sogar die Petersburger Schlittenfahrt hast du mit dem amourösen Schwung der frühen Jahre abgeliefert! Volle Punktzahl!«

»Sehr erwachsen«, grummelte Hannah. »Du hörst dich an wie ein Siebzehnjähriger.«

»Was ist los mit dir? Früher konntest du über meinen pubertären Blödsinn lachen. So wie über das hier!«

Er stellte die Flasche auf den Boden, nahm Anlauf und improvisierte einen wackeligen Handstand. Dabei zappelte er so übertrieben mit den Beinen, dass das Laken von seinen Hüften rutschte. Herrschaftszeiten. Fassungslos betrachtete Hannah den nackten Körper, an dem noch mehr zappelte als nur die Beine. Und mit so was war ich mal verheiratet.

»Ich weiß, du willst mich zum Lachen bringen, aber das ist einfach nur albern. So wie diese Petersburger …«

Im selben Moment ertappte sich Hannah dabei, dass sie lachte. Herrje, wieso eigentlich? Komm mal runter, rief sie sich zur Ordnung. Langsam wird es ein bisschen schräg.

Ihre innere Stimme war ganz anderer Ansicht. Betrachte es als Lockerungsübung, Hannah. Und als Vorsichtsmaßnahme wegen Pascal. Du bist eine gefährdete Frau. Abgesehen von dem Ausrutscher mit Dennis vor drei Jahren hast du seit Ewigkeiten mit keinem Mann geschlafen. Freu dich, dass es jetzt wieder Dennis war. Bei ihm weißt du, woran du bist. Keine falschen Hoffnungen, keine Enttäuschungen.

»Soll ich als Nächstes das doppelt eingesprungene Rad für dich schlagen?«, keuchte er. »Oder ziehst du Unordnung und Unzucht vor?«

Hannah zog es vor, als Nächstes das Badezimmer aufzusuchen. Im Spiegel sah sie das Gesicht einer Frau, die mindestens zehn Jahre jünger aussah als in ihrer Erinnerung. Ihr Teint leuchtete rosig, ihre Augen glänzten, ein seliges Lächeln umspielte ihre Lippen. Es war das Werk von Dennis, das ließ sich nicht leugnen.

»Du bist so was von daneben«, eröffnete sie ihrem Spiegelbild. »Wieso fällst du immer wieder auf deinen Ex rein?«

Hannah war zu müde, um ernsthaft darüber nachzudenken. Das würde sie morgen tun. Ob sie mal mit Tess darüber redete? Nachdem sie ihre Sandaletten gefunden hatte, schlich sie zur Tür, wo sie sich noch einmal umdrehte. Alle Glieder von sich gestreckt wie ein Seestern lag Dennis auf dem Bett, in der einen Hand die Champagnerflasche, in der anderen den Korken.

»Schatz?« Sein Kopf ruckte hoch. »Du hilfst mir aber trotzdem mit dem Haus, oder? Krempel sortieren und so?«

»Selbstverständlich«, versicherte Hannah. »Eine Frau, ein Wort.«

»Ach, du bist wunderbar. Sandra wird sich auch freuen.«

Moment mal. Hannah ließ den Türknauf los, den sie bereits in der Hand hatte.

»Wer ist Sandra?«

Mit einem kleinen Plumpsen fiel der Kopf ihres Exmanns auf das Bett zurück.

»Meine Frau. Hatte ich dir das nicht erzählt? Dass ich wieder geheiratet habe?«

Kapitel 6

Um sechs Uhr dreißig klingelte der Wecker. Um sechs Uhr fünfzig hatte Hannah trotz eines furchtbaren Katers sturzgeduscht, die Zähne geputzt und den ersten Espresso runtergestürzt. Zehn Minuten vergingen, die sie den widersprüchlichen Gedanken an die Nacht zuvor widmete. Pünktlich um sieben Uhr öffnete sie die Tür für Jan-Philipp, den neuen Pfleger, dessen Ankunft immer einen eigentümlichen Effekt auslöste: Auf der Stelle war die Wohnung voll.

Wie er das machte, war kein Geheimnis. Seine Bewegungen wirkten raumgreifend, unablässig summte er vor sich hin, und überall hinterließ er seine Spuren. Meist stellte er erst mal zwei, drei große Stoffbeutel im Flur ab. Dann warf er seine Fransenjacke auf einen Sessel im Wohnzimmer, deponierte seine Gesundheitssandalen im Badezimmer und entzündete in jedem Raum eine Kerze. Wenn er wieder ging, lagen überall kleine Andenken herum. Hier ein Streichholz, da ein Bonbonpapier, manchmal auch Flyer von irgendwelchen esoterischen Veranstaltungen oder leere Joghurtbecher. Die feuchten Handtücher auf dem Boden des Badezimmers gar nicht mitgerechnet.

Eins stand mal fest: Jan-Philipp hatte mehr Talent, binnen kürzester Zeit Chaos zu verbreiten, als mancher Ehemann, der abends nach Hause kam. Wäre Jan-Philipp ein Keks gewesen, hätte man über ihn gesagt: Der krümelt.

»Morgen, Süße.« Schlaftrunken schlenderte Tess in die Küche, wo Hannah mit dröhnendem Kopf Gemüse schnippelte. Tess trug eins von Hannahs XXL-T-Shirts, das sie zum Nachthemd umfunktioniert hatte, und sah ohne ihre obligatorische Bemalung

Jahre jünger aus. Einfach entzückend. »Sag mal, dieser fusselige Guru mit dem Zopf, ist das etwa der neue Pfleger?«

»Er ist eine Heimsuchung, und er riecht nach Reformhaus«, flüsterte Hannah. »Doch wir brauchen ihn. Mein Rücken macht schon schlapp, wenn ich meine Mutter nur aus dem Bett heben will. Jan-Philipp macht das mit links.«

»Der hat aber auch nicht gerade Arme wie Baumstämme.« Tess verzog den Mund. »Der ist doch selber nur ein halbes Hemd.«

»Er sagt, das funktioniert mehr so auf der energetischen Ebene.« Hannah lauschte auf das Summen. »Hörst du das?«

»Den könntest du auch als Bienenimitator vermieten.« Tess stibitzte ein Stückchen Gurke von der Rohkostplatte, die Hannah für ihre Mutter vorbereitete, dann setzte sie sich in einen der Korbsessel und zog ihre Knie ans Kinn. »Du siehst zerstört aus, Süße. Komplett zerschossen. Sag bloß, ihr beide habt euch gestern Abend noch ein paar Drinks reingezwirbelt.«

»Ein oder zwei könnten es schon gewesen sein«, räumte Hannah ein.

»Oder mehr?« Tess legte den Kopf schräg. »Sekunde mal. Ihr wart im Bett! Ja, ja, ja, ihr wart im Bett! Ich seh so was! Irre! Und da ist ja auch ein Knutschfleck an deinem Hals! O Hanna, erzähl mir alles!«

»Nicht so laut bitte, meine Mutter hat Ohren wie ein Luchs.« Vorsichtshalber stellte Hannah die Espressomaschine an, die einen Höllenlärm von sich gab, bevor sie irgendwann mit viel Gezisch einen winzigen Tropfen Espresso ausspuckte.

»Komm schon«, Tess ließ nicht locker, »mal unter uns – wie war er?«

»Phantasievoll«, antwortete Hannah, was vollkommen der Wahrheit entsprach.

Betont geschäftig begann sie, frische Orangen zu halbieren und auszupressen. Die dazugehörige Maschine bestach ebenfalls durch einen herausragenden Geräuschpegel.

»Mehr Details«, forderte Tess, während sie aufgeregt an ihrem Gurkenstückchen knabberte. »Soll ich mich jetzt eigentlich für dich freuen, oder muss ich dich bedauern?«

»Weder noch. Sekunde.«

Mit geschlossenen Augen schlürfte Hannah den fertigen Espresso und stellte die Tasse gleich wieder für den nächsten Kaffee unter das Auslaufrohr.

»Wenn du eines Tages an einer Überdosis Koffein stirbst, bist du wenigstens wach«, flachste Tess. »Und Dennis? Los, sag schon.«

»Das mit Dennis ist durch.«

»Wirklich? Kalte Worte für so was Heißes.«

»Ich verstehe das selber nicht.« Unwillkürlich schlang Hannah ihre Arme um den Oberkörper. »Ich hatte mir geschworen, nie wieder was mit ihm anzufangen.«

Nachdenklich bettete Tess ihr Kinn auf die Knie.

»Ihr seid schon speziell, ihr beide. Nach der Heirat hast du gemerkt, dass er der Falsche ist. Und nach der Scheidung hat er gemerkt, dass du die Richtige bist. Oder war es umgekehrt?«

»Tess, die Abteilung Spiel und Spaß ist nichts für mich. Aber die braven, verlässlichen Typen, die ich bisher gedatet habe, sind genauso wenig mein Fall. Erst bin ich angetan, dann finde ich sie zu lahm. Meine Mutter ist der Meinung, ich hätte blockierte Chakren. Zu wenig Flow. Ihre Devise: Einfach drauflosliebe, egal, was daraus wird.«

»Sie ist eben ein Hippie.«

»Stimmt«, stöhnte Hannah, »doch wenn du eine Hippiemutter hast, sehnst du dich manchmal danach, ein echter Spießer zu sein.«

»Wieso das denn?«

Hannah strich sich das Haar aus der Stirn. Über dieses Thema hätte sie abendfüllende Vorträge halten können. Über ihre turbulente Kindheit und Jugend in exotischen Ländern. Über die unzähligen Umzüge. Über die dauernd wechselnden männlichen Gesichter morgens am Frühstückstisch. Und wie sie die anderen Kinder beneidet hatte, weil die einen echten Papi hatten, noch dazu immer denselben.

»Ich will keinen Mann auf Teufel komm raus«, bekannte sie, »aber wenn ich mir etwas wirklich wünsche, dann Sicherheit. Ich möchte ankommen, verstehst du? Meine Mutter ist immer noch auf der Reise. Das ist halt ihre Philosophie, und für sie ist das auch okay. Mein Ding ist das nicht.«

»Dann betrachte doch Dennis als deinen Zwischendurchmann«, sinnierte Tess, während sie den Zustand ihrer schrill lackierten Nägel begutachtete. »Was spricht dagegen?«

»Er hat vor Kurzem geheiratet«, ließ Hannah die Katze aus dem Sack.

Der Mund von Tess klappte auf und wieder zu, dann trommelte sie mit ihren manikürten Krallen auf die rote Tischplatte ein.

»So ein Liebesverbrecher! Wie stellt er sich das denn vor? Dass er seine Ehefrau mit seiner Exfrau betrügt? Geht's noch?«

»Pssst. Dennis ist nun mal Dennis, bei dem muss man sich keinerlei Illusionen hingeben«, winkte Hannah ab.

»Pascal ist zum Glück ganz anders, er hat seine kleinen Schwächen, aber treu ist er ganz bestimmt.« Ein träumerischer Ausdruck trat in die olivfarbenen Augen von Tess. »Ich glaube, das mit uns beiden wird was ganz Großes. So ein Für-immer-Ding.«

»Würde ich auch so sehen«, murmelte Hannah.

Hörte man etwa das Bedauern in ihrer Stimme? Hoffentlich

nicht. O Mann, waren das wirklich ihre eigenen Gedanken? Sie wäre für Tess durchs Feuer gegangen, doch jetzt, wo ihre Freundin endlich mal einen aussichtsreichen Kandidaten an der Angel hatte, musste es ausgerechnet Pascal sein. Ein Mann, der auch Hannah gefiel. Doch Pascal war und blieb tabu. Tja, manchmal verpasste die Realität den Gefühlen einen kräftigen Kinnhaken.

»Pascals Villa ist ein Alptraum, wie kann er nur so ein Messie sein«, seufzte Tess. »Dabei lebt er ganz allein in dem Haus. Bei Josie zum Beispiel verstehe ich die Unordnung. So eine große Familie, da kommt was zusammen.«

»Ja, wenn man drei minderjährige Innenarchitekten hat, fällt die Raumgestaltung entsprechend aus«, bestätigte Hannah.

»Wie wäre es, wenn du gleich heute bei Pascal weitermachst?«, schlug Tess voller Enthusiasmus vor. »Auch beim digitalen Müll. Schau dir seine Freundschaftsliste auf Facebook an. Und dann fräst du eine breite Schneise in alles, was weiblich und leicht bekleidet ist.«

Hannah säbelte eine weitere Apfelsine auseinander und drückte sie auf die Saftpresse.

»Wer weiß, ob er überhaupt so ein Kontaktjunkie ist.« Keine schöne Vorstellung, wie sie zugeben musste. »Bevor er mich an sein Handy lässt, muss ich aber erst mal Vertrauen aufbauen. Deshalb fange ich mit dem analogen Entmüllen an und arbeite mich langsam in die sensiblen digitalen Zonen vor.«

»Die Küche, die hätte es am meisten nötig. Vielleicht solltest du ein Schild aufhängen: Hier verliebt sich alle fünf Minuten ein Abfall in einen Eimer.« Lachend kaute Tess an einem zweiten Stück Gurke. »Pascal ist so der Typ, bei dem das Salz im Badezimmer steht, in einem Nutellaglas mit der Aufschrift Tee.«

Sie traf den Nagel auf den Kopf. Dass Pascal in diesem Chaos die Zutaten für sein Rotweinhühnchen gefunden hatte, grenzte an ein Wunder.

»Die Villa ist wahrlich eine Herausforderung.« Hannah griff nach ihrer Tasse und genehmigte sich den dritten Espresso dieses Morgens. »Das ist ein Haus von der Sorte, wo man denkt: Am besten alles Brennbare anzünden, den Rest kannst du dann immer noch unters Sofa schieben.«

Tess kicherte in sich hinein, dann stützte sie die Ellenbogen auf den Tisch und legte ihr Gesicht in die Hände.

»Ich kann es kaum erwarten, dass endlich der neue Pascal das Licht der Welt erblickt. Der gut angezogene Ordnungsfanatiker. Und bitte, bitte überrede ihn zu Kontaktlinsen. Diese Nerdbrille ist scheußlich. Außerdem hängt er mir zu oft mit seinen Kumpels ab. Das könntest du vielleicht auch mal ansprechen. Komm, schreib ihm gleich. Irgendwann wirst du heute doch wohl ein Stündchen für ihn Zeit haben, oder?«

Widerstrebend holte Hannah ihr Handy heraus und stellte fest, dass eine Nachricht eingegangen war. Sie stammte von Dennis.

Danke für das interessante Gespräch. Ich freue mich auf einen ähnlich fruchtbaren Austausch in naher Zukunft. D

Haha. Ein klitzekleines Fünkchen Schadenfreude glomm in ihr auf. Solche nichtssagenden Nachrichten schrieben Männer, deren Ehefrauen das Handy kontrollierten. Diese Sandra war offensichtlich nicht auf den Kopf gefallen. Recht so.

»Hat Dennis geschrieben?«, fragte Tess.

»Ja, wieso?«

»Man sieht es dir an.« Triumphierend riss Tess die Arme hoch. »Dieses Funkeln in deinen Augen! Das ist ein Zeichen!«

»Wofür? Dass er ein Schuft ist? Das wissen wir doch schon.«

»Warte, ich erklär's dir gleich, ich hole nur meine Gesichtsmaske, die kann dann beim Frühstück einwirken.«

Tess sauste schon los. Es gehörte zu ihren Eigenheiten, dass sie zu jeder Tages- und Nachtzeit exzessive Schönheitsrituale kultivierte. In der Badewanne betrieb sie Aquagymnastik, nachts schlief sie mit dick eingecremten Händen nebst Handschuhen. Unter anderem schwor sie auf eine Gesichtsmaske, die angeblich aus dem Schleim von Schnecken aus der tiefsten Tiefsee bestand – es war eines der zweifelhaften Produkte, die ihre Schwester Raffaela verkaufte. Vermutlich stammten die Zutaten aus den weit weniger spektakulären Laboren irgendwelcher windigen Geschäftemacher. Doch Tess ließ sich für einfach alles begeistern. Sie hätte auch an eine Creme mit zermahlenem Mondgestein geglaubt.

Hannah las die Nachricht von Dennis noch einmal. Bei ihm musste man zwischen den Zeilen lesen. *Interessantes Gespräch, fruchtbarer Austausch,* schrieb der Mann, der sich nicht zu schade war, seine Ex mit einem nackten Handstand zu erfreuen. Und wieder ertappte sich Hannah dabei, dass sie lachte. Das war doch schizophren. Sie hatte Dennis abgehakt. Trotzdem konnte er sie erheitern, trotzdem schaffte er es, sie in den Rausch der Sinne zu küssen. Das war doch nicht normal.

In diesem Augenblick kehrte Tess mit ihrer Handtasche in die Küche zurück. Nach einigem Wühlen förderte sie eine Cremetube zutage, aus der sie sich großzügig bediente. Im Nu war ihr Gesicht von einer kränklich grünen Schicht bedeckt. Nun sah sie aus wie ein gestrandeter Alien, der die übel riechenden Dämpfe seines verseuchten Heimatgestirns verströmte.

»Bist du sicher, dass die Maske keine Schadstoffe enthält?« Hannah hielt sich die Nase zu. »Das riecht wie Nagellackentferner mit einem Schuss Knoblauchsauce.«

»Jaja, jetzt fehlt nur noch der Spruch: Jede Frau ist auf ihre eigene Art schön«, tönte es aus der Maske. »Aber finde mal den einen Mann, der das erkennt. Ich sag immer: Tu deinem Gesicht was Gutes, damit dein Lächeln Lust hat, darin zu wohnen.«

»Ähm. Ja.« Zweifelnd starrte Hannah auf die Maske. »Was wolltest du mir denn nun erklären? In Bezug auf die Männer?«

Tess ließ sich wieder in einen der Korbsessel fallen und legte die Füße auf einem zweiten übereinander.

»Also, Hannah«, begann sie gewichtig. »Du willst was Solides. Schön. Du willst keinen flirtigen Streuner. Auch schön. Soll ich dir verraten, was ich denke? Dennis ist zwar eine Mogelpackung, aber die Richtung stimmt. Du hast deinen Männertyp noch gar nicht gefunden. Die seriösen Schnarchnasen sind jedenfalls nichts für dich.«

»Existiert er denn überhaupt, der ideale Männertyp?«, gab Hannah zu bedenken. »So im Allgemeinen – und auch im Besonderen für mich?«

Aus der grünen Cremeschicht beobachteten sie zwei weit aufgerissene Augen.

»Du weißt es, wenn er vor dir steht. Glaub mir. Dann könnt ihr reden, als wärt ihr seit Ewigkeiten befreundet, ihr könnt rumblödeln wie die kleinen Kinder, im Bett findet ihr auf Anhieb die richtige Schlafposition, so dass ihr wie zwei Puzzlestücke zusammenpasst. Und beim Sex …«

»Ja, danke, Tess, ich denke, ich hab's ungefähr verstanden.«

Ein dezentes Piepsen zeigte den Eingang einer weiteren Nachricht an. Tess stand erwartungsvoll auf, offenbar in der Annahme, Dennis hätte sich erneut gemeldet.

Hi. Alles gut überstanden? Falls du dich heute noch mal in meine Müllbude traust – wie wär's mit Frühstück? Danach können wir wei-

ter ausmisten. Vielleicht trenne ich mich sogar von dem Weinfass. LG Pascal

»Von dir kann man nur lernen«, staunte Tess, die über Hannahs Schulter geschaut und mitgelesen hatte. »Pascal frisst dir ja aus der Hand! Ich muss unbedingt wissen, wie du das machst. Schließlich möchte ich die Kontrolle über ihn behalten, wenn du ihn hingekriegt hast. Ich meine, wäre ja zu blöd, wenn er danach wieder vermüllt. Also? Wann geht's weiter mit dem Umerziehungsprogramm? Gleich heute früh?«

Umerziehungsprogramm. Auf einmal wusste Hannah, was sie von Anfang an bei der ganzen Aktion gestört hatte: Man konnte sich doch nicht in einen Menschen verlieben und ihn anschließend so lange umbacken, bis er den eigenen Vorstellungen entsprach. Gut, ein bisschen entmüllen war angebracht, aber so richtig gegen den Strich bürsten? Inklusive Kontaktlinsen, Facebook-Flirtverbot und weniger Abenden mit den Kumpels?

Nachdenklich schaute Hannah in ihre leere Espressotasse, in der sich ein schaumiger brauner Rest gesammelt hatte. Sie würde mehr Struktur in die Villa bringen und Pascal die schlimmsten modischen Entgleisungen ausreden. Mehr war nicht drin. Pascal würde nie ein Ordnungsfanatiker werden. Und sein Kleidungsstil würde immer ein bisschen in die Richtung »verspätete Jugendlichkeit« gehen. Auch die Kumpelsabende würde es weiterhin geben. Wie Dennis gehörte Pascal zu der Sorte Männer, die nie richtig erwachsen wurden.

»Süße? Was hast du?«

Eine Sinnkrise, hätte Hannah antworten müssen. Andererseits mochte sie Tess viel zu sehr, als jetzt noch auszusteigen.

»Nichts. Ich denke nur gerade darüber nach, dass ich lieber erst nach dem Mittagessen hingehe, wenn meine Mutter ihr Nickerchen macht.«

»Nicht nötig, ich bleibe den Vormittag über bei ihr«, entschied Tess. »Ich habe heute Spätschicht in der Praxis. Wenn du um dreizehn Uhr wieder da bist, passt es.«

Das kam ein bisschen plötzlich für Hannah. Sie sollte jetzt zu Pascal fahren? Jetzt sofort?

»Ich muss aber in den Laden.«

»Steht da nicht groß und deutlich am Schaufenster: *Termine nach Vereinbarung*? Also? Schreib ihm einfach.«

Jeder weitere Einwand hätte Tess nur misstrauisch gemacht. Deshalb tippte Hannah gehorsam eine Nachricht ins Display: Sie sei zum Frühstück verfügbar, mit Brötchen, falls erwünscht, viele Grüße. Scheibenkleister. Also musste sie sich heute schon wieder in das Haus des Horrors begeben und der Versuchung ins Auge blicken. Ja, das Leben war bunt.

Es wurde noch bunter, als der Pfleger Hannahs Mutter in die Küche schob. Unergründlich schmunzelnd wie ein Buddha residierte Marie-Luise Bodmer in ihrem Rollstuhl. Sie trug ein lavendelfarbenes indisches Gewand, einen Turban in allen Regenbogenfarben und eine Holzperlenkette, an der lauter bunte kleine Glücksbringer baumelten. Ihr Pfleger kam in einem rot-lila gestreiften Kaftan zu einer gelben Cargohose daher. Sein schütteres Haupthaar hatte er zu einem Zopf geflochten, der ihm bis zu den Schulterblättern reichte, in seinem Gesicht malte sich ein vergeistigtes Lächeln.

Hannah tauschte einen Blick mit Tess, die mit kaum verhohlener Neugier ihre Unterlippe durch die Zähne zog. Da läuft doch was, signalisierte sie Hannah mit den Augen.

»Namasté, was für ein wunderschöner Morgen«, strahlte Marie-Luise Bodmer.

»Energetisch balanciert, gut bestrahlt, immer im Flow, das ist Marie-Luise«, strahlte der Pfleger.

Hannah registrierte es mit gemischten Gefühlen. Jan-Philipp war ein bisschen zu eifrig bei der Sache. Manchmal kam er sogar außer der Reihe vorbei, um ihrer Mutter selbst gebackene Haschkekse mit Ingwerstückchen zu verehren. Dann plauderten sie über die Unendlichkeit des Universums und meditierten mithilfe tibetischer Gebetsglöckchen. Hannah hegte den Verdacht, dass Jan-Philipp es nicht allein aus karitativen Gründen tat. Und wie wohl jeder Tochter war ihr die Vorstellung unangenehm, dass ihre Mutter eventuell ein Liebesleben haben könnte.

»Marie-Luises spiritueller Flow ist toll«, sagte er. »Ihr irdisches Dasein würde sich aber weit angenehmer gestalten, wenn sie einen Elektrorollstuhl hätte. Dieses sperrige Ding hier kann sie gar nicht selber bewegen. Viel zu schwergängig.«

»Ich weiß, das ist schon lange ein Thema«, seufzte Hannah. »Nur weigert sich die Kasse leider, die Kosten für so einen Elektrorollstuhl zu übernehmen. Und die Preise für ein anständiges Exemplar sind astronomisch. Das geht bis zu mehreren Tausend Euro.«

Beschwichtigend legte Marie-Luise Bodmer eine Hand auf den Arm ihrer Tochter.

»Lass nur, Kleines. Null Drama. Ich drehe schon nicht am Rad, wenn ich mir diesen schlechten Scherz erlauben darf.«

»Du darfst dir alles erlauben.« Nachdem Jan-Philipp seiner Patientin einen Kuss auf die Stirn gehaucht hatte, hielt er zwei Finger zum Peace-Zeichen hoch. » Bis heute Abend, meine Elfe. Verweile nicht in der Vergangenheit, träume nicht von der Zukunft, konzentriere dich auf das Wunder des Augenblicks.«

Alle schwiegen, während er mit großen Schritten und schlenkernden Armen die Küche verließ. Erst als die Haustür ins Schloss fiel, ergriff Hannah das Wort.

»Ich würde mich ein bisschen vor ihm in Acht nehmen, Mama.«

Damit erntete sie ein typisches Marie-Luise-Bodmer-Lächeln: undurchdringlich, mit einer Spur Belustigung versehen.

»Du tust so, als wäre ich hier der Teenager. Aber ich bin deine Mutter, eine alte Seele auf der Wanderung zum Pfad der Erleuchtung. Warum sollte ich keinen Verehrer haben?«

»Mama …«

»Ja, Kleines?«

»Äh, nichts. Du wirst schon wissen, was du tust.«

»In Liebesdingen kennt sie sich aus.« Tess legte die Handflächen aneinander und verneigte sich scherzhaft. »Gestern Abend habe ich deiner Mutter von Pascal erzählt, Hannah. Dass alles noch ganz frisch ist und dass ich noch nicht weiß, ob es ein Happy End geben wird. Weißt du, was sie mich gefragt hat?« Sie holte tief Luft und imitierte die weiche Singsangstimme Marie-Luise Bodmers. »Wovor hast du mehr Angst, Tess? Dass er sich in dich verliebt oder dass er sich *nicht* in dich verliebt?«

Es ging Hannah bis hinunter in die Herzgrube. Ohne dass sie sich darüber im Klaren gewesen wäre, war es dieselbe Frage, die auch sie bewegte, wenn sie an Pascal dachte: Fürchtete sie, dass er sich in sie verliebte? Oder fürchtete sie, dass er sich *nicht* in sie verliebte? Die Wege des Herzens waren unergründlich.

»Ich frage mich ja immer: Was würde meine Mutter tun?, und mache dann das Gegenteil, aber bei Marie-Luise ist das ganz anders«, setzte Tess ihre Lobrede fort. »Sie ist voll das Vorbild, würde ich sagen.«

Marie-Luise Bodmer tätschelte ihr die Hand, während sie die grünliche Gesichtsmaske betrachtete.

»Die Anti-Aging-Schlacht gewinnst du nicht, mein Herz, aber deine Seele wird immer jung bleiben.« Sie wandte sich Hannah zu. »Jung sein heißt angstfrei leben.«

Jaja, solche Weisheiten gab es bei Familie Bodmer schon zum Frühstück. Hannah liebte ihre Mutter, doch solche Bemerkungen liefen meist darauf hinaus, dass sich das Gespräch unaufhaltsam auf sie, die Tochter dieses weiblichen Buddhas, zubewegte. Auf nüchternen Magen waren solche Lektionen ziemlich anstrengend.

»Ein unschätzbarer Vorteil des Alters im Widerschein künftiger Weisheit ist die Unerschrockenheit«, sagte Marie-Luise Bodmer weich. »Das gilt für alles. Dir könnte es auch guttun, Hannah, Kleines. Du bist furchtsam. Du hast Angst vor der Liebe. Du gehst sogar Affären aus dem Weg. Wo ist deine rebellische Energie geblieben?«

So war es halt. Andere Mütter pochten auf brave Anpassung, Marie-Luise Bodmer tickte genau andersherum.

»In der Normalität liegt die wahre Rebellion«, entgegnete Hannah, obwohl sie wusste, wie langweilig das klang.

Ihre Mutter pickte ein kleines Stück Tomate von dem Rohkostteller und betrachtete es wie einen seltenen Edelstein.

»Wo bleibt die Leichtigkeit? Wo sind die Männer, die dich schweben lassen? Mit Dennis hattest du den schönsten Leichtsinn erwählt. Er war nie ein Mann zum Heiraten, Hannah. Schon damals nicht. Solche Männer haben die Götter für den Spaß erschaffen, und ich gönne dir mehr solcher Exemplare.«

»Vielleicht bin ich traumatisiert von all den Spaßtypen, zu denen ich nicht Papa sagen durfte.« Hannah stand auf und füllte ein Glas mit dem frisch gepressten Orangensaft. »Wenn Jan-Philipp dein Nächster sein soll, bitte schön. Aber dieses Konzept, von Blüte zu Blüte zu fliegen wie ein Schmetterling …«

»Man nennt es Leben.« Marie-Luise zwinkerte Tess zu, die fasziniert an ihren Lippen hing, danach richtete sie ihre veilchenfarbenen Augen wieder auf Hannah. »Du bist emotional untersommert, Kleines. Je mehr du lebst, desto weniger Probleme hast du. Sag mir, wenn ich falschliege – meinem Eindruck nach sortierst du alles aus, was lebendig ist und ein Risiko bedeuten könnte.«

Oje. Das stimmte. Einen wie Dennis hatte Hannah nie wieder an sich herangelassen. Sie betrachtete ihn letztlich als einen einzigen großen Ausrutscher. Dabei war er durchaus in der Lage, ihr kleine Glücksmomente zu schenken. Selbst am gestrigen Abend – und vor allem in der Nacht – hatte es diese Augenblicke schwebender Leichtigkeit gegeben, nach denen man süchtig werden konnte. Alles war von Hannah abgefallen. Nur das Jetzt hatte gezählt. Man blödelte herum, ein Wort gab das andere. Doch so was hatte sie nach Dennis eben nie wieder mit einem anderen Mann … Stopp.

In Hannahs Kopf schrillte eine Sirene, vor ihrem inneren Auge drehten sich Blaulichter. Mit Pascal hatte es gestern ganz kurz solche Momente gegeben. Sinnfreie Blödeleien, Leichtigkeit, Spiel. Nicht mal dran denken!

»Schaut mich an.« Mit einem dankenden Nicken nahm Marie-Luise Bodmer den Orangensaft in Empfang, den Hannah ihr reichte. »Ich bin Ende fünfzig und verbringe das irdische Sein im Rollstuhl. Da kann man eigentlich nur noch hoffen, dass der Anteil der seelischen Säuren und Bitterstoffe auf ein lebbares Niveau sinkt. Doch manchmal denke ich schon an all die Gelegenheiten der großen lachenden Lebenslust, die ich ungenutzt habe verstreichen lassen.«

Na ja. Viele verpasste Gelegenheiten konnten es nicht gewesen sein, soweit Hannah sich erinnerte. Ihre Mutter hatte wahrlich nichts ausgelassen. Weder den indischen Yogatrainer, den vietnamesischen Flötenspieler noch den hübschen thailändischen Künstler, der nackte Körper am Strand bemalte. Aber ihre Mutter sprach ja auch ganz offensichtlich gar nicht von sich. Sollte das etwa ein Liebescoaching für ihre sturzspießige Tochter sein?

»Nun, was Jan-Philipp betrifft«, Marie-Luise Bodmer nahm einen Schluck Orangensaft, und ein keckerndes kleines Lachen rollte aus ihrer Kehle, »ich möchte mich auf eine mental-emotionale Zeitreise begeben und mich mit jemandem verbinden, der noch weiß, was Bandsalat ist. Oder ein Tauchsieder. Wisst ihr, was Bandsalat ist?«

»Öh – Nudelsalat aus Bandnudeln?«, orakelte Tess.

»So ähnlich.« Hannahs Mutter rückte ihren Turban zurecht, wobei sie Hannah aufmerksam musterte. »Du leuchtest heute. Deine Aura hat sich nach Zitronengelb verschoben. War das Dennis?«

Hannah tat so, als müsste sie unbedingt noch einen Kaffee trinken, und stellte die Espressomaschine wieder an, so dass ihre Antwort im ratternden Getöse des vierten Espressos unterging: ein kleines zittriges Ja. Natürlich konnte sie ihrer Mutter nichts vormachen. Marie-Luise Bodmer sah sie nicht mit den Augen, sondern mit dem Herzen.

»Hm, Kleines, wir müssen ja nicht drüber reden. Wo war ich noch mal stehengeblieben?«

»In der – Steinzeit?« Tess blies die Backen auf, dann ließ sie hörbar die Luft entweichen. »Nee, Spaß. Bandsalat, Tauchsieder. Ich habe nicht die blasseste Ahnung, was das sein soll.«

»Schnee von gestern, der sich wie Morgentau auf meine Seele legt.« Marie-Luise Bodmer lächelte fein. »Hannah, mein Licht, hast du schon die Pflänzchen auf dem Balkon gegossen?«

»Das kann ich übernehmen«, bot sich Tess an. »Deine Tochter hat jetzt einen Termin. Heute Abend sehe ich mir dann die Ergebnisse an.«

Ohne es zu wollen, dachte Hannah an Pascals Schlafzimmer mit dem Kicker, dem Weinfass, dem verkramten Futon. Tess, Tess, Tess. Bist du sicher, dass Pascal der Richtige für dich ist? Nun klingelte auch noch ihr Handy. Sie hatte Pascals Namen noch nicht eingespeichert, erkannte aber sofort die Nummer. Sollte sie rangehen? Vielleicht sagte er ja ab?

»Hallo?«

»Wie schön, deine Stimme zu hören. Ein bisschen belegt, ein bisschen verrucht heute Morgen.« Herrje. Auch Pascal achtete also auf Stimmen. »Ich wollte dich fragen, ob ich dich abholen soll. Dein Fahrrad steht ja noch hier.«

Hannah schirmte das Handy mit einer Hand ab.

»Ein Kunde, ihr Lieben. Ich gehe zum Telefonieren raus auf den Balkon.«

»Kleines, du hast doch noch gar nichts gegessen«, warf Marie-Luise Bodmer mit sanftem Vorwurf ein.

Wenigstens in diesem Punkt ist sie eine Mutter wie jede andere, dachte Hannah. Alle Mütter sind glücklich, wenn ihre Kinder einen satten, zufriedenen Eindruck machen.

»Entschuldige, Mama, es ist wichtig. Oder stört dich meine Arbeitseinstellung?«

»Sagen wir mal, du könntest an deiner Freizeiteinstellung arbeiten. Du hast ja noch nicht einmal richtig gefrühstückt.«

»Halb so schlimm, ich habe sowieso keinen Hunger.«

Hannah öffnete die Tür zum Küchenbalkon und trat ins Freie. Die Hinterhofaussicht war alles andere als erhebend, doch was ein Telefonat mit Pascal betraf, fühlte sie sich hier draußen deutlich wohler. Ihr Blick streifte die Cannabispflanzen, die prächtig gediehen. Sie besaßen alle Namen, die Marie-Luise ihnen gegeben hatte und die auf kleinen Schildchen in der Blumenerde steckten. *Sonne des Herzens. Drachentiger. Liebesgrotte. Gipfelglühen.* Ihre Mutter war ein Ausbund von Phantasie. Nachdem Hannah die Tür hinter sich zugezogen hatte, presste sie das Handy ans Ohr.

»Pascal? Bist du noch dran? Ja, abholen wäre eine gute Idee. Gibt es denn schon etwas Neues wegen ... wegen des Funds?«

»Die Polizei hat angerufen und darum gebeten, dass wir uns morgen früh in die Gerichtsmedizin begeben. Ich verspreche mir davon einen romantischen Termin zu zweit, den man so leicht nicht vergisst. Außerdem spukt es neuerdings in der Villa. Lach nicht, in der vergangenen Nacht habe ich Schritte auf dem Dachboden gehört. Vielleicht der Geist des Toten, der sich von uns vernachlässigt fühlt?«

Leichen. Immer wieder ein Quell der Belustigung. Interessanterweise hörte sich Pascal am Telefon ganz anders an. Selbstsicherer. Gewandter. Man merkte, dass er viel beruflich telefonierte, denn er drückte sich gewählter aus und sprach sehr flüssig. Seine Gesprächspartner wären sicher niemals auf die Idee gekommen, dass am anderen Ende ein Berufsjugendlicher in einem Sponge-Bob-T-Shirt und verbeulten Hosen saß, dessen Frisur ebenso zu wünschen übrigließ wie sein Geschmack. Wenn Pascal telefonierte, trug er sozusagen einen Nadelstreifenanzug.

»Wann kannst du mich abholen, Pascal?«

»In einer halben Stunde vielleicht? Sag mal, fährst du eigentlich immer mit dem Rad, oder besitzt du auch ein Auto?«

»Ich hab nicht mal einen Führerschein.«

»Wieso? Klimawandel? Umweltbewusstsein?«

Hannah lehnte sich an das Balkongeländer. Im Haus gegenüber schüttelte eine Nachbarin am offenen Fenster ihre Bettdecken aus und winkte ihr zu. Hannah winkte zurück. Sie betete, dass diese Nachbarin niemals erfuhr, was für eine illegale Plantage hier grünte und gedieh.

»Den Führerschein hat man mir abgenommen, als ich mit Marihuana erwischt wurde.«

Die perplexe Pause sprach Bände.

»Du – kiffst?«

»Nein, meine Mutter«, entgegnete Hannah.

»Du willst mich wohl verladen.«

»Sie ist krank. Das Gras hilft ihr gegen die Schmerzen. Alternative Medizin sozusagen.« Fahrig zupfte Hannah ein Blättchen vom Gipfelglühen. Pascal machte sie nervös. Das war nicht gut. Das war ganz und gar nicht gut. »Es wird Tess freuen, wenn du mich abholst. Sie hat nämlich hier übernachtet und brennt bestimmt darauf, dich zu sehen.«

»Schön. Tess. Ja.« Er atmete geräuschvoll aus, und seine selbstsichere Attitüde geriet ins Stocken. »Über das Thema wollte ich sowieso mit dir sprechen.«

Hannah rutschte das Herz in die Hose. Was kam denn jetzt?

»Es nimmt doch alles eine, also – eine, äh, erfreuliche Entwicklung«, stotterte sie. »Dein Schrank ist entschlackt, jetzt kannst du über anständige Klamotten nachdenken. Falls du einen guten Rat willst: Nimm Tess beim nächsten Klamottenkauf mit.«

»Warum?« Seine Stimme nahm einen metallischen Klang an. »Damit ich mich endlich so anziehe, wie Tess das will?«

Hui. Delikates Thema. Darüber hatte es offenbar schon ausgiebige Diskussionen gegeben.

»Na jaaaa, es ist nur …«

»Was soll ich denn sagen?«, rief er aufgebracht. »Ich mag Tess, sie ist originell und witzig und liebenswert. Aber als Frau meiner Träume sollte sie mir beim Styling ebenfalls entgegenkommen. Sie müsste deutlich abrüsten, damit das mit uns passt.«

Abrüsten. Hannah traute ihren Ohren nicht.

»Äh, wie bitte?«

»Ich stehe mehr so auf den natürlichen Typ. Doch Tess sieht manchmal aus wie ein Weihnachtsbaum, der zu viel Lametta abgekriegt hat. Gold, Silber, Strass allüberall. Und an ihren aufgeklebten Wimpern könnte man Tannenbaumkugeln aufhängen.«

Jetzt fiel Hannah aus allen Wolken. Das war dann doch starker Tobak.

»Tess hat ihren ganz eigenen Stil, das bisschen Zuviel passt zu ihr«, nahm sie ihre Freundin in Schutz.

»Aber du bist doch die Fachfrau für einen übersichtlichen Kleiderschrank. Da könntest du ihr doch ganz nebenbei ein paar Tipps geben. Tu mir einen Gefallen, Hannah: Starte das Projekt Ent-Tussifizierung. Ich bezahle dich auch dafür, wenn du willst.«

Hannah wusste gar nicht, was sie sagen sollte.

»Bitte, ich meine es ernst, Hannah, hol dieses ganze Bling-Bling-Zeug aus dem Schrank der lieben Tess, rede ihr das übertriebene Make-up aus und mach den natürlichen Typ aus ihr.«

Das war ein Hammer. Man konnte sich doch nicht in einen Menschen verlieben und ihn anschließend so lange ummodeln, bis er die Erfüllung aller Wünsche war … Ach du grüne Neune! Da kam ja ein Bumerang zurückgeflogen! Genau das hatte Tess mit Pascal vor. Wie absurd war das denn? Hannah wurde richtig schummrig bei dem Gedanken.

»Für so was bin ich nicht die Richtige«, wich sie aus.

»Du bist goldrichtig. Wenn es jemand schafft, Tess den Tussi-Klimbim auszureden, dann du. Übrigens kannst du dich auf ein tolles Frühstück freuen. Ich habe soeben einen Käseladen überfallen.«

Kapitel 7

Eine Stunde später schob Hannah das schmiedeeiserne Gartentor auf. Unwirklich hell strahlte ihr die besonnte Villa entgegen, anmutig kletterten die Efeuranken an dem Gemäuer empor. Im klaren Morgenlicht wirkte das romantische alte Haus so rein, so unschuldig, als hätten sich niemals düstere Dinge darin abgespielt. Auch der Garten versprach nichts als eine schöne heile Welt. Das Laub der Eichen rauschte im Wind, der Jasmin duftete, da und dort sah man einen verwilderten Rosenbusch. Hier hätte man ganze Urlaube verbringen können, hingegossen in einem Liegestuhl, mit einem Buch in der Hand oder den versonnenen Blick in den Himmel gerichtet. Von den nächtlichen Schrecken keine Spur.

Hannah strich über ihr zerdrücktes Kleid, eine Secondhand-Errungenschaft aus weißer Baumwolle mit roten Tupfen. Sie war mit den öffentlichen Verkehrsmitteln hergefahren. Eine zeitraubende Entscheidung. Mehrmals hatte sie umsteigen müssen, um sich im Schneckentempo durchschaukeln zu lassen, einige Telefonate zu führen und zwischendurch Brötchen zu besorgen. Das Gespräch mit Pascal hatte ihr schwer zu denken gegeben. Mehr noch, es hatte Pascal einige Sympathiepunkte gekostet. Seine unvermutete Attacke auf Tess war einfach nicht die feine Art und entsprach auch überhaupt nicht Hannahs Einstellung. Sie übte sich nun mal in Toleranz. Es gehörte zu ihren tiefsten Überzeugungen, dass man die Menschen so nehmen sollte, wie sie waren.

Während sie an einem üppig blühenden Jasminbusch schnupperte, dachte sie weiter über das seltsame Gespräch nach. Ja, man konnte Tess belächeln für ihren teenagerhaften Hang zu Glitz und

Glamour. Doch dass sie so hemmungslos in Schmuck und Make-up schwelgte, machte sie unverwechselbar. Wozu gab sich der liebe Gott denn so viel Mühe mit Einzelanfertigungen, wenn der Mensch dann alles Individuelle tilgte? Selbst Pascals schlunziger Aufzug hatte seinen eigenen Charme. Irgendwie.

Das Verrückteste war jedoch, dass Hannah unversehens zwischen die Fronten geraten war. Beide, Tess wie Pascal, hatten sich in den Kopf gesetzt, einander zu ändern. Je länger Hannah darüber nachgrübelte, wie energisch diese beiden Menschen einander verschlimmbessern wollten, desto grotesker erschien ihr dieser doppelte Optimierungswahn.

Natürlich ergriff sie Partei für Tess. Was sonst? Erstens war sie ihre beste Freundin, zweitens konnte Hannah verstehen, dass Tess keinen Messie wollte. Warum sie trotzdem Pascal zum Objekt ihrer Begierde erkoren hatte, blieb vorerst ein Rätsel. Was wollte Tess, die lustige, verspielte, herzenswarme Tess mit diesem Mann? Nun ja. Wo die Liebe hinfällt, sagte man so. Da konnte es leicht zu einer Bruchlandung kommen.

Nur das Ausmisten ergab Sinn. In dieser Hinsicht war Hannah nun mal mit einer professionellen Mission unterwegs. Und schon sehr gespannt, wie weit sie heute in Pascals Privatsphäre vordringen durfte. Nach wie vor lautete ihr Ziel Hintergrundrecherche. Sie musste unbedingt mehr über Pascal erfahren, bevor sich Tess am Ende in den völlig Falschen verrannte.

In ihre Gedanken versunken schlenderte Hannah weiter den gepflasterten Weg entlang. Als direkt neben ihr ein Eichhörnchen an einem Baumstamm hochflitzte, verlangsamte sie ihren Schritt. Wie süß. Auch das possierliche Tierchen hielt kurz inne, um die Besucherin aus seinen braunen Knopfaugen zu betrachten. Dann hüpfte es wie ein Flummi immer höher, um von einem dicken

Ast auf das graue Schindeldach der Villa zu springen. Womit es Hannahs Gedanken in weit weniger possierliche Richtungen lenkte. Pascals Unfalltheorie leuchtete ihr nur bedingt ein. Wenn ein Einbrecher oder ein Obdachloser in das Haus eingedrungen war, dann ganz bestimmt nicht, um auf dem Dachboden herumzuturnen.

Für einen winzigen Moment schoss Hannah die Möglichkeit durch den Kopf, sie selbst könnte in Gefahr schweben. Allerdings hatte sie mal gelesen, dass zu den häufigsten Mordmotiven Habgier und Eifersucht gehörten. Perfekt. Sie hatte weder irgendwelche Reichtümer vorzuweisen noch einen eifersüchtigen Geliebten. Lustmord fiel sowieso flach. Jedenfalls nach menschlichem Ermessen.

»Einen schönen guten Morgen«, tönte es ihr entgegen.

Mit einem gewinnenden Lächeln stand Pascal an der offenen Haustür. Im Rahmen seiner Möglichkeiten hatte er sich durchaus Mühe mit seinem Outfit gegeben. Er trug eine viel zu weite schokoladenbraune Hose und ein verwaschenes rosa T-Shirt mit Palmen am Meeresstrand, das Hannahs Klamottenrazzia auf geheimnisvolle Weise entgangen war. Die Anglerweste hatte er immerhin weggelassen, dafür aber froschgrüne Pulswärmer an den Handgelenken und hellblaue Sneakers an den Füßen. War der Mann farbenblind? Oder wollte das Universum ihre Toleranz auf die Probe stellen?

»Wie geht's uns denn an diesem herrlichen Tag?«, fragte Pascal aufgeräumt.

Gar nicht, hätte Hannah antworten können. Der Versuch, ihre Kopfschmerzen in Espresso zu ertränken, war gescheitert, mopsfidel paddelten sie darin herum. Und ihr amouröser Muskelkater war auch nicht von schlechten Eltern.

»Hübsches Kleid, der Tisch ist gedeckt, lasset die Spiele beginnen.« Pascal verbeugte sich wie ein Oberkellner. »Wir speisen im schönsten Raum dieses idyllischen Hauses.«

»Nenn mich kleinkariert, aber ich finde Häuser weit idyllischer, wenn keine Toten drin rumliegen.«

»Ach das.« Er machte eine wegwerfende Geste. »Lassen wir die Toten ruhen. Wir sollten nach vorn schauen, Hannah.«

Sie beschattete ihre Augen mit der Hand, um die staubblinden Fensterflächen der Fassade zu begutachten.

»Mich beunruhigen Tote nun mal, und apropos nach vorn schauen. Ich denke gerade darüber nach, wie schade es ist, dass deine Fenster nicht in die Spülmaschine passen.«

»Das ist kein Schmutz, das ist Patina.« Unter zusammengezogenen Augenbrauen schaute er sie an. »Hast du schlecht geschlafen?«

»Du hast deine eigene Villa, ich habe meine eigene Meinung«, erwiderte sie spitz. »Und ich finde, dass du in jedem Fall eine Putzfrau brauchst. Fräulein Elisabeth ist offenbar überfordert.«

Seine Miene verfinsterte sich weiter.

»Ach nee, die Fachfrau fürs geordnete Zuhause hat jetzt auch noch einen Putzfimmel? Schon mal überlegt, ob das irgendeine psychotherapeutisch behandelbare Sache ist?«

Unverschämtheit. Hannah schob energisch das Kinn vor.

»Jetzt mal ganz ruhig, Doktor Freud. Du sammelst Müll, verzichtest auf Reinigungsmittel und verschwendest kein Wasser für die Fenster – warum kandidierst du nicht gleich als grüner Bürgermeister?«

Offenbar hatte sich Pascal dieses Wiedersehen ganz anders vorgestellt. Missmutig verschränkte er die Arme.

»Was ist los mit dir? Warum bist du so auf Krawall gebürstet?«

»Weil du meine Freundin Tess runtermachst«, antwortete Hannah grimmig. »Tess ist ein Schatz. Wenn du eine andere Frau willst, dann bastele dir doch was Passendes im 3-D-Drucker.«

»Oh. Okay. Verstehe.«

Hinter seiner Stirn arbeitete es, das konnte Hannah deutlich sehen. Ging ihm wirklich jetzt erst auf, wie unmöglich er sich benommen hatte?

»Wir reden später in Ruhe darüber«, versuchte er, sie zu beschwichtigen. »Wie ich sehe, hast du Brötchen mitgebracht, vielen lieben Dank. Wir frühstücken erst mal. Danach darfst du in meinem Zuhause schalten und walten.«

Sehr witzig. Hannah wusste ja schon, dass er um jedes Stück kämpfen wollte. Wahrscheinlich würde er jeden Pfannenwender und jede einzelne Playmobilfigur mit Zähnen und Klauen verteidigen. Sie stieg die Stufen zum Eingang hoch. Während Pascal ihr die Brötchentüte abnahm, deutete er einen Wangenkuss an, woraufhin sie zusammenzuckte. Das war ihr zu viel der Nähe, und er bemerkte es, so feinfühlig war er immerhin.

»Komm doch erst mal rein«, sagte er leicht verwundert.

»Komme ich denn auch lebend wieder raus?«

Er rollte entnervt mit den Augen, als sie in den Hausflur trat, wo sie ihre Handtasche auf der dickbauchigen Kommode deponierte. Ja, heute hatte sie eine Tasche dabei. Mit zwei funkelnagelneuen biologisch abbaubaren Mülltütenrollen und ein paar Süßigkeiten aus dem veganen Imbiss neben ihrem Secondhandladen. Nervennahrung.

»Wo nehmen wir denn das Frühstück ein?«, fragte sie. »Im Esszimmer?«

»Das gefiel dir doch nicht«, brummte er. »Sonst hättest du es gestern Abend wohl kaum so fluchtartig verlassen.«

»Wenn man die Rollläden runterlässt und das Licht ausmacht, geht's.«

Ja, so sah ein gelungener Start in den Tag aus. Hannah mochte eigentlich keinen Unfrieden, aber Strafe musste sein. Pascal sollte sich gefälligst entschuldigen wegen Tess, fand sie. Doch er machte keinerlei Anstalten dazu. Stattdessen beschrieben seine Hände eine Geste, als wollte er einen Regenbogen in die Luft malen.

»Das Frühstück findet open air statt. Lass dich überraschen.«

»Danke, mein Bedarf an Überraschungen ist für die nächsten hundert Jahre gedeckt«, muffelte sie ihn an.

Das mit Tess konnte sie ihm einfach nicht verzeihen. Nicht, solange er sich um eine Entschuldigung herumdrückte. Daher verzog sie auch keine Miene, als er ihr mit einem sonnigen Lächeln bedeutete, sie solle ihm folgen. An Küche und Gästetoilette vorbei lotste er sie zu einer engen Wendeltreppe. Bei jeder Stufe spürte Hannah das recht sportliche Liebesabenteuer, das hinter ihr lag. Nun, immerhin hatte Dennis nie versucht, an ihrem Äußeren herumzuschrauben. Dennis kritisierte nicht, er diversifizierte. Was ihm bei der einen Frau fehlte, holte er sich eben bei der anderen.

Die Wendeltreppe mündete in einen schmalen Durchgang, an dessen Ende eine Holztür mit grünlichen Glasfenstern auf eine Veranda führte. Hannah schnappte nach Luft.

Eine Brüstung aus hüfthohen weißen Säulchen umschloss ein großes Halboval, in dem Terrakottatöpfe mit weißen und hellroten Oleanderbüschen für mediterranes Flair sorgten. In der Mitte, unter einem großen Sonnenschirm, stand ein Tisch, auf dem sich lauter Köstlichkeiten drängelten. Etageren mit kleinen Croissants, Miniquiches und Macarons. Ovale Steingutformen, in denen marinierte grüne Oliven, Zucchini und Auberginen lagen. Provenzalische Tapenade, eine Creme aus schwarzen Oliven zum Dippen.

Eine Silberschale mit Garnelen auf gestoßenem Eis. Ein Obstkorb mit Äpfeln, Erdbeeren und Pfirsichen. Blätterteigpizzen mit getrockneten Tomaten und Ziegenkäse, bestreut mit Rosmarin. Eine Aprikosentarte, mit Lavendelblüten verziert. Und ein großes Holzbrett, auf dem zwischen Feigen und Trauben mindestens zehn verschiedene Käsesorten darauf warteten, probiert zu werden.

Und sie war mit einer schlappen Brötchentüte angedackelt. Nahezu erschlagen von dieser kulinarischen Vielfalt schüttelte Hannah den Kopf. Das sah phantastisch aus, ja. Aber falls Pascal ihrer Freundin Tess noch ein einziges Mal Übertreibung vorwarf, würde sie ihm das Käsebrett an den Kopf werfen. Von dem, was er unter einem Frühstück für zwei verstand, hätte eine fünfköpfige Familie drei Tage lang satt werden können.

Sichtlich stolz auf seine gelungene Überraschung holte Pascal eine Flasche Champagner aus einem silbernen Eiskübel, der dekorativ auf der Brüstung stand.

»Sagte ich schon, dass ich ...«

»... dass du einen Käseladen überfallen hast, ja«, nahm Hannah ihm das Wort aus dem Mund. »Schätze, der Besitzer hat es nicht überlebt.«

Schmunzelnd nestelte er an dem Stanniolpapier des Flaschenhalses herum, was bei Hannah unliebsame Erinnerungen an die Nacht zuvor weckte.

»Ich breche Herzen, nicht Gesetze«, sagte er im Brustton der Überzeugung. »Freut mich, dass du meinen Sinn für das französische Savoir-vivre teilst.«

»Geht das auch in unserer Muttersprache?«

»Lebensart, Lebenskunst, nenn es, wie du willst. Wir bauen halt die besseren Autos, unsere französischen Nachbarn kennen sich dafür besser mit den Gaumenfreuden aus.«

»Es lebe das Klischee«, murmelte Hannah.

»Stimmt schon, die Zeiten ändern sich«, gab er ihr recht. »Ich zum Beispiel habe meinen Wagen verkauft und fahre nur meinen alten Motorroller, weil ich das Geld lieber in Wein und Essen investiere. Champagner?«

»Zum Frühstück?«

Es war Viertel vor zehn. Wenn Hannah überhaupt der Sinn nach irgendetwas stand, dann nach fester Nahrung. Sie ging zum Tisch, nahm ein kleines Schokoladencroissant von der Etagere und biss hinein, was eine wahre Geschmacksexplosion in ihrem Mund auslöste. Einen feinen Gaumen hatte Pascal in der Tat. Oder einen genialen Bäcker.

»Du bist kein Morgenmensch, oder?«, fragte er, die geöffnete Champagnerflasche in der Hand.

»Wenn der Morgen so gegen elf beginnen würde, wäre ich definitiv ein Morgenmensch. Aber auch dann würde ich um diese Uhrzeit noch keinen Alkohol trinken.«

»Champagner geht immer«, behauptete er. »Weißt du, was Madame Lily Bollinger, die Besitzerin des gleichnamigen Schaumweinunternehmens, sagte?«

»Ich fürchte, ich werde es gleich erfahren.«

Hannah hatte das kleine Croissant schon verputzt und stellte erstaunt fest, dass sie immer noch schneidigen Hunger hatte. Nachdem sie sich eine Miniquiche mit Brokkoli geangelt hatte, setzte sie sich in einen der schmiedeeisernen Gartenstühle, die den Tisch umstanden. Dabei schaute sie Pascal zu, der zwei hohe schlanke Gläser füllte und sich in Positur warf.

»Madame Bollinger sagte: Ich trinke Champagner, wenn ich glücklich bin und wenn ich traurig bin. Ich trinke ihn, wenn ich allein bin und wenn ich Gesellschaft habe – dann geht es gar nicht ohne. Habe ich keinen Hunger, weckt er meinen Appetit, bin ich hungrig, lasse ich ihn mir zum Essen schmecken. Sonst rühre ich ihn nicht an. Außer wenn ich Durst habe.« Er nahm einen Schluck und prostete ihr dann zu. »Auf dein Wohl.«

Wow. Andere Männer tranken sich die Frauen schön, Pascal musste sich den Alkohol schöntexten. Tja, was sollte man anderes von einem Weinhändler erwarten? Die verwendeten ja auch immer diese blumigen Ausdrücke, um ihre Ware an den Mann zu bringen. Seidige Milde, cremige, stoffige Fülle, körperreiches Aroma, solche Sachen. War schon ein komischer Beruf, Weinhändler. Fast so komisch, wie bei anderen Leuten ausmisten, musste sich Hannah eingestehen. Beide hatten sie sehr spezielle Berufe.

»Im Grunde musst du doch ein strukturierter Mensch sein«, ließ sie Pascal an ihren Überlegungen teilhaben. »Du brauchst Urteilsvermögen beim Wein, musst deine Kunden einschätzen können und den Handel organisieren. Als Chaot kommt man da bestimmt nicht weiter.«

»Der Handel läuft nur noch online«, erwiderte er. »Aber strukturiert vorgehen muss ich in der Tat. So wie du, oder?«

»Ja, Überblick ist alles. Ordnung macht das Leben leichter, weil sie Zeit spart und befreit. Wer Ordnung schafft, bekommt sein Leben wieder in den Griff.«

»So wie du?«

Eine verfängliche Frage. Hatte sie ihr Leben im Griff? Oder wurde sie gelebt? Es gab so viele Zwänge durch die Wohngemeinschaft mit ihrer Mutter. Und Schwachheiten wie ihren Rückfall mit Dennis. Zu guter Letzt saß sie nur hier, weil Tess sie darum gebeten hatte. *Im Griff* war etwas anderes. Irgendwie kam sie nicht dazu, ihr eigenes Leben aufzuräumen.

Schweigend lud sich Hannah eine Portion Tomatenpizza auf ihren Teller. Das Glas, das Pascal ihr hinstellte, ignorierte sie.

»Komm schon, so ein Schlückchen Champagner ist keine Sünde«, insistierte er, als er sich ebenfalls setzte. »Der gute alte Mönch Dom Pierre Pérignon nannte es Sterne trinken. Kein schlechter Vergleich, finde ich.«

»Du willst mich betrunken machen, stimmt's?«, fragte sie kauend. »Damit ich bei deinem Kuddelmuddel nicht mehr durchblicke und du alles behalten kannst?«

»Ich werde mich deiner Kompetenz fügen. Voll und ganz.«

»Gut, besprechen wir das heutige Programm.« Sie tupfte sich die Lippen mit der Stoffserviette aus schwerem weißem Leinen ab. »Wir fangen im Hausflur an. Der Flur ist die Visitenkarte eines Hauses, und deiner hat es besonders nötig. Auf dem Herweg habe ich eine Firma klargemacht, die sich auf Haushaltsauflösungen spezialisiert hat. Die Kollegen wissen Bescheid, sie kommen um elf. Die können dann schon mal die dicksten Dinger raustragen und zu einem Containerunternehmen bringen. Das schafft Luft.«

»Du bist patent.« Über den Rand seines Glases hinweg schaute er sie eindringlich an. »Trink doch bitte einen kleinen Schluck. Für den Kreislauf, du siehst etwas käsig aus. Außerdem wollte ich noch mal offiziell auf unser Du anstoßen.«

Unbehaglich rutschte sie in ihrem Gartenstuhl hin und her. Dann erinnerte sie sich ihrer Rolle als Undercover-Agentin. Wenn sie etwas über Pascal herausfinden wollte, musste sie sein Vertrauen gewinnen, deshalb griff sie widerstrebend zu ihrem Glas und hielt es hoch.

»Also noch mal: Ich heiße Hannah.«

»Pascal Richard Benedikt. Du kannst Pascal sagen.«

»Hannah Abirami Shiva Madhu Amanpreet Usha. Du kannst Amanpreet zu mir sagen.«

Verständnislos ließ er sein Glas sinken.

»Wie war das?«

»Amanpreet bedeutet Frieden und Liebe.« Hannah fixierte die winzigen Bläschen, die in ihrem Champagner aufstiegen. »Ich wurde in einem indischen Aschram geboren, und es gefiel meiner Mutter, ihrer Tochter klingende Namen zu geben, denen eine göttliche Bedeutung innewohnt.«

»Die Mutter, die – hm, kifft?«

»Ich habe nur die eine«, erwiderte Hannah. »Wieso, wie viele hast du denn?«

Sie spähte über die Brüstung. Im hinteren Teil des Gartens entdeckte sie ein kleines Fachwerkhäuschen, neben dem ein älterer Herr seine Rosen schnitt. Onkel Alfred. Er schien die einzige Familie zu sein, die Pascal geblieben war.

»Darf ich dich fragen, wie der Kontakt zu deiner Familie ist?«, erkundigte sie sich vorsichtig.

Diese Frage schien ihm nicht sonderlich zu gefallen. Nervös fingerte er an seinen grünen Pulswärmern herum.

»Meine Mutter ist wie gesagt früh gestorben, mein Vater ist auf dem Selbstverwirklichungstrip. Der segelt seit Jahren über die Weltmeere, um sich selbst zu finden. Egal.«

Nein, es war Pascal überhaupt nicht egal. Das sah man ganz deutlich. Vermutlich hatte er den Weinhandel viel früher übernehmen müssen als geplant und war nicht gut auf seinen Vater zu sprechen, der ihn alleingelassen hatte, um irgendwo herumzuschippern. Schon verrückt, dachte Hannah. Sein Vater und meine Mutter würden sich bestimmt gut verstehen.

»Themenwechsel«, sagte er knapp. »Ich rede nicht so gern über meine Eltern. Lieber gründe ich selber eine Familie. In diesem Haus sollen Kinder spielen, das wünsche ich mir. Viele Kinder, mindestens drei oder vier. Oder fünf. Und später jede Menge Enkelkinder.«

Aha. Offenbar plante er weit im Voraus. Da stellte sich nur die Frage, ob er Tess in diese formidablen Pläne eingeweiht hatte. Soweit Hannah wusste, hatte ihre Freundin nie erwähnt, dass sie drei oder vier oder fünf Kinder wollte.

»Ähm, hast du das schon mit Tess besprochen?«

Pascal wollte etwas antworten, doch in diesem Augenblick brach ganz in der Nähe ohrenbetäubendes Kindergeschrei los. Eine Sekunde lang glaubte Hannah an eine Hör-Halluzination. Ein weiterer Blick über die Brüstung belehrte sie eines Besseren. Unten auf dem moosigen Rasen stand eine Frau in einem pinkfarbenen Lillifee-T-Shirt mit einem Baby auf dem Arm. An ihrer linken Hand zerrte ein kleiner blonder Knirps, der von einem etwa siebenjährigen Mädchen mit Erdklumpen beworfen wurde.

»Huhu! Wo seid ihr denn?«, rief Josie. »Die Klingel ist kaputt!«

Auch Pascal schaute über die Brüstung, und was er sah, schien ihn zu beunruhigen.

»Kennst du die Frau?«

»Das ist Josie, Tess' andere beste Freundin«, antwortete Hannah ein bisschen schadenfroh, weil sein bedeppertes Gesicht einfach zu schön war. »Uns gibt es nur als Trio. Wer Tess liebt, muss auch uns lieben. Also benimm dich anständig.« Sie winkte Josie zu. »Huhu, wollt ihr frühstücken?«

»Hannah«, Pascal ruckelte an seiner Brille herum, während er besorgt den reich gedeckten Tisch musterte, »glaubst du, dass das eine gute Idee ist?«

»Eine hervorragende Idee«, lächelte sie vergnügt. »Willst du unsere Gäste nicht reinbitten?«

»Ja, ähm, natürlich.«

Er warf noch einmal einen skeptischen Blick über die Brüstung, dann ging er zu einer bodentiefen Glastür, die an die Veranda grenzte, und öffnete sie. Öffnete sie? Das gab's doch nicht.

»Wieso musste ich mich die Wendeltreppe hochquälen, wenn das so einfach ist?«, entrüstete sich Hannah.

»Ich wollte es ein bisschen spannender machen.« Er grinste durchtrieben. »Bin Harry-Potter-Fan.«

So ein Halunke. Doch dass dem Mann, der über eine glückliche Großfamilie schwadronierte, ein Realitäts-Check bevorstand, hob Hannahs Laune beträchtlich. Josies Kinder waren zauberhaft. Und die temperamentvollsten kleinen Rabauken unter der Sonne. Genau das Richtige für einen eigenbrötlerischen Junggesellen wie Pascal.

Es dauerte keine drei Minuten, bis Leben auf die Veranda kam. Wendy, die Älteste, rannte vornweg, das rötliche Haar zu Zöpfen geflochten, ihr kleiner Bruder Finn schreiend hinterher. Beide trugen Kapuzenpullover. Verkehrt herum. In den hüpfenden Kapuzen lagen kleine Spielzeuge, jederzeit griffbereit für kleine Kinderhände. Josie war wirklich einmalig. Aus Gründen kindlicher Eigenständigkeit akzeptierte sie auch, dass sich ihre Tochter Katharina neuerdings Wendy nannte, nach einer Zeichentrickfigur, die auf ihrem Pferd die tollsten Abenteuer erlebte. Identifikation mit Helden sei wichtig, so hatte es Josie ihren Freundinnen schon vor einiger Zeit auseinandergesetzt.

Die Kapuzen enthielten offenbar auch Munition. Eine weitere Ladung Gartenerde traf den kleinen Finn, worauf er wütend aufheulte. Mehrere Oleanderblüten mussten bei der anschließenden Verfolgungsjagd dran glauben. Sie endete erst, als Josie auf der Veranda erschien, den kleinen Marvin an sich gepresst, der in seinem rosa Strampler ganz allerliebst aussah.

»Kinder, wir atmen jetzt alle mal aus!«, rief sie den Kindern zu. »Eeeeiiiin – und aaauuus!«

Hinter ihr tauchte Pascal auf, das bärtige Gesicht aschfahl. Er betrachtete die Kinder, wie man Raubtiere aus nächster Nähe beobachtete – mit einer Mischung aus Faszination und blankem Entsetzen.

»Sie haben sich hier ja ein hübsches Nest gebaut«, wurde er von Josie gelobt. »Aber wo sind die Eier?«

»Verzeihung?«

»Na – Nest, Vogel, Eier, Küken?« Ihre freie Hand spielte an einer Kette aus Apfelkernen. »Hier fehlt eine schöne große Familie, Pascal!«

Josie wirkte leicht überdreht und vollkommen fertig. Immer wenn die Schulferien begannen und der Kindergarten für einige Zeit schloss, oblag es ihr, sich um alle drei Kinder zu kümmern. Dieser Ernstfall war vor einer Woche eingetreten, wie Hannah wusste. Josies Schwiegermutter sprang zwar stundenweise ein, eine echte Entlastung war das aber nicht. Josie drehte am Rad.

»Das ist ja eine schöne Überraschung.« Hannah stand auf und umarmte ihre Freundin. »Setz dich doch, du hast dir eine Pause verdient.«

Zärtlich streichelte Josie den Kopf ihres Jüngsten, der sich schläfrig an sie schmiegte, dann gab sie einen tiefen Seufzer von sich.

»Danke. Ich bin seit fünf Uhr auf den Beinen. Die Kinder sind mein Ein und Alles, aber sie schaffen mich.«

Aus dem Augenwinkel sah Hannah, dass Pascal den Champagnerkübel in Sicherheit brachte. Wie angewurzelt standen Wendy und Finn daneben und starrten ihn an.

»Mama«, sagte das Mädchen regelrecht erschüttert, »der Mann hat aber große Oh…«

»Kinder, schaut mal, da ist Obst auf dem Tisch!«, flötete Josie. »Ihr dürft euch sicher was nehmen!«

»Sicher«, presste Pascal zwischen zusammengebissenen Zähnen hervor.

Wendy schaute ihn immer noch fasziniert an, dann hielt sie ihm etwas hin, was sie als »Geschenk« bezeichnete. Er nahm es an, ohne genauer hinzusehen. Es war eine tote Maus.

»Kinder, sie geben einem so viel zurück«, strahlte Josie. »Das werden Sie sicher eines Tages auch erleben, Pascal, diese neue Qualität des Lebens.«

Die Erlebnisqualität auf der Veranda steigerte sich soeben ganz beträchtlich. Als Erstes kippte ein Champagnerglas um und zerbrach, dann versuchte Finn, mit bloßen Händen die Aprikosentarte an sich zu bringen. Wendy beschnupperte unterdessen eine Garnele, die sie mit gerümpfter Nase als ungenießbar einstufte und in einem reifen Camembert versenkte.

»Nein, Wendy, nein«, sagte Josie sehr ernst, sehr gefasst. Sie wandte sich an Pascal. »Erst wenn du als Mutter lernst, nein zu sagen, wissen die Kinder dein Ja zu schätzen.«

Sie konnte noch gerade eben verhindern, dass das zweite Champagnerglas zu Bruch ging, als Finn in den Obstkorb griff.

»Warte, Liebling, ich sehe mich nach einem Messer um. Wissen Sie, Pascal, für Kinder sind geschälte Äpfel quasi eine ganz andere Obstsorte.«

Finn angelte sich allerdings ungestüm eine Erdbeere, und nun ging es doch zu Bruch, das zweite Champagnerglas.

»Wir sollten vielleicht besser runter in den Garten gehen«, zischte Pascal. »Ist ein bisschen kühl hier oben.«

»Stimmt, wenn man hier so in der Sonne sitzt, fängt man an, über Glühwein nachzudenken«, gluckste Hannah.

Hieß es nicht, kleine Sünden strafe der liebe Gott sofort? Dieser charmante Überfall war eine gerechte Strafe für Pascals Kritik an Tess. Hannah hatte einen ausgeprägten Gerechtigkeitssinn, der in diesen Augenblicken voll auf seine Kosten kam.

»Ich weiß, ihr habt zu tun«, seufzte Josie. »Aufräumen, ausmisten und so, wir bleiben auch nicht lange. Oder können wir euch helfen?«

»Vielleicht Gummibärchen nach Farben sortieren?«, schlug Hannah vor. »Ich glaube, ich habe noch gelatinefreie Biogummibärchen aus naturreinen Säften in meiner Handtasche.«

»Gummibärchen!«, rief Finn.

»Nein, ich will helfen!«, rief seine Schwester. »Finn ist noch ein Baby, aber ich bin schon groß, ich kann schon aufräumen!«

»Finn kein Baby!«, brüllte ihr kleiner Bruder.

Pascal, der eben noch vom Kinderreichtum geschwärmt hatte, sagte keinen Ton, als nun die ganze Truppe durch die Verandatür marschierte, um sich nach unten ins Erdgeschoss zu begeben. Im Eingangsbereich war erst mal Schluss mit der Wanderung. Finn entdeckte die Playmobilfiguren als Erster und stürzte zu dem schiefen Regal. Wendy stürmte hinterher, und schon prasselten Zeitschriften, Schuhkartons und Playmobilmännchen zu Boden. Gottlob blieben die Kinder unversehrt.

»Das sind kostbare Sammlerstücke«, ächzte Pascal.

Hannah hockte sich hin, um wenigstens das Gröbste wieder einzuräumen. Dabei formte sie schon mal unauffällig zwei Haufen, da mindestens zwei Drittel der ungelesenen Zeitschriften älter als fünf Jahre waren und manche Schuhkartons als Aufbewahrungsbox für Krimskrams wie defekte Kugelschreiber, eingetrocknete Klebstofftuben und uralte Taxiquittungen dienten.

»Spannend, nicht wahr«, lachte Josie. »Spielzeug ist für Kinder immer nur dann interessant, wenn es jemand anderem gehört. Ach, könnten Sie meinen Marvin kurz halten?« Sie legte dem völlig überrumpelten Pascal ihr Baby in den Arm. »Ich würde gern die Toilette aufsuchen. Wissen Sie, Schulferien und gleichzeitig Kindergartenschließzeit, das sind immer die aufreibendsten Phasen des Jahres. Für eine dreifache Mutter, die den ganzen Tag auf Trab gehalten wird, gibt es dann nichts Schöneres, als endlich mal in Ruhe ein …«

»Ja, kann ich mir vorstellen«, kürzte Hannah den Satz ab. »Besonders, wo Marvin noch so klein ist, da kommt man nicht zur Ruhe. Steht dir gut, das Baby, Pascal.«

Er kochte innerlich. Dennoch versuchte er, gute Miene zu diesem Spiel zu machen, und zog eine freundliche Grimasse, die der kleine Marvin mit einem knatternden Pups quittierte. Ein infernalischer Geruch breitete sich im Flur aus. Alle rochen es, niemand erwähnte es.

»Warum eigentlich ein rosa Strampler?«, fragte Pascal, der mit einem Brechreiz kämpfte. »Ist doch ein Junge, der Kleine, oder?«

»Meine Kinder werden sozusagen zweifarbig erzogen – keine Geschlechterstereotype, keine Vorurteile.« Josie gab Marvin einen Kuss auf das Köpfchen. »Die Toilette?«

»Direkt hinter Ihnen, neben der Küche«, brummte Pascal.

Als Josie verschwunden war, machte er ein Gesicht, als müsste er eine tickende Zeitbombe halten. Hannah hatte sich schon lange nicht mehr so amüsiert. Während Wendy und Finn versunken mit den Playmobilfiguren spielten, checkte sie einen weiteren Schuhkarton. Die Sneakers darin waren so abgelaufen, dass die Gummisohle in Fetzen runterhing.

»Pascal? Kann das weg?«

Alarmiert schaute er in den Karton.

»Nein! Wie kommst du denn darauf? Die sind doch noch schön.«

»Na ja. Schön wär's, wenn's schön wär.«

Hannah nahm sich vor, künftig weniger Fragen zu stellen. Sie stellte den Karton zu dem Haufen, der für den Müll bestimmt war, und nahm sich den nächsten vor. Lederboots. Hin. An mehreren Stellen war das Leder gebrochen, die Schnürsenkel befanden sich im Endzustand der Auflösung.

»Halt! Stopp! Die habe ich getragen, als ich meine erste Auszeichnung als Weinhändler des Jahres bekommen habe!« Ergriffen zeigte Pascal auf die Boots. »Die werde ich immer in Ehren halten!«

Schon klar. Hannah kannte das zur Genüge. Die schlimmste Blockade, etwas wegzuwerfen, war die Erinnerung, die daran hing. Mit dieser Logik hatte sie reichlich Erfahrungen gesammelt. Standhaft wurde der mottendurchlöcherte Pullover vom ersten Date aufbewahrt. Die eingestaubte leere Whiskyflasche, die vom Abiball übrig geblieben war. Die Muschel, die man einst am Traumstrand aufgelesen hatte.

Es nahm kein Ende. Ob geschmacklose Briefbeschwerer oder angeschlagene Kaffeebecher – nichts konnte so kaputt, so nutzlos, so hässlich sein, um nicht noch Platz wegnehmen zu dürfen. Bei einem einzelnen Teil war das halb so schlimm. Doch die Dinge summierten sich. Bis die Leute schließlich keine Luft zum Atmen mehr hatten, weil überall etwas herumstand, herumlag oder herumhing, was mit dem heiligen Etikett der Erinnerung versehen war. Manchmal fühlte sich Hannah dann wie eine Therapeutin. Verständnisvoll, aber bestimmt erläuterte sie die Vorzüge des Loslassens und sagte Sätze wie: »Der Tempel der Erinnerung befindet sich im Herzen, nicht in einer Rumpelkammer.« Den meisten

Menschen fiel die Trennung dann leichter. In diesem Falle vollzog Hannah das Ritual der liebevollen Verabschiedung: Man bedankte sich bei dem Gegenstand, um ihn anschließend der Mülltüte anzuvertrauen. Ja, es hatte Vorzüge, die Tochter einer spirituell erleuchteten Mutter zu sein.

»Wo ist Mama?«, fragte Finn, der einen Feuerwehrmann mit einem Bauarbeiter kämpfen ließ.

»Pipibox«, antwortete Wendy, ohne aufzuschauen. Sie hatte einen König gefunden, dessen Krone sie gerade abdrehte. »Doofer König. Wo ist die Königin?«

Pascal konnte gar nicht mehr hinsehen. Er litt, das sah man ihm deutlich an.

»Kinder, vorsichtig«, stöhnte er.

»Hast du noch mehr Spielzeug?« Finn, dem der Kampf zu langweilig geworden war, wühlte lustlos in dem Krimskrams herum, den Hannah aussortiert hatte. »Wo ist Mama? Wann kommt Mama?«

»Sie kommt gleich wieder«, versuchte Hannah ihn zu beruhigen, obwohl sie ahnte, dass Josie eine längere Sitzung eingeplant hatte.

»Was ist denn hinter der Tür da?«, erkundigte sich Wendy.

Pascal folgte ihrem Blick. Das Mädchen zeigte auf eine unscheinbare niedrige Tür, die in die Holzpaneele neben dem schiefen Regal eingelassen war.

»Da geht's zum Keller.« Er runzelte die Stirn. »Der ist aber nichts für Kinder. Alles klar? Für Kinder streng verboten.«

Brennendes Interesse loderte in Wendys Augen auf. Mit ihren sieben Jahren schien sie schon gelernt zu haben, dass alles Verbotene einen ungeheuren Reiz besaß, der einem von böswilligen Erwachsenen allzu gern vorenthalten wurde.

»Wieso denn? Was ist da?«, bohrte sie nach.

Pascal schuckelte augenrollend den kleinen Marvin, der zufrieden vor sich hin gluckste.

»Die meisten Räume da unten sind feucht. In den trockenen habe ich meinen Weinkeller eingerichtet.«

»Echt? Du gehst zum Weinen in den – Keller?«, wunderte sich Wendy. »Musst du denn viel weinen?«

Eine sehr interessante Frage, fand Hannah. Doch vielleicht war es besser, die Kinder mit etwas anderem zu beschäftigen und bei der Gelegenheit die Küche aufzuräumen, überlegte sie. Pascal würde sonst noch durchdrehen. Schon jetzt sah er aus, als ob er sich nicht recht zwischen Trance und Tränenausbruch entscheiden könnte. Er war komplett überfordert. Rhythmisch schaukelte er den kleinen Marvin hin und her, während in seinen Augen nackte Verzweiflung stand.

»Tja, meine Zeit ist, ähm, um«, stammelte er. »Ich muss los.«

»Los?«, fragte Hanah entgeistert. »Wohin denn?«

»Ich will irgendwo hin, wo … na ja, wo es weit weg ist.«

»Ach was, wir schaffen das.«

Hannah erhob sich und schaute in ihre Handtasche, die noch auf der Kommode lag. Zum Glück enthielt sie nicht nur die Mülltüten, sondern auch die versprochene Tüte Gummibärchen. Womit sich ein schöner neuer Programmpunkt für die Kleinen ergab.

»Kinder, wir gehen alle in die Küche, und der liebe Pascal holt euch Teller aus dem Schrank! Dann könnt ihr die Gummibärchen auf die Teller verteilen: rote, grüne, gelbe.«

»Langweilig«, murrte Wendy.

»Gummibärchen!«, rief Finn.

Der liebe Pascal zeigte alle Anzeichen größter Erleichterung, dass seine Playmobilfiguren von weiteren Spielideen verschont blieben.

Er ging voraus, und Hannah folgte im Gänsemarsch mit Wendy und Finn. In der Küche besichtigten die beiden Kleinen erst mal die neue Umgebung und bewiesen ihre Begabung für kreative Spiele. Finn fand ein paar Korken auf dem Boden, mit denen man das Fenster bewerfen konnte. Wendy nahm die vielen Flaschen in Augenschein, die sie vor sich hin flüsternd durchzählte.

»… siebzehn, achtzehn, neunzehn. Mein Papa sagt, so was dürfen Kinder nicht trinken. Das ist ungesund. Trinkst du das, Ohrenmann?«

»Ich verkaufe es sogar.« Pascal drückte den kleinen Marvin etwas fester an sich, während er Teller aus dem Schrank holte und sie auf den Tisch stellte. »Das ist ein kulturelles Erzeugnis. Oh. Shit!«

Vorwurfsvoll zeigte er auf sein T-Shirt, auf dem sich einige Spuckeflecken abzeichneten. Offenbar war es sein erster Kontakt mit einem Baby. Pascal würde noch viel lernen müssen, bevor er eine eigene Familie gründete.

Während Wendy und Finn die Gummibärchen sortierten, tat Hannah dasselbe mit den Küchengerätschaften. Eine Mülltüte nach der anderen entrollte sie. Und so landeten die Mehrfachbelastungen im Handumdrehen dort, wo sie hingehörten: in die Abteilung Ballaststoffe. Pascal protestierte nicht mehr. Er war vollauf damit beschäftigt, die Kinder zu beaufsichtigen und jedes Mal zurückzuzucken, wenn ein kleines Spuckebläschen in Marvins Mundwinkeln erschien.

Hannah fand die unglaublichsten Dinge. Eine völlig verrostete Puderzuckermühle. Einweckgummis, die ein halbes Jahrhundert alt sein mochten. Fünf Kartoffelschäler, zwei abgebrochene Brotmesser, drei Siebe mit hühnereigroßen Löchern. Leere Schachteln, in denen mal Frischhaltefolie gewesen war. Dreizehn billige Einwegfeuerzeuge. Angeschlagene Tassen, Berge von Plastiktüten, abgelaufene Nudelpackungen mit quasi versteinerten Tagliatelle. Und das war längst nicht alles.

Sie klaubte gerade verrußte Kerzenstumpen aus dem Schrank unter der Spüle, als Pascal ein weiteres »Shit!« entfuhr. Stöhnend richtete sich Hannah aus ihrer gebeugten Haltung auf und drehte sich um. Mit einem verzweifelten Gesichtsausdruck hielt Pascal sein Handy hoch.

»Sie ist weg«, krächzte er.

Was hatte das mit dem Handy zu tun? Hannah sah zum Tisch. Stillvergnügt kaute Finn an den Gummibärchen, Wendys Stuhl war leer. Offenbar hatte sich Pascal von seinem Handy ablenken lassen, und diese Chance hatte das äußerst aufgeweckte Mädchen genutzt. In einem Haus, das eine tödliche Vorgeschichte hatte. Sofort lief Hannah los, um sich auf die Suche zu machen. Im Laufschritt klapperte sie die Villa ab, doch weder im Flur, in den Zimmern des Erdgeschosses noch im Garten konnte sie Wendy finden. Sie wollte gerade die Treppe zum ersten Stock hochsausen, als Josie die Gästetoilette verließ.

»Ist Wendy bei dir?«, fragte Hannah.

»Nein, wieso?«

»Josie, entschuldige, wir haben aufgepasst, aber nicht gut genug. Irgendwie hat sich Wendy selbstständig gemacht.«

»Ja, sie ist sehr explorativ und manchmal schwer zu bändigen«, erklärte Josie gelassen. »Weißt du, Kinder sind wie Pfannkuchen: Das erste ist immer ein bisschen seltsam. Wir werden sie schon finden. Vielleicht ist sie oben auf der Veranda?«

Hannahs Blick fiel auf die Kellertür, die einen winzigen Spaltbreit offen stand. Der Keller. Für Kinder streng verboten.

»Pascal!« Ihre Stimme überschlug sich. »Komm bitte, schnell! Und bring Finn mit!«

Einen Herzschlag später erschien er im Flur, Marvin im Arm und Finn an der Hand. Sein Gesicht bestand nur noch aus Gewissensbissen, auf seiner Stirn standen dicke Schweißperlen.

»Habt ihr sie gefunden?«

»Sie ist wahrscheinlich da unten.« Hannah zeigte auf die Kellertür. »Wir sollten zu zweit nach ihr suchen.«

Pascal schien das genauso wenig zu gefallen wie Hannah. Vorsichtig übergab er seine süße Last an Josie, dann lief er zur Kellertür und riss sie auf.

Ein modriger Geruch schlug Hannah entgegen, als sie hinter ihm herrannte und die schwach beleuchtete Treppe hinunterpolterte. Unten empfing sie ein verzweigtes Gewölbe, in dem sich allenfalls Ratten wohlgefühlt hätten. Überall Spinnweben, Gerümpel, gähnende schwarze Löcher, die sich rechts und links von einem niedrigen Gang auftaten. Falls Wendy tatsächlich in diesem finsteren Chaos herumstöberte, war sie ein sehr, sehr mutiges Mädchen. Hannah war nicht so mutig. Sie presste eine Hand vor Mund und Nase, um den Gestank auszuhalten, während sie sich Zentimeter für Zentimeter durch diese unheimliche Unterwelt arbeitete.

»Wendy?«, schrie sie immer wieder. »Wendy, wo bist du?«

Im Halbdunkel der schwachen Beleuchtung machte sie die Umrisse von Kisten, Säcken und ineinander verkeilten Stühlen aus. War der Dachboden schon ein einziges Durcheinander gewesen, toppte dieser Keller alles. Als Abenteuerspielplatz für ein kleines Mädchen eignete sich das düstere Gewölbe so gar nicht. Hannahs Nerven waren aufs Äußerste angespannt, und so schrak sie zusammen, als sie ein feines Rascheln hörte.

»Wendy?«

Nichts. In Hannahs Ohren rauschte es, ihre Kopfhaut juckte

unangenehm, die Härchen auf ihren Unterarmen stellten sich senkrecht. Irgendetwas stimmte hier nicht, das spürte sie. Mit weit aufgerissenen Augen starrte sie in das unergründliche Dunkel. Konzentrier dich. Vielleicht spielt Wendy Verstecken und hat sich in dem großen Schrank da vorn verschanzt? Hannah streckte die Hand aus. Öffnete die Schranktür. Schrie auf. Stolperte rückwärts.

»Gott sei Dank!«, hörte sie von ferne Pascals Stimme. »Wendy ist hier im Weinkeller!«

Hannah konnte nicht antworten. Ihre Kehle war wie zugeschnürt. Ein länglicher Sack war ihr entgegengefallen, als sie die Schranktür geöffnet hatte. Trotz der fest verschnürten Hülle bestand kein Zweifel, dass es sich bei dem Inhalt um einen menschlichen Körper handelte.

Kapitel 8

In der Villa war die Hölle los. Überall schwärmten Gestalten in weißen Overalls aus, die in mehreren Mannschaftswagen angekarrt worden waren. Mit Gasmasken und Taschenlampen ausgerüstet, durchkämmten sie jeden Winkel des Hauses, öffneten jeden Schrank, jede Schublade, schauten unter Sofas und Betten. Sogar die Mülltüten, die Hannah so mühevoll gefüllt hatte, wurden ausgeschüttet und durchwühlt.

Wie nicht anders zu erwarten, entstand im Eifer der polizeilichen Nachforschungen ein Chaos, das die vorherige Unordnung bei Weitem in den Schatten stellte. Spätestens jetzt war das Haus reif für die totale Entkernung. Doch genau in diesem Moment mussten die Herren vom Entrümpelungsdienst unverrichteter Dinge wieder abziehen. Alles, absolut alles sei Beweismaterial, entschied Hauptkommissar Bernstein, der Hannah und Pascal in eisigem Ton verhörte und sich dann dem Spurensicherungsteam anschloss. Kriminaloberkommissar Limburg war derselben Meinung gewesen. Überdies hatte er angeordnet, Hannah und Pascal dürften sich keinesfalls vom Tatort entfernen.

Pascal saß am Küchentisch. Sein Schweigen füllte den ganzen Raum. Mit leerem Blick starrte er vor sich hin und trank ab und an einen Schluck warmen Champagner. Von Hannah und Josie, die an der Spüle lehnten und miteinander flüsterten, nahm er keinerlei Notiz. Die Kinder waren wohlauf. Wendy und Finn rannten mit klappernden Kochlöffeln um den Tisch herum, Marvin schlummerte in einem Maxi-Cosi, den Josie aus dem Familienkombi geholt hatte. Ihr Wagen war völlig zugeparkt. Und es sah auch nicht danach aus, als ob die vielen Polizeiautos so schnell wieder verschwinden würden. Sonderlich schlimm fand Josie das allerdings nicht.

»Der L-Sack ist dir also einfach so entgegengefallen?«, wisperte sie Hannah ins Ohr. »Mann, du hast vielleicht ein aufregendes Leben. Ich mache immer nur die Wäsche und koche und putze, aber du erlebst wenigstens was!«

Sie hatten vereinbart, in Gegenwart der Kinder keine Wörter wie Tod, Mord oder Leiche zu benutzen. Und wenn, dann nur mit Abkürzungen oder durch schnelles Buchstabieren.

»Es könnte M-O-R-D gewesen sein«, flüsterte Hannah, und eine Gänsehaut überlief ihren Körper.

Abgesehen davon, dass sie immer noch Watteknie und Herzklopfen hatte, war der zweite Leichenfund vor allem ein schwerer Schlag für den Hausherrn gewesen. Pascal tat ihr richtig leid. Er war ein Bild des Jammers, wie er da am Tisch saß, vollkommen am Boden zerstört und offenbar ohne jede Idee, wie er mit der grausigen Entdeckung im Keller umgehen sollte. Der Plan, die dramatischen Vorkommnisse geheim zu halten, war jedenfalls nicht mehr zu verwirklichen. Im Garten vor dem Haus palaverten Trauben von Nachbarn, die durch die Polizeifahrzeuge angelockt worden waren, und so würden die Neuigkeiten bald in den sozialen Medien auftauchen und von dort aus in die Nachrichtensendungen aufsteigen. Tess würde davon erfahren. Auch das ging Hannah durch den Kopf. Arme Tess.

»Aber, aber – Pascal war's nicht, oder?«, raunte Josie, die nervös an ihrem Freundschaftsbändchen aus bunten Haargummis zupfte. »Ich meine, die L lag in seinem Keller, doch einen M-O-R-D würde ich ihm nicht zutrauen. Er wirkt doch ganz nett und nicht wie ein Mör…«

»Pssst. Die Kinder.« Hannah deutete mit dem Kopf auf Wendy.

Demonstrativ hob sie die Stimme. »Deine Große ist wirklich beeindruckend eigenständig. So ganz allein im Keller, Respekt. Als Pascal sie fand, hat sie die Flaschen in den Regalen gezählt. Sie ist bis neunundfünfzig gekommen.«

»Ja, meine Wendy ist etwas ganz Besonderes«, erwiderte Josie mit einigem Stolz. Nachdenklich musterte sie das Stillleben der Töpfe. »Soll ich Nudeln für uns kochen? Irgendwo habe ich Spaghetti gesehen. Und eine Dose geschälte Tomaten.«

So war Josie. Immer lebenspraktisch, immer umsichtig. Hannah liebte Josie dafür, dass sie so mitfühlend und hilfsbereit war. Das Stichwort Spaghetti brachte jedoch erst mal Pascals Lebensgeister zurück. Er sah auf und fuhr sich mit der Hand durchs Haar, als müsste er sich daran erinnern, wo er sich befand. Dann stand er federnd auf.

»Fürs Kochen ist in diesem Haus nur einer zuständig. Meine Spaghettisauce ist legendär. Mit Sardellen, Kapern, Chilischoten und selbstverständlich einem Schuss Burgunder, das ist die ultimative Kombination.«

Josie schaute ihn lange an.

»Sie haben keine Kinder, oder?«

»Wieso?«

»Sardellen? Kapern? Chilischoten? – Bur-gun-der?« Josie sprach die Worte aus, als würde sie von toxischen Substanzen sprechen. »Kochen Sie immer so komisch?«

Es war wohl Pascals aufgewühltem Seelenzustand geschuldet, dass er diesen harmlosen Kommentar als persönlichen Angriff wertete. Hannah sah, dass sich seine Mundwinkel enttäuscht herabsenkten, als er die Brille abnahm.

»Das verstehe ich nicht. Wieso komisch? Ich koche wie ein Mann, der die feine Küche und das Essen liebt!«

»Nur leider nicht kindgerecht«, entgegnete Josie, eine winzige Spur rechthaberisch. »Na ja, Sie sind eben noch nie Vater geworden, da ist Ihre Unwissenheit kein Wunder.«

Pascal presste kurz die Lippen aufeinander.

»Stimmt. Das Wunder der Geburt durfte ich leider noch nicht miterleben.«

So wie er es sagte, klang es ganz schön sarkastisch. Doch Josie rechnete nicht mit Sarkasmus. Hier prallten Welten aufeinander. Während sie Finn ein Bratenthermometer entwand, blinzelte sie Pascal arglos an.

»Das Wunder der Geburt? Na, hören Sie mal, das ist, als ob Sie ein Motorrad im Bauch haben, das mit Vollgas aus Ihnen rauswill!«

»Oh.«

»Ich habe übrigens nach den Geburten immer das Nabelblut einfrieren lassen«, fügte Josie hinzu. »Wussten Sie, wie medizinisch wertvoll das ist?«

Pascal sah aus, als ob er mit einem Hustenanfall kämpfte. Sein Gesicht lief rot an, seine Augen quollen hervor, dann sank er auf seinen Stuhl zurück. Für eine gefühlte Minute hörte man nur das Wummern seines Handys, auf dem Wendy und Finn ein Ballerspiel entdeckt hatten. Hannah lachte etwas verkrampft.

»Wir können ja Spaghetti mit Butter machen«, versuchte sie das Gespräch in eine andere Richtung zu biegen. »Das schmeckt den Kindern garantiert.«

»Bin ich eine schlechte Mutter, wenn ich sie so lange mit dem Handy spielen lasse?«, dachte Josie laut nach.

Hannah legte einen Arm um ihre Freundin. Es rührte sie, wie unermüdlich Josie alles für ihre Kinder tat und sogar noch in dieser Ausnahmesituation um ihr Seelenheil besorgt war.

»Du bist die perfekte Mutter, Josie. Ich glaube, die superperfekten Mütter, die immer alles richtig machen, haben gar keine Kinder. Die wissen nur, wie's geht.«

»Ja, so wie deine Mutter dir immer Beziehungstipps gibt, obwohl sie selber Single ist.«

Ein lautes Rumpeln und Krachen im Hausflur ließ alle in der Küche aufhorchen. Vermutlich hatte das schiefe Regal soeben endgültig seinen Geist aufgegeben.

»Die nehmen da draußen die ganze Bude auseinander«, sagte Pascal dumpf. »Dürfen die das überhaupt? Ich meine, was wollen die denn finden? Noch eine L?«

Hannah und Josie tauschten einen bedeutungsvollen Blick aus. Es war sympathisch, dass Pascal den Kindern zuliebe das Spiel mit den Abkürzungen mitmachte.

In diesem Moment flog die Küchentür auf, und Onkel Alfred schlurfte herein. Erstaunt betrachtete er die kleine Versammlung, dann setzte er sich ächzend zu Pascal an den Küchentisch. Wie am Tag zuvor trug er Anzug und Weste, nur auf seinen Hut hatte er verzichtet. Sein gebräunter Teint, der von ausgiebiger Gartenarbeit zeugte, hatte einen Stich ins Gelbliche. Selbst an einem älteren Herrn, der einiges in seinem Leben gesehen hatte, ging der Fund zweier Leichen nicht spurlos vorbei.

»Die Polizisten haben mich ausgefragt«, berichtete er seinem Neffen mit knarrender Stimme. »Was geht in diesem Haus vor? Und welchen Wein trinken wir dazu?«

Herrliche Frage. Hannah war völlig fasziniert. Für Onkel Alfred stand offensichtlich fest, dass es keine Lebenslage gab, die man nicht mit einem Schluck Wein in den Griff bekam.

»Ein grasiger Sauvignon blanc könnte passen«, schlug Pascal vor. »Weich im Tannin, seidig in der Textur, beschwingt verspielter mineralischer Abgang. Da hätte ich was vegetabiles Rassiges aus dem Languedoc, der ist so temperamentvoll, der weckt die Toten auf.«

»Oder wir tragen die Toten mit deinem animalischen Roten aus der Bourgogne zu Grabe.« Onkel Alfred schmatzte genießerisch mit der Zunge. »Barrique-Ausbau in holzigen Vanilletönen, schmelzige Frucht, körperreich, mit lasziven Beerennoten.«

Josie war sprachlos. Neugierig beäugte sie den älteren Herrn, der lauter merkwürdige Wörter benutzte und alles in allem etwas kauzig wirkte. Im Flüsterton ließ sie sich von Hannah unterrichten, um wen es sich handelte.

»Herr Alfred!«, rief sie dann. »Einen schönen kalten Rotwein sollten Sie sich gönnen! Der wäre genau richtig an so einem warmen Tag!«

Die beiden Männer starrten sie an.

»Sagt wer?«, brummte Onkel Alfred nach einer Weile. »Stulli, das Pausenbrot?«

»Sommer ist, wenn man den Rotwein in den Kühlschrank stellt.« Josie schaute zu Hannah. »Hab ich etwa irgendwas Falsches gesagt?«

»Das ist ein Sakrileg«, regte sich Pascal auf. »Was für ein furchtbarer Tag. Die einen trinken kalten Rotwein, die anderen wühlen in meinen Sachen herum. Es wird Wochen dauern, das alles wieder aufzuräumen. Wo bleibt eigentlich Fräulein Elisabeth? Sie ist heute schon wieder nicht gekommen.«

»Ts, ts, die Liese.« Onkel Alfred strich seinen Schnauzbart glatt. »Die macht, was sie will. Aber wenn sie da ist, dann ist sie bissiger als jeder Wachhund. Habe ich dir erzählt, dass neulich wieder so ein schnieker Angeber hier war, der dich sprechen wollte?«

»Ein Mann?« Pascal hob den Kopf. »Wann? Als ich in Frankreich war?«

»Ja. Und wenige Tage später passierte der Einbruch. Das hängt doch irgendwie zusammen, Junge.«

Das erschien auch Hannah plötzlich sehr plausibel. Hatte Pascal nicht erzählt, dass er einen David-und-Goliath-Kampf gegen die Weinindustrie führte?

»Onkel Alfred, das ist es! Du bist klasse!« Elektrisiert von der neuen Theorie sprang Pascal auf und begann erregt, in der Küche herumzuwandern. »Diese Weingroßhändler, da stecken multinationale Konzerne dahinter. Mächtige Konzerne. Die brauchen Informationen für ihren Bioweinschwindel, aber die kriegen sie nicht von mir. Vielleicht haben sie jemanden hierhergeschickt, der meinen Laptop klauen sollte. Tja, Pech. Den hatte ich nach Frankreich mitgenommen.«

»Mama, was ist eine Bioschweinwindel?«, fragte Wendy.

»Und die Liese, die hat die Stellung gehalten«, ergänzte Pascal seine Ausführungen. »Die wird mit jedem fertig.«

»Oder auch nicht«, flüsterte Onkel Alfred.

Es wurde sehr still in der Küche. Totenstill. Hannah suchte Pascals Blick, und beide wussten, dass sie dasselbe dachten. Das Bein auf dem Dachboden. Wer sagte denn, dass es einem Toten gehörte? Konnte es sich nicht auch um eine *Tote* handeln?

»Also, wenn wir nichts kochen, dann hole ich eben die leckeren Sachen von der Veranda«, sagte Josie in das beklommene Schweigen hinein. »Die müssen sowieso aus der Sonne, wäre doch zu schade, wenn das alles umkommt. Wendy, Finn, ihr helft mir. Und Abmarsch.«

Hannah wartete, bis sich die Kinder von dem Handyspiel losgerissen hatten und mit ihrer Mutter aus der Küche tippelten. Sobald die Tür hinter ihnen zugefallen war, wandte sie sich an Pascal.

»Wir müssen sofort in die …«

»... Gerichtsmedizin«, beendete er den Satz.

Danach musterten sie einander überrascht. Obwohl dies nun wirklich nicht der Moment war, um über so etwas wie einen Gleichklang der Seelen nachzudenken, fand Hannah es schon phänomenal, wie ähnlich sie tickten. Zwei Gehirne, ein Gedanke. Dabei kannten sie einander gerade mal einen Tag.

»Jetzt komme ich nicht mehr ganz mit«, wunderte sich Onkel Alfred, der aufgestanden war und das Weinflaschenregal nach dem passenden Tropfen absuchte. »Wollten wir nicht eine dem Anlass angemessene Flasche öffnen?«

»Den trinken wir später«, vertröstete Hannah ihn.

»Hannah und ich fahren kurz weg«, ließ Pascal seinen Onkel wissen, ohne Einzelheiten zu erklären. »Falls die Polizisten fragen: Wir sind in einer guten Stunde wieder da.«

»Ist recht, Junge.«

»Willst du den Polizisten denn nicht selber Bescheid sagen?«, fragte Hannah verblüfft.

»Du glaubst doch nicht im Ernst, dass die uns jetzt weglassen«, entgegenete Pascal. »Und noch weniger werden sie irgendwas auf unsere Theorie geben. Die haben sich seit der zweiten Leiche auf uns eingeschossen. Da geht nichts mehr.«

Da war was dran. Sowohl Hauptkommissar Bernstein als auch Kriminaloberkommissar Limburg hatten ihnen bei der heutigen Vernehmung das ungute Gefühl vermittelt, sie seien bereits überführte Täter. Es sah ja auch nicht gut aus, wenn im Abstand von etwa zwölf Stunden zwei Leichen in einem Haus gefunden wurden. So was fiel auf den Besitzer und seine »Freundin« zurück. Verständlicherweise.

Eine kribbelnde Aufregung erfasste Hannah, als sie mit Pascal in den Hausflur schlich. Trotz der ernsten Lage war es ein wunderbares Abenteuer, auf eigene Faust zu ermitteln. Fühlte sich ein bisschen an wie Schuleschwänzen. Oder heimlich fernsehen, obwohl die Eltern es verboten hatten. Doch erst einmal mussten sie dem Auge des Gesetzes entwischen, was keine Kleinigkeit war.

»Bist du sicher, dass das gut geht?«, fragte sie leise.

»Habe ich nie behauptet«, raunte Pascal. »Aber geht nicht gibt's schon. Los, schnell, zur Harry-Potter-Treppe.«

Ja, so eine alte Villa hatte ihre Geheimnisse, und diese sogar einen Geheimgang. Halb geduckt mischten sie sich unter die herumwuselnden Tatortermittler, schlüpften in den engen Flur, der zur Wendeltreppe führte, und stiegen sie diesmal hinab statt hinauf. Stufe für Stufe ging es abwärts, bis sie in einen Kellerraum gelangten, der durch ein schmales Fenster mit der Außenwelt verbunden war. Hannah, die wieder ihren Muskelkater spürte, sah hinauf zu dem Fenster, das hoch über ihren Köpfen in die Mauer eingelassen war.

»Oje. Ich bin nicht gerade gelenkig.«

»Ich mach dir die Räuberleiter.« Pascal verschränkte die Finger ineinander und hielt sie ihr in Kniehöhe hin. »Du schaffst das. Steig einfach drauf.«

Hannah tat, was er sagte. Als sie auf seinen Händen balancierte, streckte sie die Arme nach oben aus. Ihre Finger ertasteten den Fenstergriff, und mit zeitlupenhaften Bewegungen schob sie den Riegel beiseite. In diesem Augenblick stemmte Pascal sie ein Stück höher, so dass sie sich weiter hochhangeln und durch das offene Fenster ins Freie klettern konnte. Dann hielt sie Pascal eine Hand hin, und er zog sich mit bemerkenswerter Behändigkeit an ihr hoch, um ebenfalls hinauszuklettern.

Sie waren unter der Veranda gelandet. Glücklich wie Kinder, denen ein besonders gewagter Streich gelungen war, strahlten sie einander an. Dann rappelten sie sich auf. Und schauten direkt in das vorwurfsvolle Gesicht Hauptkommissar Bernsteins.

»Was soll das denn werden?«, blaffte er.

Na super. Vor lauter Schreck erwog Hannah, einfach mit der Wahrheit rauszurücken. Doch sie hatte die Rechnung ohne Pascal gemacht. Mühelos glitt er wieder in die Rolle des seriösen Hausherrn.

»Schön, Sie zu sehen, Herr Kommissar. Wir haben ausprobiert, wie der Mörder hier eventuell ein- und aus gegangen sein könnte, um die Tötungsdelikte im Haus zu verüben. Denn zwischenzeitlich sind wir auf eine schlüssige Theorie verfallen, wie sich alles abgespielt haben könnte.«

Während Hannah ihm zuhörte, begriff sie plötzlich, was sie an ihm mochte: Er war ganz anders als Dennis, doch auch Pascal hatte dieses spezielle Hallodri-Gen. Das Talent, irgendetwas zu erfinden, wie es gerade passte, und es mit geschmeidiger Beredsamkeit vorzutragen. Das war ihr letztlich schon aufgefallen, als er am Abend zuvor die Geschichte zusammenphantasiert hatte, sie sei seine Freundin. Nur, dass sie es gestern noch nicht auf den Punkt hatte bringen können. Pascal war die seriösere Ausgabe von Dennis. Genauso jungenhaft, genauso durchtrieben, wenn nötig, dafür mit einem fragwürdigen Klamottengeschmack.

»Soso.« Hauptkommissar Bernstein zwinkerte nervös. »Und das soll ich Ihnen abkaufen?«

»Sie kriegen es umsonst.«

Pascal nahm seine Brille ab und putzte sie umständlich mit einem Zipfel seines T-Shirts, was ihm ein nahezu professorales Gepräge verlieh. Er wusste genau, was er tat, das merkte Hannah. Dieser Mann wirkte vielleicht manchmal wie ein Bubi, doch er hatte es faustdick hinter den prächtigen Segelohren.

»Sie können noch mehr tun, Herr Hauptkommissar. Meine Freundin und ich müssen schnellstens in die Gerichtsmedizin. Es könnte nämlich sein, dass wir die Person kennen, die auf dem Dachboden lag.«

Der Beamte schüttelte ungehalten den Kopf.

»Falls Sie das sagen, um sich zu entlasten, haben Sie soeben das Gegenteil erreicht.«

Pascal ließ sich überhaupt nicht beirren.

»Sie können die Ermittlungen beschleunigen, indem Sie uns einen Streifenwagen zur Verfügung stellen, der uns hinfährt und wieder zurückbringt. Das hätte einige Vorteile für Sie: keine Fluchtgefahr, dafür aber die Chance auf eine Erhöhung Ihrer Aufklärungsquote.«

Ein geschickt eingesetztes Argument. Welcher Polizeibeamte wollte nicht mit einer hohen Aufklärungsquote punkten? Hauptkommissar Bernstein schien schwankend zu werden. Mit der Spitze seines Schuhs schob er unsichtbare Steinchen auf dem moosigen Rasen hin und her.

»Also schön.« Sein Blick wanderte zu Hannah. »Ich nehme an, Sie wollen auch dabei sein?«

Unglaublich, wie Pascals Taktik funktionierte. Hannah nahm seine Hand, als machte sie das schon seit Jahren.

»Selbstverständlich. Mein Freund und ich, wir stehen das gemeinsam durch.«

Sie spürte, wie Pascal ihre Hand ein paarmal drückte. Eine Art Morsecode, der so viel besagte wie: Gratulation, gut gemacht. Du ziehst das genial durch.

»Ich werde Sie persönlich begleiten«, beschloss Hauptkommissar Bernstein. »Leute wie Sie darf man nicht aus den Augen lassen, Doktor Mengersen.«

»Nehm ich mal als Kompliment«, konterte Pascal unbekümmert.

Auf der Fahrt zum Gerichtsmedizinischen Institut verfiel er dann allerdings in brütendes Schweigen. Hannah ahnte, was ihn beschäftigte. Vermutlich ging ihm jetzt erst die ganze Tragweite der bevorstehenden Identifizierungsprozedur auf. Falls es sich tatsächlich um Fräulein Elisabeth handelte, verlor er eines der letzten Bindeglieder zu seiner Kindheit. Ohne Mutter und mit einem Vater, der sich aus dem Staub gemacht hatte, blieb ihm nur noch Onkel Alfred. Und sonst? Hatte er sich mit seinen Kumpels eine Ersatzfamilie geschaffen?

Einmal mehr stellte sich Hannah die Sinnfrage. Tess wollte diese Kumpels loswerden. Doch war das legitim?

»Woran denkst du?«, fragte Pascal unvermittelt.

Das ist der Klassiker, durchzuckte es Hannah. Der Klassiker von *Paaren.* Sie musste höllisch aufpassen, dass die beginnende Freundschaft mit Pascal eine Freundschaft blieb. Vorsichtshalber rutschte sie auf der Rückbank weiter zum Seitenfenster, um ihm nicht zu nahe zu kommen. Kein Körperkontakt, Hannah! Unbehaglich schaute sie zu den Vordersitzen, wo sich Hauptkommissar Bernstein halblaut mit dem Fahrer, einem jungen Streifenpolizisten, unterhielt.

»Ich habe gerade darüber nachgedacht«, sie räusperte sich verlegen, »welche Rolle deine Kumpels in deinem Leben spielen.«

Pascal sah sie scharf von der Seite an.

»Ist das eine Frage, eine Feststellung oder eine Kritik?«

Achtung, vermintes Terrain. Auch darüber hatte er offenbar schon mit Tess diskutiert.

»Nichts von alledem«, antwortete sie. »Eher so eine Überlegung. Für Singles sind Freunde doch manchmal wichtiger als alles andere, denke ich. Und deine Kumpels sind sehr sympathisch.«

Halb geistesabwesend zerrte Pascal an seinen froschgrünen Pulswärmern herum, dann schaute er aus dem Fenster.

»Ja, aber manche Frauen stört das gewaltig. Deine Freundin Tess zum Beispiel stellt sich eine Beziehung so vor, dass man alles nur noch zu zweit macht. Das würde mir die Luft zum Atmen nehmen.«

»Die meisten Morde sind Beziehungstaten«, mischte sich Hauptkommissar Bernstein ein.

Entweder hatte er Humor, oder er war sensibel wie ein Felsblock. Hannah unterdrückte einen kleinen Kicheranfall.

»Dann kann ich ja froh sein, dass ich nur einmal verheiratet war.«

Die Reaktionen waren interessant. Der Fahrer musterte sie aufmerksam im Rückspiegel, Hauptkommissar Bernstein drehte sich erstaunt zu ihr um, und Pascal hörte auf, an seinen Pulswärmern herumzuzerren.

»Du hast keine Beziehung?«, hakte er flüsternd nach. »Ich meine – gar keine?«

»Wie gesagt, ich war mal verheiratet«, gab Hannah zu.

Und gestern mit meinem Ex im Bett. Es schien Wochen her zu sein, so viel war inzwischen passiert. Jetzt fuhr sie mit dem Freund ihrer besten Freundin, den sie etwas zu sehr mochte, zu einem Leichenschauhaus. In Sachen Aufräumen war sie ein Profi, aber ihr Leben befand sich zweifellos in einem Stadium maximaler Unordnung.

»Was war denn das für ein Horst, der dich hat gehen lassen?«, fragte Pascal im Flüsterton.

»Private Differenzen.«

»Beziehung ohne Stress ist wie Diät ohne Jo-Jo«, gab der Fahrer seine eigene Schlussfolgerung zum Besten, wofür er sich einen rügenden Blick von Hauptkommissar Bernstein einfing.

»Herrschaften, wir sollten uns sammeln«, sagte er vergrätzt. »Gleich werden wir dem Tod ins Auge blicken.«

Auf der Stelle verstummten alle. Auch Hannah, obwohl sie sich wahrscheinlich am wenigsten vor der Konfrontation mit dem Tod fürchtete. Als Kind hatte sie immer wieder Verstorbene gesehen, am Ganges in Indien, wo man große Scheiterhaufen errichtete und die brennenden Leichen im Rahmen einer heiligen Zeremonie den Fluten des Flusses übergab. Insofern war sie vorbereitet. Wenigstens ein bisschen. Etwas ganz anderes war es natürlich, ein Mordopfer zu identifizieren. Innerlich richtete sie sich schon darauf ein, dass sie Pascal beistehen musste.

»Ich wünsche mir zu meiner Beerdigung *Highway to Hell* von AC/DC«, brach der Fahrer das Schweigen, offenbar unfähig, sein Mitteilungsbedürfnis im Zaum zu halten.

Diese Einlassung trug ihm nun einen geradezu vernichtenden Blick von Hauptkommissar Bernstein ein.

»Das ist so makaber wie *Last Christmas* im Seniorenheim«, wies er den Fahrer zurecht. »Verschonen Sie uns doch bitte mit Ihren Anmerkungen, ja?«

»Denkst du manchmal an den Tod, Hannah?«, flüsterte Pascal.

»Man muss keine Angst vor dem Sterben haben – man muss nur Angst haben, vorher nicht zu leben.« Hannah hüstelte. »Sagt jedenfalls meine Mutter.«

»Die würde ich gern mal kennenlernen.«

»So, wir sind da«, unterbrach Hauptkommissar Bernstein das sich neuerlich anbahnende Gespräch. »Alles aussteigen. Mein Kollege und ich, wir begleiten Sie.«

Der Wagen hatte auf einem trostlosen Platz gehalten, an dem sich ein dunkler mehrstöckiger Zweckbau mit schießschartenartigen Fenstern befand. Etwas mulmig wurde Hannah nun doch zumute. Sie dachte an Tess. Wie würde sie diese beiden Leichenfunde in der Villa aufnehmen? Es gab so viel zu erklären. Unter anderem, warum Hannah sie nicht sofort eingeweiht hatte. Unauffällig beschleunigte sie ihren Schritt, um Pascal einzuholen, der schon vorausmarschiert war.

»Ganz gleich, was bei dieser Besichtigung herauskommt, danach musst du Tess anrufen«, beschwor sie ihn. »Tess hat ein Recht darauf, von dir persönlich zu erfahren, was in deiner Villa passiert ist, und nicht etwa aus dem Internet.«

»Wird erledigt.« Unsicher blieb er stehen. »Könntest du mir einen Gefallen tun? Ist doof, aber wichtig: Könntest du noch mal meine Hand halten, ich meine – falls es wirklich Fräulein Elisabeth ist …«

»Ich verstehe das«, sagte sie weich. »Und doof ist es überhaupt nicht. Ich bin für dich da, Pascal.«

Sie sah die Angst in seinen Augen. Die Fragen, die er sich bisher nicht gestellt hatte. Warum auch? Bis zu diesem Zeitpunkt waren die Leichen in der Villa lästige Zwischenfälle gewesen. Jetzt wurde der Tod konkret, und wahrscheinlich wurde es jetzt auch emotional.

Hand in Hand gingen sie weiter zum Gebäude. Die langen, nach Desinfektionsmittel riechenden Flure entlang. Schließlich in einen neongrellen weitläufigen Raum, wo auf Metalltischen mit grünlichen Tüchern abgedeckte menschliche Körper lagen. Hier war der chemische Geruch so beißend, dass man gar nicht atmen mochte. Ein Mitarbeiter des Gerichtsmedizinischen Instituts, der einen blütenweißen Kittel trug, trat zu ihnen und führte sie zur Stirnwand des Raums. Dort lüpfte er das Tuch von einem der Metalltische. Hannah hielt den Atem an.

Es war ein glatzköpfiger Mann mittleren Alters mit groben Gesichtszügen und in sich verschlungenen Tattoos, die seinen Hals hochkrochen. Er sah furchterregend aus, obwohl seine Mimik lange erloschen war. Doch die enorme Kinnpartie und die Piercings in seinen Augenbrauen ließen ihn wie den Galgenstrick aus einem brutalen Thriller aussehen. Hinten auf seiner spiegelblanken Glatze zeichnete sich eine umfangreiche bläuliche Schwellung ab.

»Stumpfe Gewalteinwirkung, so viel können wir schon sagen«, erläuterte der Institutsmitarbeiter die Todesursache. »Die anderen Untersuchungen dauern noch an. Toxikologie, Analyse des Mageninhalts und so weiter, das wird wohl noch bis morgen dauern.«

»Das ist der aus dem Keller«, stellte Hauptkommissar Bernstein den Verstorbenen vor und schaute erwartungsvoll zu Hannah und Pascal. »Klingelt da was bei Ihnen?«

»Ich kenne den Mann nicht«, sagte Pascal wie versteinert. Er trat einen Schritt zurück. »Nie gesehen. Und der lag bei mir im Kellerschrank?«

»Säuberlich verpackt und verschnürt«, bestätigte Hauptkommissar Bernstein. »Die Tattoos deuten auf einen mafiösen Hintergrund hin, Genaueres erfahren wir, wenn wir sein Foto durch die digitale Gesichtserkennung laufen lassen. Würde mich nicht wundern, wenn der schon mal Kontakt mit Vollzugsbehörden gehabt hätte.«

Der Mitarbeiter des Instituts wartete noch ein wenig ab, und als keiner mehr etwas sagte, bedeckte er den tätowierten Glatzkopf wieder mit dem Tuch.

»Na, ist hier ja nicht wie bei armen Leuten, was?«, scherzte er launig. »Sie kriegen noch eine zweite Leiche.«

Herzerwärmend. Hannah schluckte. Aber so war man vermutlich drauf, wenn man den ganzen lieben langen Tag mit Toten hantierte. Da bekam man ein dickes Fell. Nun führte der Mitarbeiter seine vier Besucher in eine andere Ecke des Saals. Deutlich behutsamer schlug er das Tuch ein Stück zurück.

Lange betrachtete Pascal das Gesicht einer älteren Dame mit schlohweißem Haar, die aussah, als ob sie friedlich schliefe. Keine Regung verriet, was er dachte oder fühlte. Es dauerte eine Weile, bis er sich zu ein paar heiseren Worten durchrang.

»Gute Reise, Fräulein Elisabeth. Ich hatte dich gern, mehr als gern, und wenn ich etwas bedauere, dann, dass ich es dir nie ausdrücklich gesagt habe.« Seine Stimme brach fast. »Und eines verspreche ich dir: Wenn die Polizei deinen Mörder nicht findet, dann tue ich es, darauf kannst du dich verlassen.«

»Jetzt spucken Sie mal nicht so große Töne«, raunzte Hauptkommissar Bernstein, womit er diesem bewegenden Abschied eine unerwartet rustikale Note verlieh.

Kapitel 9

Es war kurz nach zwölf Uhr mittags, als Pascal und Hannah zusammen mit den beiden Beamten das Gerichtsmedizinische Institut verließen. Hell wie zuvor strahlte die Sonne vom Himmel, zwei Tauben pickten Brotkrümel vom Parkplatz, und doch hing noch die finstere Schwere des Gebäudes an ihnen.

Aber das war nicht alles. Etwas hatte sich verändert, das fühlte Hannah. Noch immer hielt Pascal ihre Hand, und jeden Versuch, sie wegzuziehen, beantwortete er mit einem umso festeren Druck.

»Mein Beileid«, sagte sie berührt, während sie gemeinsam auf den Streifenwagen zuschritten. »Ich ahne, dass sie dir viel bedeutet hat.«

»Fräulein Elisabeth war wie eine Mutter zu mir«, schniefte Pascal. »Wenn sie guter Laune war, hat sie mir Pfannkuchen gebacken. Wenn sie schlechter Laune war, habe ich mich vor ihr auf der Wendeltreppe versteckt. Aber meistens war sie die Güte und Nachsicht in Person.«

Es fiel Hannah schwer, ihn in diesen belastenden Minuten an eine traurige Pflicht zu erinnern, aber es musste sein. Es brach ihr das Herz, wenn sie sich vorstellte, dass Tess es aus dritter Hand erfuhr: Der Mann, den sie anhimmelte und mit dem sie »Großes« vorhatte, wohnte in einem Tatort. Eine einzige Leiche, das wäre ja vielleicht noch hingegangen, aber zwei?

»Ich glaube, du solltest Tess anrufen«, wiederholte sie deshalb ihre Bitte. »Es könnte jetzt schon im Netz stehen.«

Hauptkommissar Bernstein, der neben ihnen ging, zog eine Grimasse.

»Natürlich steht es im Netz, die Polizei hat sogar einen eigenen Twitter-Account. Mit dem Volksauflauf vor der Villa heute Morgen hatte sich die Nachrichtensperre erledigt. Jetzt fahnden wir ganz offiziell nach dem Mörder und nehmen sachdienliche Hinweise entgegen. Die Hotline ist geschaltet, mal sehen, was da so eintrudelt.« Er öffnete die Beifahrertür. »Haben sich denn hier für Sie neue Erkenntnisse ergeben, Herr Doktor Mengersen?«

»Außer der Identifizierung nichts Konkretes«, musste Pascal eingestehen. »Das Einzige, was ich äußern kann, ist ein begründeter Verdacht. Es gibt da große Konzerne, die mir meine Firma abjagen wollen. Die schrecken vor nichts zurück, weil es um sehr viel Geld geht. Vielleicht stecken die hinter dem Einbruch. Und hinter den Morden.«

Die Augenbrauen des Kommissars hoben sich um einige Millimeter, und er betrachtete Pascal mit deutlicher Herablassung.

»Nun mal halblang, Herr Doktor. Das klingt mir doch arg nach Verschwörungstheorie. Nichts gegen Ihren kleinen Weinhandel. Aber die Dimensionen Ihrer Geschäfte scheinen mir zu unbedeutend zu sein, als dass da solche Räuberpistolen im Spiel sind.«

»Wenn Sie sich da mal nicht täuschen«, rutschte es Hannah heraus.

Dabei hatte sie sich vorgenommen, keine vorlauten Bemerkungen mehr unterzubringen, die ihr dann hinterher negativ ausgelegt werden könnten.

»Junge Frau, die Einschätzung der einschlägigen Sachverhalte überlassen Sie besser den Profis«, wurde sie aber nur gönnerhaft abgefertigt. »Wir bringen Sie dann mal nach Hause.«

So viel zum Thema *Wir nehmen sachdienliche Hinweise entgegen*. Da hatte die Polizei die hotteste Hotline aller Zeiten in Gestalt von Pascal vor der Nase, dennoch ignorierte man seine brisanten Informationen? Und falls Hauptkommissar Bernstein überhaupt einer eigenen Theorie nachging, behielt er sie für sich.

Wütend bohrte Hannah die Fingernägel in die Innenseite ihrer Handflächen. Sonst hätte sie die Beherrschung verloren. Wie konnte dieser Kommissar nur so desinteressiert sein? Je früher diese Morde aufgeklärt wurden, desto schneller würde Pascals Ruf wiederhergestellt sein. Man brauchte nicht viel Phantasie, um zu ermessen, welche Shitstorms gerade im Internet über ihn ausgekübelt wurden. Für die große Masse war er der Besitzer eines Mörderhauses. Das hatte er nicht verdient. Das hatte Tess nicht verdient. Doch wie kam man an Beweise?

Die Rückfahrt verlief einsilbig. Es wurde nur das Nötigste gesprochen, denn keiner schien Lust zu verspüren, die Themen Tod und Tote weiter zu vertiefen. Immer wieder suchte Pascal Hannahs Blick, und dann nickten sie einander zu, wie es Menschen taten, die ein tiefes Einverständnis verband.

Tess müsste hier sitzen, nicht ich, schoss es Hannah durch den Kopf. Sie ist die Frau an Pascals Seite. Und doch war es Hannah, die neben Pascal hockte und ihm ihren stummen Trost spendete.

Schon als der Streifenwagen in die Straße einbog, in der Pascal wohnte, machte sich der Andrang am Ort des Geschehens durch hohes Spaziergängeraufkommen bemerkbar. Manche Leute hatten Klappstühle und Kühltaschen dabei. Es gab eben Menschen, die auf keinen Fall die sehnlich erwartete dritte Leiche verpassen wollten. Dann konnte man hinterher behaupten, live dabei gewesen zu sein.

»Schaulustige«, schimpfte Hauptkommissar Bernstein. »Die Geißel des einundzwanzigsten Jahrhunderts. Und alle haben sie Handys dabei. Was versprechen die sich davon? Dass der nächste Mord im Vorgarten stattfindet und sie alles filmen können?«

Pascal sagte gar nichts. Doch je näher die Villa kam, desto bleicher wurde er. Dummerweise konnte man das Spießrutenlaufen, das ihm blühte, kaum verhindern. Es gab keine direkte Zufahrt zum Haus. Sie mussten wohl oder übel durch den Garten zur Villa gelangen. Erst dann waren sie in Sicherheit vor dem Publikum.

Als sie vor dem Gartenzaun der Villa ausstiegen, wurden sie sogleich von mehreren Kamerateams ins Visier genommen, die in der Menschenmenge gewartet hatten. Mikrophone pflanzten sich vor ihnen auf, hektische Reporter bestürmten sie mit Fragen, das Gedränge und Geschiebe wollte kein Ende nehmen. Stoisch verweigerte Pascal jede Auskunft. Also wurde nun Hauptkommissar Bernstein umringt. In staatstragendem Tonfall teilte er den Journalisten mit, der Stand der Ermittlungen sei erfreulich fortgeschritten, man gehe bereits heißen Spuren nach, demnächst werde er zu einer offiziellen Pressekonferenz einladen. Das löste sofort neuerliche Fragen und neuerliches Gedränge aus, und der Kommissar sonnte sich im Bewusstsein seiner Allmacht und Kompetenz.

Der Tumult erreichte seinen Höhepunkt, als eine junge Frau im Garten auftauchte, groß, schlank, hübsch, die ein hautenges, schimmerndes schwarzes Kleid sowie einen ausladenden schwarzen Hut mit einem verwegenen Gazeschleier trug. Ihre hochhackigen schwarzen Pumps verzierten goldene Troddeln, um ihren Hals hing eine Strasskette, die wie ein Feuerwerk in der Sonne aufblitzte.

»Wow, das muss die Witwe eines der Opfer sein!«, schrie jemand.

Schlagartig war Hauptkommissar Bernstein vergessen. Alle stürzten sich nun auf Tess, die diese Aufmerksamkeit in vollen Zügen genoss. Hoheitsvoll beantwortete sie Fragen, schaute auf unwiderstehlich leidende Weise in die Kameras und posierte wie ein Model in dem Blitzlichtgewitter, das auf sie niederging. Sie war das, was sich jeder TV-Reporter und jeder Fotograf wünschte: das Gesicht zur Story. Nein. Tess *war* die Story.

Wie zur Salzsäule erstarrt, stand Pascal am Gartenzaun. Was in ihm vorging, war schwer zu sagen. Doch Hannah, die ihre Freundin kannte, wie sie leibte und lebte, konnte nicht anders, als amüsiert loszulachen.

»Entschuldige bitte, Pascal, ist sie nicht wunderbar, unsere Tess? Hat nichts gesehen, weiß von nichts und gibt Interviews über die Morde, als wäre sie dabei gewesen. Das macht ihr so schnell keiner nach!«

Sie checkte ihr Handy. Eigentlich hätte Tess ja bei Marie-Luise Bodmer ausharren sollen, doch natürlich hatte sie alles bestens organisiert, wie Hannah der eingegangenen Nachricht entnehmen konnte.

Hi Süße, irre Geschichte, werfe mich in Schale und fliege in Pascals Arme! Jan-Philipp ist bei deiner Mutter, Mittagessen habe ich gekocht, Praxis weiß Bescheid, bis später, Kuss, Tess

»Schön, dass du so hinter deiner Freundin stehst«, sagte Pascal leicht säuerlich. »Ich finde, dass sie eine ziemlich schräge Show abzieht.«

»Jaaaa, kann man so sehen«, ging Hannah zögernd auf seine Verstimmung ein. »Aber Tess ist eben Tess.«

Das sagte sie immer in solchen Situationen: *Tess ist eben Tess*. Für Hannah war das kein Problem. Sie selbst hätte sich niemals ins Scheinwerferlicht gestellt, dafür war sie viel zu schüchtern, und es entsprach auch nicht ihrem Naturell. Andererseits fand sie es großartig, dass Tess ihre extrovertierte Seite auslebte. Menschen waren verschieden. Tess brauchte die Bühne, und sie nutzte die ganz große, die ihr hier geboten wurde.

»Nicht auszuhalten, ich verzieh mich«, grollte Pascal.

»Ich komme nach und helfe dir beim Aufräumen«, versprach Hannah. »Da drinnen wird einiges zu tun sein.«

In diesem Augenblick entdeckte Tess ihren designierten Verlobten.

»Pascal!«, kreischte sie. »Mein Pascaaalll!«

Mit wedelnden Armen und wehendem Schleier stöckelte sie auf ihn zu, verfolgt von der Meute ihrer Bewunderer, und stürzte sich aufschluchzend in seine Arme.

Es war eine Sensation. Alles tobte vor Begeisterung. Man verstand zwar nicht ganz, warum eine Witwe den Mann umarmte, in dessen Haus zwei Morde geschehen waren, doch in der allgemeinen Euphorie spielte das keine Rolle. Kameras klickten, Mikrophonstative klapperten im Eifer des Gefechts aneinander, und man feierte die beiden wie das neue Traumpaar des Showbusiness. Nur Pascals gequälte Miene wollte nicht recht zu diesem Aufriss passen. Steif stand er neben Tess und zischte ihr etwas ins Ohr. Eine Sekunde lang erstarrte auch sie, dann stöckelte sie an seinem Arm in Richtung Villa.

Was war da los? Hannah beschlich das ungute Gefühl, dass sie soeben Zeuge eines Beziehungsunfalls geworden war. Jetzt fiel ihr auch wieder das Wort ein, das Pascal bei ihrem Telefonat benutzt hatte: Ent-Tussifizierung. In seinen Augen musste Tess' Auftritt vor der Villa die ultimative Tussishow gewesen sein. Also genau das, was er nicht wollte.

Oh, oh, da war die beste Freundin gefragt, um die Wogen zu glätten. Hannah lief los. Sie machte einen großen Bogen um die Menge, die sich allmählich zerstreute, hastete an den Jasminbüschen vorbei und drückte sich schnell in den Hauseingang, bevor jemand auf sie aufmerksam werden konnte.

Schon im Flur, der einem verwüsteten Schlachtfeld glich, hörte sie laute Stimmen aus der Küche. Es war vor allem Pascal, der erregt sprach, dazwischen ertönten Tess' tirilierender Sopran und Josies mütterlicher Beschwichtigungstonfall. Die Begleitung der Solostimmen übernahmen der Chor der Kinder und der kräftige Bass von Onkel Alfred.

Nach wenigen hastigen Schritten stand Hannah in der Küche. Höchste Zeit. Die Wellen schlugen haushoch. Man verstand sein eigenes Wort nicht mehr, so lautstark wurden die Meinungsverschiedenheiten ausgetragen. Tess beteuerte immer wieder, sie habe Pascal beistehen wollen, Pascal warf ihr vor, »mediengeil« zu sein, Wendy und Finn heulten, Marvin schrie, Onkel Alfred brüllte, dass die Wände wackelten, und Josie versuchte vergeblich, die erhitzte Truppe runterzukühlen. Chaos. Das reine Chaos.

Da Hannah keine andere Möglichkeit sah, sich Gehör zu verschaffen, schnappte sie sich einen Pfannenwender und schlug ihn an den größten Topf im Regal. Boooiiiing. Jetzt war Ruhe. Sogar Marvin hörte auf zu schreien.

»Es gibt Streit, deshalb möchte ich mich als Mediatorin anbieten«, verkündete sie.

Schon als Kleinkind hatte Hannah so viele spirituelle Selbsterfahrungsgruppen, Therapiegruppen und Herzensbotschaftsgruppen erlebt, dass sie wusste, was zu tun war.

»Sollten wir nicht lieber erst mal alle eeeiin- und aaauuusatmen?«, fragte Josie.

»Okay, wir atmen«, stimmte Hannah zu, »auf drei: eins, zwei, drei.«

Nur Josie atmete, dafür sehr laut und sehr engagiert. Pascal verdrehte die Augen, Onkel Alfred tippte sich an die Stirn, Tess überprüfte noch schnell in einem Handspiegel, ob ihr Lippenstift möglicherweise verschmiert war. Die Kinder bewarfen einander mit Flaschenkorken.

»Dann schreiten wir jetzt zur Mediation.« Hannah behielt den Pfannenwender in der Hand, für eventuelle Interventionen. »Einer nach dem anderen. Pascal, als Herr des Hauses gebührt dir der Vortritt.«

Das ließ er sich nicht zweimal sagen. Völlig außer sich legte er los, wobei er mit einem Zeigefinger immer wieder in die Richtung von Tess stach, die wie eine lädierte Königin auf einem Stuhl Platz genommen hatte.

»Sie ist meine Freundin, aber sie benimmt sich wie eine hirnlose Schauspielerin, die meine Freundin nur spielt! Ich verstehe nicht, was der geschmacklose Auftritt sollte! Und dann noch aufgebrezelt wie aus Tussihausen!«

»Reicht, stopp«, befahl Hannah. »Onkel Alfred, du als Nächster.«

»Die Kinder haben zwei meiner besten Weingläser zerbrochen«, knurrte er, »da soll der Mensch ruhig bleiben! Das ist doch keine Erziehung, wenn die Kinder den Eltern auf der Nase rumtanzen!«

Hannah bedeutete ihm mit der flachen rechten Hand, dass auch seine Redezeit abgelaufen war.

»Argument vernommen, Gläser werden ersetzt, Josie, du bist dran.«

»Also ich finde, im einundzwanzigsten Jahrhundert weiß man um die Empfindsamkeit kleiner Seelen, da geht man mit Fingerspitzengefühl ran und hält keine rumpeligen Standpauken, bis die Kinder vor lauter Traumata …«

»Verstanden. Wendy? Finn?«

»Ist voll langweilig hier, ich will noch mal in den Keller«, maulte Wendy. Finn krähte nur: »Langweilig!«, und verzog sich schnell unter den Tisch.

»Das Beste zuletzt.« Hannah deutete mit dem Pfannenwender auf Tess. »Süße, mach deinem Herzen Luft.«

Alle schauten gespannt zu Hannahs Freundin. Sie setzte den theatralischen schwarzen Hut ab und fächelte sich damit Kühlung zu, bevor sie zu sprechen begann.

»Ich werde aber brutal ehrlich sein.«

»Nur zu«, nickte Hannah.

»Ich habe das Essen für Marie-Luise gekocht, ich habe Jan-Philipp angerufen, damit er zu deiner Mutter kommt, ich habe fast meinen Job geschmissen und mir ein neues schwarzes Kleid gekauft – wozu wohl? Für Pascal!«

»Stimmt nicht«, giftete er.

»Pascal, du hast es offenbar nicht verstanden«, ging Hannah dazwischen, »dies ist keine Diskussion. Wir hören einander erst einmal nur zu.«

»Ich fühle mich gemobbt«, schluchzte Tess. »Dabei wollte ich nur für Pascal da sein. Und das bisschen Show war doch kein Verbrechen!«

»Ein bisschen weniger Drama bitte«, ätzte Pascal.

Hannah drohte ihm mit dem Pfannenwender. »Tess ist dran.«

»Ja, was soll ich denn noch sagen?« Sie tupfte sich eine Träne aus dem Augenwinkel. »Ich bin, wie ich bin. Man mag mich, oder man mag mich eben nicht.«

»Ich mag dich!«, rief Josie.

»Ich dich auch!«, jubelte Tess.

Schluchzend fielen sie einander in die Arme. Unterdessen hatte sich Onkel Alfred ein Glas Rotwein eingegossen, an dem er hingebungsvoll schnupperte. Jetzt sah er auf.

»Sag mal, Pascal, wer ist diese überspannte junge Dame in Schwarz überhaupt?«

»Meine Freundin. Wobei …« Er schaute fast furchtsam zu Hannah. »Darf ich?«

»Ja, es folgt der offene Austausch.«

Das Verrückte bei diesen simplen Verhaltensregeln bestand darin, dass es deutlich ruhiger zuging, nachdem alle einmal zu Wort gekommen waren. Diese Erfahrung hatte Hannah schon sehr oft gemacht, und nicht nur in diversen Therapiegruppen. Menschen wollen gesehen werden, sagte ihre Mutter immer. Gesehen werden gibt dir ein gutes Gefühl, selbst wenn andere deine Ansichten nicht teilen.

»Ich mag Tess auch«, bekannte Pascal nun. »Den Menschen Tess, die Frau Tess. Doch ihr unreifes Verhalten und ihr Klimbim-Outfit, all das stört mich gewaltig.«

»Jetzt komm mir bitte nicht mit der Das-hat-nichts-mit-dir-zu-tun-Ansprache«, schniefte Tess.

»Versteh doch, es ist mir ernst mit dir.« Pascal bedachte sie mit einem weichen Blick. »Ich kann mir viel mit dir vorstellen. Sehr viel. Sogar Kinder. Doch wenn ich schon Kinder in die Welt setze, dann mit einem Menschen, der meine Werte teilt.«

»Ja, klar, du bist ja auch so was wie ein Chromosomen-Tempel, und der darf nicht entweiht werden«, sagte Tess, die schon wieder viel fröhlicher aussah. »Ich soll also dem heiligen Pascal Kinder schenken?«

»Warte.« Wendy kletterte auf Pascals Schoß und formte ihre Hände zu einem Trichter. »Frag lieber den Weihnachtsmann, ob er dir ein Pony schenkt.«

Alle lachten. Die Atmosphäre hatte sich binnen kürzester Zeit gelockert, wie Hannah aufatmend feststellte. Wer jetzt zufällig vorbeigekommen wäre, hätte angenommen, dass sich eine glückliche Großfamilie zum Mittagessen versammelte. Sogar die chaotische Gemütlichkeit der Küche passte irgendwie dazu. Wenngleich es Hannah hier anfangs kaum ausgehalten hatte, verströmte der hoffnungslos zugestellte, unordentliche Raum auf einmal eine familiäre Behaglichkeit.

»Hiermit lege ich das Zepter nieder«, teilte sie feierlich mit, während sie den Pfannenwender an seinen Platz zurücklegte. »Und jetzt setzen wir uns alle an den Tisch.«

Jeder wirkte froh und erleichtert, dass das Gewitter vorüber war. Josie arrangierte die Frühstücksreste neu, Pascal stellte Gläser auf den Tisch, Tess legte Teller und Besteck auf. Fünf Minuten später saßen alle zufrieden beieinander. Natürlich waren die Konflikte damit noch nicht beigelegt, aber es ging sehr zivilisiert und vergnügt zu.

Onkel Alfred führte Josie in die Grundkenntnisse der Weinverkostung ein, eine Aufgabe, die er mit Inbrunst versah.

»Langsam kosten, ganz langsam«, leitete er sie an. »Und? Wie würden Sie Ihre ersten Geschmackseindrücke beschreiben?«

Josie schlürfte den Wein so vorsichtig, als sei er eine bittere Medizin. Dann lächelte sie anerkennend.

»Schmeckt nach altem Tümpel mit einer Spur Froschlaich. Nein, Spaß, der Wein ist lecker!«

Die Kinder verputzten die Aprikosentarte, sogar Pascal und Tess schienen wieder entspannt miteinander reden zu können. Hannah saß ihnen gegenüber. Merkwürdig. Es war das erste Mal, dass sie die beiden zusammen sah. Als Paar. Wirkten sie harmonisch? Doch, ja, erstaunlicherweise. Waren sie füreinander geschaffen?

Du bist nicht eifersüchtig, du freust dich für Tess und Pascal, sagte Hannah unhörbar eine Art Mantra auf.

Sie wiederholte die Sätze ungefähr zehnmal, so richtig besser ging es ihr danach nicht. Sehnsüchtig schaute sie zu Pascal, mit dem sie eine so innige Verbindung gespürt hatte – schon in der Gerichtsmedizin, und auch danach. Himmel, sie steckte in der schrecklichsten aller Liebesfallen: Verliebt in den Freund der besten Freundin. Wenn das mal keine Katastrophe war.

»Hannah, du warst wunderbar«, sprach Pascal sie an, während er sich ein paar Garnelen auf den Teller lud. »Unser Friedensengel. Wo hast du das denn gelernt?«

»Indien, Kambodscha, Thailand und anderswo«, zählte Hannah auf. »Nicht so wichtig. Ich freue mich, dass es allen gut geht.«

Tess, die sich eine Miniquiche geangelt hatte, prostete ihr zu. »Auf die allerbeste Freundin der Welt! Ich hab's mir übrigens anders überlegt, Süße: Als Erstes ist nicht die Küche dran, sondern das Schlafzimmer. Pascal ist einverstanden, dass wir es ganz neu einrichten. Wie ging das noch mal mit der Liebesecke?«

Hannah wurde über und über rot. Der Auftrag. Den hatte sie fast vergessen in dem Trubel. Und jetzt sollte sie das Schlafzimmer einrichten, in dem Pascal Liebeswonnen erleben würde. Ohne sie. Mit Tess. Das war Psychofolter. Danke, liebes Karma, du kannst mich mal.

»Eine Liebesecke?«, hakte Pascal ein.

»Wie man sich bettet, so liebt man«, ließ Hannah den Klassikerspruch vom Stapel. »Farben, Materialien und Einrichtung eines Schlafzimmers bestimmen wesentlich, was sich darin abspielt.«

»Ach wirklich?«, rief Josie.

»Das ist Schweinkram«, brummte Onkel Alfred.

»Nee, eher so Feng-Shui.« Hannah nahm sich eine Erdbeere und biss hinein. »Die Idee ist eine Partnerschaftsnische, die man symbolisch dekoriert. Nichts Überladenes – nur eine einfache Kommode oder eine Truhe, auf der man alles paarweise arrangiert. Zwei Holzenten zum Beispiel.«

»Schweinkram, sag ich doch«, gab Onkel Alfred seinen Senf dazu.

»Vor allem sollte man Chaos vermeiden. Bügelbretter«, Hannah schaute zu Pascal, »haben da nichts zu suchen. Absolutes Krempelverbot. Keine dunklen Farben, keine wilden Muster, keine überflüssigen Möbelstücke. Je klarer ein Schlafzimmer gestaltet ist, desto ungehinderter fließt die Energie.«

»Darf ich mir das zum Geburtstag wünschen?«, fragte Josie, die aufgedreht am von Onkel Alfred empfohlenen Wein nippte.

»Schenke ich dir, klar«, versicherte Hannah.

»Hach, ist das schön«, seufzte Tess, »jetzt fehlt nur noch dein Dennis, und die Familie wäre komplett.«

Pascal ließ seine Gabel sinken. Er fixierte Hannah mit einem Blick, der ihr durch und durch ging.

»Wer ist Dennis?«

Tess steckte ihm ein Stück Quiche in den Mund und zwinkerte Hannah zu.

»Dennis ist Hannahs Ex. Na ja, eigentlich der Ex-Ex, oder, Hannah? On-and-off-Beziehung, trifft es das?«

Gott, war das peinlich. Tess konnte natürlich nicht ahnen, dass Hannah ihren Beziehungsstatus etwas anders definiert hatte, als Pascal danach fragte. Sie fühlte sich wie eine Hochstaplerin. Was natürlich absurd war, sie schuldete Pascal keine Erklärung. Er war mit Tess zusammen. Dennoch, die Art, wie er sie anschaute, ließ Hannah das Herz in die Hose rutschen. Was sollte sie sagen? Bei ihrer Gabe, alles noch schlimmer zu machen, hielt sie vielleicht besser den Mund?

»Guten Appetit allerseits«, dröhnte eine sonore männliche Stimme durch den Raum.

Alle schauten zur Küchentür. Es war Hauptkommissar Bernstein. Begehrlich inspizierte er die Köstlichkeiten der Familientafel, dann rückte er beflissen seine Dienstmütze gerade.

»Ich störe ja nur ungern, aber wir müssten noch einige erweiternde Aussagen aufnehmen. Herr Doktor Mengersen, Sie und Ihre Freundin müssten noch einmal kurz ins Esszimmer kommen.«

Bitte nicht, bitte nicht, bitte nicht. Hannah war starr vor Schreck. Innerhalb des Bruchteils einer Sekunde brach ihr der Schweiß aus. Und doch geschah es. Direkt vor ihren Augen. Pascal erhob sich, Tess erhob sich. Der Kommissar runzelte die Stirn.

»Nein, nein, nicht die Witwe meine ich«, protestierte er. »Wir müssen vielmehr die Freundin von Herrn Doktor Mengersen sprechen. Seine Verlobte! Frau Bodmer! Wenn ich Sie dann bitten dürfte!«

Tess öffnete die knallroten Lippen, die ein bisschen zitterten.

»Sie ist … Hannah? Warum sagt der so was?«

»Na, weil – Herr Doktor Mengersen – und – Frau Bodmer – heiraten wollen, gnädige Frau«, erklärte Hauptkommissar Bernstein im schleppenden Tonfall für Begriffsstutzige. »Das hat mir der Herr Doktor gestern selber zu Protokoll gegeben.«

Lügen haben kurze Beine, dachte Hannah verzweifelt. Verflixt noch eins! Leider durften sie diese dumme Notlüge nicht einmal in Gegenwart des Beamten aufklären, weil sie sonst wie die letzten unglaubwürdigen Betrüger dastanden. Und dann würde die Mühle wieder von vorn losgehen. Mordverdacht. Endlose Verhöre. Untersuchungshaft.

Tess war nur noch ein Schatten. Sie fühlte sich hintergangen, ihr waidwunder Blick hätte einen Stein gerührt. Unter Tränen trank sie ihr Weinglas auf einen Zug aus und rannte aus der Küche.

»War alles ein bisschen viel für die Witwe, nicht wahr?« Hauptkommissar Bernstein vollführte eine einladende Geste. »So, Sie beiden Turteltauben, dann schreiten wir mal zur Aussage.«

»Nein!«, schrie Hannah.

Ihr war alles egal. Sollte sie doch im Gefängnis schmoren. Es gab jetzt nichts Wichtigeres als Tess. Ihr Stuhl kippte um, als sie aufsprang. Dann rannte sie ihrer Freundin hinterher.

Wie schnell konnte eine Frau laufen, die Highheels trug? Lichtgeschwindigkeit, mindestens, wenn sie den emotionalen Todesstoß von der besten Freundin bekommen hatte. Tess war wie vom Erdboden verschluckt. Hannah flitzte in den Garten, wo noch ein paar Nachzügler picknickten, und weiter auf die Straße. Nichts. Keine Tess. Daraufhin rannte sie wieder zurück, durchs ganze Haus, auf die Veranda, wieder ins Erdgeschoss. Sie platzte sogar in Pascals Verhör, das im Esszimmer stattfand. Nichts. Sie suchte im Garten hinter dem Haus, sie checkte Onkel Alfreds Gartenhäuschen, dessen Tür offen stand. Absolut nichts.

Heftig keuchend, mit Seitenstechen und brennenden Füßen, kehrte sie in die Küche zurück.

»Habt ihr sie gesehen? Hat sie sich gemeldet?«

Hannah blickte in betretene Gesichter. Als sie Tess auf dem Handy anrief, ertönte eine monotone Warteschleifenstimme. Der Teilnehmer sei nicht erreichbar.

Kapitel 10

Hannah sortierte Bettwäsche. Es war die stumpfsinnigste Tätigkeit unter der Sonne, doch sie musste irgendetwas tun, um sich zu beschäftigen. Sonst wäre sie durchgedreht. Hauptkommissar Bernstein hielt sie in der Villa gefangen. Sie dürfe sich nicht vom Fleck rühren, es gebe neue Erkenntnisse, zu denen sie sich in etwa einer halben Stunde äußern solle. Also hockte sie in einem Gästezimmer im ersten Stock, das durch nachlässig aufgebaute Billigmöbel, vertrocknete Topfpflanzen und ein altersschwaches Trampolin bestach, und durchforstete den Wäscheschrank. Das meiste landete auf dem Entsorgungshaufen. Polyesterbettbezüge mit Leopardenmuster. Orangefarbene Jerseybettwäsche. Billiges schwarzes Satinbettzeug, das elektrostatisch aufgeladen zwischen ihren Fingern knisterte.

Immer wieder schweiften ihre Gedanken zu Tess, immer wieder stand ihr das Desaster in der Küche vor Augen. Wenigstens brauchte sie sich keine Sorgen um ihre Mutter zu machen. Marie-Luise Bodmer hatte eine Nachricht gesendet.

Mein Zitronenfalter, ich flattere heute Nachmittag mit Jan-Philipp in den Park. Er schiebt meinen Rollstuhl, gemeinsam lassen wir unsere Gedanken fliegen. Sei mutig, Kleines. Mut ist die schönste Liebesaffäre mit der Ungewissheit. Bis heute Abend, Licht und Liebe

Als die Tür aufging und jemand ins Zimmer tapste, ahnte Hannah schon, wer das war. Doch sie wollte nicht reden. Nur auf diesem wackeligen Bett sitzen, hässliche Bettbezüge sichten und sich selbst verabscheuen. Sie hatte Tess das Schlimmste angetan, was eine beste Freundin nur tun konnte: ihr Vertrauen missbraucht.

Denn auch verschweigen bedeutete lügen. Nie war Hannah das so eindringlich bewusst geworden wie vorhin in der Küche. Von Anfang an hätte sie Tess einweihen müssen, in die Leichen und die Notlüge.

Das Bett schwankte und quietschte, als sich der Jemand neben sie setzte. Pascal, klar. Sie erkannte ihn an den hellblauen Sneakers und einem schwachen Duft nach – Wildleder, Brombeere, Rasierwasser? In jedem Fall war es ein Duft, an dem sie ihn unter Tausenden erkannt hätte. Weil sie Pascal mochte. Und genau das machte alles noch schlimmer: dass sie gegenüber der Polizei nicht nur so getan hatte, als sei sie seine Freundin, sondern dass da tatsächlich Gefühle waren. Gefühle, für die sie sich in Grund und Boden schämte.

»Wir haben Tess furchtbar verletzt«, eröffnete Pascal das Gespräch.

»Ach, echt? Wenn du es jetzt nicht gesagt hättest, wäre es mir gar nicht aufgefallen.«

»Ja, mach mich ruhig fertig.« Er ächzte wie ein Hundertjähriger. »Es ist ganz allein meine Schuld. Schließlich war es meine Idee, dich der Polizei als meine Freundin zu präsentieren.«

Hannah wagte einen kurzen Blick zur Seite. Die Palmen auf rosa Grund leuchteten ihr von seiem T-Shirt entgegen. Sie hätte Pascal das alberne Teil am liebsten vom Leib gerissen und auf den Entsorgungshaufen geschleudert.

»Hannah? Hörst du mir überhaupt zu?«, fragte er. »Ich habe gerade die Schuld auf mich genommen. Es war mein Fehler. Wenn auch mit den besten Absichten.«

»Genau, du warst mein Superheld in der schimmernden Rüstung. Aber das bringt uns Tess auch nicht zurück. Hast du sie inzwischen erreicht?«

»Ihr Handy ist tot. Mausetot.«

»Bitte, Pascal, tu mir einen Gefallen und achte auf deine Wortwahl. Ich habe erst mal genug vom Tod.«

Unverwandt starrte Hannah auf einen besonders scheußlichen Kopfkissenbezug mit schwarzen Flamingos vor dottergelbem Sonnenuntergang. Es ist nicht die Sonne, die untergeht, sondern die Welt, die sich weiterdreht, sagte ihre Mutter immer. Momentan fühlte sich das Leben eher nach Weltuntergang an.

»Weißt du, was mich wirklich ärgert? Du hast das ganz allein entschieden mit dieser Sie-ist-meine-Freundin-Nummer. Jetzt ist nicht nur deine Beziehung in der Tonne gelandet, sondern auch meine Freundschaft mit Tess. Typisch. Männer können so was von kindisch und blöd und mackermäßig dominant sein!«

Aus dem Augenwinkel gewahrte sie, wie sich Pascal zurücklehnte und die Arme im Nacken verschränkte.

»Dann bitte ich stellvertretend für alle kindischen, blöden, mackermäßig dominanten Männer dieser Welt um Entschuldigung.«

Hannah warf ihm den Kissenbezug an den Kopf.

»Und du denkst im Ernst, das reicht? Schlappe Worte? Wo sind die Taten?«

Sie schnellte vom Bett hoch. Pascal ging ihr auf die Nerven. Dieses geschmacklose, unordentliche Zimmer ging ihr auf die Nerven. Ohne beste Freundinnen war das Leben sinnlos. Sie und Tess verstanden einander. Sie vertrauten einander – halt, nein, das mit dem Vertrauen war ja durch, weil diese Flitzpiepe Pascal alles vermasselt hatte. Um ihrer Wut Luft zu machen, gab sie dem Trampolin einen Tritt, woraufhin es kläglich zusammenbrach.

»Soll ich mal unsere Probleme ordnen?«, fragte Pascal kleinlaut.

»Nur zu, Superman, Ordnung ist ja voll dein Ding.«

Er setzte sich auf und kreuzte die Beine. Sein Blick ging ins Leere, seine Brille war etwas beschlagen. Hatte er etwa geweint?

»Das eine Problem besteht darin, dass wir Tess finden müssen. Problem Nummer zwei: Wir müssen ihr Vertrauen zurückgewinnen.«

»Mach doch eine Zeichnung«, schnaubte sie. »Was ist der Plan, Pascal? Was sollen wir tun? Darum geht's!«

Verstimmt kehrte sie ihm den Rücken zu und trat ans Fenster. Unten im Garten werkelte Onkel Alfred herum. Er trug einen hellen Strohhut, in den Händen hielt er eine imposante Heckenschere, mit der er einem Buchsbaum zu Leibe rückte. Hannah öffnete das Fenster. Bis hier oben hörte man das metallische Schnippschnapp der Heckenschere. Ob Onkel Alfred Fräulein Elisabeth vermisste?

Dies war ein trauriger Ort. Auch die Aufräumaktion machte keinen Sinn mehr, jetzt, wo Tess verschwunden war. Hannah hatte ihre sämtlichen Freunde und Bekannten angerufen. Sie hatte auch lange mit ihrer Mutter telefoniert und ihr von dem Eklat erzählt. Dann hatte sie es in der Zahnarztpraxis versucht. Fehlanzeige. Nicht einmal Raffaela wusste, wo ihre Schwester war. Dafür hatte sie Hannah von ihrer neuesten Geschäftsidee vorgeschwärmt: Wimpernzangen für Linkshänder.

»Ich gehe, Pascal. Sag dem Kommissar, dass ich nicht länger auf die Vernehmung warten kann. Ich muss Tess suchen.«

»Wenn du sie findest, sag ihr …«

»Was? Dass sie eine *Tussi* ist?« Mit heftig aufloderndem Zorn drehte sich Hannah zu ihm um. »Wenn du Tess nicht so runtergemacht hättest, dann hätte sie gar nicht erst für möglich gehalten, dass du sie abservierst. Und dass wir beide hinter ihrem Rücken, also, dass wir …«

Er sah sie abwartend an, und Hannah brannten fast die Sicherungen durch, weil sie so viel mehr für ihn empfand, als sie jemals zugegeben hätte.

Zum Glück klopfte es in diesem heiklen Moment an der Tür. Bestimmt Hauptkommissar Bernstein, der sie zum Verhör abholen wollte – womit ihr Aufenthalt in dieser Villa dann endlich beendet sein würde. Die Klinke wurde runtergedrückt, die Tür öffnete sich, und Hannah meinte einen Geist zu sehen.

» – Dennis?«

»Ich hatte Sehnsucht.« Lächelnd ging er auf sie zu und nahm sie in die Arme. »Tess hat mir gesagt, wo du bist.«

»Tess?«, schrien Hannah und Pascal wie aus einem Munde.

»Hast du sie gesehen? Wo ist sie?«, fragte Hannah aufgeregt.

»Keine Ahnung, sie rief mich heute Morgen an.« Dennis trat einen Schritt zurück und musterte Pascal, der in seiner schokobraunen, verbeulten Hose und seinem unsäglichen Palmen-T-Shirt auf dem Bett hockte und an seiner Brille herumruckelte. »Wer ist der denn?«

»Das ist Pascal«, klärte Hannah ihn auf. »Der Freund von Tess.«

»Exfreund«, murmelte Pascal.

»Und das ist Dennis, mein Exmann.«

Pascal blinzelte Hannah vorwurfsvoll an.

»Ex-Exmann, wolltest du wohl sagen.«

So wie er es rüberbrachte, klang es fast aggressiv. Oder etwa – eifersüchtig? Plötzlich brannte die Luft. Wie Kampfhähne fixierten die beiden Männer einander. Äußerlich trennten sie Welten. Dennis trug einen schicken taubenblauen Anzug mit weißem Hemd und lila Seidenkrawatte, seine dunkle Haartolle hatte er modisch zurückgegelt. Umso stärker wirkte der Kontrast zu Pascals Schlunzlook und zu seiner strubbeligen Frisur.

»Schatz, gibt es irgendetwas, was ich wissen sollte?«, fragte Dennis stirnrunzelnd. »Oder wieso gibt mir dieser Komiker das Gefühl, dass ich hier unerwünscht bin?«

»Also eingeladen habe ich Sie nicht gerade«, muffelte Pascal.

»Was soll das denn heißen?«

»Dass das hier mein Haus ist?«

»Ach so.« Dennis kniff die Augen zusammen. »Mein Haus, mein Auto, meine Yacht – ist das alles, was Sie zu bieten haben?«

»Schluss!«, rief Hannah. »Könntet ihr eure Testosteronspiegel bitte woanders vergleichen? Ich habe gerade meine beste Freundin verloren! Tess sitzt irgendwo herum und heult sich die Augen aus! Und ihr habt nichts Besseres zu tun, als eure Egos aufzupumpen?«

»Ich kam in friedlicher Absicht«, erklärte Dennis, wobei er Pascal feindselig anfunkelte.

»Dann werden wir jetzt in ebenso friedlicher Absicht gehen.« Hannah hängte sich bei ihm ein. »Ciao, Pascal. Wenn du mal wieder eine Leiche in deiner Müllbude findest, behalt es für dich. Ich bin komplett bedient.«

»Ach, richtig!« Dennis schlug sich mit der Hand an die Stirn. »Dies ist ja das Haus der mysteriösen Leichen! Gruselig! Im Internet steht, dass der Hausherr persönlich seine Gäste abmurkst. Aber wenn ich mir den Schwachmaten so ansehe, nee, der bucht eher einen Auftragskiller, wenn er jemanden loswerden will.«

Pascal sprang auf. Sein ganzer Körper bebte vor Wut.

»Das nehmen Sie zurück!«

»Ich wüsste nicht, wieso.« Fürsorglich legte Dennis einen Arm um Hannahs Schultern. »Komm, Schatz, wir gehen Kaffee trinken. Du siehst so aus, als ob du einen doppelten Espresso vertragen könntest.«

»Halt! Stopp! Niemand verlässt das Haus!« Die Tür flog auf, und Hauptkommissar Bernstein stampfte ins Zimmer. »Das sind ja hochinteressante Gespräche. Hörte ich gerade das Wort Killer?«

Lauernd blickte er in die Runde. Keiner sagte einen Ton. Daraufhin marschierte der Komissar zu Pascal und baute sich mit durchgedrücktem Rücken vor ihm auf.

»Wie der Zufall so spielt, haben wir soeben erfahren, dass der tote Glatzkopf zwar kein Killer, aber ein mehrfach vorbestrafter Krimineller war. Und, Herr Doktor? Was halten Sie von folgender Theorie: Sie haben ihn beauftragt, die alte Dame umzubringen. Weil sie nämlich sehr wohlhabend war, wie sich herausgestellt hat, und Sie der Alleinerbe sind. Dann hat der Typ Sie mit der Tat erpresst, und deshalb mussten Sie wiederum ihn umbringen.«

»So einen hirnrissigen Schwachsinn habe ich in meinem ganzen Leben noch nicht gehört«, zischte Pascal, der leichenblass geworden war. »Von einem Erbe weiß ich nichts. Und wie sollte ich es übers Herz bringen, sie zu töten? Ich kannte Fräulein Elisabeth, seit ich ein ganz kleiner Junge war!«

»Ist er immer noch, also, ein kleiner Junge«, spottete Dennis.

Hannah gab ihm einen unsanften Stups mit dem Ellenbogen, dann richtete sie das Wort an Hauptkommissar Bernstein.

»Bei allem Respekt vor Ihrer kriminalistischen Kompetenz, doch diese Theorie scheint dann doch weit hergeholt zu sein. Haben Sie denn nicht selber gesehen, wie nahe ihm der Tod von Fräulein Elisabeth ging?«

Ein listiger Ausdruck trat in die Augen des Kommissars.

»Vielleicht ist er ja einfach nur ein begabter Schauspieler? Er hat uns ja auch glaubhaft weisgemacht, Sie seien seine Verlobte.«

»Was?« Dennis stemmte die Fäuste in die Hüften. »Diese Witzfigur? Dein Verlobter?«

Hannah brach der Schweiß aus. Auch das noch. Also war der ganze Freundinnenschwindel aufgeflogen.

Hauptkommissar Bernstein setzte seine Uniformmütze ab,

wischte sich mit dem Jackenärmel über die Stirn und ließ sich schwerfällig in einen ramponierten Sessel fallen, dessen grauer Samtbezug einige Mottenlöcher aufwies.

»Die Falschaussage kam heraus, weil wir inzwischen die angebliche Witwe des männlichen Opfers aufgespürt haben. Mit dem digitalen Gesichtserkennungsprogramm ein Kinderspiel, Fotos waren im Netz ja reichlich vorhanden.«

»Sie haben Tess?« Hannah fiel ein Stein vom Herzen. »Wo ist sie?«

»Therese Becker wird noch im Polizeipräsidium festgehalten. Die Kollegen checken das Handy, um ihre Aussagen zu überprüfen.« Scherzhaft drohte er Pascal mit dem Zeigefinger. »Man weiß bereits, dass Ihr Chatverlauf mit der Dame einige schlüpfrige Details enthält. Und sprechende Fotos.«

»Oho«, feixte Dennis. »Hat der Herr Hausbesitzer etwa pikante Geheimnisse?«

Großer Gott. Bitte jetzt kein Kopfkino. Hannah wurde es ganz mulmig bei dem Gedanken an *schlüpfrige Details*. Pascal, der sich wieder aufs Bett gesetzt hatte, räusperte sich.

»Erstens haben wir ein Datenschutzgesetz, daher verbitte ich mir solche Indiskretionen. Zweitens gebe ich zu, dass ich die Unwahrheit gesagt habe. Frau Bodmer ist nicht meine Freundin. Ich habe das nur behauptet, weil sie von Ihnen als Täterin verdächtigt wurde. Drittens verlange ich Polizeischutz. Wenn das wirklich ein polizeibekannter Krimineller war, heißt das doch, dass die Gefahr noch nicht vorüber ist.«

»Nun mal nicht so dramatisch. Sie sehen zu viele Krimis.« Der Kommissar schlug die Beine übereinander und zog einen Notizblock heraus. »Wenn sich bei Ihnen irgendwelche Kriminellen die Klinke in die Hand geben würden, wären entsprechende Fingerabdrücke oder DNA-Spuren gefunden worden. Doch bisher«, er blätterte in seinem Block, »gibt es weder im Keller noch auf dem Dachboden andere verwertbare Spuren als die von Ihnen, Ihrer Haushälterin, Ihrem Onkel – und von Ihnen, Frau Bodmer.«

»Profis tragen Handschuhe und wissen, wie man keine Spuren hinterlässt«, entgegnete Pascal.

»Ja, aber auch sie niesen, sie schwitzen, sie hinterlassen winzige Hautpartikel.«

»Die Sie in diesem Riesendurcheinander natürlich alle schon gefunden und untersucht haben«, fauchte Hannah. »Wenn das Ihre Ermittlungsstrategie ist, sind Sie in tausend Jahren noch nicht fertig.«

Hauptkommissar Bernstein wollte etwas erwidern, doch Dennis, der sich bisher aus der Diskussion herausgehalten hatte, kam ihm zuvor.

»Ich finde auch, dass Sie erst mal Beweise vorlegen sollten, bevor Sie meine Frau verdächtigen.«

»Exfrau«, sagte Hannah.

»Ex-Exfrau«, ergänzte Pascal.

»Was?« Mit einem Ruck stand Hauptkommissar Bernstein auf und musterte Dennis von oben bis unten. »Das erweitert ja den Kreis der Verdächtigen auf ganz unvorhergesehene Weise. Ihr Name?«

Dennis hob eine Augenbraue. Das hatte er wirklich drauf, dieses mokante Augenbrauenhochziehen, das dem Gegenüber den Eindruck vermittelte, etwas ungeheuer Dämliches gesagt zu haben.

»Verschonen Sie mich doch bitte mit Ihren abstrusen Theorien. Mein Name ist Dennis Wegemann, und den Herrn mit den charmanten Segelohren habe ich erst vor zehn Minuten kennengelernt.«

»Vollspack«, murmelte Pascal. »Lackaffe. Angeber. Krawattenheini.«

»Tut alles nichts zur Sache, Herr Bodmer«, schnarrte der Kommissar, der Pascals Beleidigungen nonchalant überhörte. »Wir werden Sie erkennungsdienstlich behandeln. Ich nehme Sie am besten gleich mit zum Präsidium. Biometrische Fotos, digitalisierbare Fingerabdrücke, das ganze Programm.«

Hannahs Herz puckerte wie verrückt. Vielleicht befand sich Tess noch auf dem Präsidium und es ergab sich die Chance, mit ihr zu reden? Dann könnte Hannah die Missverständnisse aufklären, Tess um Verzeihung bitten und ihr versichern, wie unendlich wichtig sie war. Die allerwichtigste Freundin auf der Welt. Hannahs Bedürfnis, Tess in die Arme zu schließen, war so übermächtig, dass es ihr gar nicht schnell genug gehen konnte mit dem Ausflug zum Präsidium.

»Spitzenidee, Herr Kommissar!« Sie riss die Arme in die Luft. »Phantastisch! Bin dabei! Können wir gleich losfahren?«

Hauptkommissar Bernstein tauschte einen konsternierten Blick mit Dennis.

»Könnte es sein, dass Ihre Frau ein bisschen unter Stimmungsschwankungen leidet?«

»Streichen Sie das bisschen«, antwortete Dennis fröhlich. »Aber gerade das macht sie so unwiderstehlich, nicht wahr?«

»Dumm, dümmer, Dennis«, stöhnte Pascal, was Dennis zu der Bemerkung veranlasste, Pascal habe offensichtlich mit Benjamin Blümchen gepokert und nur die Ohren gewonnen. Womit die beiden eindeutig unter Beweis stellten, dass es nicht bei allen Männern klappte mit dem Erwachsenwerden.

»Also, ich komme auf jeden Fall mit zum Präsidium, weil ich Tess sprechen muss«, stellte Hannah energisch klar.

»Wenn hier jemand mit Tess sprechen wird, dann ich, schließlich bin ich ihr Freund«, trumpfte Pascal auf.

»Exfreund«, grinste Dennis.

»Von mir aus können Sie alle mitkommen«, brummte Hauptkommissar Bernstein. »Ich brauche sowieso noch ein paar Unterschriften.«

Und so zuckelten sie los. Hannah und Dennis gingen vornweg, gefolgt vom tödlich eingeschnappten Pascal und dem streng dreinblickenden Kommissar, der als Aufsichtsperson den Abschluss dieser schrägen Reisegruppe bildete.

Auf der Fahrt wurde wenig gesprochen. Hannah, Dennis und Pascal mussten sich die Rückbank des Wagens teilen, was ungefähr so sinnvoll war, wie einen Hund, eine Katze und eine Maus in denselben Käfig zu sperren. Dennis und Pascal standen schon nach wenigen Sätzen kurz davor, sich gegenseitig an die Gurgel zu gehen, Hannah fühlte sich wie die Maus, die sich schwer in Acht nehmen musste, um nicht aus Versehen von einem der beiden verspeist zu werden.

Als der Fahrer den Wagen auf einen Parkplatz lenkte, hinter dem wie ein eckiger grauer Felsblock das Polizeipräsidium aufragte, sah Hannah, dass eine Frau in einem schwarzen Kleid vor dem Eingang stand. Drei uniformierte Polizisten scharwenzelten um sie herum. Es wurde geplaudert und gelacht. Tess schien erstaunlich guter Laune zu sein, was auch Hannahs Stimmung beträchtlich hob. Sie hatte ein weinendes Wrack erwartet. Doch Tess war vielleicht stärker als gedacht. Ihr Weibchenstyle täuschte. Man musste Tess sozusagen als eine umgekehrte Mogelpackung betrachten: mehr Sein als Schein.

Der Fahrer hatte noch nicht einmal den Motor ausgestellt, als Hannah auch schon die Wagentür aufstieß, hastig ausstieg und in

Richtung Eingang losspurtete. Sie konnte ihr Glück kaum fassen. In ihren schwärzesten Phantasien hatte sie Tess bereits in irgendeinem Flugzeug gewähnt, auf dem Weg in ferne Länder, wo sie wochenlang unerreichbar war.

»Tess, Tess!« Sie ruderte mit den Armen, um auf sich aufmerksam zu machen. »Tess, ich bin's!«

Die Reaktion fiel nicht gerade ermutigend aus. Schon aus ein, zwei Metern Entfernung sah Hannah, wie das Lachen in Tess' Gesicht gefror. Finster zog sie die Augenbrauen zusammen, ihre Lippen wurden schmal.

»Ich bin so froh, dich zu sehen«, japste Hannah trotzdem, als sie völlig außer Atem vor ihr stand. »Bitte, lass mich alles erklären.«

Tess würdigte sie keines Blickes. Stattdessen wandte sie sich mit der Grandezza einer Großherzogin an die Polizisten, drei gut aussehende junge Männer, die sie unverhohlen anhimmelten.

»Darf ich vorstellen, meine Herren? Das ist meine ehemals beste Freundin, die mir den Kerl ausgespannt hat.«

»Krass«, sagte einer der Polizisten, »vergiss sie«, ein anderer.

»Schon geschehen«, säuselte Tess. »Ich habe sogar ihren Namen vergessen. Wie hieß sie noch mal?«

Nun hagelte es lauter Vorschläge, von denen Tusnelda, Bitch und Schlampe noch die netteren waren. Es handelte sich um sehr kreative Hüter des Gesetzes, mit denen sich Tess zu trösten gedachte. Aber auch das war vielleicht nur Fassade. Hannah kannte ihre Freundin. Deshalb nahm sie nicht nur die perfekt zurechtgemachte Diva wahr, den korallenroten Lippenstift, das üppig aufgetragene Rouge, das lockenstabgeprüfte Haar. Hannah sah auch die bläulichen Schatten unter den Augen. Sie sah den bitteren Zug um den Mund, den Anflug von Trauer und Erschöpfung. Tess hatte geweint. Sie war todtraurig und grenzenlos enttäuscht.

»Bitte«, flehte Hannah. »Bügle mich nicht so ab.«

»Warum nicht? Ich bin versorgt.« Tess hauchte einem der Polizisten ein Luftküsschen zu. »Alles schön.«

Ihre selbstbewusste Attitüde geriet allerdings ins Wanken, als nun auch noch Pascal auftauchte. Binnen Sekunden füllten sich ihre Augen mit Tränen, und nun konnte sie ihre Gefühle nicht mehr verbergen.

»Geh weg«, schluchzte sie.

»Ist das der Kerl?«, fragte einer der Polizisten grimmig. »Sollen wir ihm mal ordentlich die Meinung geigen?«

»Fünf Minuten, Tess.« Hannah berührte sie leicht an der Schulter. »Wir sind seit Ewigkeiten befreundet, da habe ich wenigstens fünf Minuten verdient, um mich zu rechtfertigen.«

»Komm schon, das ist nur fair«, kam ihr Dennis zu Hilfe, der ebenfalls am Eingang des Gebäudes erschien.

»Okay.« Tess schaute auf ihre strassglitzernde Armbanduhr. »Der Countdown läuft ab – jetzt.«

Hannah nahm ihre Hand und zog sie ein Stück beiseite zu einer polizeiblau gestrichenen Holzbank, die neben einem Hortensienbeet auf Besucher wartete. Nachdem sie sich gesetzt hatten, brach es aus Hannah heraus wie ein Platzregen. In kurzen, abgehackten Sätzen erzählte sie, wie sie die Leiche auf dem Dachboden gefunden hatte und dann in den fatalen Schlamassel reingeschlittert war. Danach schwieg Tess eine Weile.

»Und?« Hannahs Herz trommelte so heftig gegen die Rippen, dass es fast körperlich wehtat. »Glaubst du mir?«

Nachdenklich zog Tess eine Puderdose aus ihrer Handtasche, was eigentlich immer ein gutes Zeichen war, und rieb sich mit einem Papiertuch die zerlaufene Wimperntusche von den Wangen. Dann schaute sie Hannah forschend in die Augen.

»Na gut, ich glaube dir, ja.« Ihre Finger spielten unruhig mit der Puderdose. »Aber heute ist mir was Schreckliches klar geworden: Für Leute wie dich und Pascal werde ich immer nur die aufgehübschte Doofe sein. Die Tussi mit dem Horizont einer knienden Ameise.«

»Quatsch! Nicht für mich! Das weißt du!«, widersprach Hannah heftig. »Und auch nicht für Pascal!«

»Okay, nicht für dich. Danke. Aber Pascals Ansprache heute, diese Volksrede an die Menschheit, dass ihn meine Klimbim-Outfits stören – hallo? Klimbim-Outfits? –, die hat mich total deprimiert. Auch dass ich einen Mordsspaß hatte, die Journalisten zu vergackeiern, das hat der gar nicht verstanden. Der denkt, ich wäre eine hohle Nuss. Die Dumpfbacke vom Dienst.«

»Hm, so hart würde ich das nicht formulieren«, entgegnete Hannah diplomatisch, »aber kann schon sein, dass er das alles für bare Münze genommen hat.«

»Siehst du? Sag ich doch. Der meint, ich krieg nicht mal den Senf auf die Bratwurst vor lauter Blödheit.« Tess steckte die Puderdose zurück in ihre Handtasche. »Das ist mir schlagartig klar geworden, als Pascal mich so abgekanzelt hat in seiner Küche und der Polizist dann gar nicht für möglich hielt, dass ich seine Freundin sein könnte. Ich kann und will Pascal nicht geben, was er sich von einer Frau wünscht: die unauffällige Klamotte, das dezente Benehmen. Das bin ich nun mal nicht.«

Damit war die Bombe geplatzt. Eine Megabombe. Hannah war nur noch sprachlos.

»Machen wir uns nichts vor«, setzte Tess ihre Bekenntnisse weiter fort, »ich weiß nicht, ob das auf die Dauer gut gehen kann. Pascal ist ein Snob. Der entkalkt wahrscheinlich sogar seine Kaffeemaschine mit italienischem Balsamicoessig. Und manchmal, wenn wir uns unterhalten, dann guckt er so wie: Öh, ich hatte schon interessantere Gespräche mit meinem Wollpulli, was will die mir eigentlich sagen? So langsam geht mir das ziemlich auf den Senkel. Klar, ich finde ihn süß, aber ob er der Richtige ist? Langsam habe ich da meine Zweifel.«

Und da kam er auch schon angelaufen, Pascal, der Volksredner. Mit erhobenen Händen zeigte er auf seine Armbanduhr.

»Die fünf Minuten sind um! Jetzt bin ich dran!«

»Hannah kriegt zehn Minuten!«, rief Tess.

»Das ist unfair«, beschwerte sich Pascal.

»Pech gehabt.« Tess streckte ihm kess die Zunge raus. »Meine Gespräche, meine Regeln.«

Mit hängenden Schultern zog er wieder ab, und die beiden Freundinnen schauten ihm versonnen hinterher. Von hinten wirkten seine Ohren sogar noch größer, fand Hannah.

»Mann, Mann«, seufzte Tess. »Jedes Mal, wenn ich ihn ansehe, frage ich mich: Was wollte die Natur? Und dann finde ich ihn trotzdem süß. Verstehst du? Ich akzeptiere ihn ja auch so, wie er ist.«

»Tust du das?«

Alarmiert drehte sich Tess zu Hannah herum.

»Du musst dich nicht in intellektueller Zurückhaltung üben. Spuck's aus. Was willst du mir sagen?«

»Dein Umerziehungsprogramm.« Mit gesenktem Kopf betrachtete Hannah die schwarzen Highheels mit den Goldtroddeln, die Tess von den Füßen gestreift hatte. »Du willst ihn ja auch anders. Schicker, ordentlicher, kumpelfrei, anders eben. Das Ausmisten ist angebracht, doch wenn ich ehrlich bin: Du kannst bei dem Menschen, mit dem du zusammen sein willst, nur ein paar äußere Korrekturen vornehmen. Im Großen und Ganzen, und vor allem in seinem Wesen, wird er immer so bleiben, wie er ist.«

Jetzt war es Tess, der es die Sprache verschlagen hatte. Aus diesem Dilemma gab es ja auch kein Entkommen. Es sei denn, man übte sich in gnädiger Toleranz. Bei zwei Individualisten wie Tess und Pascal kam das allerdings dem Balanceakt eines Betrunkenen auf dem Hochseil gleich.

Als Hannahs Handy piepste, war sie insgeheim froh darüber. Gespräche dieser Art gingen ganz schön an die Substanz. Sie schaute aufs Display. Ihre Mutter hatte geschrieben.

Kleines, Jan-Philipp und ich haben mal in Tess und dich reinmeditiert. Jetzt schicken wir dir unsere Gedanken, mit strahlenden Energien: Vergiss die Idee, jemand Besseres zu werden. Du bist schon ein Meisterwerk. Du kannst nicht verbessert werden. Du musst das Meisterwerk in dir nur erkennen und leuchten lassen.

»Marie-Luise?« Tess schielte auf das Display. »Oh, hat sie wieder eine ihrer Weisheiten in die Welt entsandt? Lies bitte vor.«

Hannah musste es zweimal vorlesen, so schön fand Tess diese Zeilen. Sie trafen ja auch einen Nerv, so selbstkritisch, wie sich Tess momentan sah.

»Marie-Luise könnte einen eigenen YouTube-Kanal aufmachen«, überlegte Tess laut. »Ehrlich, solche Sätze sind doch der Wahnsinn. Bei YouTube spuken so viele Knalltüten rum, aber Marie-Luise hat wirklich was zu sagen.«

»Stimmt.« Hannah musste schmunzeln. »Außerdem hat sie ja ein gewisses Mitteilungsbedürfnis. Kein Frühstück ohne das Wort zum Sonntag. Ich meine, im Grunde erzählt sie auch nichts anderes als diese ganzen Gurus, die ich bis zu meinem achtzehnten Lebensjahr über mich ergehen lassen musste, doch sie verpackt die Gedanken auf eine Weise, dass sie die Seelen erreichen.«

»Ich werde das mit ihr bereden«, versprach Tess. »Und was machen wir nun mit deiner Aufräumaktion? Abblasen oder durchziehen?«

Noch war nicht alles verloren, fand Hannah. Sicher, Tess begann stark an Pascals Traummannqualitäten zu zweifeln, aber vielleicht rauften sich die beiden ja doch noch zusammen?

»Durchziehen natürlich«, sagte sie deshalb. »Ich drehe ein bisschen an den Stellschrauben, lasse dem Meisterwerk aber seine Schönheit und sein Leuchten.«

»Amen.« Mit dem Kinn deutete Tess auf Pascal, der sich schon wieder näherte, diesmal mit einem Kaffeebecher in der Hand. »Meisterwerk oder nicht, eins steht mal fest: Wäre er ein paar Jahrzehnte früher geboren worden, hätten Dick und Doof zu dritt auftreten können.«

Kapitel 11

Es war weit nach Mitternacht, als Hannah das letzte Zimmer für diesen Tag in Angriff nahm. Seit Stunden kämpfte sie sich durch die Hinterlassenschaften von Dennis' Vater, der seinen Sechziger-Jahre-Bungalow zum Privatmuseum umfunktioniert hatte. Einziges Thema der Ausstellung: sein Leben.

Die Dokumentation war lückenlos. Dazu gehörten Souvenirs aus sämtlichen Urlaubsorten, die der verwitwete Rentner jemals besucht hatte. Ein Klassiker war natürlich die schreibunte, von innen beleuchtete Plastikgondel aus Venedig. Doch auch der innovative Schlüsselanhänger aus Ingolstadt in Form eines gestrickten rosa Schweinchens hatte was. Eine Schneekugel mit einem winzigen Eiffelturm teilte sich das Regalbrett mit etwa zwanzig weiteren gläsernen Exemplaren, in denen unter anderem der Schiefe Turm von Pisa, das Münchner Hofbräuhaus und der Kölner Dom darauf warteten, vom Besitzer in Schneegestöber gehüllt zu werden. Etwa dreißig Wandteller verkündeten handgemalte oder -geschnitzte Botschaften wie: *Gruß aus Lüneburg, Schön ist's im Westerwald, In gutem Andenken an den Brauereiverein Lößnitz* oder *Geklaut in Gelsenkirchen.*

Besucherfreundlich war dieses Museum nicht gerade. Schon nach wenigen Minuten wurde einem schwindelig. Man fühlte sich einfach erschlagen von den vielen bunten Andenkentassen, Andenkenaschenbechern und Andenkenbierhumpen, von den unzähligen Kühlschrankmagneten, Streichholzbriefchen und bedruckten Kugelschreibern, die einem entgegenschrien: Ich! War! Hier!

Der Mensch ist eben immer noch ein Jäger und Sammler, dachte Hannah. In einem alten Jeansoverall und mit einem blau-weiß karierten Tuch über dem Haar versuchte sie, einen einigermaßen klaren Kopf zu behalten in dem Souvenirinferno. Die nächste Generation sammelt weit weniger Schnickschnack dieser Art, überlegte sie. Dafür werden Hunderte Handyfotos fabriziert, die sich kein Mensch je wieder ansieht. Ein paar Highlights landen auf Instagram, der Rest frisst Speichervolumen und gerät in Vergessenheit.

Sie nahm einen Schluck von dem Wasser, das Dennis ihr hingestellt hatte, dann schleppte sie drei zusammengefaltete Umzugskartons in das Schlafzimmer seines verstorbenen Vaters. Seitdem Dennis in eine andere Stadt gezogen war, hatte er ihn kaum noch besucht. Nun musste er von den Hinterlassenschaften Abschied nehmen, und Hannah half ihm dabei.

Im Grunde war sie sogar froh, hier zu sein. Sonst hätte sie den Abend nämlich mit Pascal und Tess verbringen müssen. Dem Gespräch auf der blauen Bank waren – überraschend wie ein Kamel in der Wüste – der Taumel der Versöhnung und der Wunsch nach einer festlichen Begehung dieses Ereignisses gefolgt. Ein Abendessen zu dritt inklusive Weinverkostung. Nette Geste. Und das Letzte, was Hannah in ihrem aufgewühlten Zustand brauchte. Den beiden zuschauen, wie sie turtelten? Die zärtlichen Blicke aushalten, die verstohlenen Küsse? Selbst einen passionierten Masochisten hätte das überfordert.

Das Aufräumen und Ausmisten im Museum der Wunderlichkeiten hatte jedoch noch einen weiteren angenehmen Nebeneffekt: Man konnte ungestört nachdenken. Hannah schwor sowieso, dass ihre Tätigkeit in eine Art meditative Versenkung führe. Wenn sie zügig die Kartons füllte, geriet sie regelrecht in Trance, und dann segelten all die Themen an ihr vorüber, die angeschaut und bearbeitet werden mussten. Dennis Wegemann zum Beispiel, seines Zeichens Handyverkäufer und Frauenvernascher.

Er hatte darauf bestanden, dass Hannah gleich nach seinem Termin im Polizeipräsidium mit ihm zusammen losfuhr. Die Zeit dränge. Er könne sie in seinem Auto mitnehmen, wie praktisch, um ihre Mutter werde sich sicherlich Tess kümmern. Tess hatte sofort zugestimmt, weil sie darauf brannte, das erste Mediationsvideo mit Marie-Luise Bodmer, dem aufgehenden Stern am YouTube-Himmel, zu produzieren.

Tja. Nun stand Hannah in diesem vollgestopften Bungalow, um knapp fünfzig Jahre Sammelleidenschaft zu sichten. Es war eine traurige Pflicht, die dem Wort Trennungsbegleitung eine ganz neue Dimension verlieh. Gemeinsam mit Dennis hatte sie schon die wuchtige Wohnzimmerschrankwand verabschiedet und mit einem gelben Zettel versehen. Ein letztes Mal hatten sie sich in die dick gepolsterten Ohrensessel gesetzt, bevor auch diese Zettelchen erhielten. Die gleiche Zeremonie des Abschieds war dem alten Röhrenfernseher, den Beistelltischchen im Chippendale-Stil und den unechten Perserbrücken widerfahren.

Na los, sprach sie sich Mut zu. Der letzte Raum für heute, danach fällst du wie ein Stein ins Bett. Falte die Kartons auseinander, und auf geht's.

Schlafzimmer gehörten erfahrungsgemäß zu den krempelanfälligsten Räumen einer Behausung. Tagsüber mied man sie, Gäste hatten keinen Zutritt, und im Dunkeln sah man das Elend ja nicht. Licht aus, Krempel weg, so machten es die meisten Leute. Aus dem Auge, aus dem Sinn. Auch in diesem Fall war der Begriff Schlafzimmer eine eher vage Umschreibung für das, was Hannah vorfand. Nur ein recht schmales Doppelbett, das sich in eine Nische am Fenster drückte, erinnerte daran, dass der alte Herr hier tatsächlich geschlafen hatte. Der Rest war eine Mischung aus Werkstatt und Wertstofflager.

Er schien nachtaktiv gewesen zu sein. Drei Tische waren mit kaputten Elektrogeräten bedeckt, neben denen Schraubenzieher, Zangen und allerlei undefinierbare Werkzeuge lagen. Letztlich eine nachhaltige Sache: reparieren statt entsorgen. Nur, dass die auseinandergebauten Toaster, Radios und Staubsauger keineswegs so aussahen, als hätten sie jemals die Chance auf eine Wiederbelebung gehabt. Das alles konnte unbesehen auf dem Recyclinghof landen. Natürlich nur mit dem Segen des Sohnes.

»Dennis? Kommst du bitte mal?«

Hannah lauschte. Seit einer halben Stunde rumorte Dennis ziellos mal hier, mal da in dem Bungalow herum, versank immer wieder in sentimentalen Erinnerungen und hielt sich nicht an eine einzige Vorgabe von Hannahs genialem Ausräumplan.

»Schatz?« Mit seinem strahlendsten Lächeln steckte er den Kopf zur Tür herein. »Ich soll kommen?«

Männer liebten rhetorische Fragen, das hatte Hannah schon öfter festgestellt, und Dennis war ein Virtuose dieser Disziplin. Das kannte sie noch aus ihrer Ehe. Sie bat ihn, den Müll rauszubringen, und er fragte: Ich soll den Müll rausbringen? Sehr erfrischend war auch die Variante gewesen, als sie ihm ihren Heiratsantrag unterbreitet hatte. In der illusorischen Hoffnung, sie könnte ein liebestolles Karnickel zu einem braven Stallhasen umerziehen, hatte sie ihn mit den Worten überrascht: Würdest du mich heiraten? Worauf er sehr gedehnt, sehr zögernd geantwortet hatte: Würde ich das?

»Schau mal, was ich gefunden habe«, sagte er mit bebender Stimme und präsentierte ihr ein vergilbtes Plastiktütchen. »Eine Locke von mir, als ich süße drei war!«

Gerührt von sich selbst sein konnte Dennis wirklich gut. Er hatte bereits eine Träne verdrückt, als im Esszimmerschrank seine Schultüte vom ersten Schultag aufgetaucht war. Vielleicht überspielte er auf diese Weise den Verlust des Vaters. Jeder trauerte anders, und Dennis gehörte nicht zu den Männern, die furchtlos mit ihren Gefühlen umgingen. Hannah schaute pflichtschuldigst in das Tütchen mit den winzigen dunklen Härchen, bevor sie es ihm abnahm und unauffällig in den Entsorgungskarton fallen ließ.

»Wir sollten an einem Strang ziehen, Dennis. Strukturiert vorgehen. Eins nach dem anderen, das ist die Lösung. Dann schaffen wir heute noch das Schlafzimmer und können morgen früh mit dem Keller weitermachen.«

»Hannah. Schatz.« Er strich eine Strähne beiseite, die unter ihrem Kopftuch hervorgerutscht war. »Nicht überall, wo du eine Lösung siehst, war vorher ein Problem. Wir haben Zeit. Wenn wir morgen nicht fertig werden, hängst du einfach noch einen Tag dran.«

Offenbar hatte er es auf einmal gar nicht mehr eilig, obwohl er doch gedrängelt hatte, sie solle auf der Stelle mit ihm ausmisten.

»So einfach ist das nicht, Dennis. Ich musste schon zwei andere Termine verschieben. Und meine Mutter …«

»Die holen wir her! Marie-Luise wird sich über eine kleine Abwechslung freuen!«

Irgendetwas stimmte hier nicht. Dennis war kein Familienmensch. So gern er seine Schwiegersohnnummer vorturnte, so gern zog er sich auch wieder zurück, wenn es ihm zu anstrengend wurde. Stetigkeit und Verantwortung waren Begriffe, die seinem Fremdwortschatz angehörten. Nein, irgendetwas stimmte hier ganz und gar nicht.

»Ist doch schön, wenn dein Aufräumjob mal in der Familie

bleibt«, argumentierte er weiter. »Immer bei fremden Leuten rumstöbern, das muss doch abartig sein. So wie in der Villa von diesem, diesem …«

»Pascal«, ergänzte Hannah, und im selben Moment wusste sie, was die Uhr geschlagen hatte. »Du willst verhindern, dass ich ihn sehe.«

»Ich? Woher denn?« Er klaubte einen Schraubenzieher aus dem Werkzeugdurcheinander und bohrte geistesabwesend ein Loch in einen der Pappkartons. »Den haben sie doch mit der Banane vom Baum gelockt. Also wirklich. Dieses Gesicht mit diesem Satz Ohren auf 'ner Briefmarke, und die Post geht pleite. Im Ernst, Hannah, den Blödmann kann ich nicht für voll nehmen.«

»Jemanden blöd zu nennen lässt dich nicht unbedingt schlauer aussehen«, lächelte sie. »Außerdem musst du nicht eifersüchtig sein, er gehört Tess, für mich kommt er nicht infrage.«

Hannah fand sich selbst ziemlich heldenhaft, wie sie das so sagte. Denn das Bild von Pascal, als er mit seinem Kaffeebecher in der Hand auf sie zugelaufen kam, löste so einiges in ihr aus. Kein Begehren, seltsamerweise. Nur die Sehnsucht, irgendwie in seiner Nähe zu sein. Verrückt. Sie mochte es, wie sinnlich er über Wein sprach. Sie mochte seinen Humor. Sie mochte dieses Einverständnis ohne Worte. Pascal gab ihr das Gefühl, genau richtig zu sein – selbst wenn sie sich stritten. Die Basis stimmte.

»Pascal und Tess, das hält keinen Monat. Die sind viel zu unterschiedlich«, befand Dennis.

»Sagt der Spezialist für monogame Langzeitbeziehungen. Wie lange bist du eigentlich schon wieder verheiratet?«

Die Frage schien ihn kalt zu erwischen. Er legte seine Stirn in Falten und schaute so angestrengt zur Decke, dass Hannah fast nur noch das Weiße in seinen Augen sah.

»Das ist jetzt, lass mal überlegen, zwei Jahre her. Anderthalb.«

»Da kann sich deine Frau ja freuen, dass sie immer pünktlich am Hochzeitstag Blumen bekommt, wenn du dir das so gut merken kannst.«

»Ich glaube, für Sarkasmus muss man sich kürzer fassen«, brummte er.

Hannah beließ es dabei. Lieber widmete sie sich dem Elektroschrott. Sie zog eine Kiste zum ersten Tisch und fegte mit dem Unterarm alles hinein, was sich auf der Tischplatte angesammelt hatte. Dann kam der zweite Tisch dran. Und der dritte. Es ging ruck, zuck. Man musste nur anfangen – ja, anfangen war das Zauberwort. Die meisten Leute kapitulierten vor der schieren Fülle ihres Sammelsuriums und ließen es deshalb gleich bleiben, überhaupt irgendwo anzufangen.

»Jedenfalls sind wir sehr glücklich, Sandra und ich«, sagte Dennis ins Blaue hinein, obwohl Hannah gar nicht danach gefragt hatte.

»Schön.«

»Die totale Harmonie.«

»Hmm«, machte Hannah und öffnete den Kleiderschrank. »Freu mich für dich.«

Nacheinander holte sie Anzüge, Oberhemden und Wäsche aus dem Schrank, um sie in einen leeren Karton zu befördern. Aussortieren war nicht nötig. Im Gegensatz zu seinem Sohn hatte der Vater nicht viel Wert auf ein apartes Styling gelegt. Hannah schaute zu Dennis, der sich auf dem Bett ausgestreckt hatte und an den Knöpfen eines defekten Transistorradios herumdrehte. Selbst in Hemdsärmeln sah er noch gut aus, das musste man ihm lassen. Beunruhigend gut für einen verheirateten Mann.

»Was …« In seinen Augen flammte etwas auf, das Hannah nur zu gut kannte. »Gefällt dir, was du siehst?«

»Ich hoffe nur, dass es auch deiner Frau gefällt.«

»*Du* gefällst mir.«

Er stützte einen Ellenbogen auf und betrachtete sie mit dem spannungsgeladenen Interesse eines Mannes, der eine Frau zum allerersten Mal sah und seine Chancen abschätzte. Langsame Wimpernschläge. Fragende Augen. Blicke, die ihren Körper entlangglitten. Hannah erschauerte.

»Weißt du, es ist wie bei einem guten Wein«, philosophierte er mit einem kleinen Augenzwinkern. »Manchmal braucht man ein zweites Glas, weil man das erste gar nicht richtig genossen hat.«

»Ach, ich bin also eine Weinflasche für dich? Besten Dank auch.«

»Wenn man es so formuliert, klingt es natürlich dämlich.« Er lachte verschmitzt. »Als wir verheiratet waren, konnte ich dich gar nicht gebührend genießen, so meine ich das. Erst jetzt wird mir klar, dass ich einen Riesenfehler begangen habe.«

»Mehrere Riesenfehler«, merkte Hannah trocken an.

»Ich war zu durstig, deshalb wollte ich andere Sorten probieren.«, schmückte er seine Weinmetapher weiter aus. »Du bist besonders, Hannah. Einzigartig. Es gibt keine zweite wie dich.«

Bevor er sich weiter in seinen Lobreden erging, zog Hannah lieber die Notbremse. Sie hatte ihm schon viel zu lange zugehört.

»Muss ich mir etwa Gedanken um deine Ehe machen?«

Das war eine kalte Dusche, und sie verfehlte keineswegs ihre Wirkung. Dennis zuckte ein wenig zusammen. Mit einer Hand formte er seine dunkle Haartolle zu einer Welle, die ihm dekorativ in die Stirn fiel.

»Keine Sorge, wir verstehen uns blendend. In jeder Hinsicht. Wir sind glücklich so weit.«

Dann stutzte er. Als sei ihm gerade erst eingefallen, dass dieses

Glück keineswegs Treue einschloss und dass Hannah dies nur zu gut wusste.

»Mit uns beiden, das ist natürlich etwas anderes«, schob er eine Erklärung hinterher. »Das zählt nicht als Seitensprung. Ich meine, schließlich waren wir mal verheiratet.«

Unfassbar, wie sich dieser Mann die Wirklichkeit auf Dennis-Format zurechtbog. Wäre es nicht so schuftig gewesen, man hätte ihn fast bewundern müssen für seine moralische Geschmeidigkeit.

Hannah hatte das deutliche Gefühl, dass ein Themenwechsel angebracht war. Unaufhaltsam baute sich die wohlbekannte Spannung zwischen ihnen auf. Dieses irre Flirren, das die Denktätigkeit außer Kraft setzte und so endete, wie es immer endete: mit etwas, was sie sofort danach bereuen würde. Selbst wenn sie den Rat ihrer Mutter beherzigte und Dennis als Spaßmann betrachtete, so war er immerhin ein verheirateter Spaßmann. In dieser Hinsicht kannte Hannah keine Kompromisse: Verheiratete Männer waren für sie tabu.

Hannah Chaos-Queen Bodmer, flüsterte ihre innere Stimme, hast du die Suppe der Weisheit mit der Gabel gegessen? Ist dir eigentlich bewusst, dass du wie ein Schulmädchen für Pascal schwärmst? Und parallel darüber nachdenkst, dass du leider nicht mit deinem Ex schlafen darfst, weil du damit die weibliche Solidarität verraten würdest?

Immerhin hatte Hannah den Anstand, bis unter die Haarwurzeln zu erröten. Dann brauchte sie ungefähr zehn Sekunden, bis es ihr gelang, ihren Herzschlag zu normalisieren. Es war die absolute Konfusion. Eine Frau zwischen zwei Männern, die beide nicht infrage kamen. War das ihr Beziehungstyp? Die unmöglichen Männer?

»Sag mal«, sie nahm das Gehäuse eines entkernten Weckers in

die Hand, »wann kommt denn eigentlich Sandra vorbei, deine Frau? Sie ist doch mitgekommen und wartet im Hotel, oder? Wollte sie uns nicht längst etwas zu essen bringen?«

Er schaute auf seine Uhr. Das heißt, er schaute auf sein nacktes Handgelenk unter den aufgekrempelten Hemdsärmeln, denn seinen eleganten Chronometer hatte er vor dem Aufräumen im Badezimmer deponiert.

»Ach ja, Sandra. Sie wurde noch aufgehalten. Wir könnten Pizza bestellen, so wie früher. Weißt du noch?«

So wie früher. Das nostalgische Stichwort aller in die Jahre gekommenen Paare. Nur, dass sie kein Paar mehr waren.

»Du könntest sie anrufen.«

»Ja, könnte ich. Aber dann fühlt sie sich vielleicht kontrolliert. Wir führen unsere Ehe nach dem Motto: perfekter Halt, ohne zu kleben.«

War es anfänglich nur eine Spur Irritation gewesen, die sich in Hannah regte, so wuchs sich diese Irritation langsam zu solider Skepsis aus. Dennis sprach auffallend wenig über seine Sandra. Existierte sie überhaupt?

»Habt ihr nach eurer Hochzeit eine schöne Wohnung gefunden?«, tastete sie sich behutsam weiter an die real existierenden Tatsachen heran.

»Ist bisschen weiter raus, im Grünen«, wich Dennis aus.

»Was arbeitet Sandra denn so?«

Das altertümliche Radio verlor einen Knopf. Dennis wirkte ganz schön nervös für einen glücklich verheirateten Mann.

»Mal dies, mal das«, behauptete er. »Eigentlich ist sie Sekretärin. Chefsekretärin. Oder eher Chefin. Personalchefin.«

Es wurde immer interessanter.

»Klingt nach einer vielseitigen beruflichen Tätigkeit.« In Hannahs Zwerchfell kitzelte es. Nicht lachen, ermahnte sie sich. »Hast du ein Foto von ihr?«

»Ähm, ja, natürlich. Viele Fotos.«

Dennis zog sein Smartphone aus der Hosentasche und begann, hastig darauf herumzuwischen. Er brauchte auffällig lange, um in der reichen Auswahl seiner *vielen Fotos* ein vorzeigbares zu finden.

Währenddessen leerte Hannah die Nachttischschublade. Unter diversen Tablettenpackungen, Lesebrillen, Papiertaschentuchpackungen und Rheumasalbentuben entdeckte sie eine zerfledderte Zeitschrift. Mit wenig Text und vielen textilfreien Fotos, die dem einsamen alten Herrn sicherlich manche süße Minute beschert hatten. Auch das gehörte zu den Begleiterscheinungen einer Wohnungsauflösung: Man erfuhr Dinge über die Eltern, die man lieber nicht erfahren hätte. Hannah versenkte die Zeitschrift diskret in einem Kleiderkarton. Vielleicht würden die Fotos dem anonymen Finder ebenfalls süße Minuten bereiten.

Auch Dennis hatte Fotos gefunden. Zumindest eines. Er stand vom Bett auf und hielt Hannah das Handydisplay vor die Nase.

»Bitte schön. Das Foto ist schon ein bisschen älter, aber darauf ist Sandra sehr gut getroffen, finde ich.«

Wer auch immer die hübsche blonde Frau war, die in die Kamera gelächelt hatte, dies war ein typisches Profilfoto. So künstlich und gezwungen wie das Profilfoto von Pascal, das Tess ihr gezeigt hatte.

»Richtig aus dem Leben gegriffen«, amüsierte sich Hannah. »Hast du noch mehr davon?«

Verlegen steckte er das Handy wieder ein.

»Okay.« Sie hakte die Daumen in die Gürtelschlaufen ihres Jeansoveralls. »Dass du mich beschwindelst, überrascht mich nicht. Geschenkt. Die Frage ist nur: Warum tust du das? Wieso erfindest du eine Ehefrau, die es nie gab?«

Das Klingeln ihres Handys ersparte Dennis die Peinlichkeit einer Antwort. Hannah schaute aufs Display. Pascal. An ihren Schläfen begann es zu prickeln. War das nun ein gutes oder ein schlechtes Zeichen, dass er anrief? Ihre Neugier siegte, und sie tippte auf das grüne Symbol.

»Hallo? Pascal? Ist was passiert?«

Zunächst hörte man nur Musikgedudel und lautes Stimmengewirr. Dann die Stimme von Pascal, heiser, aufgekratzt.

»Hannnaaaah …«

Oha. Sie warf einen Blick auf den einzigen intakten Wecker des Schlafzimmers. Viertel vor eins. Kein gutes Zeichen. Nachts betrunken anrufen, so was tat man nur, wenn Gefühle im Spiel waren.

»Feierst du mit deinen Kumpels?«

»Weinverkostung.« Er lachte etwas unkontrolliert. »Nicht nur Robin, Moritz und Anton, sondern die ganz große Feierclique. Wir haben einen unwiderstehlichen Bioburgunder im Glas, voller Körper, süße Frucht, du würdest ihn lieben, und die Geschmacksknospen deiner Zunge würden ausflippen.«

Seine Worte gruben sich ein wie kleine Brausepulversprengsätze. Das Prickeln an Hannahs Schläfen verstärkte sich. Unterdessen musste sie den Anblick von Dennis ertragen, der ihr wild fuchtelnd zu verstehen gab, sie solle sofort auflegen. Als sie weitersprach, vermied sie es, in seine Richtung zu sehen.

»Kann es sein, dass du ein klitzekleines bisschen zu viel getrunken hast?«

»Nö. Schon mein Urgroßvater hat unseren Stammbaum mit Rotwein gegossen.«

Auf einmal verspürte Hannah die unsinnige Lust, bei ihm in der verkramten Küche zu sitzen, stundenlang zu reden und ihn alles zu fragen, was sie auf dem Herzen hatte. Zum Beispiel, was das für eine Familie war, aus der er stammte. Welche Geschichten sich in der Villa zugetragen hatten. Die Geheimnisse von Fräulein Elisabeth. Das Vorleben von Onkel Alfred, der eigentlich Hans-Werner hieß.

»Pascal, wir können morgen reden, ja?«

»Nein, jetzt«, insistierte er trotzig wie ein kleiner Junge. »Du haust mich total um. Dauernd muss ich an dich denken. Auch meine Jungs schwärmen wie irre von dir. Kein Wunder. Du bist warmherzig und schlau und superhübsch. Du bist toll, Hannah.«

Es klang wie tollllllll. Er hatte wirklich einen im Tee.

»Danke, aber ich vertrete eine klare Haltung zum Thema Monogamie.«

»Finde ich klasse, ehrlich.«

Unterdessen hatte Dennis seine Taktik geändert. Sanft zog er Hannah das Kopftuch von den Haaren und strich mit den Fingerspitzen über ihren Scheitel. Dazu erzählten seine Augen eine leidenschaftliche Geschichte, deren Ende er vorwegnahm, indem er seine Hand südwärts wandern ließ. Über ihren Nacken. Ihren Rücken.

»Pascal? Ich rufe dich morgen an, einverstanden?«

»Halt, warte.« Ein leichtes Gluckern verriet, dass er einen Schluck Wein nahm. »Ich wollte mich bedanken, hicks, weil du heute für mich da warst. Dass du meine Hand gehalten hast.«

Die Hand von Dennis erreichte soeben Hannahs Po.

»Das war mir wichtig«, versicherte Hannah.

»Wie lange bleibst'n du weg? Oder besser gesagt: Wann kommst'n du wieder? Es ist hier total unordent…«

Ein reißendes Rascheln und ein dumpfer Schlag verrieten, dass Pascal das Handy aus der Hand gefallen war. Eine Sekunde später meldete sich eine Stimme, die etwas jünger und sehr viel nüchterner klang.

»Ist da die Freundin von Pascal? Tess?«

»*Eine* Freundin, nicht *die* Freundin. Hier ist Hannah.«

»Oh, schön, hi, Hannah, Robin hier. Jedenfalls steht Pascal auf dich. Wollte ich dir nur sagen, falls er nicht mehr dazu gekommen ist. Wir bringen ihn jetzt ins Bett. Schönen Abend noch, ciao.«

Hannah stand da wie vom Donner gerührt. Das ging nicht. Das gehörte sich nicht. Pascal konnte nicht tagsüber in Tess verliebt sein und nachts Telefonate führen, in denen er seine Schwäche für eine andere Frau eingestand.

»Hat er endlich aufgelegt?«, erkundigte sich Dennis, der inzwischen dazu übergegangen war, ihren Nacken zu küssen.

Sie hatte es nicht einmal bemerkt. So weit war es also schon gekommen.

»Dennis, entschuldige bitte, könntest du vielleicht damit aufhören?«

Er ließ von ihr ab, und sein erhitztes Gesicht tauchte vor ihr auf.

»Wieso? Hast du es nicht genossen?«

»Du musst mir jetzt die Wahrheit sagen: Bist du verheiratet, liiert, gebunden – oder nicht?«

Unangenehm berührt verschränkte er die Arme. Dann schaute er sie treuherzig an.

»Sandra und ich, wir machen gerade eine kleine Beziehungspause.«

»Wie klein?« Sie wartete. »Dennis, gibt es eine Frau, die dich liebt?«

Damit brachte sie ihn aus der Fassung. Aufstöhnend setzte er sich aufs Bett, nahm den Kopf in die Hände und bog seinen Oberkörper rhythmisch vor und zurück.

»Es ist aus. Wir haben uns getrennt. Verheiratet waren wir auch nicht. Ich wollte nur verhindern, dass du dir irgendwelche Hoffnungen machst, deshalb habe ich erzählt, ich hätte eine neue Frau. Zurzeit gibt es nichts Festes. Und komm mir bloß nicht mit Liebe.«

»Ich erkläre dir später, was das ist. Mir geht es nur um klare Verhältnisse.«

Was hast du vor?, flüsterte ihre innere Stimme. Dass Dennis jemals in seinem Leben so etwas wie klare Verhältnisse schafft, ist in etwa so wahrscheinlich wie die Einladung zu einer Pyjamaparty im Vatikan. Er ist ein Traumtänzer und ein Liebesjongleur. Menschen ändern sich nicht. Nimm ihn, wie er ist, oder kleb ihm einen gelben Zettel auf den Rücken, gib ihm einen Klaps auf den Po und verabschiede ihn in aller Freundlichkeit und Güte.

Klang einleuchtend. Irgendwer musste ja in diesem Gefühlschaos die Rolle des Erwachsenen übernehmen, und es sah ganz danach aus, dass ihr diese Rolle zugedacht war. Sie hob das Kopftuch auf, das auf dem abgetretenen grau-braun gemusterten Teppichboden lag, und setzte sich zu Dennis aufs Bett.

»Schmollst du?«

»Du bist eine Prinzipienreiterin«, murrte er. »Du hast einen regelrechten Ordnungsfimmel. Alles muss immer nett übersichtlich sein. Wenn du Kinder hättest, würdest du sogar die auf DIN A4 falten. Doch das Leben ist eben unordentlich. So wie die Liebe, von der ich ja deiner Meinung nach nicht mal weiß, was das ist.«

Hannah betrachtete die uralte Porzellandeckenlampe, die vergilbten Gardinen, die noch aus den Siebzigern stammen mussten, die vielen Familienfotos an der Wand. Es waren Relikte einer Generation, die das Für-immer für völlig selbstverständlich gehalten hatte. Man blieb den Gegenständen so treu wie den Partnern. Jetzt war die Generation Mal-sehen am Start, und Dennis gehörte zu den Paradebeispielen dieser Einstellung.

»Es geht nicht um Ordnung«, sagte sie mehr zu sich selber als zu ihm. »Aufräumen hat eine therapeutische Funktion. Im Chaos fühlen wir uns ausgeliefert. Ordnung schaffen bedeutet, bewusst eine Wahl zu treffen, sich eine Struktur zu geben. Darin kann man sich dann selbstbestimmt fühlen.«

Ein verständnisloser Blick aus großen Augen traf sie. Dann legte Dennis beide Arme um ihren Nacken.

»Jetzt mal Klartext: Willst du nun mit mir schlafen, oder nicht?«

Jo. Dennis war eben Dennis.

»Schatz«, lächelte er, »ich bin nicht geschaffen für die Ehe. Du weißt gar nicht, wie schlimm es ist, jede Nacht neben jemandem zu liegen, der schnarcht.«

»Oh, Sandra schnarcht?«

»Nein, du.«

»Scheusal!«

Sie fingen an zu rangeln. Kopfkissen flogen hin und her, und sie lachten wieder, ausgelassen wie Kleinkinder und erotisiert wie Erwachsene. Er nahm sie in den Schwitzkasten. Sie kniff ihn in den Arm. Es war alles spielerisch, ohne große Gefühle, die aus dem Backstagebereich zuschauten, und der letzte klare Gedanke, den Hannah fassen konnte, bestand aus der Erkenntnis, dass Unordnung etwas wunderbar Befreiendes an sich hatte. Vor allem dann, wenn man sich einen anderen Mann aus dem Kopf schlagen muss.

Kapitel 12

Fast fühlte es sich schon wie Nach-Hause-Kommen an, als Hannah zwei Tage später das Gartentor öffnete, um die Villa samt ihrem Hausherrn mit einer weiteren Clearing-Session zu beglücken. Beides hatte sie vermisst: die Villa wie den Hausherrn. Umso mehr genoss sie den Anblick des Efeus an dem weißen Gemäuer und die Saxophonklänge, die ihr entgegenwehten. Es war eine melancholische Melodie. Ob das etwas über Pascals seelische Verfassung aussagte? Oder sollte sie von ihrem Karma daran erinnert werden, dass in diesem Haus zwei Morde geschehen waren?

Zwei Tage lang hatte sie mit Dennis den Bungalow ausgeräumt. Zwischendurch hatten sie Pizza bestellt und miteinander »gespielt«. Auf diesen Wortlaut hatten sie sich geeinigt. Andere Leute hatten Affären, sie spielten eben. Hannah mochte den Ausdruck.

Es war eine Auszeit gewesen, auch vom Schatten des Todes, der sie hier streifte. Nur einmal hatte Hauptkommissar Bernstein angerufen und sie zu einem weiteren Gespräch gebeten, da man mittlerweile einen Profiler hinzugezogen habe. Offenbar ging es nicht voran mit den Ermittlungen. Der Mörder lief also noch frei herum, und nach wie vor gehörte Hannah zumindest vage zum Kreis der Verdächtigen. Theoretisch. Aber wie sie den Hauptkommissar kannte, konnte der ziemlich praktisch werden.

Sie sog tief die kühle Luft ein. Es war später Nachmittag. Man spürte schon den Herbst, obwohl der Kalender noch Sommer anzeigte. Die ersten Blätter färbten sich braun, und die Gerüche des Gartens wurden erdiger. Auch Hannah trug so etwas wie ein herbstliches Gefühl in sich. Noch zwei, drei Treffen, dann war ihre

Aufgabe in der Villa erledigt. Weiterhin mit Pascal befreundet zu bleiben verbot sich aus naheliegenden Gründen. Leider. Hannah wurde wehmütig bei dem Gedanken, dass sie ihn dann seltener sehen würde.

Sieh es dramafrei, Hannah, redete sie sich gut zu. Du machst deinen Job, danach schließt du das Kapitel Pascal ab. Man muss nicht alles haben, was einem gefällt, sagte ihre Mutter immer, es kommt die Zeit, in der Dinge und Menschen ihren Reiz verlieren. Diese Weisheit schützte Hannah vor Spontankäufen, und sie ließ sich auch hervorragend auf emotionale Komplikationen übertragen. Davon gab es ja reichlich.

Hannahs Handy klingelte. Es war Tess. Als hätte sie Hannahs Gedanken gespürt.

»Hi Süße, wie war's mit Dennis?«

»Abendfüllend. Und bei dir? Alles gut?«

»Ja, alles super. Ich gehe heute Abend auf eine Party. Tolle Location, tolle Leute, freu mich total.«

»Du gehst aber mit Pascal hin, oder?«

Eine winzige Pause ließ Hannah hellhörig werden. Danach sprach Tess in auffallend hektischem Tempo weiter.

»Nee, ohne Pascal. Der würde die Party nur blöd finden. Ist eine Cocktailparty, und er kann Cocktails auf den Tod nicht ausstehen.«

Was Hannah ja bereits wusste.

»Weißt du, was ich manchmal denke, Hannah? Eine Frau wie du würde viel besser zu ihm passen. Also, versteh mich jetzt bitte nicht falsch – ich spreche nicht von dir, aber von einer Frau, die so ist wie du. Weniger aufgedreht als ich. Der natürliche Typ eben.«

Wow. Hannah wusste nicht, was sie sagen sollte. Sie hätte beteuern können, dass sie nicht im Geringsten an Pascal interessiert sei, doch damit hätte sie ihre Freundschaft zu Tess gleich mit der nächsten Lüge belastet. Besser, sie enthielt sich jeden Kommentars. Vermutlich ahnte Tess, dass es da so gewisse Schwingungen zwischen Pascal und ihrer Freundin gab, thematisierte das aber genauso wenig.

»Ciao, Süße, muss Schluss machen«, verabschiedete sich Tess und ließ Hannah ziemlich durcheinander zurück.

Eine Frau wie du würde viel besser zu ihm passen. So ein Satz aus Tess' Mund! Aber es war sinnlos. Pascal hatte sich nun mal in den Kopf gesetzt, dass Tess die Frau seiner Träume war, und Hannah würde einen Teufel tun und daran rütteln. Das tat man einfach nicht. Auch sein beschwipstes Telefonat würde sie heute mit keiner Silbe erwähnen. Ohnehin hatten sie einander danach nicht mehr angerufen. Vergeben und vergessen. Ein weinseliger Abend, die Anfeuerungsrufe seiner Kumpels, ein bisschen Übermut, und schon unterlief einem halt ein kleiner Ausrutscher.

Hannah hatte lange darüber nachgedacht, mittlerweile Verständnis dafür und ihre Gefühle wieder im Griff. Vor allem Letzteres. Ausmisten, Hannah!

Heute war Pascals Arbeitszimmer an der Reihe – ein Zettelgrab vor dem Herrn, in dem Papiere, Akten und ungeöffnete Briefumschläge durcheinanderflogen, als sei das Wort Büroorganisation noch gar nicht erfunden worden. Ohne Eile schlenderte sie an den Jasminbüschen entlang, während ihre Augen nach dem Eichhörnchen suchten. Hannah hatte Nüsse dabei, aus dem veganen Imbiss. Salzfrei, zuckerfrei, glutenfrei, kokosölfrei, mit einem Wort: naturbelassen. Konzentriert suchte sie die Baumwipfel ab, über denen dunkle Wolken aufzogen.

Das sah nicht gut aus. Nach den sonnigen Sommerwochen war ein Wetterumschwung vorhergesagt worden: Gewitter, Starkregen, vielleicht sogar Sturm. Die ersten Tropfen fielen schon. Sie zog die

Kapuze ihrer dunkelblauen Jacke über den Kopf und spähte erneut nach oben. Das Eichhörnchen ließ sich nicht blicken. Also ging sie in die Hocke, verteilte die Nüsse zwischen dem Wurzelwerk einer gewaltigen Eiche und wünschte schon mal guten Appetit.

»Was machen Sie hier?«, brüllte plötzlich eine Männerstimme.

Hannah fuhr zusammen. Pascal war das nicht. Als sie sich aufrichtete, stand wie aus dem Nichts Onkel Alfred hinter ihr. Mit seinen drohend erhobenen Händen umklammerte er die Heckenschere, sein Gesicht war zu einer furchterregenden Grimasse verzerrt.

»Onkel Alfred!«, rief sie erschrocken. »Nicht! Ich bin's! Hannah!«

»Was?« Er ließ die Heckenschere sinken und musterte sie erstaunt. »Ach, Mädel, du bist das? Hab dich gar nicht erkannt mit der Kapuze.«

»Wolltest du mir etwa eins überziehen?«

»Na ja, hier stehen dauernd fremde Leute im Garten. Seit die Polizei da war, ist das wie im Zoo.« Er hob eine Fast-Food-Verpackung auf, die im Gras lag, und stopfte sie in die Tasche seines grauen Lodenmantels. »Dann werfen sie uns auch noch den Müll vor die Füße. Die sind doch alle verrückt. Was denken die sich? Dies ist ein Privatgrundstück!«

Da hatte Onkel Alfred zweifellos recht. Wegen der Morde betrachteten manche Leute die Villa als Erlebnispark. Dass sie dann einfach in den Garten trampelten, gehörte selbstverständlich dazu.

»Und sonst?«, fragte Hannah. »Alles in Ordnung?«

Sein grauer Schnauzbart hüpfte auf und nieder, als er weitersprach. Onkel Alfred hätte man in jeder Kinderserie unterbringen können. Er war der gemütvolle Onkel aus dem Bilderbuch, auch wenn er ziemlich ungemütlich werden konnte, wie Hannah nun wusste. Was sie verwunderte, war die Tatsache, dass er neulich in der Fitnessrumpelkammer ein wenig benommen, fast dement gewirkt hatte. Mittlerweile sprach er wieder ganz normal und schien im Vollbesitz seiner geistigen Kräfte zu sein.

»Den Wetterumschwung fühle ich schon seit gestern«, beschwerte er sich. »Dann zwickt die Arthritis besonders arg.«

»Tut mir leid.« Sie schaute noch einmal in das wettergebräunte Gesicht, das sich wieder geglättet hatte. »Dann einen schönen Tag noch, Onkel Alfred.«

»Sieh mal zu, dass du dem Jungen beibringst, wie man einen Haushalt führt. Die Liese konnte ja nicht mehr, wie sie wollte. Und der Pascal, der weiß es nicht besser.«

Fräulein Elisabeth, möge ihre Seele Ruhe finden, dachte Hannah beklommen.

»Versprochen. Ich tu mein Bestes.«

»Gut, gut.« Unschlüssig drehte er am obersten Knopf seines Lodenmantels. »Wenn du willst, komm doch nachher auf ein Glas in mein Gartenhäuschen.«

»Das ist aber nett. Danke schön.«

»Keine Ursache.«

Er hatte sich schon umgedreht und trottete am Haus vorbei zum hinteren Teil des Gartens. Wieder ging Hannah durch den Kopf, dass dieser schrullige Onkel nun Pascals einzige erreichbare Familie war. Oder nicht? Heute würde sie Pascal mal nach seiner Familiengeschichte befragen. Da kam bestimmt einiges zutage, was erklärte, wie er zu dem sehr speziellen Mann geworden war, den sie kannte.

»Hannah! Hey!«

Leichtfüßig sprang Pascal die Treppenstufen herunter, das baumelnde Saxophon um den Hals, genauso wie bei ihrer frostigen ersten Begegnung. Erstaunlich genug, trug er eine ganz normale eng geschnittene Jeans und dazu ein anthrazitfarbenes T-Shirt ohne den kleinsten Aufdruck. Das Haar war gekämmt, der Bart gestutzt. Entweder wirkte ihr Coaching nach, oder Tess hatte ihn zu einem Umstyling überredet. Hannah ertappte sich dabei, dass sie die Palmen und SpongeBobs auf dem T-Shirt vermisste. Irgendwie hatten sie zu Pascal gepasst.

So. Und nun hieß es Sicherheitsabstand halten. Vorsichtshalber. Sie versuchte, eine Umarmung zu vermeiden, indem sie ihm die rechte Hand entgegenstreckte. Eine Vorsichtsmaßnahme, die gründlich danebenging. Mit den Worten »Na, endlich« zog er sie einfach an sich, drückte sie mehrmals und ließ sie erst wieder los, als Hannah demonstrativ loshüstelte. Dann begann er von der Weinlieferung zu schwärmen, die am Morgen aus Frankreich eingetroffen war. Ein Spitzenwein, eine absolute Rarität.

»Flüssiger Bernstein, Hannah!«

Ausführlich erging er sich nun über Tannine, Saccharine, Hefen und Phenole, die einem Wein das unverwechselbare Geschmacksspektrum verliehen.

»Wusstest du, dass der Weinbau schon vor sechstausend Jahren erfunden wurde?«

Nein, wusste sie nicht.

»Und, noch krasser: In Georgien, nicht in Frankreich steht die Wiege des Weins. Aber jetzt kommt das Beste: René, mein französischer Lieblingswinzer, arbeitet seit wenigen Jahren mit dieser georgischen Methode. Das ist so bio, mehr bio geht nicht – mit sechstausendjähriger Tradition! Alle Kenner der internationalen Weinszene lecken sich die Finger danach. Doch Renés Weinberg ist kaum größer als ein Schrebergarten, und wenn er dir was von seinen gerade mal zwei-, dreitausend Flaschen pro Jahr verkauft, ist das in etwa so, als ob du als Physiker den Nobelpreis gewinnst.«

»Was du nicht sagst.«

Jetzt atme mal durch, hätte Hannah am liebsten gesagt, doch Pascal war nicht zu bremsen.

»Das Besondere daran«, er senkte verschwörerisch seine Stimme, »ist die Kelterung. Der Traubensaft wird statt in Holzfässern in riesigen Amphoren aus Ton gelagert. Aus Ton! Diese Amphoren müssen aus speziellen Erden hergestellt werden, und von innen bestreicht man sie mit Bienenwachs, stell dir das mal vor.«

»Ich stell's mir vor.«

»Außerdem lässt man die Maische viel länger drin als üblich. Die fliegt ja bei den normalen Winzern schon nach kurzer Zeit raus.«

»Maische?«, wiederholte Hannah, der Pascals Wortschwall ein klein wenig seltsam erschien, obwohl sie seine Ausführungen hochinteressant fand.

»Das sind die Kerne, Schalen und Stängel der Trauben – Maische genannt, wieder was gelernt«, fuhr Pascal quasi ohne Punkt und Komma fort. »Dadurch verändern sich Geschmack und Farbe. Na, auf diese Mischung Wein plus Maische musst du dann aufpassen wie auf ein Risotto. Rühren, rühren, rühren.« Er ließ seinen rechten Zeigefinger kreisen. »Sonst kommt der Gärvorgang ins Stocken. Es darf nämlich keine Industriehefe da rein, die Gärung entsteht allein durch die Maische. Dafür muss der Wein immer in Bewegung bleiben. René steht manchmal mitten in der Nacht auf und rührt in seinen Amphoren. Stell dir das mal vor.«

»Ich, äh, stell's mir vor.«

Mittlerweile hatten sie den Flur durchquert, in dem noch die Spuren der polizeilichen Verwüstung zu sehen waren, und traten in die Küche. Pascal nahm ein Glas aus dem Schrank und goss Wasser direkt aus dem Hahn hinein. Wie ein Verdurstender stürzte er es hinunter. Das alles war nicht normal. Seine hektische Beredsamkeit, das hastige Wassertrinken. Das war schon verhaltensauffällig. Und plötzlich wusste Hannah, was los war. Pascal wirkte hibbelig wie ein Erstklässler, der seine Unsicherheit durch Drauflosschwatzen überspielte.

Das Telefonat, durchzuckte es sie siedend heiß. Nichts war vergessen. Pascal drehte so auf, weil er seine nächtlichen Offenbarungen übertexten wollte. Er war befangen. Aber da war noch etwas. Pascal wirkte eigentümlich gehetzt. Als ob der Teufel persönlich hinter ihm her wäre.

»Sehr interessant, diese Sache mit den Amphoren.« Hannah lächelte ihn ruhig an, damit er ein bisschen runterkam. »Ich schätze, der Wein ist irre teuer.«

»So gut wie unbezahlbar.« Dankbar lächelte er zurück. »Doch ich habe einige Weinsammler in meiner Kundenkartei, die jeden Preis bezahlen würden. Absolut jeden. Die jagen dauernd solchen Raritäten hinterher.«

»So wie die Weinindustrie dir hinterherjagt?«

Offenbar hatte sie ins Schwarze getroffen. Er lehnte sich an die Spüle, und der akkurat gestutzte Bart machte es Hannah noch leichter, in seinem Gesicht zu lesen. Da waren Unwille, Abwehr, sogar Panik. Er war nicht nur aufgedreht wegen des Schwipsanrufs, er hatte Angst.

»Haben die dir noch mal gedroht, Pascal?«

Ein weiteres Mal füllte er sein Glas unter dem Wasserhahn, danach ein zweites für Hannah, und setzte sich an den Küchentisch. Dort umschloss er sein Glas so heftig mit den Fingern, dass die Knöchel weiß hervortraten.

»Heute Morgen kam ein anonymer Anruf. Reine Erpressung. Wenn die mit mir fertig sind, soll meine Firma ein Haufen Asche sein. Und Tess? Geht heute Abend auf eine Party, ohne mich. Wofür ist sie meine Freundin, wenn sie sich so herzlich wenig für meine Probleme interessiert?«

»Sie hat bestimmt ihre Gründe. Du solltest sie nicht verurteilen.«

Auch Hannah setzte sich. Als sie einen Schluck von ihrem Wasser trank, bemerkte sie, dass oben am Küchenfenster ein rotes Lämpchen blinkte. Pascal hatte eine Alarmanlage einbauen lassen. Und ihr nichts davon gesagt. Unwillkürlich sah sie sich um, ob in der Küche irgendetwas Verdächtiges zu entdecken war. Doch alles sah noch so aus, wie sie es hinterlassen hatte: ein notdürftig geordnetes Chaos. Auf dem Fensterbrett erinnerten ein paar Gummibärchen an das denkwürdige Familienessen.

»Sorry, meine Nerven liegen blank«, entschuldigte sich Pascal. »Es stimmt, ich sollte Tess da rauslassen. Sag mal, möchtest du einen Kaffee oder einen Tee?«

»Später vielleicht.«

Ihr war heiß geworden von der hitzigen Debatte. Sie zog die Jacke aus und hängte sie über die Lehne des Küchenstuhls.

»Oh, wow«, strahlte er. »Hast du dich für mich so schön angezogen?«

Hannah sah an sich herab. Die fliederfarbene Tunika mit dem weißen Batikmuster war wirklich hübsch. Von wegen Kleiderfasten …

»Das Teil ist aus meinem Secondhandladen. Heute Morgen kam eine Kundin mit einem ganzen Schwung bestickter Indienblusen und Tuniken in den Laden. Jan-Philipp, unser Pfleger, hat sogar extra meine Mutter runtergetragen, damit sie dabei sein konnte.«

Ein Anflug von Bestürzung legte sich über sein Gesicht.

»Sie kann nicht laufen?«

»Seit dem Unfall mit ihrem Flugdrachen sitzt sie im Rollstuhl.« Obwohl Hannah diese Geschichte schon oft erzählt hatte, ging es ihr immer noch durch und durch. »Zwei Tage hat sie damals irgendwo im Himalaja gelegen, bevor Hilfe kam. Es war eine Tragödie. Seitdem wohnen wir wieder zusammen, und das wiederum grenzt manchmal an eine Komödie.«

So wie heute im Laden. Es hatte Spaß gemacht, zusammen in der verschwenderischen Pracht der Stoffe zu wühlen. Hannah hatte ihrer Mutter eine knallrote Bluse und ein Tuch in ihrer Lieblingsfarbe Bunt geschenkt, ihre Mutter wiederum hatte sie zu dieser lila Tunika überredet. Auch die Spielerei mit Dennis war zur Sprache gekommen. Überschwänglich hatte Marie-Luise Bodmer ihre Tochter zur neuen Leichtigkeit beglückwünscht. Wenn dann eines Tages der leuchtende Seelenpartner einschwebe, könne man ja immer noch eine Entscheidung treffen. Nun ja. So was erzählte man natürlich nicht ausgerechnet Pascal.

»Respekt, dass du dich um deine Mutter kümmerst«, sagte er anerkennend. »Ehrlich, Daumen hoch.«

»Quatsch, ich will keine Orden«, wehrte Hannah ab. »Sie ist anders als andere Mütter, eher eine dynamisch-spirituelle Freundin. Ich liebe sie und unsere schräge WG. Außerdem – du kümmerst dich doch auch um Onkel Alfred.«

»Soweit es geht, ja.«

Sofort registrierte Hannah, wie eine Veränderung mit ihm vorging. Als ob sich eine Wolke vor die Sonne schob. Das Familienthema schien irgendwie schwierig zu sein. Dann mal mitten rein in die Problemzone.

»Ist er dein echter Onkel – oder ist diese Frage zu indiskret?«

»Nein, schon okay.« Pascal zog sich einen zweiten Stuhl heran und legte seine Füße darauf. »Er ist der Bruder meines Vaters, ich bin also sein Neffe.«

»Und er hat keine Kinder?«

Pascals Augen verdunkelten sich weiter, Hannah sah es sogar, ohne dass er die Brille abnahm. Das Thema war ihm unangenehm. Hatte sie an Familiengeheimnisse gerührt?

»Gut«, seufzte er, »die kurze Version. Er hat einen Sohn in meinem Alter, Paul. Früher waren wir eine schöne glückliche Großfamilie, wie man so sagt. Mein Vater und mein Onkel dicke Freunde, Paul und ich die besten Buddys. Dann kam ich aufs Gymnasium. Aber Onkel Alfred wollte was Besseres für Paul und hat ihn in die teuersten Internate geschickt. Paul ist überall rausgeflogen.«

»Wieso? Hat er die Tafelkreide versteckt?«

»Koks«, stöhnte Pascal. »Von da an ging's richtig rund. Erst hat er Onkel Alfred beklaut, dann hing er nur noch mit üblen Typen ab, schließlich hat er den Kontakt zur Familie abgebrochen.«

Bedrückt nagte Hannah an ihrer Unterlippe. Es musste schrecklich für einen Vater sein, den Sohn auf diese Weise zu verlieren. Zumal für einen so bodenständigen Herrn wie Onkel Alfred.

»Und jetzt? Ich hoffe, Paul hat es überlebt?«

»Überlebt ist gar kein Ausdruck.« Pascal begann mit seinem Stuhl zu kippeln. »Der ist so was wie ein Drogenbaron geworden. Lebt in der Nähe in einem streng bewachten Anwesen mit Pool und Tennisplatz: Bikinimädchen, Champagner, Kokspartys. Onkel Alfred ist fast wahnsinnig darüber geworden.«

Eine lastende Stille senkte sich über den Tisch.

»Dann bist du … so eine Art Ersatzsohn?«

»Na ja, ich fühle mich verantwortlich. Onkel Alfred hat sein ganzes Vermögen in Prozessen verloren. Dreimal hat er Paul aus dem Gefängnis rausgepaukt. Ich hatte Onkel Alfred angeboten, hier in der Villa zu wohnen, doch dafür ist er zu stolz. Er wollte nur das Gartenhaus. Und er revanchiert sich, indem er hier den Gärtner und Nachtwächter spielt.«

Allmählich verstand Hannah die ganze Konstruktion. Pascal, Onkel Alfred, Fräulein Elisabeth, sie waren eine emotionale Notgemeinschaft gewesen. Eine Wahlfamilie. Es hätte sie brennend interessiert, was es mit der mysteriösen Erbschaft auf sich hatte, die Kommissar Bernstein erwähnt hatte, doch sie beschloss, zunächst bei Pascals größtem Problem zu bleiben: seinem David-gegen-Goliath-Kampf.

»Bisher war Onkel Alfred deine Alarmanlage, jetzt hast du eine echte.« Sie deutete mit den Augen auf das blinkende rote Lämpchen. »Wie ernst ist es, Pascal?«

Resigniert hob er die Hände.

»Ich würde sagen, die Schlinge zieht sich zu. Sorry, dass ich mich so aufspule, aber ich fürchte, es geht um meine Existenz. In jeder Hinsicht.«

Und dir geht dermaßen die Pumpe, dass du eine Alarmanlage installiert hast, dachte Hannah. Wenn sie an den tätowierten Kriminellen in der Gerichtsmedizin dachte, war es die einzig richtige Entscheidung. Sie hatte einen Kloß im Hals. Unruhig geworden, erhob sie sich und trat ans Fenster. Plötzlich sah sie Schatten im Garten lauern. Stand da jemand an der Hecke? Versteckte sich jemand hinter dem Baumstamm? Wenn man das Gefühl der Angst erst einmal zuließ, sah man überall Gespenster.

»Dieser Einbrecher, den man als Kriminellen identifiziert hat«, hakte sie nach. »Was wollte der hier?«

»Das war der Plan B, schätze ich. Die Abkürzung. Wie gesagt, der sollte vermutlich meine Unterlagen und meinen Laptop stehlen – vielleicht auch noch ein paar kostbare Flaschen mitgehen lassen – und jeden umnieten, der ihn dabei störte.« Pascal merkte, dass sie eine Frage hatte, und beantwortete sie auch gleich. »Hannah, unten im Weinkeller lagern einige Flaschen, die um die hunderttausend Euro und mehr wert sind. Jede einzelne.«

Unvorstellbare Summen. Hannah schnappte nach Luft.

»Das gibt's doch nicht.«

Seine Finger malten unsichtbare Kreise auf die Tischplatte.

»Ich habe das gesamte Vermögen meines Vaters in diese Weine investiert. Sie sind besser als jede Aktie, glaub mir, der Wert steigt mit jedem Jahr. Allein mein Weinkeller …«

Unvermittelt hielt er inne. Es war unheimlich, aber Hannah wusste, was er sagen wollte. Automatisch dachte sie seine Gedanken zu Ende.

»… Wendy. Sie ist da einfach reinspaziert, obwohl du den Weinkeller bestimmt doppelt und dreifach gesichert hast.«

»Shit!« Es hielt Pascal nicht mehr auf seinem Stuhl. Er sprang auf und marschierte in der Küche auf und ab. »Der Weinkeller hat ein Schloss mit einem Zahlencode, trotzdem war er offen. Darauf habe ich in der Aufregung gar nicht geachtet, als ich das Mädchen endlich gefunden hatte.«

»Fehlt denn was?«

»An dem Tag habe ich nur abgeschlossen. Ich sehe sofort nach – kommst du mit?«

»In deinen heiligen Weinkeller? In den ich nicht reindurfte? Aber so was von.« Sie stupste ihn an der Schulter. »Wie sagte doch Onkel Alfred sinngemäß? Es gibt kein Problem, das man nicht mit einem Glas Wein lösen könnte?«

Trotz seiner umwölkten Stimmung lächelte er sie an, mit deutlich sichtbaren Grübchen.

»Du lernst schnell.«

Das Lächeln verging ihnen, als sie die Kellertreppe hinabstiegen. Vor allem Hannah verspürte einen fast unbezwingbaren Widerwillen, der sich von Treppenstufe zu Treppenstufe steigerte. Alles hier erinnerte sie an den Tag, als ihr die Leiche aus dem Schrank entgegengefallen war: die dumpf-feuchte Luft, der modrige Geruch, das schummrige Licht, die Spinnweben in den Ecken. Damals hatte sie sich rechts gehalten, jetzt führte Pascal sie auf die linke Seite. Schon nach wenigen Schritten blieb er stehen. Vor einer unscheinbaren Nische mit grob verputzten Wänden. Das war alles. Hannah sah ihn fragend an.

»Und jetzt? Geht Superman mit seinen Superkräften durch die Wand?«

»So ähnlich.«

Er tippte auf ein unscheinbares graues Kästchen, das Hannah für einen Lichtschalter gehalten hatte. Die Abdeckung des Kästchens glitt zur Seite und gab den Blick auf eine grünlich schimmernde Schaltfläche frei. Pascal gab einen Nummerncode ein. Ein Piepsen ertönte, und die Stirnwand der Nische entpuppte sich als Tür, die langsam nach innen schwang. Gleichzeitig flammten unzählige kleine LED-Lämpchen auf und erhellten einen Raum, wie Hannah ihn noch nie gesehen hatte. War es überhaupt ein Raum? Oder nicht vielmehr ein niedriger Saal? Sie wusste nicht, was sie mehr beeindruckte – die deckenhohen indirekt beleuchteten Weinschränke aus Glas und hellem Holz, der gemauerte Natursteinboden, die Couchen in cognacfarbenem Wildleder oder der Blickfang dieser Luxushöhle, ein Holztresen mit einem großen silbernen Kandelaber, vor dem Barhocker aus Chrom mit hellbraunen Ledersitzen standen.

»Es wird immer besser, oder?« Pascal vollführte eine weit ausholende Geste. »Dies ist mein Reich. Hierhin ziehe ich mich zurück, wenn ich in Ruhe ein Glas Wein trinken will, hier lese ich oder höre Musik. Und natürlich empfange ich hier auch exklusive Kunden zur Weinverkostung.«

»Pascal«, raunte Hannah beeindruckt, »ich fasse es nicht. Du lebst da oben in einer Rumpelbude und hast hier unten ein edles Domizil, so sauber und aufgeräumt, dass man bedenkenlos eine Operation durchführen könnte?«

»Betrachte es als Spiegel meiner vielfältigen Persönlichkeit«, lächelte er. »Kannst dir übrigens was drauf einbilden, dass ich dir den Weinkeller zeige. Hier dürfen nicht mal meine Kumpels rein. Der Raum ist so gut getarnt, dass auch der Sturmtrupp der Tatortermittler ihn nicht gefunden hat. Schreckliche Vorstellung, dass die hier alles auseinandergenommen hätten.« Abrupt unterbrach er sich. »Das gibt's doch nicht!«

Er lief zu einem der Weinschränke. Die Fächer mit den Weinflaschen waren horizontal angeordnet, und die Flaschen lagen so gedreht, dass man die Etiketten sehen konnte. Ein Fach war leer. Für eine Schrecksekunde wirkte Pascal wie erstarrt, dann brach er in ein Lachen aus, das ein bisschen hysterisch klang.

»Dieser Schlawiner!«

»Wer?«

»Onkel Alfred.« Pascal zeigte auf das Fach. »Wir haben neulich gewettet, dass er den Zahlencode nicht rausfindet. Onkel Alfred war immer nur mit mir hier drin. Aber irgendwie hat er es geschafft. Und genau den Wein mitgenommen, um den es bei unserer Wette ging.«

»Einen Hunderttausend-Euro-Wein? Hat er sich den etwa ganz gemütlich in seinem Gartenhäuschen reingezogen?«

»Nein, das war ein weniger kostbarer Wein. Und er wird mir die Flasche natürlich wiedergeben.«

Hannah wanderte an den Weinschränken entlang, in denen nicht nur kostbarste Tropfen darauf warteten, eines Tages getrunken zu werden. Die Flaschen standen auch für eine Weinkultur, von der sie bisher nichts geahnt hatte. Sie stellte sich diesen René vor, wie er in seinen Amphoren rührte. Und die vielen anderen Winzer, die ihrem Beruf noch von Hand nachgingen. Wie viel Mühe, wie viel Liebe zu dieser Profession.

»Wieso liegen auch die Rotweine in Kühlschränken? Ich dachte, die müssen eher warm getrunken werden?«

»Getrunken ja, aber nicht gelagert.« Pascal zeigte auf einen der Schränke. »Das sind Spezialanfertigungen, sie bieten die optimale Sorten- und Jahrgangstrennung. Die sind alle unterschiedlich klimatisiert, und auch die Luftfeuchtigkeit wird individuell eingestellt. Siehst du die Temperaturanzeige und das Hygrometer? Für jede Sorte braucht man andere Bedingungen. Das ist eine Wissenschaft für sich. Bevor man einen Wein trinkt, muss er dann wieder anders temperiert werden. Der hier zum Beispiel«, er zeigte auf einen Rotwein mit einem vergilbten Etikett, »wird vor dem Trinken chambriert, also auf Zimmertemperatur gebracht.«

Wein war wirklich eine Wissenschaft für sich, das hatte Hannah bereits bei der Verkostung des Rosés festellen müssen. Sie ging weiter zum Tresen. Dahinter stand ein heller Holzschrank, der ihr Interesse weckte. Oder ihren Ehrgeiz, besser gesagt. Pascal wäre nicht Pascal, wenn nicht auch hier unten ein winziges bisschen Unordnung herrschen würde.

»Vorsicht«, sagte er warnend, »da stehen die Dekanter drin, also die Karaffen, in die man einen guten Rotwein umgießt, damit er atmen kann und Sauerstoff aufnimmt.«

Hannah sortierte schon. Eine Karaffe in Vasenform hatte einen Sprung. Sie nahm sie heraus und hielt sie hoch.

»Die ist hin. Weg damit.«

»Die hat dreihundert Euro gekostet! Was sagt dir das?«

»Dass du nicht mit Geld umgehen kannst. Ich werde sie entsorgen.«

»Du machst einen großen Fehler«, brummte er.

»Das höre ich oft.« Sie lachte in sich hinein. »Ausmisten erfordert unerbittliche Konsequenz. Zwing mich nicht, dich auch noch in die Mülltüte zu stecken.«

Und schon entdeckte sie das nächste fragwürdige Stück: ein kleines rosa Porzellanschweinchen, das auch gut in den Bungalow von Dennis' Vater gepasst hätte.

»Das ist ein Pfefferstreuer, den ich mal geschenkt bekommen habe«, erklärte Pascal. »Siehst du? Der Pfeffer kommt durch die Nasenlöcher raus.«

»Kollege Salz ist wohl ausgebüxt?«, amüsierte sie sich.

»Nee, zerbrochen, als meine Exfreundin ihn an die Wand … Moment, warum erzähle ich dir das überhaupt?«

Es gab also eine Exfreundin. Spannend. Darüber hätte Hannah gern mehr erfahren. In diesem Moment fiel ihr Blick auf einige Bücher, die sich weiter oben in dem Schrank stapelten. Sicherlich Pascals Lektüre, wenn er sich in sein Refugium zurückzog. Das meiste war Fachliteratur über Wein. Abhandlungen über Lagen und Rebsorten, Lexika mit den Fachbegriffen. Sie schlug einen Bildband auf, der Fotos von Weingütern der Provence enthielt. Wunderschön. Daneben entdeckte sie ein unscheinbares Taschenbuch. Es war ein Ratgeber: *Beziehungen. Wie man sie findet, wie man sie erhält.* Sie blätterte darin herum.

»Warum hast du einen Ratgeber über Beziehungen?«

»Oh«, verlegen schaute er auf das Buch, »das ist eine lange Geschichte.«

»Hundertzweiundvierzig Seiten, das ist ziemlich kurz«, schmunzelte sie, während sie das Buch zuklappte.

»Warte.« Er holte sein vibrierendes Handy aus der Hosentasche. Die Nachricht, die er empfangen hatte, war offensichtlich nicht so erheiternd. »Das ist dieser Bernstein. Er wollte mich noch einmal sprechen und ist in fünf Minuten da. Lass uns hochgehen. Hier unten hat der Typ nichts zu suchen.«

Hannah wäre gern noch ein wenig in dem Weinkeller geblieben. Weil es ein wunderschöner Raum war. Und weil er so viel mehr über Pascal erzählte als der Rest der Villa. Hier zeigte er, was und wer er war. Ein Mann, der für seine Weinleidenschaft brannte und ihr eine beeindruckende Bühne gegeben hatte.

Sie traten wieder hinaus auf den modrigen Kellerflur. Pascal tippte auf die Schaltfläche, die Lichter erloschen, die gut getarnte Tür schloss sich. Es war ein bisschen wie in einem James-Bond-Film. Die geheime Kommandozentrale, von der aus die Weltherrschaft geplant wurde.

Als sie die Kellertreppe hochstiegen, gab es eine Menge, worüber Hannah nachzudenken hatte. Über einen Beziehungsratgeber und einen zerbrochenen Salzstreuer zum Beispiel. Bisher hatte sie noch keinen Gedanken an Pascals Liebesleben vor Tess verschwendet. Vielleicht war er ja ein wandelndes Beziehungsproblem. So wie er lebte, frei, eigenständig, viel auf Reisen und mit einem männlichen Freundeskreis gesegnet, in dem es vor allem ums Feiern ging, wäre das wenig verwunderlich gewesen. Doch sie würde sich hüten, vorschnelle Urteile zu fällen. Tess und Pascal konnten es schaffen, wenn sie aufeinander zugingen.

Oben im Flur angekommen, sammelte sie gerade ein paar Playmobilmännchen ein, die beim Zusammenbruch des Regals heruntergefallen waren, als es an der Haustür pochte. Ach ja, die Klingel war ja kaputt. Pascal öffnete. Hauptkommissar Bernstein hatte einen schlanken jüngeren Mann in Jeans und Lederjacke im Schlepptau.

»Einen schönen guten Tag, das ist mein Kollege Jens Ahlfeld, ein Profiler, der sich gern mit Ihnen unterhalten würde.« Der Kommissar runzelte die Stirn. »Frau Bodmer? Sie sind auch hier? Ich dachte, Sie sind gar nicht die Freundin von Herrn Doktor Mengersen?«

Verflixt. Alles, was dieser Mann sah, fand er verdächtig. Hannah legte die Playmobilfiguren auf die dickbauchige Kommode.

»Sie wissen doch, ich bin professionelle Ausmisterin. Herr Doktor Mengersen hat mich engagiert.«

»Na, wie auch immer, dann schlagen wir gleich zwei Fliegen mit einer Klappe.«

»Lassen Sie uns ins Esszimmer gehen«, schlug Pascal vor.

Schweigend wanderten sie dorthin. Eine ungeheure Spannung lag in der Luft. Nachdem sie sich auf die hässlichen Bürostühle gesetzt hatten, fühlte Hannah den Blick des Profilers auf sich. Er scannte sie geradezu. Dann holte er ein Tablet aus seiner Lederjacke und tippte eine Datei an.

»Der vorläufig rekonstruierte Tathergang und der Vergleich der Todesursachen lassen den Schluss zu, dass es sich um zwei verschiedene Täter handelt«, referierte er in monotonem Tonfall. »Das weibliche Opfer wurde erdrosselt, das männliche starb durch einen Schlag auf den Kopf. In der Wunde haben die Kollegen vom Kriminallabor winzige Metallpartikel gefunden.«

Hannah wusste, worauf er hinauswollte: zwei mörderische Handschriften, zwei Täter. Pascal und sie waren zu zweit. So einfach war das?

»Die Aufgabe eines Profilers ist es, aus der Todesursache und den Umständen der Tat auf das Persönlichkeitsprofil des Täters zu schließen«, erläuterte er seine Vorgehensweise. »Erdrosseln erfordert Brutalität und Entschlossenheit. Stumpfe Gewalteinwirkung, vor allem wenn sie wie in diesem Fall durch einen Schlag von hinten ausgeübt wird, kommt meist bei Affekthandlungen vor. Gegen eine Affekttat spricht, dass die Leiche anschließend säuberlich verpackt wurde. Das muss einige Zeit in Anspruch genommen haben, und der Täter musste kaltblütig genug sein, sich ausführlich mit der Leiche zu beschäftigen.«

Langsam fühlte sich Hannah wie in der Schule, wenn der Mathematiklehrer etwas erklärte und sie keinen Schimmer hatte, wofür das gut sein sollte.

»Frau Bodmer«, die Augen des Profilers verengten sich, »Sie haben als Clearing Coach bestimmt Erfahrung mit dem Verpacken von allen möglichen Dingen?«

»Sie träumen ja wohl!«, brauste Hannah auf. »Es ist ein himmelweiter Unterschied, ob ich alte Klamotten in einen Karton packe, oder eine, eine … Leiche …«

»Es kommt öfter vor, dass Täter zu zweit agieren«, schaltete sich Hauptkommissar Bernstein ein. »Der eine begeht die Tat, der andere hilft, sie zu vertuschen.«

Pascal beugte sich über den Tisch zu ihm vor.

»Dann verraten Sie mir mal, wieso ich beide Male die Polizei gerufen habe, als wir die Leichen gefunden haben.«

»Reue?«, kam es wie aus der Pistole geschossen zurück.

»Ihre Haushälterin hat Ihnen ein Vermögen von mehreren Hunderttausend Euro hinterlassen. Das Testament wurde in ihrer Wohnung gefunden«, sagte der Profiler triumphierend. »Ich denke, dass wir noch viel zu besprechen haben. Richten Sie sich auf einen langen Abend ein.«

Kapitel 13

Indische Sitarklänge waberten durch die Wohnung, begleitet von Glöckchenklingeln und einem zweistimmigen *Ommmm.* Morgens um sieben. In dieser WG wurde es nie langweilig.

Hannah hatte sich noch einmal für ein paar Minuten hingelegt. Nach den beiden kräftezehrenden Tagen mit Dennis und dem stundenlangen Verhör am gestrigen Abend fühlte sie sich nur noch ausgelaugt. Wie Akku leer. Nein, schlimmer, es wuchs ihr alles über den Kopf. Einfach in die Bettdecke einkuscheln und sich tot stellen war natürlich keine Lösung, doch diese kleine Auszeit würde sie sich jetzt gönnen. Hier, in ihrem Zimmer, wo die Welt noch buchstäblich in Ordnung war.

Der eher kleine Raum war ihr Rückzugsort, ihre Wohlfühlzone und das Kontrastprogramm zur übrigen Wohnung. Es gab keine knalligen Chakrenfarben, nur sanfte Pastelltöne, die ihre Seele streichelten. So mochte sie es am liebsten. Alles strahlte Ruhe und Harmonie aus: die hellblauen Wände, die naturweißen Gardinen, der cremefarbene Teppich. Ihren Kleiderschrank hatte sie passend zur Wandfarbe angestrichen, daneben stand ein gemütlicher Sessel in hellem Vanillegelb. Auf übertriebene Dekorationen hatte Hannah verzichtet. Nichts sollte das Auge ablenken. Deshalb hing nur ein einziges Bild an der Wand: ein Gemälde vom Flohmarkt, das einen weiten Sommerhimmel über grasbewachsenen Dünen zeigte. Dahinter ahnte man das Meer. In diesem Bild konnte sich Hannah verlieren. Oft träumte sie sich in die Dünenlandschaft hinein, und dann spürte sie den Wind auf der Haut, den Geruch nach Salz und Tang, das Gras, das ihre nackten Zehen kitzelte.

Unsanft schob sich die Erinnerung an den vorhergehenden Abend dazwischen. Besonders der Profiler hatte sie geschafft. Es gab einfach Menschen, die einem jedes Wort im Mund umdrehen konnten, und dieser Typ war noch dazu bestens informiert gewesen. Man könnte auch sagen: munitioniert. Ohne Erbarmen hatte er Hannah auf ihre häusliche Situation mit einer pflegebedürftigen Mutter angesprochen und ihre nicht sehr rosigen finanziellen Verhältnisse erwähnt. Es war so peinlich gewesen. Auf diese Weise hatte Pascal von den ausstehenden Steuernachzahlungen beim Finanzamt erfahren. Das waren Augenblicke, in denen man sich nur noch unter dem Teppich verkriechen wollte. Der Profiler hatte sogar die alte Geschichte mit dem Führerscheinentzug ausgegraben: Da sie schon einmal mit einer größeren Menge Marihuana erwischt worden sei, könne man auf eine gewisse kriminelle Energie schließen.

Hannah stopfte sich das Kissen in den Nacken. Ihr wurde immer noch flau bei dem Gedanken daran, was dieser Profiler ihr unterstellt hatte. Ob sie nicht vielleicht einen schnellen Ausweg aus ihrer prekären Lage gesucht und Pascal zu ihrem Komplizen gemacht hätte? Der habe ja auch einige finanzielle Schwierigkeiten durch seinen Kampf mit den großen Weinkonzernen. Die Erbschaft von Fräulein Elisabeth sei da doch ein schönes Schnäppchen gewesen.

Das ergab einen schaurigen Sinn, wie Hannah zugeben musste. Darüber hinaus überwogen allerdings die Ungereimtheiten. Wie passte der Kriminelle in dieses Szenario? Und warum sollten zwei einigermaßen intelligente Menschen so dusselig sein, die Leichen nicht schleunigst verschwinden zu lassen?

Ihr Blick wanderte zum Wecker auf dem Nachtschrank. Er war ein Geschenk von Tess, wie man unschwer an der Farbe – Rosa –

und der Form – herzförmig – erkennen konnte. Ungereimtheiten gab es auch in ihrem Gefühlsleben. Räum auf, Hannah. Nimm dir ein Beispiel an diesem Zimmer.

In der Tat war im Laufe der Zeit alles Überflüssige rausgeflogen. Im Schrank lagen nur Klamotten, die Hannah auch wirklich anzog, und bei der Gestaltung des Raums hatte sie sich an der Feng-Shui-Philosophie orientiert. Keine schreienden oder dunklen Farben, keine wilden Muster, kein Krempel, dafür viel freier Platz, damit die Energie fließen konnte. Es gab sogar eine Beziehungsecke. Man musste sie von der Tür aus gesehen in der hinteren rechten Ecke einrichten. Auf einem schmalen Sideboard in cremigem Beige standen zwei hübsche Tischlampen mit hellgelben Schirmen, dazwischen hatte Hannah zwei kleine Porzellanschwäne gestellt. Erstens sollte ja alles paarig auftreten, zweitens gehörten Schwäne zu den wenigen monogamen Tierarten. Man sagte, sie seien einander ein Leben lang treu, wenn sie sich gefunden hatten.

Menschen gehörten nachweislich nicht zu den monogamen Tierarten. Dennis schon gar nicht. Hannah rollte sich auf die Seite und schloss die Augen. Die beiden Tage mit ihm hatten sie befreit, ihr eine gewisse Leichtigkeit zurückgegeben. Allerdings hatte sie nicht vor, diese Spielerei fortzusetzen. Sie war keine Frau für Affären. Hannah sehnte sich nach einem Seelenpartner. Aber der einzige real existierende Mann, der dafür infrage kam, war und blieb leider Pascal. Nach dem ruckeligen Beginn war so schnell eine Vertrautheit entstanden, dass sie sich selber wunderte. Sie dachten gleich, sie empfanden gleich, sie beendeten sogar gegenseitig ihre Sätze. Doch es sollte nicht sein. Vielleicht wollte ihr das Universum nur zeigen, wie sich der Richtige anfühlte. Damit sie beim nächsten Mal wusste, was zu tun war: zugreifen, behalten und nie wieder hergeben.

Das gongartige Dingdong der Haustürklingel riss Hannah aus ihren Überlegungen. Was wohl bedeutete, dass ihre Auszeit vorzeitig endete. Sie stand auf, warf ihren hellblauen Frotteebademantel über und tapste auf bloßen Füßen zur Haustür. Schon von der Türschwelle aus sah sie mahagonifarbene Locken die Treppenstufen zum ersten Stock heraufschweben.

»Tess?«

»Nein, Hannah, ich bin's, Raffaela.«

Die beiden sahen einander wirklich zum Verwechseln ähnlich. Und beide pflegten den Hang zur auffallenden Selbstgestaltung. Heute trug Raffaela einen kobaltblau leuchtenden Kunstpelz, der wahrscheinlich auch vom Mond aus zu sehen war, wenn sie darin über die Straße spazierte. Im hochgesteckten Haar steckten unzählige strassverzierte Kämmchen, die vollen Lippen leuchteten in Pink. Nur wenn man genauer hinschaute, entdeckte man die Unterschiede. Raffaelas Gesicht wirkte etwas voller, und ihre Kinnpartie war stärker ausgeprägt. Der größte Unterschied aber betraf die Persönlichkeit. Tess war schnell, witzig, extrovertiert, aber eine Frau mit dem Herzen auf dem rechten Fleck. Bei Raffaela musste man immer auf der Hut sein.

»Darf ich reinkommen, Hannah? Es dauert nicht lange.«

Was sollte man darauf antworten? Es ist frühmorgens, ich bin fix und fertig, bitte lass mich in Ruhe mit deinen Schneckengesichtsmasken und deinen Wimpernzangen für Linkshänder? Hannah hatte sich nie sonderlich für Raffaela und ihre extravaganten Geschäftsideen erwärmen können. Aber immerhin war sie Tess' Schwester, also rang sie sich ein Lächeln ab.

»Ja, komm rein, möchtest du einen Espresso?«

»Lieber einen doppelten Soja Latte mit Paracetamolschaum. Ich hatte eine lange Nacht mit Tess.«

»Party?«, erkundigte sich Hannah, während sie in die Küche gingen.

»Schön wär's.«

Was sollte das denn nun wieder bedeuten? Schlechte Träume? In der Küche angekommen, schaltete Hannah die Espressomaschine ein, füllte den Wassertank und holte zwei kleine braune Tassen aus dem Geschirrschrank. Raffaela ließ sich in einen Korbsessel plumpsen.

»Ich muss dringend etwas mit dir besprechen.«

»Geschäftlich oder privat?«, fragte Hannah misstrauisch.

»Beides.« Raffaelas Lächeln legte eine Reihe regelmäßig geformter, strahlend weißer Schneidezähne frei, die sie sich von Tess' Chef hatte machen lassen – und die Tess mit Überstunden abstotterte. »Du wirst staunen.«

Ganz sicher würde Hannah das. In Raffaelas Universum gab es nämlich nur Superlative. Der ultimative Stabmixer, die weltbeste Creme aller Zeiten, das absolut sensationellste Diätpulver, das jemals entwickelt worden war. Hannah wartete, bis die Espressomaschine zwei wunderbar duftende Espressos ausgespuckt hatte, dann nahm sie die Tassen und setzte sich Raffaela gegenüber an den Tisch.

»Nur zu, lass mich staunen. Bin ganz Ohr.«

»Das Geschäftliche zuerst.« Raffaela zog ihr Handy aus der Handtasche, tippte auf das Display und hielt es Hannah hin. »Na, was siehst du?«

Ach du liebes bisschen. Hannah sah ihre Mutter. Wie eine indische Prinzessin thronte sie in ihrem Bett, umgeben von Glöckchen, bestickten Kissen und brennenden Kerzen. Ihr exotisches lila Gewand und der mit Federn verzierte Turban waren durch einen Farbfilter ins Bonbonbunte verzerrt worden. Mit sanfter

Stimme hielt sie einen Vortrag, dazu regnete es unaufhörlich Seifenblasen auf sie herab.

»Das mit den Seifenblasen war Tess' Idee, toll, oder?«, schwärmte Raffaela.

Toll, ja, Seifenblasen. Hannah wusste gar nicht, was sie dazu sagen sollte. Es gibt schönere Kindergeburtstage?

»Und jetzt schau mal die Klickzahl!«, rief Raffaela aufgeregt.

Hannah kniff die Lider zusammen, weil die Zahlen vor ihren Augen tanzten. Das konnte doch nicht sein. *Wie* oft war das Video aufgerufen worden?

»Über neuntausend Klicks in zwei Tagen!« Raffaelas Stimme rutschte eine Oktave höher und überschlug sich. »Das ist sensationell! Das ist ultimativ!«

»Das ist das *weltbeste* Video aller Zeiten«, ergänzte Hannah matt.

Raffaela verzog ihren pinkfarben geschminkten Mund.

»Woher wusstest du, dass ich das sagen wollte?«

Weil ich deine Sprüche kenne? Hannah schenkte sich diesen Kommentar und nahm stattdessen einen Schluck Espresso. Ommm. Atme es aus. Übe dich in Toleranz. Das Universum wollte es so, dass die Menschen verschieden sind.

»Ich hab mir gedacht, dass man ein ganz großes Business daraus machen muss«, sprudelte Raffaela los. »Sponsoren, Werbeverträge, Interviews. Marie-Luise hat Starpotenzial! Der Name geht natürlich gar nicht. Ich hatte an so was wie Mrs. Mystery gedacht. Außerdem braucht sie einen Instagram-Account und jemanden, der die ganzen Anfragen managt und die Honorare klarmacht. Das wird einschlagen wie Bombe!«

Hannah setzte ihre Tasse so schnell ab, dass sie klirrend auf der Untertasse landete.

»Verstehe ich das richtig? Du willst so was wie ihre – Managerin werden?«

»Na sicher! Das hab ich drauf! Ich bin eine erfolgreiche Geschäftsfrau mit langjähriger Erfahrung!«

»Erfahrungen hast du zweifellos, Raffaela, aber ...«

»Du meinst, es fehlt der Erfolg? Wenn du dich da mal nicht täuschst. Warte auf meine Klebemagnete fürs Handgelenk, die werden den Krebs für immer besiegen. Mit dem Projekt stehe ich ganz kurz vor dem Durchbruch!«

Gesegnet sei das Selbstvertrauen der Menschen, die niemals aufgeben, dachte Hannah. Ganz kurz vor dem Durchbruch stand Raffaela schon seit etwa fünf Jahren. Angefangen hatte es mit einem Würstchentoaster, in dem man Würstchen senkrecht braten konnte. Nicht zu vergessen das Raumspray mit Hühnersuppenduft. Vor diesem Hintergrund erschloss sich auch der Grund, warum sich Raffaela mit kellnern über Wasser hielt.

»Du sprühst mal wieder vor guten Ideen, das freut mich.« Hannah rührte im Restschaum ihres Espressos herum. »Ich kann mir allerdings kaum vorstellen, dass meine Mutter an einer Karriere als Mrs. Mystery interessiert ist.«

Mit beiden Händen wedelte Raffaela den Einwand beiseite, so dass die vielen silberfarbenen Armreifen an ihren Handgelenken schepperten.

»Mit der richtigen Strategie werde ich sie schon überzeugen. Als Kellnerin bin ich ja quasi Gästemanagerin. Da ist es nur ein winziger Sprung zur Managerin.«

»Könnte man so sehen«, erwiderte Hannah diplomatisch. »Dann frag meine Mutter einfach. Sie müsste in etwa einer halben Stunde mit ihrer Meditation fertig sein. Ich mache so lange Frühstück.«

»Ja, lass dich nicht stören, ich bin gar nicht da«, flötete Raffaela.

Während Hannah frisches Gemüse aus dem Kühlschrank holte und zusammen mit Messer und Schneidebrett auf den Küchentisch legte, zog Raffaela ihre Kunstpelzjacke aus. Darunter kam eine tief dekolletierte Bluse in innovativem Neongelb zum Vorschein. Wenn das Wort »Modemutige« für jemanden erfunden worden war, dann für Raffaela und Tess.

»Gehen wir mal vom Geschäftsbereich zum Intimbereich«, leitete Raffaela recht gewagt zum nächsten Thema über. »Wann hast du das letzte Mal mit Tess gesprochen?«

Hannah begann eine Gurke für die obligatorische Rohkostplatte zu schälen.

»Wir haben gestern telefoniert, wieso?«

»Tess geht es gar nicht gut«, verkündete Raffaela mit einem unheilvollen Timbre in der Stimme.

»Oh.« Besorgt sah Hannah von der Gurke auf. »Was ist passiert?«

»Passs-calll ist passiert.« Raffaela sprach die beiden Silben aus, wie man einen Kaugummi ausspuckte. »Am Anfang fand ich ihn ja wirklich süß, mal abgesehen von den unmöglichen Klamotten. Deshalb habe ich Tess ja auch zugeredet. Der ist es, habe ich immer gesagt, los, Tess, den schnappst du dir.«

»Was ja auch geklappt hat«, merkte Hannah trocken an.

»Was sonst? Tess ist eine Traumfrau. Und wir dachten, dieser Pascal, das ist der Prinz, auf den sie immer gewartet hat.« Einige Sekunden verstrichen, in denen Raffaela ein Kämmchen aus ihrem Haar zog und eine Locke bändigte, die sich aus ihrer Frisur gelöst hatte. »Deshalb meinten wir, wenn du ihn ein bisschen auf cool trimmst und seine vermüllte Hütte hinkriegst, läuten die Hochzeitsglocken.«

Hannah fiel auf, dass sie zweimal *wir* gesagt hatte. Nun, vermutlich war das so bei Zwillingsschwestern: Alles wurde gemeinsam entschieden.

»So weit bin ich im Bilde. Er macht ja auch Fortschritte, finde ich.«

»Wie man's nimmt.« Ein abschätziger Zug spielte um Raffaelas Mund. »Er taut einfach nicht auf, obwohl er sagt, dass Tess eine tolle Frau ist und dass er sich Großes mit ihr vorstellen kann. Ist doch alles Quark. Er hat so was Distanziertes, dabei hat sie ihm sogar Bikinifotos …«

»Entschuldige bitte«, fiel Hannah ihr ins Wort. »Schmutzige Wäsche im Schleudergang, das ist nicht so meins.«

Was sie niemals preisgegeben hätte, war die Mischung aus echter Verwunderung und völlig unangebrachter Erleichterung, die sich in ihr ausbreitete. Pascal zeigte sich also Tess gegenüber distanziert? Was hatte das zu bedeuten?

»Okay, lassen wir das Thema.« Man sah Raffaela die Enttäuschung an, dass sie keine Details ausplaudern durfte. Missmutig starrte sie die Gurkenwürfel an, die Hannah inzwischen geschnitten hatte. »Tess findet ihn zu dominant. Und auch ein bisschen eingebildet. Der dünkelt so vor sich hin. Weißt du, Pascal ist so der arrogante Typ, der macht 'ne Weltreise und sagt danach: Das war schon alles? Nächstes Jahr fahre ich woandershin. – Bildlich gesprochen.«

Seufzend nahm sich Hannah die Radieschen vor, die sie in zwei Hälften teilte und zu den Gurken legte.

»Ich glaube, da tust du ihm unrecht. Arrogant finde ich Pascal überhaupt nicht. Er ist halt kultiviert und …«

»Klimbim-Outfit!« Die Armbänder klapperten entrüstet mit, als Raffaela gestikulierend die Hände hob. »Muss der gerade sagen, mit seinem Loser-Look!«

»Das haben wir geklärt, Raffaela, und Pascal hat sich auch entschuldigt für seine Rede.«

Raffaela stützte die Ellenbogen auf die Tischplatte, legte das Kinn in ihre Hände und tippte mit den manikürten Fingerspitzen auf ihren Wangen herum.

»Du weißt ja noch nicht alles. Vor drei Tagen waren wir bei ihm eingeladen.«

Im Kopf rechnete Hannah zurück. Das musste der Abend mit den Kumpels und dem Schwipsanruf gewesen sein.

»Da waren diese ganzen Typen, mit denen er rumhängt. Gruselig, Hannah. Die haben uns angestarrt, als ob wir irgendwelche Tussis wären. Ich meine – sehen wir etwa aus wie die Kosmetikexpertinnen vom Shopping-Kanal?«

Das traf es eigentlich ganz gut, fand Hannah.

»Pascal würde das niemals sagen oder denken.« Sie holte tief Luft. »Tess und Pascal sind eben sehr unterschiedlich, Raffaela. Wirf ein Mentos in eine Cola, der Effekt ist der gleiche: überschäumende Reaktionen. Doch die beiden schaffen das. Weißt du, was meine Mutter immer sagt? Wer die Liebe sucht, sollte sie auch ertragen können, wenn er sie findet.«

»Hey! Ein super Satz für eine Videobotschaft von Mrs. Mystery! Warte, ich nehme das mal eben auf.« Raffaela aktivierte die Diktierfunktion ihres Handys und sprach mit künstlich tiefer Stimme hinein. »Wer die Liebe findet, muss sie suchen. – War das so richtig?«

Hatte sie überhaupt zugehört? Hannah beschlich das Gefühl, gegen eine Wand zu reden. Raffaela hatte sich auf Pascal eingeschossen. Wieso bloß?

»Bitte, Raffaela, gib mir nur eine Minute deiner ungeteilten Aufmerksamkeit. Liebe ist mehr als ein Gefühl, Liebe muss man mit Leben füllen. Es dauert, bis zwei Menschen zusammenwachsen. Also reg dich bitte nicht so auf.«

»Ich soll mich nicht aufregen? Pascal ist auch nicht besser als seine Kumpels. Wer denkt der denn, wer er ist? Der wird sich noch umgucken, wenn er merkt, dass es einen Plan B gibt!«

»Einen …« Hannah blieb der Mund offen stehen. »Wovon redest du? Sag mal, weiß Tess überhaupt, dass du hier bist?«

Verlegen strich Raffaela ihre Bluse glatt und verwendete viel Sorgfalt darauf, die Manschetten auf- und wieder zuzuknöpfen.

»Sie hat mich zu dir geschickt«, sagte sie dann mit peinlich berührter Miene. »Sonst wäre ich ganz bestimmt nicht so früh aufgestanden.«

Irgendetwas ging hier vor, Hannah spürte es im kleinen Zeh. Und zwar irgendetwas ganz, ganz Schräges. Ihr Magen hob und senkte sich so heftig, dass sie ganz seekrank davon wurde. Dennoch versuchte sie, ruhig zu bleiben.

»Sei so lieb und erzähle mir die Geschichte jetzt mal ganz von vorn.«

Raffaelas Wimpern flatterten, ein Ausdruck größten Schuldbewusstseins glitt über ihr Gesicht.

»Es war meine Idee, Hannah. Sei mir nicht böse. Leider war es eine selten blöde Idee.«

Was kam denn jetzt? Hannahs Magen geriet langsam außer Kontrolle. Obwohl sie völlig im Dunkeln tappte, was sie erwartete, ahnte sie, dass ihr ziemlich nervenaufreibende Neuigkeiten bevorstanden.

»Dürfte ich vielleicht erfahren, um welche Idee es sich handelt?«

Mit hängendem Kopf starrte Raffaela auf die Tischplatte. Ihren Espresso hatte sie nicht angerührt.

»Wir sind Zwillinge, wir passen aufeinander auf, das musst du wissen. Also, wir waren bei diesem Ärzteball. Da stand Pascal neben uns an der Bar. Und als ich zufällig hörte, wie er einem Typen von seinem Weinhandel und von der Villa erzählte, dachte ich: Wow, klingt gut, so einer stellt was dar, den muss man nur mal zum Friseur schleifen, und die Ohren sind ein Fall für den Beauty-Doc, aber das ist ein Mann zum Heiraten. Genau richtig für meine kleine Schwester.«

»Ihr seid Zwillinge!«, warf Hannah ein.

»Ich bin fünf Minuten älter.« Raffaela schob selbstgewiss das Kinn vor, als glaube sie ernsthaft, fünf Minuten Vorsprung verschafften ihr eine gewisse schwesterliche Autorität. »Also, ich sagte: Tess, der ist wie für dich gemacht. Sie fand ihn süß, doch sie fand auch den coolen Kellner hinter der Bar ziemlich süß. Mario, Typ Latin Lover, das Gegenteil von Pascal. Deshalb habe ich mal ein bisschen auf die Tube gedrückt.«

»Auf die – Tube.«

»Tess kommt in die Jahre, Hannah. Die Zeit rennt ihr weg. Ich habe ja einen Freund, und irgendwann werde ich auf einen Ehering bestehen, doch Tess? Die will immer nur Spaß. Ein Riesenfehler, wenn du mich fragst.«

Das war es also? Stellvertretende Torschlusspanik? Solche Gedanken waren Hannah fremd – heiraten auf Teufel komm raus, weil es irgendwann zu spät sein könnte.

»Dann ging's los«, seufzte Raffaela. »An dem einen Tag hat sie sich mit Mario getroffen, am nächsten mit Pascal und so weiter. Sie konnte sich einfach nicht entscheiden. Das musste aufhören, wenn sie noch die Kurve zum Traualtar kratzen wollte – und zwar mit einem Mann, der sie versorgen kann. Ich kellnere selber, Hannah, ich weiß, was man da verdient: nix und niente. Deshalb habe ich einen Deal mit Tess gemacht.«

Fassungslos starrte Hannah in das großzügig geschminkte Gesicht.

»Bitte sag mir nicht, dass ich ein Teil des Deals war.«

Fahrig nestelte Raffaela wieder an den Manschettenknöpfen ihrer Bluse herum, und es war offensichtlich, dass sie überhaupt keine Lust auf dieses Gespräch hatte.

»Ich hab doch nur zu Tess gesagt: Gib Pascal eine Chance, das wird noch was, du verliebst dich total in ihn, wenn Hannah ihn in die Spur gebracht hat. Na ja, und so für mich habe ich gedacht: Wenn Hannah das schafft, ist der Kellner abgemeldet.«

Irgendwo summte eine Fliege, ansonsten war alles still. Einigermaßen durcheinander stand Hannah auf und stellte die Espressomaschine wieder an.

»Es war ein Kopf-an-Kopf-Rennen, Hannah«, fügte Raffaela hinzu. »Bis gestern Abend.«

»Die Party.«

»Ja, Tess war auf Marios Geburtstagsparty, es ging hoch her, na, den Rest kannst du dir denken. Tess möchte Schluss machen mit Pascal. Definitiv. Sie traut sich nur nicht, dir das zu sagen, wo du doch so viel Zeit und Energie in die Sache gesteckt hast. Deshalb musste ich heute Morgen hier antreten und dir alles beichten.«

Hannah fehlten die Worte. Das war ein waschechtes Liebeskomplott. Und ein Gefühl, als sei sie soeben mit dem offenen Cabrio durch eine Autowaschanlage gefahren.

»Wollte sie ihn denn jemals?«

»Klar. Tess mag Pascal. Die beiden haben auch ein bisschen rumgeknutscht. Aber sie war sich nicht sicher, ob …«

Raffaela sprach in einem fort weiter, während Hannahs Gedanken zu dem Küchengespräch mit Tess und ihrer Mutter abschweiften. Was hatte Tess noch gesagt? Dass alles noch ganz frisch sei und dass sie noch nicht wisse, ob es ein Happy End geben werde? Die Einzige, die wieder mal durchgeblickt hatte, war natürlich Marie-Luise Bodmer gewesen: *Wovor hast du mehr Angst, Tess? Dass er sich in dich verliebt oder dass er sich nicht in dich verliebt?*

»… aber er geht ihr auch ganz schön auf die Nerven, weil er dauernd an ihr rumerzieht, als wäre sie ein Kleinkind«, schloss Raffaela ihre Verteidigungsrede.

Geistesabwesend sah Hannah zu, wie der Espresso in die Tasse lief. Mit solchen Neuigkeiten hätte sie nie im Traum gerechnet.

»Warum hat sie mich nicht eingeweiht? Ich bin ihre beste Freundin.«

»Sei mal ehrlich – hättest du diese Aufräumaktion bei Pascal durchgezogen, wenn du gewusst hättest, dass es eine zweite Option gab?«

Gute Frage. Nein, wahrscheinlich nicht. Solche abgekarteten Spiele waren nicht nach Hannahs Geschmack. Was für ein Chaos. Doch letztlich war sich Tess treu geblieben. Sie war ihrem Herzen gefolgt, und das sprach für sie.

»Tja, das war's.« Raffaela stand auf. »Danke für alles. Der Auftrag hat sich damit selbstverständlich erledigt. Das Honorar darfst du behalten, betrachte es als Schmerzensgeld.« Sie schaute auf ihr Handy. »Oh, so spät schon. Wann ist Marie-Luise denn durch mit ihrer Meditation?«

Nun staunte Hannah dann doch noch. Nicht nur über den raffinierten Deal, den sich Raffaela ausgedacht hatte. Auch über die sachliche Art und Weise, wie sie ihren missglückten Kuppelversuch ad acta legte. Wie würde Pascal darauf reagieren? Verwirrt betrachtete Hannah die Gurken und Radieschen. Und was bedeutete das für sie?

»Hannah? Träumst du? Deine Mutter, schaust du mal?«

»Ich … ich sehe nach.« Nur mühsam löste sich Hannah aus ihrer Erstarrung. Sie zog den Gürtel ihres Bademantels fester. »Warte einen Moment. Bin gleich wieder da.«

Auf Zehenspitzen tapste sie über den Flur. Der *Ommm*-Gesang und das Glöckchenklingeln waren verstummt, die Tür zum Zimmer ihrer Mutter war geschlossen. Am Türblatt klebte ein handgeschriebener Zettel. Es war die Handschrift ihrer Mutter, neben den Worten prangte ein selbst gemaltes Mandala in Form einer Rose.

In den Tiefen der Stille öffnen sich tausend Blumen in dir. Und ihr Duft ist Liebe.

Hannah lächelte in sich hinein. Andere hätten ein *Bitte-nicht-stören*-Schild geschrieben, Jan-Philipp und ihre Mutter bevorzugten die poetische Umschreibung. Es war seltsam. Hannah hatte so viele Männer an der Seite ihrer Mutter erlebt, und fast alle hatte sie abgelehnt. Nicht weil irgendetwas falsch an den Männern gewesen wäre, sondern weil sie eifersüchtig war. Diesmal spürte sie etwas anderes: Sie gönnte es ihrer Mutter von Herzen.

»Hannah?« Raffaela erschien auf dem Flur, ihren farbenfrohen Kunstpelz hatte sie schon wieder angezogen. »Was ist? Kann ich ihr mein Mrs.-Mystery-Konzept präsentieren?«

»Ist gerade schlecht. Meine Mutter – sie meditiert noch.«

Anerkennend hob Raffaela einen Daumen, und ein spitzbübischer Zug huschte über ihr Gesicht.

»Wart's ab, sie wird die ultimative YouTube-Queen. Sensationell. Der weltbeste weibliche Guru! – Ach, ähm, Hannah? Kannst du mir noch einen Gefallen tun? Könntest du Pascal schonend darauf vorbereiten, dass Tess Schluss macht? Sie sagt es ihm natürlich noch selber, aber schon mal als kleiner Eiswürfel auf seine Gefühle?«

Das war ein dicker Hund. Ein dicker, dicker Riesenhund. Hannah zuppelte an ihrem Bademantelgürtel herum. Sie sollte Pascal die

Hiobsbotschaft überbringen? Ausgerechnet sie? Hallo Karma, könntest du bitte mal aufhören, dich lachend auf dem Bauch zu wälzen?

»Weiß nicht. Das ist ein bisschen viel verlangt, finde ich.«

»Du machst das schon.« Raffaela warf ihr eine Kusshand zu. »Das ist echte Freundschaft. Und falls du die Gesundheitsmagnete ausprobieren willst …«

»Nein, danke. Ciao, Raffaela.«

Nachdem sich Hannah vergewissert hatte, dass die Haustür fest verschlossen war, atmete sie einmal tief durch und ging auf den Küchenbalkon. Es war ein kühler Morgen. Die ganze Nacht über hatte es geregnet, und die Cannabispflänzchen wirkten ein wenig mitgenommen. Gegenüber schüttelte die Nachbarin wie eh und je ihre Bettdecke aus, Hannah winkte, und dann fing sie an zu lachen. Sie konnte gar nicht wieder aufhören. Tess und Raffaela. Zwei Geisterfahrerinnen auf dem Highway der Herzen. Dies war ein wunderbarer Morgen, um sich der Sinnlosigkeit des rationalen Daseins zu widmen. Sie holte ihr Handy aus dem Bademantel und tippte eine Nachricht an Tess.

Hallo Süße, alles in Ordnung. Wir reden später, ja? Kuss, Hannah

Dann sah sie das Symbol für einen verpassten Anruf. Pascal hatte versucht, sie zu erreichen. Es war ein Reflex, als sie auf seine Nummer tippte. In dem Moment, als sie das Freizeichen hörte, war sie gar nicht mehr sicher, ob sie das Richtige tat. Er meldete sich schon nach zwei Klingeltönen.

»Hallo Hannah, wunderbar, dass du zurückrufst. Ich würde gern mit dir den Bernsteinwein probieren. Heute Abend. Was hältst du davon? Die Kisten habe ich noch nicht aufgemacht. Ist immer was Besonderes, wenn so eine Weinlieferung kommt, und ich fände es schön, wenn du dabei bist.«

Hannah lehnte sich an das Balkongeländer. Heute Abend also.

Und wieder fragte sie sich, wie er auf Tess' Entscheidung reagieren würde.

Wieso fragst du dich eigentlich immer nur, wie er reagieren wird?, flüsterte ihre innere Stimme. Wie reagierst du denn? Wartest du auf Anweisungen? Das Leben kommt nicht mit einem Beipackzettel, Hannah.

»So um sechs?«, fragte sie.

»Die perfekte Uhrzeit für eine Verkostung. Wir reißen die Kartons auf wie die Kinder ihre Weihnachtsgeschenke, und dann lassen wir uns den honiggetränkten Bernstein aus Renés Amphoren auf der Zunge zergehen.«

Er verstummte. Sie hörte nur noch ein undeutliches Rauschen.

»Pascal?«

»Es ist mir so unangenehm, Hannah. Ich fühle mich so mies. Eigentlich wollte ich es dir erst heute Abend sagen.«

Hammerschläge hallten durch den Hinterhof. Tock, tock, tock. Wahrscheinlich klopfte irgendwo irgendwer einen Nagel in die Wand. Es dauerte einige Sekunden, bis Hannah begriff, dass es ihr eigener Herzschlag war.

»Was – wolltest du mir sagen?«

»Tess ist deine beste Freundin. Sie ist großartig, wirklich. Ein Schatz. Aber ich fürchte, das wird nichts mit uns.«

»Wie, das wird nichts?«

»Es gibt da eine andere Frau. Ich hätte es Tess längst sagen müssen, aber ich war einfach zu feige. Tess wirkt stark und selbstbewusst, dabei ist sie eine zarte Seele, und da macht man nicht so Knall auf Fall Schluss. Das muss man sensibel rüberbringen. Nur habe ich leider keine Ahnung, wie ich das anstellen soll. Du musst mir einen Gefallen tun, Hannah. Einen großen Gefallen. Könntest du Tess schonend darauf vorbereiten?«

Kapitel 14

Es goss in Strömen. Hannah war es egal. Weit vornübergebeugt hing sie über dem Fahrradlenker und trat so erbittert in die Pedale, dass die Muskeln ihrer Oberschenkel brannten. Auch egal. Selbst als ihr die Kapuze vom Kopf flog, war es ihr egal. Sollte sie doch nass werden. Was spielte das schon für eine Rolle?

Es gibt da eine andere Frau. Etwas in ihr war gesprungen wie dünnes Glas, als er es sagte.

Ohne zu bremsen, raste sie durch eine tiefe Pfütze und nahm hin, dass schmutziges Wasser in Fontänen an ihr hochspritzte. Sie schäumte vor Wut, und sie hatte alles Recht der Welt dazu. Dass Tess, die leichtlebige, flatterhafte Tess, ein doppeltes Spiel gespielt hatte, konnte Hannah ihr verzeihen. Letztlich war es ja Raffaelas Spiel gewesen. Der Kuppelversuch einer großen Schwester, die mit den besten Absichten handelte. Doch Pascal hatte keinen ersichtlichen Grund, einer Frau etwas vorzumachen. Generation Mal-sehen, haha. Er war auch nicht besser als Dennis. Immer alle Optionen offenhalten und schauen, ob noch was Besseres kam.

Bevor sie losgeradelt war, hatte sie ihrer Mutter in kurzen Zügen von den neuesten Entwicklungen berichtet. Strahlend und leuchtend war Marie-Luise Bodmer mit Jan-Philipp in die Küche gerollt, hatte sich die ganze Bescherung erzählen lassen und sogleich für Mäßigung plädiert. »Auf die Dauer nimmt die Seele die Farbe deiner Gedanken an, also versuche, den negativen Gedanken keinen Raum zu geben«, waren ihre Worte gewesen. Man müsse da mal reinatmen. Vielleicht sei das eine karmische Verstrickung. Hannah solle eine Klangschalenmeditation in Betracht ziehen, um die Ereignisse im Echoraum des Universums abklingen zu lassen.

Nee, nee, Hannah wollte gar nichts abklingen lassen. Sie wollte sich aufregen. Und den Mann zur Rede stellen, der mit ihrer besten Freundin gespielt hatte. So ein elender Schuft.

Wie ein Pfeil flitzte sie durch den morgendlichen Berufsverkehr, zwängte sich zwischen hupenden Autos hindurch und raste an geduckt laufenden Fußgängern vorbei. Dann wieder legte sie sich in die Kurven wie ein Rennfahrer und klingelte bummelige Teenager beiseite, die bei Rot über die Ampel latschten. Es konnte ihr gar nicht schnell genug gehen, Pascal zu sagen, was sie von ihm hielt: gar nichts. Pascal, verdammt. Er war eben doch ein guter Schauspieler, ganz so, wie Hauptkommissar Bernstein festgestellt hatte. Mimte den sensiblen Weinversteher, baute Vertrauen auf, aber wenn er Farbe bekennen musste, war's vorbei mit der Sensibilität. Dann siegte sein gigantisches Ego.

Hannah triefte, als sie eine Viertelstunde später vom Fahrrad stieg und es an den Gartenzaun lehnte. Ihre nassen Füße klebten in den Schuhen und erzeugten bei jedem Schritt ein schmatzendes Geräusch. Sie war durchnässt bis auf die Knochen. Na und? Es würde sowieso nicht lange dauern. Zwei, drei gepfefferte Sätze würde sie Pascal um die Segelohren hauen und danach gleich wieder zurückradeln. Womit das Kapitel Doktor Pascal Mengersen dann endgültig abgeschlossen wäre.

Wild entschlossen marschierte sie durch den regengepeitschten Garten, mit geradem Rücken und energischen Schritten. Dabei hatte sie sich nie zerbrechlicher gefühlt. Insgeheim ahnte Hannah, warum. Regte sie sich wirklich wegen Tess auf? Oder fühlte sie sich persönlich hintergangen? Aber wie sollte sie es denn nicht persönlich nehmen, wenn der Freund ihrer Freundin ihr verschwieg, dass er noch eine weitere Frau am Start hatte?

Mit der erhobenen Faust pochte sie an die Haustür, und selbst dass die Klingel nicht funktionierte, ärgerte sie heute maßlos. Pascal, der Typ, der nichts auf die Reihe kriegte. Es gab gar nicht genug gelbe Zettelchen auf der Welt, um ihn damit zu bekleben. Der war für die Tonne, das stand mal fest.

Als sich die Tür langsam öffnete, ballte Hannah noch immer die Fäuste. In ihr brodelte ein Vulkan. So, du Freund der Frauen und des Weins, dachte sie grimmig, jetzt mach dich auf was gefasst. Ich bin nicht der Dalai Lama. Ich habe beschlossen, auf die dunkle Seite zu wechseln. Ihre angestaute Wut sank allerdings in sich zusammen, als sie in das gutmütige Schnauzbartgesicht von Onkel Alfred blickte.

»Ja, Mädel, wie siehst du denn aus?«, brummte er. »Komm rein, du holst dir ja den Tod.«

Hatte sie nicht von Anfang an gewusst, dass diese Villa energetisch verstrahlt war? Aus dem Halbdunkel des Flurs tauchte hinter Onkel Alfred das Objekt ihres Zorns auf. Pascal, der Schuft. Auch heute war er wieder auffallend dezent gekleidet. Zu einer schwarzen Jeans trug er ein funkelnagelneues weißes Hemd und schwarze Sneakers. Seine Miene hellte sich ein wenig auf, als er sie unter ihrer triefenden Kapuze erkannte.

»Hannah. Das nenne ich eine Überraschung. Hatten wir nicht gesagt, um sechs?«

Sie wischte sich übers regennasse Gesicht und musterte ihn genauer. Er sah ernst aus, angespannt. Plagte ihn das schlechte Gewissen? Klar. Hatte er Angst vor ihrem Donnerwetter? Ganz bestimmt. Recht so. Solche Liebesverbrecher durften nicht ungeschoren davonkommen. Etwas linkisch versuchte er, sie zu umarmen, doch sie wich ihm aus.

»Wir müssen reden, Pascal. Unter vier Augen.«

»Ja, schon klar. Aber erst müssen Onkel Alfred und ich dir etwas Wichtiges sagen. Lass uns in die Küche gehen, ja?«

Hannah zog einen Flunsch. So war das nicht geplant. Da hatte sie sich gerade so schön in ihre Wut reingesteigert, und jetzt sollte sie sich brav an den Tisch setzen und über Wein und die Welt plaudern? Wollte Pascal ihr etwa die Luft rauslassen, weil er ahnte, was ihm blühte?

»Hat das nicht Zeit, Pascal?«

»Es ist schon viel zu viel Zeit vergangen«, sagte Onkel Alfred düster.

Erst jetzt spürte Hannah, dass etwas nicht stimmte. Alle beide wirkten merkwürdig bedrückt. So als laste etwas auf ihnen, was schwerer wog als vertrackte Liebesangelegenheiten. Etwas Dunkles, Schicksalhaftes. Es war ein beunruhigendes Gefühl. Aber was ging sie das alles an? Sie würde Pascal nie wiedersehen. Die Erinnerung an ihn würde langsam verblassen, und alles, was von ihm übrig bleiben würde, wäre eine Episode, über die sie in ein paar Jahren vielleicht mit Tess lachen konnte. Im besten Fall. Nur Onkel Alfred tat ihr leid. Das gab den Ausschlag.

»Okay«, lenkte sie ein und verwünschte sich für ihr gutes Herz.

Mit schleppenden Schritten ging Onkel Alfred voran. Pascal hakte ihn unter, eine Geste, die Hannah merkwürdig berührte. Was war mit dem alten Herrn passiert? War er krank?

In der Küche angekommen, registrierte sie sofort, dass der Raum ungewöhnlich sauber und aufgeräumt wirkte. Auch nach dem Ausmisten waren noch kleine Chaosinseln übrig geblieben, die nun alle verschwunden waren. Pfannenwender und andere Kochutensilien hatten in einer Kiste gelegen und jetzt offenbar einen neuen Platz im Schrank gefunden. Die vormals unordentlich ineinandergestapelten Töpfe standen geschrubbt in Reih und Glied auf den Regalen, die Gläschen mit Kräutern und Gewürzen waren nach Größe geordnet daneben gelandet.

Ein Frösteln überlief sie, und ohne weiteren Kommentar reichte Pascal ihr ein Küchenhandtuch, damit sie ihr Haar trocken rubbeln konnte. Es funktionierte immer noch. Diese Kommunikation ohne Worte. Glückwunsch, Hannah Bodmer, das klappt ja großartig mit dem großen Showdown.

»Besser?«, fragte er. »Warte, ich hole dir eine Decke.«

Mist, jetzt war der auch noch nett. Pascal lief aus der Küche und kam wenig später mit einer großen graubraunen Wolldecke zurück, die er ihr fürsorglich um die Schultern legte. Die Decke roch frisch gewaschen und war erstaunlich weich. Nachdem Hannah sich hineingewickelt hatte, betrachtete sie wieder die Regale.

»Ich habe hier die ganze Nacht herumgeräumt«, beantwortete Pascal ihre unausgesprochene Frage. »Schon komisch. Wenn man erst mal anfängt, kann man gar nicht mehr aufhören. Dann sieht man, was man immer übersehen wollte, und man schaut auch in die dunklen Ecken.«

Er redete nicht nur über die Küche. Hannahs Intuition sagte ihr, dass es um weit mehr ging. Vielleicht hatte es mit seiner unübersichtlichen Familiengeschichte zu tun. Die früh verstorbene Mutter, der Vater, der Reißaus genommen hatte, Fräulein Elisabeth, Onkel Alfred. Da gab es so einige dunkle Ecken. Hatte Pascal ihr deshalb in aller Frühe gestanden, es gebe eine andere Frau? Weil er reinen Tisch machen wollte? So, wie er hier in der Küche für Ordnung gesorgt hatte?

Es wäre nicht das erste Mal gewesen, dass Hannah einen eigentümlichen Effekt beobachtete: Wenn man das Außen entmüllte, sehnte man sich auch nach innerer Klarheit. Eine ihrer Kundinnen hatte nach dem Ausmisten der Wohnung gleich in ihrem Bekanntenkreis weitergemacht und alle Kontakte aussortiert, die nur aus ungeliebten Pflichtübungen bestanden. Das war weder böswillig noch egoistisch. Man musste Entscheidungen treffen, wenn man sein Leben in der Hand behalten wollte. Mehr war eben nicht mehr wert. Und es gab noch andere solcher unvermuteten Nebenwirkungen. Eine Stammkundin schwor sogar, sie habe abgenommen, seit sie sich regelmäßig von überflüssigem Ballast trenne.

Hannah schaute zu Onkel Alfred, der sich an den blank gewienerten Küchentisch gesetzt hatte und dumpf vor sich hin brütete. Seine Familiengeschichte enthielt ebenfalls einige dunkle Ecken. Dachte er an seinen abtrünnigen Sohn, der in den Drogensumpf abgerutscht war und seinen Vater nicht mehr sehen wollte? Aber das war seine Geschichte, nicht ihre. Warum also sollte sie hier herumstehen wie bestellt und nicht abgeholt und sich irgendwelche Offenbarungen anhören? Noch am Tag zuvor hätte sie darauf gebrannt, es zu erfahren. Seit dem Telefonat mit Pascal nicht mehr. *Es gibt da eine andere Frau.*

»Setz dich doch, Hannah.« Pascal stellte drei weiße Porzellanbecher mit Kaffee auf den Tisch. »Es geht um eine Familiengeschichte, die dich interessieren könnte.«

»Was du nicht sagst.«

Er bedachte sie mit einem vorwurfsvollen Blick, den Hannah nicht ganz verstand. War nicht sie es, die Grund hatte, mit solchen Blicken um sich zu werfen? Er hatte Tess hinters Licht geführt. Und sie gleich mit.

»Gestern Nacht habe ich auch in meinem Arbeitszimmer aufgeräumt«, erklärte er, während er sich zu Onkel Alfred an den Tisch setzte. »In der Schreibtischschublade fand ich einen Brief. Es war das Testament von Fräulein Elisabeth – eine Kopie des Testaments, das man in ihrer Wohnung gefunden hat. Onkel Alfred, willst du weitermachen?«

Es fiel dem alten Herrn sichtlich schwer, darüber zu reden. Sein ledrig gebräuntes Gesicht wirkte fahl, sein Körper sackte schlaff in sich zusammen.

»Was soll ich sagen«, er strich mit einer schwieligen Hand über seinen Schnauzbart, »es war keine Jugendsünde. Es war eine Dummheit, wie sie Männer in den besten Jahren begehen, wenn sie lange verheiratet sind. Liese war auch nicht mehr jung, aber sie hatte was Unwiderstehliches an sich. Damals arbeitete sie als Kindermädchen bei Freunden. Wir stürzten uns in eine Affäre, die bald Folgen hatte. Doch meine Frau war zu dieser Zeit schwanger mit unserem Sohn Paul. Ich brachte es nicht über mich, sie zu verlassen.«

Eine heilige Stille erfüllte die Küche. Hannah brauchte ein paar Schrecksekunden, um den vollen Sinn dieser Worte zu erfassen. Wahnsinn. Onkel Alfred hatte eine Affäre mit Fräulein Elisabeth gehabt?

»Und das Kind, das sie erwartete …« Die Eingebung kam ganz von selbst. Sie durchzuckte Hannah wie ein Wetterleuchten. »Das warst du, Pascal.«

Er nickte wortlos, wobei er die Lippen fest zusammenpresste. Mit einem Schlag war Hannahs Zorn verraucht. Wie ein Racheengel war sie quer durch die Stadt gerast, um Pascal mit Vorwürfen zu überschütten. Nun sah sie einen Mann, der um Fassung rang.

»Die Frau meines Bruders konnte keine Kinder bekommen«, erzählte Onkel Alfred mit brüchiger Stimme weiter. »So wurde Pascal von den beiden adoptiert. In aller Stille. Man redete nicht darüber. Pascals Mutter – seine Adoptivmutter – wurde für ein paar Monate aufs Land geschickt, danach kam sie mit einem Baby zurück. Niemand schöpfte Verdacht. Es blieb ja auch alles in der Familie.«

»Und Fräulein Elisabeth wurde als Haushälterin engagiert?«, fragte Hannah entgeistert. »Wie überaus taktvoll.«

»Ich habe meinen Bruder sogar beschworen, das zu tun.« Onkel Alfred nahm einen der Kaffeebecher und wärmte seine bebenden Finger daran. »Es wäre doch grausam gewesen, wenn sie ihr Kind nicht hätte sehen dürfen.«

»Mehr als dreieinhalb Jahrzehnte habe ich mit meiner leiblichen Mutter verbracht, ohne es zu wissen«, sagte Pascal heiser. »Sie hat nie ein Wort darüber verloren. Hat mir nur Pfannkuchen gebacken, die Schulbrote geschmiert, meine Wäsche gewaschen, mich in den Arm genommen, wenn ich traurig war. Spätabends ist sie dann nach Hause gegangen, weil wir nicht unter einem Dach wohnen durften. Ich habe sie geliebt. Und nun ist sie tot.«

Onkel Alfred langte über den Tisch und legte eine Hand auf Pascals ineinander verschlungene Finger.

»Schon gut, Junge.« Er drehte den Kopf zu Hannah, die unbeweglich auf ihrem Stuhl saß. »Ich überschrieb Liese eine größere Summe, damals, als ich noch vermögend war, damit sie abgesichert ist. Sie hat das Geld nie angerührt, sie hat alles für Pascal aufgehoben.«

Damit erhob er sich schwerfällig. Hannah versuchte, sich vorzustellen, wie er wohl als jüngerer Mann ausgesehen hatte. Und jetzt erkannte sie die Ähnlichkeit mit Pascal, die ihr vorher nicht aufgefallen war. Sie hatten die gleichen dunkelblauen Augen, die gleichen vollen Lippen.

»So viel zum Thema unterhaltsame Familienerinnerungen«, lächelte Pascal mit gequältem Sarkasmus, nachdem sein Vater aus der Küche geschlurft war. »Tut mir leid, vielleicht hätte ich es dir ersparen sollen. Es war nur so ein Gefühl, dass du es erfahren solltest.«

Hannah stand immer noch im Bann dieser unglaublichen Geschichte. Wie mussten Menschen drauf sein, die ein Kind über seine wahre Herkunft im Unklaren ließen? Und das vermutlich nur im Namen der gesellschaftlichen Konvention?

»Es ist ein Vertrauensbeweis, dass ihr mich eingeweiht habt.« Fröstelnd zog sie die Decke fester um ihre Schultern. »Wie bist du der Geschichte eigentlich auf die Spur gekommen?«

Er griff zu seinem Kaffeebecher und trank einen Schluck, dann sah er sie über den Becherrand hinweg an.

»Das habe ich dir und deinem lästigen Ordnungsfimmel zu verdanken. Hinsehen statt wegsehen, die dunklen Ecken ausmisten. Hinweise gab es genug. Ich fühlte mich immer viel mehr zu Onkel Alfred hingezogen als zu meinem Vater. Der blieb mir fremd, und ich glaube, ihm ging es genauso. Auch das Verhältnis zu meiner Mutter war kühl. So richtig nahe habe ich mich ihr nie gefühlt. – Sorry, klingt das jetzt sehr nach Jammerlappen?«

»Quatsch.«

»Na ja, und nachdem ich das Testament gefunden hatte, musste ich nur eins und eins zusammenzählen. Gleich heute Morgen bin ich zu Onkel Alfred gegangen, um ihn zur Rede zu stellen. Da hat er dann alles zugegeben.«

Wie in Trance nahm sich Hannah einen Porzellanbecher und trank den längst abgekühlten Kaffee in kleinen Schlucken. Familiengeheimnisse. Wohlgehütet und wohlverborgen, bis sie eines Tages unweigerlich ans Licht kamen – sofern die Nachgeborenen den Mut hatten, in die dunklen Ecken zu sehen.

»Weißt du, was mich wütend macht, richtig wütend?« Wie aus heiterem Himmel ließ Pascal seine Faust auf den Tisch sausen, dass die Kaffeebecher hüpften. »Irgend so ein Scheißkerl hat sie ermordet, bevor ich es rausgefunden habe! Irgend so ein mieses Schwein! Wenn ich darüber nachdenke, könnte ich selber zum Mörder werden!«

»Hey, hey, das lässt du bitte mal bleiben«, versuchte Hannah ihn zu beruhigen. »Lass uns lieber noch mal alles durchgehen.«

Die Beine seines Stuhls schrammten quietschend über den Holzboden, als er impulsiv aufstand. In seinen Augen loderte das Höllenfeuer. Mit verschränkten Armen stellte er sich ans Fenster und starrte hinaus.

»Ich bin das hundertmal durchgegangen, Hannah. Tausendmal. Was ist hier abgelaufen?«

Diese Frage hatte sich Hannah mindestens so oft gestellt wie er. Und war immer wieder an der seltsamen Konstellation gescheitert. Zwei Morde, kein Zusammenhang. Oder?

»Gehen wir mal davon aus, dass der Einbrecher Fräulein Elisabeth getötet hat«, sie kaute auf ihrer Unterlippe herum, »wer hat dann den Einbrecher getötet?«

Pascal schien sich durchaus für die Idee begeistern zu können, eine neue Theorie aufzustellen. Er kehrte an den Küchentisch zurück und setzte sich. Unruhig strichen seine Hände über die Tischplatte.

»Okay. Punkt eins. Der Typ kommt ins Haus. Fräulein Elisabeth – entschuldige, alte Gewohnheit, ich kann irgendwie nicht Mutter sagen – überrascht ihn. Er tötet sie, mein Gott, er schleppt sie auf den Dachboden. Dann geht er in den Keller? Wieso in den Keller? Mein Arbeitszimmer liegt im ersten Stock.«

»Ich habe keine Ahnung.«

»Und wenn er nun doch hinter dem Wein her war?«, gab Pascal zu bedenken.

»Sekunde.« Hannah überlegte. »Kannte Fräulein Elisabeth den Zahlencode des Weinkellers?«

»Ja klar. Sie hat dort sauber gemacht.«

»Aha.« Es war fast eine Art Jagdfieber, das Hannah erfasste. Ihr wurde warm, trotz der feuchten Klamotten. »Noch mal von vorn. Der Einbrecher kommt ins Haus. Er braucht Fräulein Elisabeth, um in den Weinkeller zu gelangen. Danach tötet er sie, bringt sie auf den Dachboden. Dann – wird er überrascht!«

»Von Täter Nummer zwei!«

Sie schauten einander an.

»Stumpfe Gewalteinwirkung, Metallpartikel«, sagte Hannah.

»Ein Werkzeug.«

»Eine Heckenschere?« Sie schlug sich die Hand vor den Mund. Es war ihr spontan in den Sinn gekommen, aber vielleicht hätte sie es lieber nicht gleich rausposaunen sollen. »Entschuldige bitte, Pascal. Dämliche Idee.«

»Das kannst du laut sagen.«

So kamen sie nicht weiter. Sie drehten sich im Kreis. Hannah wurde ganz schwindelig von dem Gedankenkarussell, das sich in einer Endlosschleife drehte. Auch Pascal war offensichtlich frustriert von den ergebnislosen Spekulationen. Er nahm seine Brille ab und rieb sich gedankenverloren die Nasenwurzel. Dann blickte er auf, und seine Augen funkelten auf einmal unternehmungslustig.

»Du kannst mich gern für verrückt erklären, aber ich trinke jetzt ein großes Glas von Renés flüssigem Bernstein.« Ruckartig setzte er die Brille wieder auf und schaute auf seine Uhr. »Halb neun. Die perfekte Zeit für einen guten Wein.«

»Das sagst du immer.«

»Wie bitte?«

»Ganz gleich, welche Uhrzeit, bei dir ist es immer der perfekte Zeitpunkt für einen Wein.«

Ein schwaches Lächeln erschien auf seinem Gesicht. Womöglich bildete Hannah es sich nur ein, aber offenbar gefiel ihm, dass sie ihn durchschaut hatte. Und ihr gefiel, dass sie ihn aus seiner trüben Stimmung herausgeholt hatte. Dabei wollte sie ihm eigentlich die wüstesten Beschimpfungen an den Kopf werfen, als sie hergekommen war. Spätestens nach dem Glas Wein ist er fällig, nahm sie sich vor. Das bin ich Tess schuldig.

»Lass uns einen Schluck auf Fräulein Elisabeth trinken«, sagte er in einem feierlichen Ton. »Ich habe noch Baguette im Schrank, das nehmen wir mit nach unten, damit du den Gedenkschluck überlebst. Möchtest du vorher was Trockenes anziehen?«

»Ein Superman-T-Shirt vielleicht?«, zog sie ihn auf.

»Jetzt werd mal nicht frech.«

Zehn Minuten später standen sie vor dem Sesam-öffne-dich im Keller. Pascal in einem schwarzen Wollpullover über seinem Hemd, Hannah in einer viel zu großen olivgrünen Cargohose, grauen Skisocken und einem gelben Sweatshirt, das nach Pascal duftete. Sie hätte sich eher die Zunge abgebissen, als ihm zu gestehen, wie wohl sie sich darin fühlte.

Er tippte schon den Code ein. Die getarnte Tür schwang nach innen, die LED-Lämpchen flammten auf. Der Effekt hatte nichts von seinem Zauber verloren, obwohl Hannah ihn nun schon zum zweiten Mal erlebte. Es war atemberaubend. Tausende Lichtreflexe spielten auf den Weinflaschen, die in den klimatisierten Schränken lagerten wie Juwelen in gläsernen, holzeingefassten Tresoren. Auch das abgestufte Farbenspiel der Einrichtung trug zu dem erhebenden Eindruck bei. Zusammen mit dem walnussbraunen Natursteinboden ergaben die hellen, warmen Holztöne der Weinschränke und das Cognacbraun der Couchen einen Farbdreiklang, dessen Harmonie man sofort spürte, nicht nur sah.

Hannah spürte es jedenfalls. Sie schlenderte zu einer Couch und setzte sich auf die Lehne, um Pascal zu beobachten, der hinter den Tresen glitt und zwei Gläser aus dem Schrank holte. Man merkte ihm an, dass das hier sein Terrain war. Er bewegte sich sogar anders. Lockerer, selbstverständlicher.

»Willkommen im Naherholungsbereich«, imitierte er den Tonfall eines Ferienclubanimateurs. »Bist du schon gespannt?«

»Auf den Wein? Du weißt ja schon, dass ich ein absoluter Weindepp bin. Mehr als eine laienhafte Meinung habe ich nicht anzubieten.«

Er lächelte sie nachsichtig an.

»Du hast weit mehr zu bieten. Der Laie staunt, der Fachmann wundert sich, sagt Onkel Alfred immer.« Dann hielt er betroffen inne. »Er ist mein Vater, Hannah. Kannst du dir vorstellen, was für ein seltsames Gefühl das ist? Wenn du erfährst, dass jemand, der dir von Kindheit an vertraut ist, plötzlich dein Vater sein soll?«

Sie zuckte mit den Achseln. Bei diesem Thema konnte sie so gar nicht mitreden, Marie-Luise Bodmers Unternehmensgeist sei Dank.

»Ich habe meinen Vater nie kennengelernt, ich weiß nur, dass er Trommelkurse in einem indischen Aschram gegeben hat und ein begnadeter Tänzer gewesen sein soll.«

»Oh. Verstehe. Dann sollten wir auch auf ihn einen Gedenkschluck trinken.«

Mit der Beiläufigkeit eines souveränen Gastgebers stellte Pascal die Gläser auf den niedrigen Tisch aus Travertinmarmor, der zwischen den Couchen stand, und ging zurück zum Tresen, um das Baguette zu holen.

»Wo ist er denn nun, dein sagenhafter Superwein?«, fragte Hannah.

»Die Leute vom Lieferservice haben ihn dahinten abgestellt.« Pascal zeigte auf eine Ecke an der Stirnwand, wo sich viele helle Pappkartons übereinanderstapelten. Die Kisten waren nicht bedruckt, wie Hannah auffiel. Vermutlich lohnte es sich nicht für René, bei seinen kleinen Stückzahlen extra Kartons bedrucken zu lassen. Irgendwie machte es das sogar exklusiver. Kein auffallendes Label, dafür ein puristisches Design.

»Zwanzig Kisten, Hannah.« Pascals Stimme bebte vor Ergriffenheit. »Das ist mehr, als ich zu hoffen gewagt habe. Sie wurden von einer französischen Lieferfirma direkt bei René abgeholt und hierhergebracht. Solche Preziosen schickt man nicht mit der Post. Kam zwar mit einigen Tagen Verspätung, die Lieferung, aber das passiert häufiger. Komm, wir öffnen die erste Kiste zusammen.«

Allmählich wurde auch Hannah von seiner Euphorie angesteckt. Sie dachte an die Amphoren aus Ton und an den Winzer, der sogar nachts aufstand, um seinen Wein umzurühren. Irgendwie mochte sie den Gedanken, dass es Menschen gab, die ihrem Handwerk mit so viel Liebe nachgingen. Neugierig lief sie zu Pascal, der sich schon über eine Kiste beugte und sie so vorsichtig aufriss, als sei Meißner Porzellan darin. Mit der gleichen zärtlichen Umsicht zog er eine Flasche heraus. Und stutzte.

»Das gluckert gar nicht. Das ist … kein … Wein.« Verständnislos drehte Pascal die Flasche in seinen Händen hin und her. Er war kreideweiß geworden. »Ich begreife das nicht. Da ist auch gar kein Etikett drauf.«

»Dann fragt sich ja wohl, was drin ist. Warte, ich hole einen Korkenzieher.«

Sie hechtete zum Tresen und wühlte in der Schublade des Schranks, wo sie bei ihrer ersten Besichtigung einen Profikorkenzieher gesehen hatte. Er hatte einen Dorn, den man in den Korken steckte, und funktionierte mit Gasdruck. Das ging schnell, und der Korken blieb garantiert heil, doch wie dieses Wunderding funktionierte, hatte Hannah noch nie begriffen. Im Laufschritt brachte sie es Pascal, der den Dorn mit einer beherzten Bewegung in den Korken stach. Ein trockenes Plopp. Sie zuckten beide zurück, als dem Flaschenhals eine weiße Wolke entwich.

»Was zum Teufel …«, krächzte Pascal.

Hustend fegte sich Hannah den Staub von Gesicht und Sweatshirt. Auch Pascal sah aus, als sei er in einen Mehlsack gefallen.

»Puh, ist das übel.« Sie hustete noch ein paarmal, um den feinen Staub loszuwerden, den sie eingeatmet hatte. »Seit wann kommt denn Wein als Pulver? Erzähl mir jetzt bitte nicht, der wird mit Wasser angerührt wie eine Tütensuppe.«

»Was zur Hölle ist das?«, fragte Pascal.

»Ich kenne mich mit Drogen ja genauso wenig aus wie mit Wein, aber könnte das Kokain sein? Nur mal so als laienhafte Frage in den Raum gestellt.«

Mit einem Ausdruck größten Entsetzens musterte er die Kartonstapel.

»Wenn das stimmt, großer Gott …«

Hannah schaute ebenfalls zu den Kartons, von denen wahrscheinlich nicht ein einziger Wein enthielt.

»… dann haben wir es hier mit einer Lieferung zu tun, die mehr wert sein dürfte als dein ganzer Weinkeller.«

Stöhnend ließ sich Pascal auf die Couch fallen. Er sah vollkommen fertig aus. Es dauerte eine Weile, bis er die Sprache wiederfand.

»Ich bekomme regelmäßig Weinlieferungen aus Südfrankreich. Und in Marseille legen große Containerschiffe an, in denen oft Drogen geschmuggelt werden.«

Es war ein Leichtes für Hannah, seinem Gedankengang zu folgen, dagegen konnte sie quasi gar nichts tun. Sie setzte sich neben ihn und schlug die Beine übereinander.

»Dann muss das Zeug verteilt werden. Eigentlich ziemlich simpel. Innerhalb von Europa gibt es keine Zollkontrollen mehr, nur Stichproben, und so können die Drogenbarone …«

»Stopp.« Seine Finger gruben sich in ihren Arm. »Sag das noch mal.«

»Drogen…« Jetzt fiel auch bei Hannah der Groschen. »Dein Cousin. Dein Halbbruder, besser gesagt.«

Mit zerfurchter Stirn saß Pascal da. Dann begann er ungeduldig mit den Fingern zu schnippen, als sei er schon ganz dicht dran an einer bahnbrechenden Erkenntnis. Unterdessen zermarterte sich auch Hannah das Hirn, wie das alles zusammenpasste.

»Gab es einen Lieferschein, Pascal? Was genau stand da drauf?«

»Ja, es gab einen Lieferschein«, das Fingerschnippen wurde langsamer, »keine Ahnung, was da draufstand, ich habe ihn unterschrieben und dann irgendwo hingelegt.«

»Irgendwo«, parodierte Hannah seinen Tonfall. »Weil du neuerdings ja so ordentlich bist.«

Er ignorierte ihre Frotzelei. Nervös wippten seine Fußspitzen auf und nieder.

»Warum lässt sich dieser Honk die falschen Flaschen nicht einfach nach Hause liefern? Oder in ein Versteck?«

Diese Frage hatte Hannah auch schon im Stillen erörtert, und so konnte sie ihm eine schlüssige Erklärung servieren. Auf dem Silbertablett sozusagen. Und mit klammheimlicher Freude, dass sie als Erste darauf gekommen war. Es hatte einen eigenartigen Reiz, sich auf sportliche Weise mit Pascal zu messen.

»Ein Risiko bleibt so ein Drogentransport immer, Pascal. Falls der Zoll oder die Polizei zuschlägt, ist es besser für deinen Cousin, wenn du der Adressat bist. Du hast dann den Schwarzen Peter an der Hacke, und dein Cousin bleibt völlig außen vor. Ist sowieso unauffälliger, die Lieferung an dich zu schicken, weil du einen Weinhandel betreibst. Dein Cousin muss dann nur noch einen hammerharten Profi engagieren, der die Kartons hier rausholt. Und notfalls über Leichen geht.«

Kopfschüttelnd zupfte er einen Fussel von seinem Pullover. Es blieb ihm nichts anderes übrig, als ihre Theorie zu bestätigen. Was er auch tat.

»Kein Zweifel, genauso läuft das. Hat dir schon mal jemand gesagt, dass du ziemlich clever bist? Wo lernt man das? In indischen Aschrams?«

Sie lächelte vergnügt.

»Ich war auf so vielen verschiedenen Schulen, Pascal, ich erinnere mich gar nicht mehr an alle. Sagen wir, ich habe überall ein bisschen was aufgeschnappt.«

Beide atmeten sie synchron aus. Als sie es bemerkten, mussten sie beide ebenso synchron lachen. Bitte nicht, dachte Hannah, es fühlt sich viel zu gut an. Dieser Mann ist nett, er ist sympathisch, er ist alles, was ich will, aber er hat Tess verladen und sich für eine andere entschieden. Also Sicherheitsabstand einhalten. Sie federte hoch und ging zum Tresen, wo sie sich auf einem Barhocker niederließ. Lass es dir nicht anmerken, schärfte sie sich ein. Pascal soll bloß nicht denken, dass du auf ihn stehst.

»Paul muss alles minutiös überwacht haben«, trieb sie die gemeinsamen Überlegungen weiter voran. »Zum Beispiel wusste er, für wann der Transport geplant war, weswegen er seinen kriminellen Handlanger erst zu früh losgeschickt hat. Das zerbrochene Kellerfenster, du erinnerst dich?«

Er legte einen Arm über die Couchlehne und drehte sich zu ihr um.

»Ob ich mich erinnere? Soll das ein Witz sein?«

»Ja, okay, du hast es mir erzählt.« Um seinem Funken sprühenden Blick zu entgehen, umfasste Hannah den großen Kandelaber, der auf dem Tresen stand, und schob ihn wie absichtslos hin und her. »Was wird wohl unser eifriger Kommissar sagen, wenn wir ihm jetzt auch noch kiloweise Koks präsentieren? Kommen wir dann in Untersuchungshaft oder gleich in den Hochsicherheitstrakt für schwere Fälle?«

»Bernstein. Den hatte ich fast vergessen.« Nachdenklich rieb sich Pascal das stoppelige Kinn. »Und weißt du, was wir noch vergessen haben?«

»Dass dein Cousin bald den nächsten Profi für alle Fälle schickt?«

»Genau, und das heißt, dass wir ganz schön – entschuldige vielmals das Wort – in der Scheiße sitzen.«

Kapitel 15

Ratatouille war das beste Durcheinander der Welt, fand Hannah. Eine höhere Ordnung sozusagen, die durch die raffinierte Kombination der Gemüsesorten entstand. Ein unbeschreiblich verführerischer Duft zog durch die Küche. Auberginen, Zucchini, Tomaten, Paprikaschoten, Gemüsezwiebeln und Knoblauch vereinigten sich zu einem nahezu betäubenden Aroma. Hinzu kamen natürlich die Kräuter. Pascal nahm Rosmarin, Thymian, Salbei und getrocknete Lavendelblüten.

»Essen muss der Mensch«, sagte er, während er die kleinen Nadeln von frischen Rosmarinzweigen abzwackte, um sie fein zu hacken. »Sonst schmeckt der Wein auch gar nicht.«

»Ich kenne einen Ort, wo du dreimal am Tag was zu essen bekommst – im Knast.«

»So weit ist es noch nicht«, grummelte er.

»Nimm es mir nicht übel«, Hannah strich mit dem Daumen über das Sweatshirt, in dem Pascals Duft hing wie ein Versprechen, »ich muss langsam nach Hause. Es ist schon halb zwölf und damit an der Zeit, etwas für meine Mutter zu kochen. Sie hat ihren festen Rhythmus.«

»Hol sie doch her. Sie kann mit uns essen.«

»Hierher?«

»Warum nicht?« Sein Blick schweifte über die Weinflaschen bevor er eine aus dem Regal nahm. »Dies ist zwar nicht gerade ein barrierefreies Haus, aber ich könnte sie durch den Garten tragen.«

»Nachdem du sie mit deinem Motorroller abgeholt hast. Wie lustig.«

Grübelnd entfernte er das Stanniolpapier des Flaschenhalses und warf es in den Mülleimer.

»Gibt es nicht Krankentransporte? Diese Taxis, wo ein Rollstuhl reinpasst?«

»Ja, schon, aber das kostet auch einiges.«

Aus der Schublade holte er einen Korkenzieher, es war ein Zwilling zu dem Exemplar im Weinkeller. Im Handumdrehen hatte er die Flasche entkorkt und schnupperte daran.

»Hannah, du hast eine Menge für mich getan, und du hast einiges mitgemacht in diesen Tagen. Normalerweise schenkt man einer Frau Blumen, wenn man sich bedanken will. Was hältst du davon, wenn ich mich mit dem Krankentransport bedanke? Ich habe eine Taxi-App, das geht ganz easy.«

Wie konnte ein Mann nur so aufmerksam sein? Und so einfühlsam? Hannah mochte Blumen, doch diese Idee war so viel schöner als jeder Blumenstrauß der Welt. Und für ihre Mutter wäre solch ein Ausflug sicher eine willkommene Abwechslung. Verflixt. Pascal machte es ihr höllisch schwer mit der Gardinenpredigt, die sie ihm wegen Tess zu halten gedachte. Später. Sie wusste selber, dass sie dieses Gespräch vor sich herschob. Es würde unangenehm werden, und danach würde nichts mehr wie vorher sein.

»Ich rufe meine Mutter an und frage sie, ob sie einverstanden ist. Und du überlege bitte, ob und wann du die Polizei rufen willst. Ist nämlich kein fröhlicher Gedanke, dass hier jeden Moment ein bewaffneter Schwerkrimineller reinplatzen könnte, um sich das Koks zu holen.«

»Da ist was dran.« Reflexhaft schaute er zum Fenster, an dessen Rahmen das rote Lämpchen blinkte. »Immerhin, die Alarmanlage ist aktiviert.«

»Ja, schön für die Alarmanlage, wenn die Polizei dann eine Viertelstunde später eintrifft und nur noch unsere Reste von der Wand kratzen kann.«

»Hannah! Du hast ja krasse Phantasien!«

»Aber erst, seit ich in diesem Haus zwei Leichen gefunden habe. Da wird man abgebrüht.«

Er nahm das große Hackmesser, mit dem er die Kräuter zerkleinert hatte, und fuhr damit kreuzweise durch die Luft, als sei es ein Samuraischwert.

»Sag deiner Mutter einen schönen Gruß und dass ich mich persönlich um ihre Sicherheit kümmern werde.«

Aus den Tiefen der Cargohose holte Hannah ihr Handy heraus. Würde sich Marie-Luise Bodmer wundern über die merkwürdige Einladung? Nein, sie wird wahrscheinlich da reinatmen, überlegte Hannah schmunzelnd. Und irgendeine unvergängliche Weisheit ausatmen.

»Hallo? Mama?«

»Kleines, schön, dass du dich meldest.«

»Hättest du Lust auf Ratatouille? Bei Pascal? Das ist dieser …«

»Ich weiß, wer das ist, mein Licht und mein Leben.«

Sie sagte es auf diese wissende Art, in der die ganze Großzügigkeit eines spirituellen Menschen lag, der alles intuitiv erfasste, alles verstand und alles tolerierte.

»Er würde dir einen Krankentransport schicken, sofern du nicht mittlerweile das Geheimnis der Präsenz an beliebigen Orten gelüftet hast. Natürlich begleite ich dich. Ich komme mit dem Rad und helfe dir.«

»Nicht nötig. Jan-Philipp ist noch da. Dürfen wir als frisch verbundene Seelenverwandte zu zweit kommen?«

Hannah schaute zu dem ausladenden Küchentisch, dann zu Pascal, der Lavendelblüten in den großen Topf streute. Er hatte solche Mengen gekocht, dass es auch für zehn gereicht hätte. Plötzlich durchströmte sie ein unsinniges Glücksgefühl. Einen Mann wie Pascal musste man nicht fragen. Sie konnte ihm blind vertrauen, dass es in Ordnung war, wenn ein weiterer Gast am Tisch saß.

»Gern zu zweit. Ich freue mich, die Adresse schicke ich dir auf WhatsApp. Kommt, wann immer eure feinstoffliche Materialität einen Energietransfer braucht. Konventionell gesagt – so gegen zwölf?«

»Durch Zeit und Raum. Licht und Liebe.«

Sie hatte aufgelegt. Hannahs Wangen glühten, und sie wusste selber nicht warum.

»Klappt es also?«, fragte Pascal.

»Sie machen sich auf den Weg der Weisheit.« Hannah nahm einen großen Löffel, um die Ratatouille direkt aus dem Topf zu probieren. Warum schmeckte das Essen immer am leckersten, wenn man es aus dem Topf aß? Sie pustete über den vollen Löffel. »Wir sollten wirklich den Kommissar anrufen. Vielleicht bekommst du ja doch noch deinen Polizeischutz.«

»Und dann?«

»Ertappen die den Wen-auch-immer, der sich das Koks holt, auf frischer Tat«, erwiderte sie kauend.

»Wäre ein Plan.« Versonnen starrte Pascal in die brodelnde Gemüsemischung. »Ich frage mich nur, wo Renés Wein abgeblieben ist. Zwanzig Kisten, Hannah. Die können doch nicht einfach so verschwinden.«

Vor ihrem geistigen Auge lagen die Weinflaschen irgendwo im Straßengraben. Wenn Drogenschmuggler einen Weintransporter kaperten, dann machten sie sich sicherlich nicht die Mühe, die Weinkisten zum nächsten Fundbüro zu bringen. Dann kippten sie die Ladung einfach dorthin, wo sie gerade waren. Eine schreckliche Vorstellung. Hannah unterließ es, Pascal dieses schaurige Bild zu schildern.

»Wenn du die Polizei alarmierst, müsstest du natürlich die Leute von der Spurensicherung in deinen heiligen Weinkeller lassen, anders geht es nicht.«

Er sah von seinen Rosmarinzweigen auf, denen er sich wieder gewidmet hatte, und Hannah stellte widerstrebend fest, wie attraktiv es war, wenn ein Mann kochte. Es hatte so etwas Sinnliches. Pascal war in seinem Element, wie er da seine Ratatouille zauberte. Jeder Handgriff saß, zwischendurch naschte er von den Tomatenwürfeln, die auf dem Schneidebrett übrig geblieben waren.

»Du meinst, ich soll diese Typen in ihren Overalls durch meinen Weinkeller trampeln lassen?« Er rümpfte die Nase. »Horror.«

Es gab noch andere Fragen, die Hannah auf dem Herzen lagen. Zum Beispiel, was sich Pascal eigentlich dabei gedacht hatte, Tess hinzuhalten, obwohl er längst eine andere Freundin hatte. Sicherlich war es auch dieser ominösen Konkurrentin zu verdanken, dass er sich deutlich smarter kleidete, beim Friseur gewesen war und den Bart auf Drei-Tage-Format getrimmt hatte. Sie zögerte. Angesichts des brisanten Drogenfunds erschien es ihr albern, über Beziehungsangelegenheiten zu sprechen. Oder drückte sie sich etwa nur davor?

Pascal rührte mehrmals die Ratatouille um, dann legte er den Kochlöffel beiseite.

»Ich kann immer noch nicht fassen, dass Onkel Alfred mein Vater ist. Und dass ich all die Jahre die Zeichen verdrängt habe.«

Das konnte Hannah bestens nachvollziehen, obwohl sie selber diese Erfahrung nie gemacht hatte. Es veränderte vermutlich alles, wenn man wusste, woher man kam.

»Wie geht es dir damit?«

»Schwer zu sagen.« Sein Blick streifte die akkurat angeordneten Töpfe, die Gewürzgläschen, die Weinflaschen und richtete sich schließlich auf Hannah. »Im Grunde fühlt es sich gar nicht so unangenehm an. Wir hatten immer schon diese Verbindung, und seit er im Gartenhäuschen wohnt, sehen wir uns täglich – außer wenn ich auf Reisen bin. In den letzten Jahren war er immer für mich da, auf seine Art. Wir haben so manche Flasche zusammen getrunken. Mit Onkel Alfred kann man wunderbar über Wein philosophieren.«

»Der Tod von Fräulein Elisabeth muss ein Schlag für ihn gewesen sein.«

Pascal stöhnte auf und wandte sich ab, zum Fenster. Draußen versank alles grau in grau, ein stürmischer Wind zerzauste die Baumkronen, heftig prasselte der Regen gegen das Fensterglas.

»Sie haben sich immer gezankt. Wie ein altes Ehepaar. Schon daran hätte ich erkennen können, dass sie einander mochten.«

»Interessante Theorie.« Hannah unterdrückte ein leises Lachen. »Beziehung ist, wenn man sich streitet?«

»Ja, genau.« Trotz seiner gerade noch so trüben Verfassung lächelte er verschmitzt vor sich hin. »Ist doch so. Nur solange man sich streitet, ist da noch Feuer im Ofen. Also, ich meine keinen hasserfüllten Streit, nur dieses lustvolle Wortgefecht, so wie bei …«

Unvermittelt sah er sie an, und Hannah spürte eine heiße Woge in sich hochbranden. Da sie leider wusste, was er dachte, konnte sie den Satz mühelos vollenden: *So wie bei uns*. Von der ersten Begegnung im Garten an hatten sie sich ineinander verhakt. Es war ein dauernder Schlagabtausch gewesen, der irgendwie Spaß gemacht hatte. Hannah würde es vermissen, das wusste sie jetzt schon. Weil ein Flirren darin lag, ein unwiderstehlicher Kitzel.

»Das hier ist definitv der passende Wein zur Ratatouille«, wechselte er sehr auffällig das Thema; während er auf die geöffnete Flasche zeigte. »Ein Roter mit viel Körper, um den Kräuteraromen der Ratatouille und der fruchtigen Säure der Tomaten etwas entgegenzusetzen.«

Seine Augen glitten über die Weinflaschen, die neuerdings genauso untadelig angeordnet waren wie die Töpfe und Gläschen. Dann betrachtet er lange das Etikett des Weins seiner Wahl. Es hatte eine ovale Form, über dem Schriftzug prangte ein weiß-rot-blaues Wappen.

»Der ist es. Ich dekantiere ihn schon mal, damit er atmen kann.«

Er holte eine Karaffe aus dem Küchenschrank, füllte den Wein darin um und hielt ihr die Karaffe hin.

»Schnupper mal. Was riechst du?«

Sie hielt ihre Nase über die Öffnung.

»Das ist zweifelsfrei Rotwein und keine Cola.«

»Komm schon, nicht so störrisch«, lächelte er. »Du magst ein totaler Weindepp sein, aber dein Riechvermögen ist bestens ausgeprägt.«

Hannah hob die Augenbrauen. Was bitte schön wollte er denn damit sagen? Seine Augen hinter den Brillengläsern blitzten.

»Seit du das Sweatshirt angezogen hast, schnupperst du daran. Und zwar so, als ob du den Geruch magst.«

Eine heiße Röte schoss Hannah in die Wangen. War es so offensichtlich gewesen? Sie fühlte sich ertappt. Und jämmerlich. Er wusste also, dass sie ihn mochte. Das lief ja völlig in die falsche Richtung.

»Komm, noch ein Versuch mit dem Wein«, insistierte er. »Die Geruchsprobe ist das A und O bei der Weinverkostung. Oft erzählt sie mehr über die Qualität des Weins als der Geschmack. Die Zunge kann man täuschen, die Nase nicht. Alle Besonderheiten eines Weins erkennt man im Bouquet. So wie alle Unstimmigkeiten. Zum Beispiel, wenn er gepanscht ist oder wenn chemische Stoffe beigefügt wurden, die nicht da reingehören.«

Hannah war es sowieso lieber, an der Karaffe zu schnuppern, als in sein amüsiertes Gesicht zu sehen. Sie hatte sich verraten, das ärgerte sie und ängstigte sie auch ein bisschen, weil es sie verwundbar machte.

»Ich rieche, warte, etwas Holziges. Eine Sommerwiese mit Kräutern. Beeren, dunkle Beeren, und – Sonne? Kann man Sonne riechen?«

»Du kannst das.«

Das hatte wie ein liebevolles Lob geklungen. Plötzlich lag eine Wärme in seiner Stimme, die Hannah noch mehr Angst machte.

»Das ist ein Barrique-Wein, er wurde in speziellen Holzfässern gelagert«, erläuterte er den Duft. »Du liegst also genau richtig mit deinem Geruchssinn. Die Sommerwiese und die Beeren gehen auch in Ordnung, südfranzösische Weine enthalten viele kräftige Kräuternuancen und fruchtig-dunkle Aromen. Jetzt testen wir die Konsistenz.«

Hallo? Wer hat gesagt, dass ich eine Weinprobe will?, dachte Hannah. Gibt es da nicht einige Dinge zu regeln, die sehr viel wichtiger sind? Die Polizei anrufen, zum Beispiel? Den Drogenfund melden? Die neue Theorie über den Einbrecher referieren? Aber Pascal tat so, als hätten sie alle Zeit der Welt. Wenn es um Wein ging, surfte er offenbar in einem Paralleluniversum. In einem weiten Strahl goss er ein wenig von dem Rotwein in ein großes Glas und schwenkte die Flüssigkeit hin und her.

»Siehst du die Schlieren, die sich innen am Glas absetzen?«

Ja, Hannah sah sie. Der Wein hinterließ einen feinen transparenten Film.

»Man nennt sie Kirchenfenster oder auch Tränen«, erklärte er. »Daraus kann man bereits vor dem Trinken schließen, dass es ein vollmundiger Wein mit einigen Umdrehungen ist.«

»Mit viel Alkohol also, damit man möglichst viele Hirnzellen vernichten kann.«

Er zog eine Grimasse. Natürlich wusste er, dass sie ihn nur ärgern wollte. Weil es eben Spaß machte, Pascal zu ärgern. Himmel, ich führe mich auf, als wäre ich im Kindergarten, schoss es Hannah durch den Kopf. Und das liegt nur an diesem unmöglichen Kerl. Doktor Pascal Mengersen ist eine Plage.

»Ich trinke nie mehr, als mit aller Gewalt reingeht«, grinste er. »Nein, Spaß, Weintrinker sind im Allgemeinen Genussmenschen. Es geht nicht darum, sich vollzuschütten. Man zelebriert das Trinken als einen erotischen Tanz mit vielen Akten. Allein die Geruchsprobe ist wie ein verheißungsvolles Vorspiel.«

Ja, du Schlaumeier, und jetzt hast du mich so richtig aus der Kurve getragen. Ein sinnlicher Schauer überlief Hannah. Es prickelte an den Schläfen, es vibrierte am Rücken, und in der Herzgegend spürte sie ein flaumiges Flattern. Was für eine Niedertracht. Wieso redete er von Erotik, wenn er gar nichts von ihr wollte? Weil er ein notorischer Womanizer war? Na besten Dank. Die Typen aus der Dennis-Abteilung waren für Hannah erledigt.

»Und jetzt kosten wir!«, verkündete Pascal mit einem Timbre in der Stimme, als hätte er gesagt: Und jetzt besteigen wir eine Rakete und fliegen schnurstracks zum Mars.

Für ihn war das wahrscheinlich auch so. Hannah hatte nie mit Weinkennern zu tun gehabt, und es war ihr immer schleierhaft gewesen, dass man sich derart in diese Leidenschaft hineinsteigern konnte. Doch die Art und Weise, wie Pascal ihr seine Welt des Weins näherbrachte, ließ sie zumindest ahnen, welche Abenteuer er erlebte, obwohl er dafür keinen Schritt vor die Tür setzen musste. Blumenwiesen, Wälder, Beeren, Hölzer, all das lag für ihn in einem einzigen Schluck Wein.

Er hielt ihr das Glas hin. Neugierig schnupperte sie noch einmal. Dann wagte sie einen Schluck. Auf nüchternen Magen, juchhe.

»Langsam, langsam, nicht gleich schlucken«, sagte er beschwörend. »Lass den Wein in deinem Mund spielen. Spüre ihn auf der Zunge, vorn, hinten, an den Seiten, presse ihn an den oberen Gaumen. Kaue ihn. Lutsche ihn.«

Sie verschluckte sich und musste mit einem Hustenanfall kämpfen, bevor sie wieder sprechen konnte.

»Spinnst du? Was erzählst du denn da für obszönes Zeug?«

»Da kann man nichts machen, so ist das nun mal mit der Weinsprache«, verteidigte er sich, aber der Schalk sprang ihm deutlich sichtbar aus den Augenwinkeln. »Weintrinken ist nichts für Knäckebrotgemüter. Da muss man sich hingeben und offen sein für neue Erfahrungen.«

Aha. Den Seitenhieb mit dem Knäckebrot hatte Hannah sehr wohl registriert. Hier hatten sie einander gegenübergestanden, genau an dieser Stelle in der Küche, als Pascal ihr vor ein paar Tagen zum ersten Mal ein Glas Wein angeboten hatte. War es wirklich erst wenige Tage her?

»Falls du mich unbedingt mit einem Knäckebrot vergleichen willst, kann ich nur sagen: Du bist ein Croissant. Sieht knusprig aus, ist aber viel heiße Luft drin.«

»Und schmeckt phantastisch.«

»Ach, ich vergaß, du bist ja sehr von dir überzeugt.« Sie hätte ihm am liebsten eine Kopfnuss verpasst. »Denkst du wirklich, ich bin ein Knäckebrot? Ich fühle mich wesentlich lebendiger.«

Er schaute in das Glas, das er so heftig schwenkte, dass der Wein darin hohe Wellen schlug.

»Lebendig, ja. Du bist der Typ, der sich in den Kalender schreibt: Morgen mal spontan sein.«

Das war ja wohl die Höhe. Hatte sie noch alle Zwetschgen beisammen, dass sie sich solche kleinen Unverschämtheiten gefallen ließ?

»Hannah.« Mit seinem Zeigefinger hob er ihr Kinn an. »Du bist …«

Die Küchentür wurde aufgestoßen, man hörte das Quietschen von Gummistiefeln.

»Oh. Störe ich das junge Glück?«

Es war Onkel Alfred. Sie fuhren auseinander, und Hannah wurde schamhaft bewusst, dass ihr Gesicht so rot wie die Tomatensauce der Ratatouille aussehen musste. Heieiei.

»Da draußen steht ein klappriger alter VW-Bus mit zwei komischen Hippies drin«, berichtete Onkel Alfred. Kopfschüttelnd knöpfte er den Kragen seiner nassen Regenjacke auf. »Die behaupten allen Ernstes, sie wären hier eingeladen. Das sind doch bestimmt nur wieder verrückte Tatorttouristen.«

»Klingt nach meiner Mutter und ihrem Pfleger«, griente Hannah.

»Also, so wie die aussehen, weiß man nicht, wer da wen pflegen muss«, grummelte Onkel Alfred.

»Jetzt weiß ich, woher ich meinen berühmten kantigen Charme habe«, amüsierte sich Pascal. »Danke, dass du mich daran erinnerst, dass ich wieder einen Vater habe.«

»Ich sehe da gewisse Entwicklungschancen für deinen Charme.« Hannah zwinkerte ihm zu. »Es gibt noch Luft nach oben.«

Er legte den Kopf schräg und lächelte nur. Worte brauchte er ja auch nicht. Wozu, wenn das Wichtigste ohne Worte gesagt werden konnte?

»Was machen wir denn jetzt mit den Leuten da draußen?«, fragte Onkel Alfred finster.

»Ich helfe, deine Mutter reinzutragen.« Pascal schnappte sich seinen schwarzen Wollpullover, den er fürs Kochen ausgezogen hatte. »Ist ein ganzes Stück vom Gartenzaun bis ins Haus, und so ein Rollstuhl ist bestimmt schwer.«

Onkel Alfred vergrub die Hände in den Taschen seiner Regenjacke und wartete, bis Pascal Richtung Flur verschwunden war. Dann ließ er sich auf einen Stuhl sinken und sah Hannah forschend an.

»Mädel, was hast du mit ihm vor?«

Die Frage traf Hannah so unerwartet wie ein Hagelschauer mitten im Sommer. Was sollte sie denn darauf antworten? Sie hatte gar nichts vor, außer diese Episode einigermaßen unfallfrei zum Abschluss zu bringen. Ohne Drama, ohne Trara. Ein Abschied in aller Würde und Freundlichkeit.

Stimmt nicht, flüsterte ihre innere Stimme. Du kannst dich gern selbst belügen, um dein Gesicht zu wahren, mir kannst du nichts vormachen. Du magst Pascal. Du weißt es, er weiß es, sogar Onkel Alfred weiß es. Also tu mal nicht wie Tulpe.

»Ich … ich … also, ich«, stotterte sie, »ehrlich gesagt weiß ich es nicht, Onkel Alfred. Pascal hat ja eine Freundin.«

»Die aufgedonnerte Fregatte in Schwarz?«

Wie bitte? Woher nahm denn Onkel Alfred auf einmal diesen sarkastischen Humor? Man durfte ihn nicht unterschätzen. Man durfte ältere Leute sowieso nicht unterschätzen, ging es Hannah durch den Kopf. Aber jetzt musste sie erst einmal eine passable Antwort zusammenschustern.

»Nein, nicht die, Onkel Alfred. Pascal hat noch eine andere. Und ich bin keine Frau, die sich dazwischendrängt.«

»Eine andere, soso.« Verdrossen betrachtete er seine schmutzbespritzten Gummistiefel. »Da muss ich aber mal ein Wörtchen mit ihm reden. So von Vater zu Sohn.«

»Bitte nicht«, flehte Hannah. »Das wäre mir furchtbar peinlich. Pascal muss selber wissen, was er will.«

»Hat er noch nie gewusst.«

Ächzend erhob er sich und inspizierte die Karaffe, die neben dem Herd stand. Nachdem er daran geschnuppert hatte, drehte er sich zu Hannah um.

»Ich habe hier so einige Freundinnen aus und ein gehen sehen, Mädel. Pascals Frauengeschmack in allen Ehren, was Vernünftiges war nie dabei. Immer nur feiern, so wie mit seinen Freunden, das führt doch zu nichts. Er braucht eine Frau wie dich.« Seine Hände beschrieben eine Geste, als forme er einen großen Ball. »Seit Jahren sag ich ihm: Pascal, sieh zu, dass du das Haus in Ordnung bringst. Nichts ist passiert. Und dann kommst du hier rein und bewirkst wahre Wunder. Du bringst den Lümmel richtig auf Zack.«

Fast hätte Hannah losgeprustet. Es war so rührend und auch so komisch, wie ungemein praktisch Onkel Alfred die ganze Angelegenheit betrachtete. *Auf Zack*. Zum Schießen. Den Ausdruck hatte Hannah seit Jahren nicht mehr gehört.

»Das ist mein Beruf, Onkel Alfred. Ich helfe den Leuten beim Ausmisten. Wenn ich damit fertig bin, gehe ich wieder.«

»Du gehst nicht!«, widersprach Onkel Alfred so heftig, dass Hannah zusammenzuckte. »Du gehörst in dieses Haus. Du passt hier rein. Und damit wir uns richtig verstehen: Ich will noch meine Enkelkinder erleben, bevor man mich in einen Sarg legt.«

Eins musste man ihm lassen: Er nahm kein Blatt vor den Mund. Bei Onkel Alfred konnte man sich darauf verlassen, dass er sagte, was er dachte. Dennoch fühlte sich Hannah reichlich überrumpelt. Auf seine knorrige Art hatte er ihr stellvertretend für seinen Sohn eine Art Heiratsantrag gemacht. Tja, er war ein Mann, der seine Vaterpflichten ernst nahm.

Auf dem Flur hörte man Stimmen. Auch Onkel Alfred hörte sie, misstrauisch lauschte er auf das Durcheinander einer angeregten Unterhaltung.

»Also, nicht vergessen, Mädel«, raunte er, »meinen Segen hast du. Mach draus, was du willst.«

Er hatte es kaum gesagt, als die Prozession der Pracht und Herrlichkeit die Küche erreichte. Hoheitsvoll thronte Hannahs Mutter in ihrem Rollstuhl, dessen Armlehnen mit bunten Troddeln geschmückt waren. Ihr rot-gelb gemusterter Kaftan und der orangefarbene Turban, an dem winzige Schmucksteine blinkten, brachten einen exotischen Glamour mit sich, den diese Küche wahrscheinlich noch nicht gesehen hatte. Jan-Philipp bestach durch ein kurzärmeliges Kleid aus naturfarbenem Nesselstoff, zu dem er geringelte Kniestrümpfe und hellbraune Doc-Martens-Stiefel trug. Tja. So sah sie aus, die bunte Welt der Marie-Luise Bodmer.

Onkel Alfred musterte sie mit einer Mischung aus Skepsis und Faszination.

»Wer sind Sie noch mal?«

Sie verneigte sich in einer Wolke aus orientalischen Parfums und halluzinogenen Pflanzenextrakten.

»Marie-Luise, Hannahs Mutterschoß, aus dem alles Leben erwuchs. Ich springe manchmal ein, wenn meine Tochter vergisst zu leuchten.«

Der Schnurrbart von Onkel Alfred zitterte.

»Machen Sie Witze?«

»Das mit dem Springen war ein Witz, ja.« Sie deutete mit den ringgeschmückten Händen auf ihre Beine. »Es hat meinem Karma gefallen, mich an die Fesseln der irdischen Existenz zu erinnern, damit ich meinen Geist befreie.«

»Klingt doch eigentlich ganz logisch«, versuchte Hannah, die verspannte Atmosphäre aufzulösen.

»Logisch«, grunzte Onkel Alfred.

Er schaute Hannah mit einer Miene an, als sei er nicht mehr ganz so sicher, ob sie die Richtige für seinen Sohn war.

»Marie-Luise ist ein Medium der schwingenden Freude und der universalen Vibration«, fühlte sich Jan-Philipp bemüßigt zu erklären. Er warf seinen geflochtenen Zopf auf den Rücken. »Wir blühen aneinander auf.«

Für Onkel Alfred war es sicherlich nicht leicht, einen Mann zu akzeptieren, der ein kniekurzes Kleid und einen Zopf trug wie eine Internatsschülerin.

»Sind Sie etwa ihr Freund?«, erkundigte er sich.

Jan-Philipps Augen erstrahlten im Glanz seiner frischen Eroberung, das nahm Hannah überdeutlich wahr, als er zu sprechen begann.

»Freundschaft ist die höchste Form der Liebe, sie bindet und verbindet, indem sie befreit, sie lässt die Seelen tanzen. Wir entspannen uns in unserem Sein, wir geben, ohne zu fordern.«

Pascal, der die Ratatouille umrührte, warf über die Schulter einen Blick auf die bunt gewürfelte Gesellschaft, die hier aufeinandertraf.

»Dann fordere ich euch auf, dass ihr euch bitte hinsetzt. Die Ratatouille hat die richtige cremige Konsistenz, der Wein hat Sonnenschein geatmet, lassen wir ihn auf der Zunge tanzen.«

Marie-Luise Bodmer sah ihn an wie eine Erscheinung. Mit einem tiefen Seufzer wandte sie sich an Hannah.

»Er gefällt mir, Kind«, sagte sie. »Er gefällt mir sehr.«

Es gab einiges Geruckel und Geschuckel, bis der Rollstuhl an der Stelle des Küchentischs stand, wo er niemandem den Weg versperrte, und auch alle anderen Teilnehmer dieser außergewöhnlichen Tischgesellschaft ihren Platz gefunden hatten. Mit einem Handtuch um die Hüften servierte Pascal die Ratatouille. Er hatte es mit Schafskäsewürfeln und gerösteten Pinienkernen bestreut und mit frischen Basilikumblättern dekoriert. Auf Nachfrage Jan-Philipps gab er es als vegetarisch frei, da er kein tierisches Fett verwendet habe, nur bestes Olivenöl. Dazu gab es aufgebackenes Baguette. Wer wollte, konnte sich dazu Parmaschinken und etwas von den fast unangerührten Käsestücken nehmen, die Hannah vom Frühstück auf der Veranda kannte. Allen schmeckte es wunderbar. Nur Onkel Alfred wollte wissen, wann denn das Fleisch auf den Tisch komme.

»Heute Abend haue ich dir ein Steak in die Pfanne, Onkel – Vater.«, versprach Pascal.

Jan-Philipp stutzte.

»Onkelvater, oooohh, das finde ich schön, darf ich auch Onkelvater sagen?«

»Nein«, antwortete Onkel Alfred knapp.

»Aber sind wir nicht alle Brüder und Schwestern und Onkel und Tanten und Großväter und …«

Mit unnachahmlicher Sanftheit legte Marie-Luise Bodmer eine Hand auf seinen nackten Arm.

»Mein Herz, mein Leuchten, mein kosmisches Meisterwerk, wir sollten …«

Weiter kam sie nicht. In diesem Moment brach die Hölle los.

Ohrenbetäubend schrillte die Alarmanlage los, und ein Sturmtrupp aus etwa zehn schwarz vermummten Beamten des mobilen Einsatzkommandos stürmte laut schreiend die Küche. Drei knieten sich mit Gewehren im Anschlag auf den Boden, zwei sicherten das Fenster, die anderen umstanden den Tisch, soweit das möglich war, und brüllten unverständliche Kommandos. Alle waren starr vor Schreck. Nur Marie-Luise Bodmers feine Stimme mischte sich in das Tohuwabohu.

»Jan-Philipp, ich möchte lieber ein einziges Leben mit dir verbringen, als alle Zeitalter der Welt allein zu durchleben! Und so wähle ich ein sterbliches Leben!«

»Was soll das denn heißen?«, fragte Onkel Alfred.

»Das ist aus *Herr der Ringe*«, strahlte Jan-Philipp. »Und die schönste Liebeserklärung des bekannten Universums.«

Kapitel 16

Es war, als sei ein Inferno über die Villa hereingebrochen. Man hörte Türenklappen, Hundegebell, Getrappel auf der Treppe und in der Ferne mehrere Martinshörner. Das ganze Gebäude schien zu erzittern unter Krach und Gebrüll. Besonders peinigend war die Alarmanlage, die weiterhin in den höchsten Tönen jaulte. Als Pascal fragte, ob er aufstehen und sie deaktivieren dürfe, hatte er sofort die Mündung eines Sturmgewehrlaufs im Rücken.

»Sitzen bleiben!«, schrie der dazugehörige Beamte.

Onkel Alfred beäugte ihn böse, sagte aber keinen Ton. Marie-Luise Bodmer und Jan-Philipp waren in eine Art Trance gefallen, unausgesetzt murmelten sie: »Null Drama, null Drama.« Pascal hieb mehrmals mit der Handkante auf den Tisch ein, und sein Gemurmel klang eher wie »Verdammte Mistbullen, Mistbullen, verdammte«.

Hannahs Atem flog. Was hatte dieser aggressive Überfall zu bedeuten? Die Alarmanlage war sicherlich losgegangen, weil ein Handlanger der Drogenmafia die Kokslieferung an sich bringen wollte. Vielleicht war er wieder im Keller eingestiegen, vielleicht auch auf die Veranda geklettert, um in die Villa einzudringen. Doch warum hatte parallel ein Sondereinsatzkommando das Haus gestürmt? Es war unheimlich. Bis an die Zähne bewaffnet hielten die schwarz vermummten Männer die Tischgesellschaft in Schach.

In diesem Moment brach das Jaulen der Alarmanlage ab. Der Beamte, der Hannah am nächsten stand, stupste seinen Kollegen an. Mit dem Kinn zeigte er auf Marie-Luise Bodmer, die vollkommen entrückt ihr Mantra murmelte.

»Hey, guck mal, die da, ist das nicht …?«, wisperte er.

Der Kollege kniff die Augen zusammen.

»Mann, ich glaub's ja nicht«, wisperte er zurück.

Unterdessen war Hannahs Mutter – trotz der absoluten Versunkenheit in ihrer Trance – auf die beiden aufmerksam geworden.

»Ich empfinde Freude über jede schöne Seele, der ich begegne«, sagte sie mit einem singenden Summen. »Auch in diesem schwingenden Moment zeitloser Ewigkeit.«

»Yeah«, jubelte der größere der beiden Beamten gedämpft. »Ich back mir 'n Ei, das ist Mrs. Mystery!«

»Lady«, flüsterte der Kleinere, während er verstohlen sein Handy zückte, »Sie denken vielleicht, wir sind nur so hirntote Bodys, aber hey, die Zeiten ändern sich, auch bei der Polizei. Könnten Sie uns, so ganz exklusiv, meine ich, also, nur für uns …«

Er richtete schon das Handy auf Hannahs Mutter, die ihren Turban gerade rückte und die Handflächen zum Lotusgruß aneinanderlegte.

»Ihr seid meine Essenz für den tieferen Gedankenaustausch«, verkündete sie. »Ihr steht für Kreativität und schöne Taten, die den Alltag zum Kunstwerk erheben …«

Es war Onkel Alfred, der diese ergreifende Videobotschaft durch lautstarkes Gabelklappern auf seinem Teller störte.

»Das halte ich nicht aus«, knurrte er. »Davon krieg ich Kopfschmerzen.«

»Na hören Sie mal, Marie-Luise ist ein internationales Mysterium!«, protestierte Jan-Philipp. »Heute Morgen hat man ihr sogar einen lukrativen Werbevertrag angeboten, den Raffaela vermittelt hat! Ein international anerkannter Hersteller von tibetischen Zimbeln hat Marie-Luise kontaktiert. Diese Zimbeln unterstützen das spirituelle Wachstum, und sie hat eingewilligt.

Jetzt kann sie sich sogar mit ihrem eigenen Geld einen Elektrorollstuhl leisten!«

Hannah war baff. Seit Monaten zerbrach sie sich den Kopf, woher sie das Geld dafür nehmen sollten, und nun das. Obwohl sie keine großen Sympathien für Raffaela hegte, freute sie sich sogar, dass Tess' Schwester endlich einmal Erfolg hatte.

»Wirklich? So schnell geht das?«

»Energetische Prozesse überwinden Zeit und Raum«, erwiderte Jan-Philipp eine Spur beleidigt. »Solltest du eigentlich wissen. Marie-Luise steht jenseits des Raum-Zeit-Kontinuums.«

»Das hatte ich mir irgendwie schon gedacht«, grinste Pascal, der neben Hannah saß und nach dem ersten Schrecken nun auch seinen Spaß zu haben schien.

»Ja, und wo wir mal gerade dabei sind«, Jan-Philipp verneigte sich im Sitzen, »Marie-Luise und ich, wir haben uns nicht nur spirituell vereinigt.«

»Ach du großer Gott«, entfuhr es Hannah.

»Ja, Gott ist groß«, lächelte ihre Mutter, »oder vielmehr das göttliche Prinzip, das alle irdischen Erscheinungen beatmet. Wir werden den Tanz auf dem Regenbogen von nun an gemeinsam fortsetzen.«

»Ich ziehe nächste Woche ein«, fügte Jan-Philipp lapidar hinzu.

»Yeah, cool«, spendete einer der Polizisten seinen Beifall.

Hannah wusste gar nicht, wie ihr geschah. Ihre erste Reaktion bestand aus strikter Ablehnung. Die zweite aus staunender Erleichterung. Plötzlich wurde ihr bewusst, wie schwer die Verantwortung auf ihren Schultern gelastet hatte. Was andere Frauen erlebten, wenn sie Kinder bekamen, war ihr mit ihrer Mutter widerfahren: Ihr gesamtes Leben hatte um einen anderen Menschen und die permanente Sorge um dessen Wohlergehen gekreist. Hannahs gesamter Tagesablauf war auf den Rhythmus ihrer Mutter abgestimmt gewesen. Doch nun gab es Jan-Philipp. Und das schien ihre Mutter unendlich glücklich zu machen.

»Gratulation zur geglückten Vereinigung«, grinste Pascal.

»Glück ist das, was vom Plan übrig bleibt, wenn man karmisch ignorant ist«, fertigte ihn Jan-Philipp leicht von oben herab ab. »Unsere Verbindung war schon beschlossen, als unsere Seelen noch durchs Universum irrten, auf der Suche nach der adäquaten Inkarnation. Facebook kennt jeden, Wikipedia weiß alles, Google hat alles, doch die karmische Erleuchtung findet in anderen Sphären statt.«

Das Geplänkel wäre sicherlich noch eine Weile weitergegangen, wenn nicht Hauptkommissar Bernstein die Diskussion beendet hätte. In Begleitung weiterer Polizeibeamter erschien er in der ohnehin überfüllten Küche. Ein triumphierendes Lächeln zog sein Gesicht in die Breite.

»Hatte ich also recht!«

»Das haben Sie ja immer«, erwiderte Pascal matt. »Teilen Sie uns auch noch mit, in welcher Sache?«

»Jetzt mal nicht so vorwitzig.« Hauptkommissar Bernstein schaute streng und unerbittlich in die Runde, wobei sein Blick etwas länger auf Jan-Philipp und Hannahs Mutter verweilte. »Wir gehen neuerdings in aller Härte gegen kriminelle Familienclans vor. Das ist Teil einer Null-Toleranz-Politik, die wir uns auf die Fahnen geschrieben haben. Ihr Haus, Herr Doktor Mengersen, ist ein Umschlagplatz der internationalen Drogenszene.«

»Genau. Und Onkel Alfred ist ein international gesuchter Drogendealer.« Halb belustigt, halb wütend hob Pascal die Hände. »Was wollen Sie hier?«

»Wir sind nicht dumm, Herr Doktor Mengersen«, blaffte der Kommissar. »Ihren Cousin hatten wir schon länger im Visier, da musste man ja nur die Verbindung herstellen. Unsere V-Leute haben einen hochgefährlichen Drogenkurier beschattet, und wohin führte er uns? Na? Zu Ihnen.«

»Ich habe keinerlei Kontakt zu Paul Mengersen«, erklärte Pascal mit fester Stimme.

»Sie haben uns schon eine Menge erzählt, was sich dann als Unwahrheit entpuppte«, entgegnete Hauptkommissar Bernstein kalt. »Doch diesmal lassen wir Sie nicht davonkommen. Wir durchkämmen noch einmal das gesamte Haus, das Grundstück, alles. Und wenn wir jeden Zentimeter Ihres Gartens umgraben müssen, wir werden etwas finden!«

Ein halb ersticktes Röcheln antwortete ihm. Alle schauten zu Onkel Alfred, der unbemerkt zur Seite gesunken war. Die rechte Hand presste er auf seine Brust, sein Mund stand weit offen, und er gab Töne von sich wie jemand, der mit dem Tode rang.

»Onkel Alfred!«, schrie Hannah.

Sie sprang auf, Pascal ebenfalls, und zu zweit schlängelten sie sich durch die Männer in ihren schwarzen Vermummungen.

»Was, um Gottes willen, hast du?«, fragte Pascal bestürzt.

Hannah kniete sich neben Onkel Alfred. Sie sah, dass feine Schweißperlen auf seiner Stirn standen, und wischte sie mit einer Serviette weg.

»Ich will ins Gartenhaus«, flüsterte er fast unhörbar.

»Einen Notarzt, sofort!«, ordnete Hauptkommissar Bernstein an.

»Versuchen Sie es mit tiefem meditativem Atmen«, schlug Hannahs Mutter vor.

»Wenn eine Seele gehen will, um mit dem Universum zu verschmelzen, soll man sie nicht aufhalten«, sagte Jan-Philipp.

Das kam gar nicht gut an. Alle straften ihn mit tödlichen Blicken.

»Er möchte in seine Wohnung, ins Gartenhaus.« Hannah richtete sich halb auf. »Ich bringe ihn dorthin. Sagen Sie den Sanitätern, das Gartenhaus liegt hinter der Villa.«

»Das schaffen Sie nicht allein«, widersprach der Kommissar.

»Ich helfe dir«, bot sich Pascal an.

»Mädel«, japste Onkel Alfred.

Es schien sein dringlichster Wunsch zu sein, sich in sein eigenes Bett zu legen, und er wollte niemand anderen als Hannah. Sie half ihm, vom Stuhl aufzustehen. Dann stützte sie ihn, während er mit hängendem Kopf und wackeligen Beinen zur Küchentür tapste.

»Zwei Mann Bewachung«, ordnete Hauptkommissar Bernstein an.

»Es besteht ja auch allergrößte Fluchtgefahr.« Hannahs Stimme vibrierte. »In dem Zustand läuft er bestimmt gleich einen Marathon.«

Eskortiert von den beiden abgestellten Beamten bahnten sie sich einen Weg durch das Gewusel des Flurs, wo erneut alles auseinandergenommen wurde. Sie erreichten die Haustür und stiegen vorsichtig die Treppenstufen zum Garten hinab. Auch hier liefen überall Ermittler herum, die hinter jeden Baum und unter jeden Strauch schauten.

Als Onkel Alfred den Rasen unter seinen Füßen hatte, ging es ihm schlagartig besser. Er atmete einmal tief durch, dann schritt er recht zügig in Richtung Gartenhaus. Bisher hatte Hannah den kleinen weißen Bau nur von Weitem gesehen. Es war eher ein Pavillon, achteckig, mit einem Spitzdach und zwei kleinen Säulen rechts und links des Eingangs. Drinnen gab es nur einen, wenn auch recht großen Raum, von dem eine niedrige Tür zum Badezimmer führte. Die Möblierung war ganz in honigbraunem Kirschbaumholz gehalten – ein Tisch, ein Bett, vier Stühle, eine

Kommode, ein Schrank. In einer Vase auf dem Tisch verwelkten Rosen, und Hannah ahnte, dass Fräulein Elisabeth sie dort hingestellt hatte.

So gut sie konnte, half sie Pascals Vater zum Bett. Er streckte sich stöhnend darauf aus, und sie goss ihm Wasser aus einer Flasche ein, die auf dem Nachtschrank stand.

»Wie geht es dir, Onkel Alfred?«

»Gut?« Er blinzelte. »Sind die Polizisten noch da?«

»Die schieben draußen Wache.« Durch die Fensterscheibe sah Hannah, dass sich die beiden Beamten lebhaft unterhielten. »Aber du hast ja nichts zu befürchten, der Drogenkurier wurde gefasst.«

Sie musterte sein wettergegerbtes Gesicht. Onkel Alfred wirkte wieder völlig hergestellt, ganz so, als sei sein Schwächeanfall verflogen.

»Mädel«, flüsterte er. »Die Liese, die hab ich geliebt. Früher.«

Hannah nahm seine Hand, die schwielige, raue Hand eines Mannes, der seinen Lebensabend mit gärtnern verbrachte, und drückte sie sacht. Er erwiderte den Druck. Die Augen hielt er auf die Decke gerichtet, als er flüsternd weitersprach.

»Ich war zu spät. Ich konnte sie nicht mehr retten.«

Hannah verstand nicht, was er meinte. Sie näherte ihr Ohr seinem schnauzbärtigen Gesicht.

»Noch mal, Onkel Alfred. Wieso zu spät?«

»Ich hatte Stimmen gehört und in der Villa nach dem Rechten geschaut. Im ersten Stock sah ich ihn, diesen Mann. Liese lag auf dem Boden, er schrie, sie solle ihm die Zahlenkombination für den Weinkeller verraten. Dann rührte sie sich nicht mehr. Er hat sie gepackt und auf den Dachboden getragen. Als er wieder herunterkam, rückwärts, auf der Leiter …«

Beklommen schaute Hannah ihn an. So viele Jahre Schweigen.

Und dann hatte er mit ansehen müssen, wie die Mutter seines Sohnes einem Mörder zum Opfer fiel.

»Was hättest du getan, Hannah?«

»Hm, die Polizei gerufen, wahrscheinlich. Nein, ganz bestimmt.«

»Was hättest du – *getan*?« Er atmete schwer. »Wenn der Mensch, der dir etwas bedeutet hat, von so einem Kerl ...«

Von draußen drangen Rufe und Hundegebell in den Pavillon. Onkel Alfred schien es nicht wahrzunehmen. Unverwandt starrte er zur Decke.

»Ich habe kein Handy, und ich habe auch nicht die Polizei gerufen. Ich hatte meine Heckenschere dabei.«

Also doch. Wie in einem Film sah Hannah die Szenerie vor sich. Den brutalen Eindringling und den aufgewühlten alten Herrn. Einen vagen Verdacht hatte sie bereits gehegt, aber nicht gewagt, ihn zu Ende zu denken. Vermutlich gab es Ausnahmesituationen im Leben, über die kein Außenstehender urteilen durfte.

Jemand klopfte an die Tür des Pavillons. Als Hannah öffnete, standen zwei Tatortexperten in weißen Overalls davor, die sie darauf hinwiesen, auch der Pavillon müsse jetzt durchsucht werden. Hannah vertröstete sie. Nur fünf Minuten, der alte Herr müsse erst zu Kräften kommen. Dann huschte sie wieder hinein und setzte sich ans Bett von Onkel Alfred. Ohne weitere Aufforderung sprach er weiter.

»Ein Schlag, und alles war vorbei. Danach habe ich ihn in den Keller geschleift, eingepackt und in den Schrank gestellt. Ich hörte Geräusche. Ich wusste noch nicht, dass es Pascal war, der von seiner Reise zurückkehrte. Deshalb habe ich mich im Fitnessraum versteckt. Ich hatte Angst, dass vielleicht noch mehr Männer kommen würden.«

Dieses Bild konnte Hannah aus ihrer Erinnerung abrufen. Onkel Alfred hatte sich quasi in Schockstarre befunden, als sie ihn bei der ersten Hausbegehung entdeckt hatte. Reglos wie eine Schaufensterpuppe hatte er in dem dunklen Raum gestanden. Ihr Blick fiel auf die große Heckenschere, die auf dem Tisch lag. Man würde sie finden. Und Hannah konnte sie auch nicht unbemerkt verschwinden lassen, selbst wenn sie gewollt hätte.

»Es war Notwehr«, sagte sie eindringlich. »Du hast dich verteidigt. Der Schlag kam von hinten, das wirst du erklären müssen. Aber Notwehr im Affekt – wenn alles gut geht, wirst du einen milden Richter finden.«

Damit hatte sie ihm eine goldene Brücke gebaut und hoffte, dass er darübergehen würde. Man sah Onkel Alfred an, dass er erleichtert war, sich alles von der Seele geredet zu haben. Noch einmal drückte er Hannahs Hand, dann setzte er sich auf und zeigte zum Fenster.

»Schau, da kommt Pascal.«

Sie folgte seinem Blick. An den Ermittlern vorbei rannte Pascal quer über den Rasen auf den Pavillon zu und riss die Tür auf.

»Der Notarzt kommt gleich! Wie geht es dir?«

»Mein Junge.« Onkel Alfreds Stimme zitterte ein bisschen. »Ich hab dem Mädel alles gesagt.«

»Was hast du ihr gesagt?«

Hannah legte einen Finger an die Lippen.

»Er hat dem Einbrecher eins übergezogen«, flüsterte sie. »Nachdem der Fräulein Elisabeth getötet hatte.«

Pascal erbleichte. Wie ein Stein plumpste er auf einen Stuhl und umklammerte die Lehne.

»Wie konntest du nur?«, fragte er mit tonloser Stimme.

»Junge, ich war nie ein Held«, bekannte Onkel Alfred. »Ich habe die Liese damals im Stich gelassen, als sie schwanger war, und bin bei meiner Frau geblieben. Doch einmal wollte ich ein Held für sie sein. Ein einziges Mal.«

Es wurde still im Pavillon.

»Und als alles vorbei war, habe ich mir einen kräftigen Burgunder geholt«, fügte Onkel Alfred hinzu.

»Etwa aus meinem Weinkeller?« Langsam hob Pascal den Kopf. »Ja, natürlich aus meinem Weinkeller. Wie hast du den Code geknackt?«

»Ich bin alt, aber nicht dumm.« Der schwache Widerschein eines Lächelns glitt über Onkel Alfreds Gesicht. »Ich habe mir die Zahlenkombination gemerkt, als du sie einmal eingegeben hast.« Mit listiger Miene wandte er sich an Hannah. »Das war leicht, der Bengel hat sein Geburtsdatum rückwärts als Code gewählt. Und nachdem die Gefahr vorüber war, bin ich in den Weinkeller gegangen und habe mir eine Flasche genommen. Natürlich nicht irgendeine. Es gibt zu jedem Anlass den richtigen Wein.«

»Aber leider gibt es Probleme, die man nicht mit einem Glas Wein lösen kann«, murmelte Hannah.

»Ich nehme an, die Flasche hast du aufgehoben«, sagte Pascal, der immer noch totenblass war. »Dann lass uns einen letzten Schluck trinken, bevor die Polizei dich mitnimmt.«

Diese Familie war verrückt. Weinverrückt und auch sonst verrückt. Hannah schüttelte den Kopf.

»Du willst doch wohl nicht jetzt …«

Pascal nahm die Brille ab und rieb sich übers Gesicht, bevor er sie wieder aufsetzte.

»Ich vermute, dass mein Vater in der nächsten Zeit wenig Gelegenheit haben wird, einen guten Tropfen zu genießen.«

»Der Wein steht im Badezimmer«, erklärte Onkel Alfred schlicht. »Und der Öffner liegt in der Kommode.«

Es war ein schwerer samtiger Wein mit einer dunkelroten Farbe, die ins Schwärzliche spielte. Sie tranken ihn schweigend, jeder in seine Gedanken vertieft. Die Gläser hatten sie noch nicht geleert, als Hauptkommissar Bernstein den Pavillon betrat. Ohne anzuklopfen, marschierte er herein und stutzte, als er die kleine Versammlung erblickte.

»Der Notarzt ist da. Herr Mengersen?« Erstaunt zeigte er auf die Weingläser. »Brauchen Sie überhaupt noch einen Arzt?«

»Ich glaube, er braucht einen guten Anwalt«, antwortete Pascal. »Wir lassen Sie beide mal allein. Komm, Hannah.«

Als sie nach draußen traten, hatte der Regen aufgehört. Der Boden dampfte, schwer hingen die regennassen Zweige der Bäume über dem Rasen. Ein leichter Wind trieb die Wolken auseinander, und ein Sonnenstrahl fiel auf die Villa, so dass sie wie ein weißes Ufo leuchtete. Noch immer war der Garten bevölkert von Ermittlern und Suchhunden, die schwanzwedelnd jeden Stein und jeden Baum beschnüffelten.

Hannah fühlte sich, als hätte sie einen schweren Unfall überlebt. Ihr schwirrte der Kopf von Onkel Alfreds Geständnis. War dies der richtige Augenblick für ein klärendes Gespräch? Schon seit Stunden schob sie es vor sich her. Höchste Zeit, aufzuräumen. Ihr Ärger war verflogen, die Tatsachen blieben, wie sie waren.

»Pascal«, sie schaute auf ihre Füße und stellte fest, dass sie in den Skisocken losgelaufen war. »Es war eine besondere Zeit mit dir. Aber jetzt ist der Moment des Abschieds gekommen. Ich will dir gar nicht alles an den Kopf werfen, was ich mir vorgenommen hatte. Nur so viel: Du hast mit Tess gespielt. Du hattest deinen Plan B, und ich finde, etwas mehr Aufrichtigkeit hätte dir gut gestanden.«

Sie waren bereits einige Schritte gegangen, jetzt blieb Pascal stehen.

»Du redest in Rätseln. Was für ein Plan B?«

Der Wind zerzauste sein Haar. Im hellen Sonnenlicht konnte Hannah kleine bernsteinfarbene Einsprengsel im tiefen Blau seiner Augen erkennen.

»Vielleicht sollte ich dich daran erinnern, dass du mir heute Morgen reinen Wein eingeschenkt hast – mit dieser Formulierung kannst du sicher etwas anfangen.«

»Reinen Wein.« Er biss sich auf die Unterlippe. »Klingt nach einem Wortspiel. Tut mir leid, da klingelt nichts bei mir.«

»Es gibt da eine andere Frau«, sprach Hannah die Worte aus, die sie bis ins Mark getroffen hatten. »Es ist mir unbegreiflich, wie man das durchziehen kann. Dieses ganze Hin und Her mit Tess, die Diskussionen, deine Versuche, sie zu ändern. Wofür, Pascal?«

Er sah sie aus halb geöffneten Augen an, und Hannah war so elend zumute, dass sie sich in diesen Augen hätte ertränken können.

»Es gab keinen Plan B«, sagte er leise. »Es gab nur Tess. Und dann bist du in mein Leben gerasselt. Hast meine Unterhosen sortiert und meine alten Turnschuhe weggeschmissen und mich in den Wahnsinn getrieben mit deiner Ordnungswut. Aber je mehr du mich genervt hast, desto anziehender fand ich dich.«

»Lenk nicht ab«, grummelte sie.

»Hannah, ich mag Tess. Ich dachte, sie bringt mehr Leichtigkeit in mein Leben, mit ihrem Witz und ihrem Temperament. Doch dann sah ich dich. Energisch, patent, blitzgescheit. Und so unendlich liebenswert. Du bist diese andere Frau, Hannah.«

Das Blut rauschte in ihren Ohren, ihre Augen brannten. In ihrer Herzgegend breitete sich ein warmes Gefühl aus, dem sie nicht traute.

»Spätestens, als dein Exmann hier aufkreuzte, wusste ich es.

Lach nicht, aber am nächsten Tag bin ich zum Friseur gegangen und habe mir ein paar anständige Klamotten gekauft. Es war irgendwie lächerlich, schließlich sind das nur Äußerlichkeiten.« Er schob die Hände in die Taschen seiner schwarzen Jeans. »Doch so viel hatte ich begriffen: Diese Äußerlichkeiten sagen eine ganze Menge. Du hast mir die Augen geöffnet. Du hast mich gezwungen, mich neu zu sehen. Und du hattest recht: Mein Haus war eine Müllbude, mein Leben war ein Chaos.«

Hannah konnte nicht sprechen. Nur zuhören.

»In der Nacht, als ich dich betrunken anrief, waren meine Kumpels hier. Meine Feiertruppe. Zwei, drei gute Freunde sind dabei, aber die meisten kommen nur, wenn es eine Party gibt. Die waren unhöflich zu Tess und Raffaela, haben sich total danebenbenommen. Ich habe die Typen rausgeschmissen. Und dann habe ich dich angerufen.«

Ihr Kopf war leer. Die Gedanken hatten sich auf und davon gemacht, ihre innere Stimme schwieg. Alles, was übrig blieb, war ihr pochender Herzschlag.

»Könntest du jetzt bitte mal aufhören, einfach so dazustehen und mich anzustarren wie einen Fremden?«, fragte er heftig.

»Ich starre dich nicht an.«

»Doch, tust du.«

»Blödsinn.«

Er trat einen Schritt auf sie zu, um seine Mundwinkel spielte auf einmal ein verwegenes Lächeln.

»Ich sag dir was. Ich küsse dich jetzt.«

Es war ein Kuss mit Ansage, dennoch zuckte Hannah zusammen, als er die Hände aus den Hosentaschen zog und sie in die Arme nahm. Während die Ermittler um sie herumliefen, Hunde bellten und die Alarmanlage wieder losjaulte, spürte sie seine Lippen auf ihrem Mund, sog seinen Duft ein, den Pascalduft, und schloss die Augen.

Die Zeit blieb stehen. Es war, als hätten sie nie etwas anderes getan, als sich zu küssen. Ein selbstverständliches Ineinandergleiten, ein sanftes Schmelzen und neugieriges Erkunden, das jeden Gedanken an Kusstechniken bedeutungslos werden ließ. Er bog ihren Oberkörper leicht zurück, und sie drängte sich an ihn, gab sich hin, ließ sich fallen. *In den Tiefen der Stille öffnen sich tausend Blumen in dir. Und ihr Duft ist Liebe.* Sie waren so in sich versunken und sich selbst genug, dass erst die schneidende Stimme von Hauptkommissar Bernstein sie trennen konnte.

»Herr Doktor Mengersen, das müssen Sie mir jetzt aber mal erklären.«

»Da gibt es nichts zu erklären«, warf Onkel Alfred ein, der neben dem Kommissar stand. »Das Mädel passt. Er soll sie nehmen. Und wartet bitte mit den Enkelkindern, bis ich meine Strafe abgesessen habe.«

Epilog

Die Ermittler fanden nichts. Rein gar nichts. Mehrfach schlugen die Drogenhunde im Keller an, doch auch dort wurde man nicht fündig. Der bestens getarnte Weinkeller hatte sich einmal mehr als geniale Idee erwiesen. Als der Durchsuchungstrupp nach vielen Stunden emsigster Arbeit wieder abzog, hinterließ er ein verwüstetes Haus und einen Garten, der hier und da Grabungen aufwies. Ergebnisse konnte man nicht vorweisen. Sehr zum Missfallen von Hauptkommissar Bernstein. Was ihn tröstete, war der Täter, den er präsentieren konnte. Er verkaufte das als großen persönlichen Erfolg und ließ die Öffentlichkeit via Twitter wissen, sein Einsatz innovativer Ermittlungsmethoden habe sich aufs Schönste bewährt.

Und dann waren plötzlich alle weg. Jan-Philipp und Hannahs Mutter waren bereits nach dem Dessert aufgebrochen, einer herrlichen Crème brûlée und irgendwann verließ auch der letzte Ermittler den Schauplatz der Razzia. Es war seltsam, wie nach all dem Trubel wieder Stille im Haus einkehrte. Als sei auch die Stille etwas, was man hören konnte. So empfand es Hannah, die neben Pascal auf den Eingangsstufen der Villa saß und die letzten Strahlen der Abendsonne genoss. Weit mehr noch genoss sie Pascals Hand, die ihren Rücken streichelte.

»Was für ein schauriger Tag«, seufzte sie.

»Ich fand ihn eigentlich ganz okay.« Er hauchte ihr einen Kuss aufs Haar. »Und was machen wir jetzt?«

»Wir müssen das Koks vernichten.«

»Das hat Zeit.«

»Wir müssen das Schlafzimmer neu gestalten.« Sie sah ihn von der Seite an. »Also, ähm, ich meine, das musst du in jedem Fall, egal, wer darin schlafen wird.«

»Sicher, ganz egal, wer jemals irgendwann darin schlafen wird«, bekräftigte er lächelnd. »Aber das Bügelbrett darf bleiben, oder? Ich habe es irgendwie lieb gewonnen.«

»Du träumst wohl.«

»Genehmigst du mir einen SpongeBob-Bettbezug?«

»Nur über meine Leiche.«

Sie beobachteten das Eichhörnchen, das über den Rasen flitzte, um wie ein braunroter Pfeil am nächsten Baumstamm hochzuschießen.

»Ich glaube, du bist mir doch zu streng.« Seine Hand kroch unter ihr Sweatshirt, das eigentlich sein Sweatshirt war und so unglaublich gut nach ihm duftete. »Eine ordnungsbesessene Frau wie du, das ist nichts für mich. Ich bin ein hoffnungsloser Fall.«

Sie wand sich unter seinen Berührungen.

»Vielleicht solltest du das mit den Frauen ganz aufgeben und nur noch mit deinen Playmobilmännchen spielen.«

»Spitzenidee.«

»Und du musst«, sie schluckte, weil er eine äußerst empfindsame Stelle zwischen ihren Pogrübchen berührte, »du musst ja auch deinen Kampf gegen die Weinkonzerne führen.«

»Die Strategie steht. Gleich morgen früh fahre ich nach Frankreich, um mit René eine Kooperative der Biowinzer zu gründen. Viele kleine Davids gegen Goliath, das wird funktionieren.«

Hannah rückte von ihm ab.

»Wie bitte? Du willst morgen wegfahren?«

Er hob die Achseln und grinste sie an, wie er sie gleich am ersten Tag angegrinst hatte. Lausbübisch, eine Spur durchtrieben.

»Es könnte sein, dass ich mir einen Wagen leihen muss. Einen großen.«

Hannah runzelte die Stirn.

»Wieso das denn?«

»Na ja, vier Personen und ein Rollstuhl, das passt auf keinen Motorroller.«

Es war das Romantischste, was Hannah jemals gehört hatte. Sie schlang die Arme um seinen Hals.

»Du bist unmöglich«, murmelte sie dicht an seinem Haaransatz.

»Ich weiß.«

»Du bist ein Chaot.« Mit den Lippen streifte sie eines seiner phänomenalen Segelohren. »Du riechst gut.«

»Schon mal drei Pluspunkte.«

»Ich werde es keine fünf Tage mit dir aushalten«, flüsterte sie und küsste das Ohrläppchen.

»Vier Tage reichen mir voll und ganz«, behauptete er. »Ein kurzes, heftiges Glück. Perfekt.«

Sanft nahm er ihren Kopf in seine Hände, dann schaute er sie so intensiv an, als wolle er sich jedes Detail ihres Gesichts genau einprägen.

»Du siehst ein bisschen planlos aus.«

»Falls du glaubst, ich hätte den Überblick verloren – ja, stimmt, ich habe den Überblick verloren.«

So ganz entsprach das keineswegs der Wahrheit. Denn Hannah, die so oft darüber nachgegrübelt hatte, welcher Männertyp richtig für sie sei, hatte endlich eine Antwort gefunden. Die Antwort saß neben ihr. Und sie entsprach keinem klassifizierbaren Männertyp. Es war eben Pascal, ein Mann mit vielen Facetten, mit Widersprüchen und Eigenheiten, die Hannah allesamt hinrissen. Er hat mein Leben aufgeräumt, dachte sie. Er hat mir gezeigt, was wirklich wichtig ist. Kompromisse wie ihr Rückfall mit Dennis gehörten der Vergangenheit an. Sie hatte sich entschieden.

Lange betrachtete Pascal ihren erwartungsvoll geöffneten Mund.

»Schön, dass du den Überblick verloren hast. Dann lass uns noch mal auf das Schlafzimmer zurückkommen, ganz egal, wer jemals irgendwann irgendwie darin schlafen wird. Es gibt sehr viel zu tun in diesem Schlafzimmer. Könnten wir gleich damit anfangen?«

Ellen Berg
Der ist für die Tonne
(K)ein Männer-Roman
Hörbuch, 2 CDs
Gelesen von Tessa Mittelstaedt
ISBN 978-3-945733-50-9

Klingt das nach Liebe, oder kann das weg?

Ein unglaublich lustiger Roman über das Entsorgen von emotionalem Ballast und Liebesverwirrung im Ordnungswahn.

Das Hörbuch liest die Schauspielerin Tessa Mittelstaedt, geboren 1974 in Ulm. Sie wurde als die Assistentin von Ballauf und Schenk im »Tatort Köln« bekannt und spielt derzeit die Staatsanwältin Elke Rasmussen in der ARD-Serie »Morden im Norden«.

a aufbau *audio*

LESEPROBE

Linda
Winterberg
Aufbruch
in ein neues
Leben
Die Hebammen-Saga
atb

— 1 —

BERLIN, JULI 1917

Luise blickte staunend aus dem Zugfenster. So hatte sie sich Berlin immer vorgestellt: breite Straßen mit mehrgeschossigen, herrschaftlichen Häusern, die Bürgersteige genauso belebt wie die Fahrbahnen, auf denen sie neben vielen Kraftdroschken auch einige Automobile fahren sah. Diese Stadt würde also in den nächsten Jahren ihre Heimat werden. Oder besser gesagt, das direkt angrenzende Neukölln, wo sie in wenigen Tagen ihre Ausbildung zur Hebamme beginnen würde.

Wieder spürte sie die Aufregung, die sie in den letzten Tagen und Wochen begleitet hatte. Dann musste sie an ihre Großmutter Else denken, von der sie sich heute Morgen tränenreich verabschiedet hatte. Als sie auf das Fuhrwerk ihres Nachbarn gestiegen war, das sie zum nächsten Bahnhof bringen sollte, war die alte Frau, die zwar Mühe beim Gehen hatte und doch ständig in Bewegung war, noch lange vor dem alten Holzhaus mit den grüngestrichenen Fensterläden stehen geblieben, die Hand schützend gegen die Sonne erhoben, und hatte ihr nachgeblickt. Es war das erste Mal, dass Luise ihre Heimat, das kleine Dorf Eckersberg in Ostpreußen, verließ. Seit sie ihre Eltern im Alter von vier Jahren nach einem Unfall verloren hatte, lebte sie im Haus ihrer Großmutter. Von ihrer Mutter hatte sie das kastanienbraune Haar geerbt und die etwas zu breite Nase. Von ihrem Vater den Sturschädel, wie ihre Oma behauptete.

Else war die einzige Hebamme in der Umgebung. Da sie alleinstehend war und es niemanden gab, der auf Luise hätte aufpassen können, nahm sie ihre Enkelin immer mit. Bereits als kleines Mädchen war sie mit stöhnenden Frauen über Äcker gelaufen, hatte sie winseln und schreien gehört und ihnen zur Beruhigung nächtelang all die Kinderlieder vorgesungen, die sie kannte. Wie hatte sie sich jedes Mal gefreut, wenn ein kleiner Erdenbürger das Licht der Welt erblickt hatte! Und wie stolz war sie gewesen, als sie zum ersten Mal hatte helfen dürfen, ein Neugeborenes zu baden. Und doch hatte ihre Großmutter ihr eines Tages einen Zeitungsartikel unter die Nase gehalten, in dem von dem Bau einer großen Hebammenlehranstalt in Neukölln berichtet worden war. Dorthin sollte sie gehen, hatte sie gesagt, und eine anständige Ausbildung bekommen mit Zeugnis und allem, was dazugehörte. Anfangs hatte Luise sich geweigert. Sie war doch bereits Hebamme, fuhr inzwischen häufig allein zu den Frauen und kümmerte sich problemlos auch um die schwierigen Fälle. Doch ihre Oma war stur geblieben. Die Zeiten änderten sich, und es gebe viele neue Dinge, die eine Hebamme lernen müsse. Als sie von Professor Doktor Hammerschlag erzählt hatte, dem ärztlichen Leiter der Schule, war sie richtig ins Schwärmen geraten. Sein guter Ruf war sogar bis in die Provinz vorgedrungen.

Wochenlang hatten sie gestritten und diskutiert. Den Ausschlag hatte schließlich die schwierige Geburt von Charlotte Sieglers Tochter Maria gegeben. Sie waren in der Nacht gerufen worden. Ihre Großmutter hatte ein Hexenschuss geplagt, weshalb sie nicht hatte mitkommen können. Auf dem alten Gutshof hatte sich die Geburt in die Länge gezogen, und Luise hatte Mühe gehabt, den quer liegenden Säugling im Bauch der Mutter zu drehen. Beinahe hätte die kleine Maria es nicht überlebt. Blau angelaufen, die Nabelschnur mehrfach um den Hals gewickelt, erblickte sie schließlich das Licht der Welt, und es dauerte qualvoll lange Minuten, bis sie ihren ersten Atemzug tat. Luise weinte, als sie das kleine Mädchen ihrer Mutter schließlich in die Arme legte. Als sie erschöpft am frühen Morgen nach Hause fuhr, hatte sie erkannt, dass ihre Großmutter recht gehabt hatte. Sie musste nach Berlin fahren und mehr lernen.

Nach der Ausbildung würde sie heimkehren und Elses Lebenswerk weiterführen.

Eine Durchsage kündigte die baldige Ankunft des Zuges am Schlesischen Bahnhof an. Hier musste Luise aussteigen. Jetzt galt es, dachte sie und holte ihren Koffer aus dem Gepäcknetz.

Auf dem Bahnsteig sah sie sich erst einmal um. Es herrschte reges Treiben. Da waren Soldaten, die von hier aus an die Ostfront fuhren, und die Frauen, Mütter und Kinder, die sich tränenreich von ihnen verabschiedeten. Ein junges Pärchen küsste sich ungeniert mitten auf dem Bahnsteig. Luise beschleunigte ihre Schritte. Sie kannte das Gesicht des Krieges zur Genüge. Auch bei ihr in der Nähe war ein Lazarett eingerichtet worden, in dem sie häufig ausgeholfen hatte. Sie wusste, was den jungen Männern an der Front blühte. Anfangs waren noch alle euphorisch gewesen, Weihnachten sei man wieder zu Hause, hatte es geheißen. Doch schnell war die Ernüchterung gekommen. Hunderttausende waren gestorben, einige von ihnen auch unter ihrer Hand. Wie Johannes, ein junger Leutnant aus Bremen. Ihm hatte sie kurz vor seinem Tod einen Brief seiner Verlobten vorgelesen und dabei seine Hand gehalten. Ihre letzten Worte hatte er jedoch nicht mehr gehört. Bald drei Jahre tobte nun dieser unsägliche Krieg, in dem es nur Verlierer geben würde. So sagte es jedenfalls ihre Oma, wenn sie unter sich waren. Laut durfte man das nicht aussprechen, sondern man musste an der Überzeugung festhalten, dass der Sieg kurz bevorstand.

Am Ende des Bahnsteigs sah sich Luise suchend um. Sie musste zur sogenannten Ringbahn, die sie in die Hermannstraße nach Neukölln bringen sollte. Schließlich entschied sie sich, die ältere Dame zu fragen, die in der Bahnhofshalle an einem klapprigen Holzstand Blumen verkaufte.

»Nach Rixdorf wollen Sie. Da müssen Sie da raus und dann links.« Sie deutete zu einem Seitenausgang.

Luise sah die Frau verwundert an: »Nein, nicht nach Rixdorf. Ich möchte nach Neukölln.«

»Das ist doch dasselbe, Mädchen. Haben sie umbenannt.« Dann wandte sie ihre Aufmerksamkeit einem jungen Burschen in Uniform zu.

Luise blieb nichts anderes übrig, als ihr zu glauben. Es dauerte nicht lange, bis ein Zug einfuhr, doch an einen Sitzplatz war in der überfüllten Bahn nicht zu denken. Dicht drängten sich die Passagiere in dem Abteil. Trotz der geöffneten Fenster war die Luft stickig. So viele Menschen auf einem Fleck hatte Luise noch nie gesehen. Krampfhaft hielt sie ihren Koffer fest, die Tasche hatte sie eng an sich gedrückt. Dann endlich rief der Schaffner »Hermannstraße« durch den Waggon. Sie war da.

Als sie aus dem dämmrigen Bahnhofsgebäude in das gleißende Licht der Nachmittagssonne trat, hielt sie erst einmal inne. Die vielen mehrstöckigen Stadthäuser, dazu das dichte Gedränge und die Lautstärke schüchterten sie ein. Die Straßenbahn fuhr laut bimmelnd an ihr vorbei. Automobile, Kraftdroschken und Pferdefuhrwerke fuhren auf und ab. Dazwischen liefen Unmengen von Menschen herum. Vor dem Bahnhofsgebäude saßen zwei Kriegsversehrte und bettelten; unweit von ihr hatte sich eine lange Schlange vor einem Laden gebildet. Vermutlich gab es dort etwas zu essen. Ihre Oma hatte ihr davon erzählt, dass die Menschen in den großen Städten oftmals stundenlang für Lebensmittel wie Butter oder Brot anstehen mussten. Unter den Wartenden entdeckte Luise sogar Kinder, die sich die Wartezeit mit Klatschspielen vertrieben. Das hier war also Neukölln, wo sie die nächsten achtzehn Monate ihres Lebens verbringen würde.

Plötzlich wurde sie von hinten angerempelt. »Hoppla, Verzeihung!« Eine junge blonde Frau in einem dunkelblauen, teuren Ausgehkleid lächelte sie entschuldigend an. »Es tut mir leid. Ich wollte Sie nicht umrennen. So ein Trampel hat mich gestoßen.«